Bert Stephan

Der Tisch der Frauen

Bert Stephan
16.11.05

NOTschriften

Impressum:
1. Auflage 1998

(Tel.: 0351/8386989 e-mail: verlag@medienzille.de)
Satz/Layout: NOTEINGANG-Werbung
Titelfoto: Ann Onüm
Foto vom Autor: Jochen Barkas
Druck/Bindung: Druckhaus Dresden GmbH

ISBN 3 - 933753 - 04 - X

1

Ich lag auf einer ungefähr acht Meter langen, dunkelblauen Bank. Irre, was. Ist aber kein Mist, war wirklich so. Nun, die Bank war mit einem Stoff bezogen, der sich genauso synthetisch wie angenehm anfühlte, obwohl dies ja landläufig als Widerspruch gilt. Eigentlich handelte es,, sich auch gar nicht um eine Bank, sondern mehr so um ein acht Meter langes Sofa. Da lag ich nun also drauf. Ich hatte meine Jacke zu einer Art Kissen geformt und meinen Kopf in diese Form bemüht. Meine Schuhe hatte ich vor dem Sofa abgelegt, daneben standen mein Flügelhorn und eine Aldi-Tüte, in welcher sich eine Zeitschrift, ein Paket für Thori, dessen Inhalt mir unbekannt war, und mein Pullover befanden. Noch heute ärgere ich mich darüber, daß ich den Pullover nicht mit in mein Jackenkopfkissen eingebaut hatte, so ein Pullover ist doch allemal weicher als so eine Winterjacke, aber ich tat es halt nicht, und ich werde es wohl nie herausbekommen, warum nicht. Schwamm drüber. Aber ich hatte mir meinen Schal über die Augen gelegt, um dem unerträglichen und obligatorischen Neonlicht ein Schnippchen zu schlagen. Für die Ohren hatte ich keinen Schal. Für sie gibt es keinen Schal. Ohren kann man nicht überlisten. Man könnte sie mit Beton zugießen, es würde nichts nützen. Sie finden immer wieder einen Weg, dich zu quälen. Die Augen sind nicht ganz so fies. Man macht sie zu und gut ist. Und wenn das Lid nicht ausreicht, dann gibt es ja immer noch den Schal.

Auf einem acht Meter langen Sofa ist man natürlich nicht allein. Ich konnte hören, wie im sicheren Abstand zu meinen Füßen eine Frau saß. Sie saß nicht unbedingt bequem da. Sie hatte die Beine übereinandergeschlagen und rauchte mit gespreizten Fingern. In der anderen Hand hielt sie ein Buch, in dem sie offensichtlich auch las. Den Arm, an dem sich die Hand mit dem Buch befand, hatte sie an ihren Körper gepreßt, und zwischen abgepreßtem Arm und Körper befand sich ihre Tasche. Das war O.K., auch ich mußte ab und zu an meinen Beutel und mein Horn denken, nur hatte ich nicht die Kraft zu ihrer Konsequenz. Sie war so Ende Zwanzig, nicht unbedingt hübsch, aber geschminkt.

Es war ein großer, ein nicht überschaubarer Raum, in dem das Sofa stand. Und es stand nicht nur dieses eine Sofa darin, nein, unendlich viele befanden sich in diesem Raum. Lehne an Lehne und dann immer so zwei Meter Platz dazwischen. Unregelmäßig, nämlich dort wo ein Raucher saß, standen große Ständeraschenbecher mit Gauloises-Reklame. Etwas regelmäßiger standen die Papierkörbe, weil, Abfall hinterlassen alle. All die unendlich vielen Sofas endeten an einem Geländer, von dem man auf die untere Ebene des Gebäudes blicken konnte. Vielleicht nahmen sie aber auch da ihren Anfang, doch dies ist eine philosophische Frage, die wir hier nicht klären können. Auf der anderen Seite schloß sich ein ca. 4 Meter breiter Gang an, der wiederum von Cafés mit hohen Preisen und Geschäften, auch die mit hohen Preisen, begrenzt wurde. Dazwischen Wechselstuben und Toiletten, mit Preisen halt. Alles machte einen nicht unbedingt kalten, aber doch unpersönlichen Eindruck, eben ein Gebäude für Menschen, die sich im Normalfall höchstens 2-3 Stunden darin aufhalten. Im Unnormalfall, sprich dem unseren, waren es etwas mehr, genauer gesagt 17 Stunden. Überlebt haben wir die allemal, aber die Schmerzgrenze war somit doch fast erreicht.

Zwischen den Sofas lungerten auch alle Arten von Koffern, Taschen und Rucksäcken umher, und die wiederum wurden verstohlen beobachtet, von Menschen aller Arten. Viele lagen wie ich auf den Sofas und schliefen, was sie aber nicht davon abhielt, trotzdem auf ihr Gepäck zu achten. Keine Ahnung, woher sie kamen und wohin sie gingen. Bei manchen hatte ich den Eindruck, sie wußten es selbst nicht. Viele saßen einfach nur so da, die meisten mit irgendwie leeren Gesichtern, müde aber geduldig, fast so als hätte man sie gezwungen hier zu sein. Wer weiß, vielleicht.

In wirklich jeder Ecke hatte man Videospielgeräte aufgestellt, und es gab verdammt viele

Ecken in diesem Gebäude. Im Prinzip waren zwei Arten von Spielen vorhanden. Entweder man konnte im Rennwagen verlieren, oder man ließ sich von allerhand wilden Gestalten bös verhauen. Die Geräte hatten allsamt zwei Dinge gemeinsam: es spielte niemand daran, und sie erzeugten trotzdem furchtbare Geräusche.

Alles in allem schien mir der Flughafen London-Gatwick als zwar zweckmäßig und modern, aber auch öde, wobei sich die Frage stellt, weshalb so ein Gebäude nicht öde sein soll. Man könnte allerdings etwas gegen die Ödheit tun, indem man zum Beispiel erlauben würde, nachts, und es war gerade Nacht, Alkohol auszuschenken. Aber nein, verboten. Warum gibt es nachts auf einem Flughafen keinen Alkohol? Das Argument, bei nächtlichem Alkoholausschank wären alle Landepisten voll mit steifen Pennern, ist nicht relevant. Kein Penner dieser Welt könnte sich hier auch nur ein Bier leisten. Und der gemeine Fluggast fliegt ja in den seltensten Fällen selbst. Hätte er da nicht ein Recht darauf, sich vor Antritt der Reise hemmungslos zu betrinken, zumal, wenn er 17 Stunden auf diesen Antritt warten muß? Versteh einer die Welt. Ich meine, wenn es prinzipiell keinen Alk gäbe, dann hätte ich dafür zwar auch kein Verständnis, aber dann hätte es zumindest System. Doch so; man muß ja auch bedenken, daß dieses Verbot noch ganz andere Konsequenzen mit sich bringt, denn es kommt dadurch vermehrt zu Diebstählen. Weil alle Flughafenrestaurants gegen 23.00 Uhr schließen und es auch so nichts mehr zu kaufen gibt, legt man sich ab um zu schlafen, weil einem nichts anderes mehr einfällt. Und trotz intensiver Bemühungen, den Schlaf mit dem Achtgeben auf sein Gepäck in eine vernünftige Relation zu bringen, siegt irgendwann der Schlaf über das Achtgeben, und dann kann es passieren, daß man für den Rest der Reise etwas weniger mit sich rumschleppen muß. Die dafür Verantwortlichen sollte man zur Rechenschaft ziehen. Es sei denn, man ist froh darüber, daß man sich nun mit nicht mehr so viel Plunder plagen muß. Ich glaube, das mit dem fehlenden Alkohol war auch für mich der Hauptgrund, mich hinzulegen und den untauglichen Versuch zu starten, zu schlafen. Da liegt man nun, und je mehr man versucht abzutauchen, strömen die Dinge auf einen ein. Zu allererst diese dämlichen Spielautomaten. Welcher Idiot ist bloß auf die Idee gekommen, daß, wenn einer in die Fresse kriegt, dabei immer ein Geräusch erklingen muß, daß man denkt, eine 120 mm Granate hat soeben eingeschlagen. Und sie sind immer an, diese Teile, selbst wenn wirklich mal jemand daran spielt.

Irgendwo ratterte unregelmäßig ein Preßlufthammer, ein Bohrmaschine schwingender und sie auch benutzender Handwerker machte sich an der Jalousie eines Hutgeschäftes zu schaffen, aller 10 min kam ein junger Mann mit weißem Hemd und Identifikationskarte an der Brusttasche vorbei und schob eine Staubsauger-Wischmaschine vor sich her. Natürlich die obligatorischen Ansagen, daß diese Maschine nun bald dahin und eine andere von Dahin nun bald hier ankommt, angekündigt mit einem schönen Ding Dong. Nach dem 200sten Ding Dong riß ich mir den Schal von den Augen und setzte mich. Etwas benommen und mißmutig sah ich nun auch, was da alles so rumnervte. Ich blieb so eine kleine Weile sitzen und zog mir dann langsam meine Schuhe an. Dann entzündete ich mir eine Zigarette und ging zum oben erwähnten Geländer. Daran lehnte, wohl schon eine ganze Weile, Fritz. Ich stellte mich neben ihn.

Fritz ist ein schöner Mann und ein guter Mensch. Wenn ich nicht so permanent auf großen Brüsten und alles was dazu gehört stehen würde, könnte ich mir vorstellen, mich in ihn zu verlieben. Er hat ganz weiche Gesichtszüge, ist rotblond und wird deswegen auch nie braun. Das finde ich ja eigentlich nicht so gut, mir gefallen braune Weiße besser. Aber er spielt eine wundervolle Klarinette und redet ganz wenig. Damit ist er das passendste Gegenstück zu mir, was es gibt auf dieser Welt. Ich spiele nämlich nur eine erbärmliche Trompete und rede fast immer. Er hat auch die seltene Begabung zuzuhören und zwar so, daß man das Gefühl hat, es interessiert ihn wirklich. Eigentlich sind wir im Alltag eher selten zusammen. Wir sehen uns natürlich des öfteren auf diversen Bühnen beim Musizieren. Aber da bleibt wenig Zeit. Irgendwann fragte ich ihn mal, eher beiläufig, was ist, kommst du mit dahin oder dorthin, und da hat er ja gesagt, und somit fahren wir also ab und zu in irgendwelche Urlaube. Manchmal geht es mir sogar ein wenig auf den Sack, wenn der Typ nie was sagt. Ich bin, wie es so meine Art ist, fast immer der Bestimmer. Ich sage, morgen machen wir dieses oder jenes und fast immer bekomme ich zur Antwort, O.K., können wir machen. Ich komme mir manchmal ziemlich blöd vor, weil ich mit so viel Genügsamkeit, Gleichmut und Ausgeglichenheit nicht immer etwas anfangen kann. Ich meine, einerseits fühle ich mich zwar wohl, wenn die Dinge so laufen, wie ich es vorschlage, wenn ich aber das Gefühl habe, der andere macht den ganzen Zirkus nur mit, aus was weiß ich für Gründen, nur nicht, weil er das auch will, dann kann unter Umständen Gefühlsmalheur in einem aufkommen. Aber wahrscheinlich ist dies mehr mein, weniger Fritz' Problem.

17 Stunden auf einem beknackten Flughafen in einer beschissenen Stadt. Ich meine, daß der Flughafen beschissen ist, war ja nicht zu übersehen. Aber daß London beschissen ist, konnte ich gar nicht einschätzen, denn mein Eindruck von dieser Stadt rührte ja nur von der Busfahrt zwischen Heathrow und Gatwick her. Und wir sind im Dunkeln gefahren. Man kann also, wenn man ein ehrlicher Mensch ist, niemals behaupten, die Stadt wäre Scheiße oder nicht, weil man sie ja gar nicht gesehen hat. Aber es ist ein schönes Gefühl, zu sagen: diese Stadt ist Scheiße, obwohl man sie gar nicht kennt. Alle Menschen sagen sowas ständig. Diese Musik ist bescheuert, jener Mensch ist schlecht. Man kennt weder den Menschen noch die Musik, aber man sagt es. Das Dumme daran ist ja aber, daß das so in Ordnung geht. Man hat so ein Gefühl. Ein Gefühl ist nie objektiv, aber es stimmt immer, bis zum nächsten Gefühl. Ich habe für mich beschlossen, aus einer imaginären Eingebung heraus, aus einem Gefühl heraus, daß London beschissen ist. Damit spare ich Geld, ich brauche nie hinzufahren. Und wenn ich sage, dieser Mensch ist blöd, dann brauch ich mir nie die Mühe machen, mich mit ihm zu beschäftigen. Gott, was würde ich meine Nerven schonen; ich wäre die Ruhe in Person, wenn ich sagen könnte, alle Frauen sind blöd.

Man hatte uns im Reisebüro zwar darauf hingewiesen, daß wir in London 17 Stunden Aufenthalt haben werden, aber wer kann schon einschätzen, was 17 Stunden bedeuten, zumal, wenn man in den lang ersehnten Urlaub fährt. 17 Stunden sind nur unter zwei Bedingungen kurz und überschaubar. Wenn man arbeitet, vorausgesetzt die Arbeit macht einem Spaß, und wenn man fickt. Wer aber fickt 17 Stunden? Arbeiten kann man schon so lange. O K., ich gebe zu: nicht immer. Auf diesem Flughafen konnte man aber keiner Arbeit nachgehen, und auch für das andere waren die Gelegenheiten allzu rar. Aber auf unserem Rundgang durch das Flughafengebäude, welchen wir durchführten, bevor ich den Versuch startete, mich zur Ruhe zu begeben, hatten wir einen Spielautomaten entdeckt, mit dem man versuchen konnte, uns die Zeit schön zu machen. Es handelte sich nicht um so ein tumbes Spiel mit schnell totmachen und dergleichen, sondern hier mußte man knifflige Aufgaben lösen. Man mußte sich durch Labyrinthe kämpfen, Töne raten, unter runter fallenden Kokosnüssen weglaufen und einen Schlüssel ins Ziel bringen, Puzzles zusammenbringen und all solche Sachen mehr. Der Haken an der Sache war, daß man die Aufgaben alle in einer bestimmten Zeit schaffen mußte, und die großzügigste Zeitvorgabe war eine Minute. Hatte man 5 Aufgaben gelöst, bekam man 5 Pfund vom Automaten geschenkt. Wie clever sind doch die Menschen, außer mir natürlich. Der Erfinder, welcher ja sicher auch ein Mensch ist, hat das System so ausgeklügelt, daß man mindestens 30 Pfund hätte rein stecken müssen, um einmal hintereinander die 5 Aufgaben zu lösen und somit endlich einmal nicht der Verlierer zu sein. Wir haben es natürlich nicht geschafft, trotz großartiger Kampfmoral. Aber immerhin brachten wir es auf bis zu drei gelösten Aufgaben. Zwischendurch war das Geld alle, und ich hatte die schöne Aufgabe, mit meinem Hilfsenglisch einem fremdsprachfaulen englischen Bankschalterfräulein begreiflich zu machen, daß ich 30 Dollar in Pfund umtauschen möchte. Sie hat mir nach langem Hin und Her dann für 13 Dollar umgetauscht, obwohl ich mir ganz viel Mühe gegeben hatte, ihr den Unterschied zwischen 30 und 13 begreiflich zu machen. Ich meine, ich verstehe die Engländer und die Amis. Warum soll man sich mit den Problemen der nichtenglisch sprechenden Bevölkerung auseinandersetzen, wenn dieser nichtenglisch sprechende Teil der Menschheit es als eine seiner wichtigsten Aufgaben ansieht, englisch zu sprechen. Dadurch wird man faul. Und man kann sich natürlich als Engländer auch nicht vorstellen, daß Englisch nicht gleich Englisch ist. Ich will damit sagen, daß so eine Flughafentussi ruhig auch ein paar Worte deutsch oder französisch oder, wenn es denn sein muß, auch russisch lernen könnte. Gut, russisch wäre vielleicht gleich ein bißchen viel verlangt, aber trotzdem. Ich sage dies auch deshalb, weil ich mir einbildete, in den Augen der Schalterangestellten ein ganz kleines Partikelchen Überheblichkeit zu entdecken, ob meines schlechten Englisch. Wenn jemand in mein Heimatland zu Besuch kommt, was nun zufällig mal Deutschland ist, wofür ich nichts kann und was mir eigentlich auch egal ist, dann erwarte ich auch nicht, daß mir Betreffender im feinsten Hochdeutsch den Unterschied zwischen 13 und 30 erklärt. Allerdings wäre dies wahrscheinlich gar nicht so ein großes Problem, weil im Deutschen der Unterschied zwischen 13 und 30 einfach mal eindeutiger ist als im Englischen. Rein aussprachemäßig, versteht sich. Rein rechnerisch ist der Unterschied wahrscheinlich überall auf dieser Welt derselbe. Alles in allem hatte die ganze Geschichte, wie immer im Leben, auch einen kleinen positiven Nebeneffekt: wir hatten statt 30 nur 13 zusätzliche Pfund verspielt. Somit möchte ich mich hiermit noch nachträglich bei den Engländern für die eingesparten 17 Pfund bedanken, die ich gern in Alkohol umgesetzt hätte, aber die wollten ja nicht.

Ich bin ein weitdenkender Mensch. Damit will ich nicht sagen, daß die Fähigkeit, weit vorauszudenken, immer ein Vorteil ist. Manchmal aber schon. Vorausblickend also nahm ich, bevor wir anfingen zu spielen, 2 Schlaftabletten. Und nachdem alles verfügbare Geld verspielt war, setzte die Wirkung der Droge ein, und ich sagte zu Fritz, daß ich jetzt schlafen gehen möge. Er hatte Verständnis dafür, nicht zuletzt daher, weil auch er mittlerweile müde war. So schliefen wir also unseren so lange sinnlos hinausgeschobenen Schlaf . Wir schliefen vor allem den Schlaf der Notwendigkeit, nicht unbedingt nur den der Müdigkeit, wir schliefen auf einer langen blauen Bank. Es gab nur einen Unterschied: Fritz schlief ohne Tabletten.

Ich fliege überhaupt nicht gern. Das heißt, so ganz stimmt das auch nicht, ich fliege schon gern, aber ich habe Angst vorm Abstürzen. Ich kenne zwar das ganze Geschwafel vom Flugzeug als statistisch sicherstes Verkehrsmittel, aber es ist das Gefühl des Ausgeliefertseins. Wenn irgendwas passiert, man kann nichts tun, außer sich blöde anschnallen. Wenn man im Auto beifährt und die Fahrerin beginnt, sich fahrtechnisch auf einen Unfall vorzubereiten, dann kann man ihr ins Lenkrad greifen oder sie beschimpfen, man kann sich auch abschnallen und bei 120 km/h aus dem Auto springen und gegen einen entgegenkommenden Dreißigtonner Diesel, mit vielen bunten Lichtern und einem unzufriedenen, Country hörenden Fahrer, bei dem zu Hause nicht mehr alles so klar geht, weil die Alte fremdgeht, was ja einleuchtend ist, weil er ständig unterwegs ist und weshalb er ja auch Country hört; ich meine, man könnte auf diesen LKW krachen und wäre genauso tot, als ob man mit einem Flugzeug abgestürzt wäre. Aber man hätte ja auch im Auto sitzen bleiben können. Alles was ich damit

sagen will: im Auto kann man seinen Unfall sozusagen selbst mitgestalten. Autofahren ist also quasi kreativer als fliegen. Nun bleibt einem ja aber nichts anders übrig, als ein Flugzeug zu benutzen, wenn man nur einen Monat Zeit hat und sich ein Urlaubsland auserkoren hat, welches ein paar tausend km von zu Hause entfernt liegt. Dumm gelaufen, eben.
Nun saß ich also wieder auf etwas Blauem. Nur handelte es sich diesmal nicht um ein großes Sofa, sondern um einen ganz kleinen, unbequemen Flugzeugsessel. In allen Flugzeugen sitzt man unbequem. Aus unsäglicher Profitgier baut man unsägliche beengte Flugzeuge, damit man möglichst viele Passagiere in einem Flugzeug zusammenpferchen kann. Das geht aber nicht auf, weil alle Flugzeuge immer nur zur Hälfte besetzt sind. Und warum sind sie immer nur zur Hälfte besetzt? Weil es zu eng ist. Logisch, wer reist schon gern unbequem. Aber Hauptsache der Kapitän sitzt bequem, der feine Herr.
Meine Angst vor Abstürzen hinderte mich natürlich nicht daran, mich ans Fenster zu setzen. Es war uns zwar nicht gelungen, die Eincheckdame davon zu überzeugen, daß wir jeder einen Fenster- und Raucherplatz benötigen würden, aber da, wie gesagt, alle Flugzeuge dieser Welt unvoll ihrer Wege fliegen, war es für uns kein Problem, einen solchen Wunschplatz zu belegen. Ich war müde und angespannt, etwas unruhig, aber nicht unbedingt schlechter Dinge. Ich hatte ein flaues Gefühl in der Magengegend, ein Gefühl, was ich im tiefsten Inneren meines Herzens, nicht 100%ig ernst nahm: die Angst vorm Sterben.
Die Gedanken über den Tod haben auch etwas merkwürdig Süßes. Es ist doch irgendwie angenehm, über seinen eigenen Tod nachzudenken. Der eigene Tod ist Rache. Mit ihm bringt man immer in Verbindung, daß alle Welt traurig und geschockt ist, und daß es für die Hinterbliebenen ziemlich schwierig werden würde, ohne einen selbst klarzukommen. Aber spätestens wenn man erkennt, daß man diese Rache im Normalfall nicht mehr persönlich auskosten kann, gewinnt man dem Tod auch eine andere Komponente ab: der eigene Tod ist egal, weil, es juckt keinen wenn man verstirbt, jedenfalls nicht lange, und es geht immer weiter. Ist zwar keine besonders umwerfende Erkenntnis, aber sie hilft wirtschaften, wenn man zuweilen der Meinung ist, daß die eigene Existenz von größerer Tragweite ist. Wenn ich an meinen Tod denke bzw. an das Danach, dann denke ich immer an meine Kinder. Eigentlich mehr an meinen Sohn. Nichts gegen Töchter, aber Maja ist, was das Biologische betrifft, nicht direkt von mir, was mich wiederum nicht abhält, sie zu lieben. Marc hingegen, was der Sohn ist, bin ich noch mal. Ist schon ein komisch Ding, das mit der Blutgeschichte. Ist aber auch egal, fest steht jedenfalls, daß, wenn ich über meinen Tod nachdenke, mein erster Gedanke meinem Sohn gilt. Ich glaube, das liegt daran, daß Marc der einzige Mensch im meinem Leben ist, den ich ohne Abstriche beständig und innig, vom ersten Tag an, geliebt habe. Und es ist auch nicht so, daß ich denke, mein Sohn würde meinen Tod nicht verkraften oder gar ohne mich nicht lebensfähig sein, nein, der Punkt ist, daß es mich ankotzen würde, wenn so eine tiefe Liebe durch einen beschissenen Flugzeugabsturz zu Ende gehen würde. Was am Ende so auch gar nicht stimmt, weil, die Liebe würde den Tod ja in jedem Fall überdauern, man könnte sie eben nur nicht mehr erleben. Aber gegen all diese Unbill, in Form von Toden jeglicher Art, kann man bescheidene Vorkehrungen treffen. Konkret auf einen Flugzeugabsturz bezogen, ist die sicherste Methode der Vorbeugung natürlich, man bleibt zu Hause. Da sieht man aber wieder mal, wie schwach der Tod ist und wie wenig Einfluß er hat. Die Angst vorm Sterben ist vielfach geringer als die Angst davor, seinen Urlaub in Deutschland zu verbringen.
So es so sein muß, gibt es dann die Methode der Glücksbringer, oder sagen wir lieber etwas bescheidener, der Unglücksverhinderer. Meine gute Freundin Petra hatte mir zwei schöne Steine mitgegeben, mit der Maßgabe, jeweils einen in jede Hosentasche zu stecken. Was ich selbstverständlich befolgt habe. Bei früheren Flügen hatte ich den Talisman an sich.

Ein ca. 7 cm großes Kruzifix, an einer ziemlich großgliedrigen Kette, die mir allerdings geradeso um den Hals paßte. Ich bekam es von Moni, meiner Exgattin, welche es wiederum von Helli, dem Kindesvater von Maja, übernommen hatte. Helli ist tot, er hat sich das Leben genommen. Alle Dinge, die er besaß, hatten für Moni einen großen Wert, und ich muß sagen, daß das Tragen dieses Kreuzes auch für mich etwas Besonderes war. Helli war auch mein Freund. Ich mußte jedes Mal schwören, daß ich das Kreuz wieder heil mit nach Hause bringen würde. Leider war Monis Ehrfurcht vor diesen Dingen wahrscheinlich doch nicht ganz so groß, denn als ich sie für diesen Flug wieder um das Kreuz bat, gestand sie mir, daß sie es verloren hatte. Sie gab mir einen kleinen Hahn aus Messing. Ich nahm ihn natürlich dankbar an, aber die Austauschbarkeit von Dingen, von Idealen und Gedanken wurde mir sehr praxisnah vorgeführt. So nach dem Motto: Jesus ist gerade nicht am Lager, aber nehmen sie Mohammed. Es funktioniert aber, im großen wie im kleinen.
Es ist schon eine wirklich schwer vorstellbare Sache, so ein Flugzeug. Ich meine, das Flugzeug an sich geht ja noch so, aber daß es auch wirklich fliegt?! Sicher wird es einen Haufen kluger Leute geben, die sich wiederum nicht vorstellen können, daß sich jemand nicht vorstellen kann, warum es fliegt. Selbige könnten mir sicher auch sofort erklären, warum es fliegt. Ich brauche diese Erklärungen nicht, ich weiß selber warum. Nämlich wegen der Flügel und weil die Turbinen Luft ansaugen und dadurch fliegt es. Ganz klarer Fall und völlig einleuchtend. Hast du Flügel und saugst du Luft an, dann fliegst du. Auch wenn du 100 Tonnen wiegst. So einfach, daß ich hätte auch allein drauf kommen können. Aber ich wollte offensichtlich nicht.
Ich saß also in diesem allzu eng bemessenen Sessel und litt, weil das Rauchverbot noch nicht aufgehoben war. Ich war in großer Vorfreude auf den Whisky, welcher in Bälde, auf Kosten von British-Airways, durch meine verlangende Kehle rutschen sollte und kurz darauf ein angenehmes Gefühl in der Magengegend und später dann auch im Kopf verursachen würde. Die Maschine war zu drei Viertel belegt, meist mit Schwarzen, aber auch, z.B., mit einem Pseudoschwarzen. Also an sich ein total Weißer, aber eben einer, der durch sein Outfit der Menschheit mitteilen mußte, daß er Afrika total geil findet. Behangen mit Ketten und Zeugs an den Ohren, und die offensichtlich langen Haare wurden in einer Wollmütze versteckt, die in den Farben rot, grün und gelb gehalten waren. Ich war überzeugt, daß er die Mütze auch bei 40°C im Schatten nicht absetzen würde. Der ganze Mensch steckte in allerhand weiten Gewändern und seine Füße natürlich in Sandalen. Und genauso war ich davon überzeugt, daß er diese Sandalen auch bei 10°C Minus an den Füßen behalten würde, ohne Strümpfe, versteht sich. Das ist der Tribut, den man zahlen muß, wenn man äußerlich Farbe bekennen will. Man schwitzt am Kopf und friert am Fuß. Am Ende aber war alles ganz anders. Am Ende war er Bankangestellter mit Anzug und so, und wollte im Urlaub nur mal anders sein. Glaub ich aber nicht.
Schräg vor mir saß ein Typ, der vom Äußeren eigentlich mehr als der typische Bahnhofspenner einzuschätzen wäre. Seine Kleidung war unmodern, seine billigen Turnschuhe verschlissen, sein Haar ungekämmt, und Zeige- und Mittelfinger seiner rechten Hand waren gelb vom Nikotin. Unruhig rutschte er, soweit es sein Gurt zuließ, auf seinem Sitz hin und her. Plötzlich hielt er inne, um aus dem Fenster zu schauen, und genauso plötzlich wendete er sich wieder dem Flugzeuginneren zu, um die Passagiere zu betrachten. Sobald sich aber seine Augen mit denen eines anderen trafen, drehte er sich sofort wieder weg. Und wieder Fenster. Gern hätte ich erfahren, wie dieser Mensch in dieses Flugzeug gekommen ist. Eine der vielen Fragen, auf die man nie eine Antwort bekommt.
Direkt vor mir saß ein stämmiger Schwarzer, gekleidet in feinstes Tuch, welcher sofort, nachdem er sich hingesetzt hatte, damit begann, eine Stellung zu finden, in der er bequem

schlafen konnte. Es sollte ihm den ganzen Flug über nicht gelingen, was ich daraus schloß, daß er mindestens aller drei Minuten mit der gesamten Wucht seines Körpers nach einer anderen Stellung suchte. Vielleicht schlafen stämmige Schwarze aber so.
Ein älteres Paar saß ganz ruhig da, sie hielten sich an der Hand. Das Gesicht des Mannes war fürchterlich entstellt. Er mußte einen schlimmen Unfall gehabt haben. Das ganze Gesicht war eine einzige Brandnarbe und ein Ohr fehlte ganz. Aber seine Augen blickten freundlich, und er machte auf mich einen regelrecht zufriedenen Eindruck. Zufrieden ist vielleicht das falsche Wort. Er machte den Eindruck eines Mannes, der „es" erlebt und überlebt hat. Ihn konnte nichts mehr erschüttern, und er hatte eine Frau, die neben ihm saß und seine Hand hielt. Im Grunde meines Herzens bewunderte ich die beiden sehr. Die Frau fast noch mehr. Ich hätte gern noch länger zu ihnen hingeschaut, aber sowas tut man nicht. Das ist unhöflich. Endlich setzte sich das Flugzeug in Bewegung. Wenn es so vor sich hinrollt, auf dieser holprigen Piste, und man aus dem Fenster schaut und sieht, wie sich die Tragflächen mit einer gewaltigen Amplitude im Einklang mit der Piste bewegen, dann könnte man schon zumindest nachdenklich werden. Die flugzeugeigene Videoleinwand sorgte jetzt für Ablenkung, was aber nicht unbedingt gleichzeitig eine Beruhigung bedeutete. Es wurde nämlich gezeigt, wie man sich im Falle eines Unglücks zu verhalten hatte. Sauerstoffmaske, Schwimmweste, Notausgänge u.s.w.. In den Gängen, zu beiden Seiten der Leinwand standen je eine Stewardeß und machten immer so lustige Bewegungen wie beim Schwimmunterricht. Aber sie wollten den Passagieren nur die Richtung zeigen, in der sich die Notausgänge befanden. Mir kam das alles lächerlich vor. Ich kann mir nicht vorstellen, daß jemals so eine Sauerstoffmaske je einem Menschen das Leben gerettet hat. Ich kann mich auch nicht erinnern, daß je ein Flugzeug im Wasser notgelandet ist und sich dann noch so lange über Wasser gehalten hat, daß Zeit war, allen Passagieren die Schwimmwesten anzulegen und die Notrutschen auszufahren, um sie dann ohne Panik in 5°C warmes Wasser zu entlassen. Das rettende Schiff ist sicher nach spätestens einer Stunde vor Ort. Vielleicht haben all diese Maßnahmen ja schon irgend jemanden geholfen oder werden irgend jemandem einmal das Leben retten, mir aber kam dies alles mehr wie so eine Alibi-Pflichtübung vor. Aber so richtig konnte ich eh nichts sehen, weil mein besagter stämmiger schwarzer Vordermann gerade so dasaß, daß mir die Sicht zur Leinwand versperrt blieb und ich keine Lust hatte, mich ständig nach ihm zu richten. Das Flugzeug stand jetzt und wartete wohl auf die Starterlaubnis. Die Tragflächen befanden sich dadurch in der beruhigenden Position des Stillstandes. Es war ein sonniger, wolkenloser Januartag. Aus dem Fenster sah ich nur Tragfläche, graugrüne Wiese und Himmel. Am Horizont standen flache Gebäude, sicher zum Flughafen gehörende Lagerhallen oder so. Und wie ich da so hinaussah, überkam mich plötzlich ein eigenartiges Gefühl. So wie als wenn man sich beobachtet fühlt. Ich drehte mich langsam vom Fenster weg und starrte auf die Lehne meines Vordersitzes. Ich spürte etwas, mehr noch, ich spürte ihn. Aber ich hatte nicht den Mut mich umzudrehen und in sein Angesicht zu schauen. Ich war mir absolut sicher und wunderte mich auch, woher ich diese Sicherheit nahm. Sowas, du siehst ihn nicht, aber du weißt, er ist da. Ich spürte seine Aura, die mir unmißverständlich klarmachte: ER ist in diesem Flugzeug. Ich hatte das dringende Verlangen, ihn zu ignorieren, gleichzeitig erahnte ich seine Kraft, ich wußte, daß ich mich ihm nicht entziehen konnte. Ich hatte dabei eigentlich nicht direkt ein schlechtes Gefühl, aber irgendwie undefinierbar unangenehm, vielleicht weil unabwendbar. Ich saß eine Zeit starr da und dann drehte ich mich langsam nach ihm um. Er war schätzungsweise um die 60 Jahre, er hatte graues, nach hinten gekämmtes, ziemlich langes Haar, und sein Gesicht war braun und wettergegerbt wie bei einem alten Seebären. Die Farbe seiner Augen konnte ich nicht erkennen, sie war aber zumindest sehr dunkel. Er hatte buschige, graue Brauen, eine

relativ große Nase und einen etwas zu schmalen Mund. Aber dieser Mund war Weisheit, Wissen und Macht. Er trug ein schwarzes Hemd, blaue Jeans und um seinen Hals hing eine goldene Kette mit einem seltsamen Amulett. Ich hatte noch nie zuvor solch ein Zeichen gesehen. Was für ein Leuchten ging von diesem Zeichen aus. Das ganze Flugzeug schien in gleißendes Licht getaucht. Aber das sah nur ich und er natürlich. Er saß zurückgelehnt und hatte die Hände über den Bauch gefaltet. Er blickte mich nicht an, aber ich wußte genau, daß er wußte, daß ich zu ihm sah. Seine Mundwinkel waren leicht nach unten und seine Brauen leicht nach oben gezogen. Sein Blick ging scheinbar ins Leere, aber es war mir klar, daß er alles um sich herum genauestens registrierte. Man hätte behaupten können, daß in seinem Gesicht etwas Überhebliches lag, aber es war höchstens eine Überheblichkeit, die man einem Allwissenden zugestehen muß und kann. Und in diesem Gesicht war Allwissenheit, in diesem Gesicht war Schicksal, war Vorbestimmung und grenzenlose Güte. In diesem Gesicht war auch absolute Unabwendbarkeit. Ich hatte das Gefühl, daß das Gesicht des Mannes, ja selbst der ganze Mensch, beliebig austauschbar war, die Aura hingegen wäre geblieben. Ich hatte Angst, eine undefinierbare Angst vor diesem Menschen und gleichzeitig Vertrauen, eine Art Vertrauen, die man haben muß, weil man gar keine andere Wahl hat.
„Auf unseren Urlaub!"
Mit diesen Worten holte mich Fritz wieder in die Gegenwart. Ich sah ihn an. Er hatte die Hand zum Gruß erhoben und lächelte mir zu.
„Auf unseren Urlaub!" wiederholte ich, und meine Hand klatschte in die seine. Ich war ihm sehr dankbar für diese Geste, zeigte sie mir doch, daß ich nicht der einzige Mensch bin, der sich mit irgendwelchem abergläubischen Gedankengut befaßt und es für wichtig hält. Außerdem vergaß ich in diesem Moment den Mann, welcher mich so in den Bann gezogen hatte. Ich vergaß ihn wirklich für eine lange Zeit, und ich glaube, er hat das so gewollt.
Zum obligatorischen Geräusch der Klimaanlage gesellte sich jetzt das Aufheulen der Turbinen. Es ging los. Ziemlich schnell kam die Maschine auf Touren. Ich lehnte mich zurück, schloß die Augen und schlug das Kreuz. Dann faltete ich die Hände und dachte an meinen Sohn. Es gibt ein Foto, wo ich bäuchlings auf einem Sofa liege und Marc, damals ca. 2-3 Jahre, auf meinem Rücken liegt und aus der Flasche trinkt. Wir schauen beide sehr zufrieden. Und es gibt ein Foto, wo er auf meinem Schoß sitzt und wir beide die linke Hand vorstrecken, was unser Zeichen für das Beamen bei Enterprise war. Wir schauen beide sehr glücklich. Diese beiden Augenblicke wurden in diesem Moment bei mir wieder lebendig. Und dann hob die Maschine ab. Während mich die Schubkraft in den Sessel drückte, öffnete ich die Augen und blickte wieder aus dem Fenster. In Sekundenschnelle war alles unter mir ein Haufen überschaubare Erde. Ich werde es nie begreifen. Das Flugzeug beschrieb einen großen Bogen und dann tauchte es plötzlich in die Wolken ein, obwohl ich vorher von der Erde aus keine einzige gesehen hatte. So ein Ding, das.
Ich würde mich nicht unbedingt als abhängig von Alkohol und Nikotin bezeichnen, aber es gibt so Situationen, wo man denkt, ich will es mal so ausdrücken: es wäre schöner mit. Und so eine Situation war jetzt. Ich war nun, also ich schätze mal, weil mir sagt ja keiner was, so mindestens 3000 Meter in der Luft, aber dieses Scheißschild „No smoking" war immer noch an. Ganz zu schweigen davon, daß es bestimmt noch mindestens eine halbe Stunde dauern würde, eh der Steward mit den Getränken durch die Reihen kommt. Und was macht man in dieser Höhe ohne Rauchen und Trinken? Man denkt an Spanien. Doch echt, das ist wissenschaftlich belegt. Automatisch denkt man an Spanien.

Ich war da nämlich mal dort, mit Fritz und Maus, unserem damaligen Tontechniker von DEKAdance. Wir wollten eigentlich bis Portugal, haben wir aber nicht geschafft. Auf deutschen Autobahnen ging es zunächst reibungslos bis in die Schweiz. Ich war das erste Mal in den Alpen, und es hat mich nahezu überwältigt. Wenn man so durch die Schluchten fährt und rechts und links geht es mehrere 10000 km nach oben, das ist schon beeindruckend. Da kommt man sich echt klein vor, was ja aber auch sachlich richtig ist, weil der gemeine Mensch einfach mal kleiner als der Berg ist. In der Schweiz haben wir auch eine Nacht verbracht, in einem Hotel, direkt an einer Paßstraße. Herrliche Berge, wunderschöne Landschaft, traumhaftes Wetter und 2 Millionen Motorräder pro Minute. Die fahren da nur so zum Spaß, von wegen der vielen Kurven, die sie mit einer hohen Geschwindigkeit nehmen und sich derart hineinlegen, daß sie am Helm Schleifspuren vorweisen können. Sie hören erst auf, wenn der Helm durchgeschliffen ist und es an die Kopfhaut geht. Leider verunglükken nur die wenigsten von ihnen so schwer, daß sie hernach nicht mehr fahren können. So kommt es, daß die Alpen nicht nur hoch, sondern auch laut sind. Und die Straßen sind nicht nur kurvenreich, sondern auch voller Kopfhaut.
Einmal hatten wir versucht, bis zur Schneegrenze zu laufen. Man hat den Schnee gesehen, eigentlich zum Greifen nah. Es war ziemlich schwer, die Entfernung richtig einzuschätzen, wir tippten so auf einen Kilometer. Es war aber sowieso egal, wie weit es war, ich glaube, wir sind keine 200 m weit gekommen. Die dünne saubere Luft, die Hitze, der steinige Weg, usw., ich meine, was will man im Sommer auch mit Schnee und so'n Zeug.
Und dann sind wir mitten rein ins Französische. Klug wollten wir sein und die Mautgebühren für die dortigen Autobahnen sparen. Daher sind wir nur Landstraßen gefahren, was sinnlos war, weil die Maut so hoch nun auch wieder nicht war und die Fahrt auf die Art und Weise kein Ende zu nehmen schien. Landstraßen zu fahren macht ja Sinn, wenn man etwas von der Umgebung sehen will. Aber wir wollten doch nach Portugal. Und wer nach Portugal will, sollte sich nicht mit der französischen Landschaft verzetteln. Wir haben auch wirklich nie angehalten, außer es mußte einer von uns dermaßen mal schiffen. Immer wenn jemand gesagt hat, hier ist es schön, hier will ich sein, entgegneten die anderen beiden, nein, hier ist es nicht schön, hier wollen wir nicht sein. Dadurch sind wir fast ohne Pause bis nach Andorra gekommen. Und auf diese Weise habe ich Frankreich hassen gelernt. Ich meine, nichts gegen Frankreich an sich, aber nicht so. Auf jeden Fall will ich vorerst nicht mehr dahin, es sei denn, zu Fuß. Also hin laufen würd' ich schon noch mal. Ist aber anstrengend.
Und ich will auch nie mehr nach Andorra. Es ging damals das Gerücht in unserem Auto rum, daß, wer nach Portugal fahren will, dies unbedingt über Andorra machen muß. Ich weiß nicht mehr, wer dieses Gerücht in die Welt gesetzt hat, aber wir leisteten ihm Folge. Man fährt also so bergauf durch die Pyrenäen und plötzlich kommt Nebel auf. Nach drei Stunden Kolonnenverkehr auf kurvenreicher Straße bei Sichtweite unter Null kommt plötzlich ein Schild: So, hier ist Andorra. Es ist weder Sommer noch Winter, und man sieht nichts und von wegen, hier ist alles billiger. Alles Käse, das. Außerdem war es schon nach 18.00 Uhr und somit fast alle Geschäfte geschlossen. Aber nicht genug damit, denn wenn man im Sommer mit dem Auto nach Portugal fährt und die Route so festlegt, daß sie unweigerlich über Andorra führt, dann bekommt man Rückenschmerzen. So auch bei mir. Ich nehme an, daß ich mir bei offenen Autofenstern einen Zug geholt hatte. Mit diesem unerträglichem Gefühl im Rücken blieb mir nichts anderes übrig, meine Freunde zu bitten, zwei Tage in irgend so einem blöden Wintersporthotel das Ende der Pein abzuwarten. Fritz und Maus sahen mich leiden und willigten ein. Nackte Zimmer mit unbequemen Betten. Ich meine, das Bett hat mir eh nichts genützt, weil ich mit dem Schmerz im Rücken, der sich vom Hals bis zu den Lenden erstreckte, weder liegen noch schlafen noch sonst irgendwas machen

konnte. Mir blieb nur Warten, daß es recht bald aufhöre. Der Sessellift gegenüber dem Hotel, mit dem man sich hätte die Zeit vertreiben können, war natürlich nur im Winter geöffnet, da aber immerhin von 8.00 - 20.00 Uhr. Aber wir hatten Sommer. Auch der EC-Automat neben dem Hotel, in einer Bank, die natürlich auch geschlossen hatte, funktionierte nicht. Vielleicht, weil Andorra nicht in der EG ist? Oder doch? Wer weiß. Eigentlich brauchten wir auch gar kein Geld, aber was tut man nicht alles aus Langerweile. Man probiert z.B. EC-Automaten aus.
Wir hatten in diesen zwei Tagen allerhand Zeit zum Nachdenken und somit kam der Weiberfrust. Fritz und Maus hatten kurz vor unserer Abfahrt ihre jetzigen Freundinnen kennengelernt, und ich wollte meine Frau. Utopisch viele Male telefonierten wir vom Hotel aus mit besagten Frauen und noch viel utopischer war die Rechnung, die man uns dann präsentierte. Man hat uns schön beschissen. Aber wenn du als Deutscher einem anderen Europäer ins Gesicht sagst, du hast mich beschissen, dann unterstellt er dir sofort, daß du einen neuen Weltkrieg vom Zaun brechen willst und somit ergaben wir uns unserem Schicksal, schon aus dem einfachen Grunde, weil wir wirklich keinen neuen Weltkrieg beginnen wollten. Unter dem Eindruck von Rückenschmerzen, überhöhten Telefonrechnungen und Sehnsucht nach unseren Frauen sagten wir Portugal ab. Wir einigten uns auf noch vier Tage Spanien und wollten dann ohne Hast wieder nach Hause fahren.
Nachdem sich mein Rücken wieder mit dem Rest meines Körpers arrangiert hatte und wir alle Rechnungen, einschließlich der des Telefons, bezahlt hatten, verließen wir, mit der absoluten Gewißheit, nie wieder hier her fahren zu müssen, recht bedrückt den Staat Andorra. Und wir überquerten die Grenze zu Spanien, und was passierte da? Wir waren plötzlich wie ausgewechselt. Spanien habe ich sofort geliebt. Warum? Sicher hat eine Rolle gespielt, daß ich mich wieder gesund fühlte und wir wußten, daß uns unsere Frauen treu sind und uns erwarteten. Also Fritz und Maus wußten es, ich hoffte es mehr, aber dies nur nebenbei. Andererseits hat dieses Nordspanien ein Flair, was einen gefangen nimmt. Die Landschaft ist sehr karg, Bäume gibt es kaum und wenn, dann sind sie nicht sehr groß. Es herrschte eine große Hitze und man sah kaum Menschen. Was auch nicht verwunderlich ist, weil, es leben nicht mehr so viele dort. Wir haben Dörfer gesehen, die völlig verfallen waren wie in diesen Wildwestfilmen. Und Bahnlinien mit dazugehörigen Stationen, auf denen vielleicht 20 Jahre kein Zug mehr gefahren ist. Es war fast schon ein bißchen gruselig. Es ist eine Gegend, in der es früher viele landwirtschaftliche Genossenschaften gegeben hat, die aber aus was weiß ich für Gründen nicht überlebt haben, und die Menschen sind einfach ausgewandert, und die, die geblieben waren, sind tot. Wir sind durch ein Dorf gefahren, das bestand aus je einer Reihe von vielleicht 20 zweistöckigen Häusern rechts und links der Straße. Kein Mensch, kein Laut vorerst, aber dann sahen wir vor einem Haus, auf einer Bank im Schatten, drei alte Frauen sitzen, sie hatten jede ein Glas Rotwein in der Hand, und unter der Bank stand eine dickbäuchige Flasche. Dies sind die Momente, wo ich es bedauerte, nicht die jeweilige Landessprache zu beherrschen. Ich hatte das unbestechliche Gefühl, daß man mit den drei Frauen hätte schön quatschen können und dabei viel erfahren hätte. So winkten wir ihnen nur zu und sie winkten zurück, denn daß ein Auto, zumal noch ein fremdländisches, hier durchfuhr, war zweifelsohne das Ereignis des Monats für das Dorf, und es hätte mich nicht gewundert, wenn das Dorf diese drei Frauen waren. Wir haben auch dort nicht angehalten, aber wir sind zumindest langsamer gefahren. Na, Schwamm drüber. Wir fuhren weiter, und wir redeten viel und ausgelassen, und ich frönte dem Biere, weil ich saß hinten und mußte dadurch auch nicht fahren. Irgendwann schlief ich ein, und in einem kleinen Örtchen namens San Vincente de la Barquera wachte ich wieder auf. Es war so gegen 7.00 Uhr früh und meine beiden mitreisenden Freunde lagen in bemitleidenswerten Körperhaltungen auf den Vordersitzen

und schliefen. Nachdem ich Mensch geworden war, gelang es mir, Fritz davon zu überzeugen, vom Fahrersitz auf den Rücksitz überzusiedeln. Fritz schlief auch gleich wieder ein, und ich fuhr los, mit der Maßgabe, DAS kleine, am Meer befindliche, ruhige, idyllische, landestypische, untouristische Hotel zu finden. Und ich fand es auch. Ca. 10 km nach dem Ortsausgang sah ich ein Schild mit der Aufschrift: Hazienda, oder so ähnlich. Einer Intuition folgend, lenkte ich nach rechts, Richtung Meer, und kam in ein Dorf, wie es in der Schrift steht. 30 Häuser, allerlei frei herumlaufendes Getier, kein Mensch, Ruhe, Sonne, Wärme und eine Luft mit dem Geruch aus Stall, Sommer und Salzwasser. Wir stellten das Auto ab und gingen los, um diese Hazienda zu finden. Ich weiß bis heute noch nicht, was Hazienda überhaupt heißt und ob es dieses Wort so in dieser Form im Spanischen überhaupt gibt. Aber wie sich etwas später herausstellte, mußte was dran gewesen sein.
Plötzlich hörten wir jemand ganz in unserer Nähe ohrenbetäubend schreien, oder besser gesagt, fluchen. Er tätigte dies zwar in spanisch, aber wenn jemand flucht, dann erkennt man dies sofort, egal in welcher Sprache sich Betreffender ausläßt. Nur worum es ging, bekamen wir natürlich zunächst nicht mit. Der Mann hatte einen ziemlich verdreckten, blauen Arbeitsanzug und genauso verdreckte, schwere Stiefel an. Er war ca. 50 Jahre alt und hatte ein zerfurchtes braunes Gesicht. Sein ergrautes Haar ließ den vor 20 Jahren gekämmten Seitenscheitel nur noch erahnen. Kurzum, so sieht ein Bauer an der nordspanischen Küste aus. Bei diesem Bauern hatte ich allerdings das Gefühl, daß der Dreck auf Arbeitsanzug und Stiefel nicht unbedingt von Arbeit herrührte, zumindest schien die letzte von ihm verrichtete Arbeit in die Zeit des letzten gekämmten Scheitels zu fallen. Der Mann stand vor der Tür eines anmutigen kleinen zweistöckigen Hauses mit einem Balkon voller Blumenkästen mit roten Geranien. Abwechselnd hämmerte er voller Wucht mit der Faust an die Tür, hielt kurz inne, um ihr dann einen langen spanischen Fluch entgegen zu schleudern. Offensichtlich aber ließ sich die Tür weder von Faustschlägen noch von derben Worten beeindrucken. Sie hielt sich verschlossen. Mit der leisen und heimlichen Hoffnung, gleich Zeuge von Blutrache oder ähnlichen südländischen Traditionen zu werden, blieben wir in sicherem Abstand stehen. Der Alte schrie und hämmerte und nichts rührte sich. Das ging vielleicht so 5 Minuten. Wir hatten uns mittlerweile Zigaretten angesteckt und harrten aus, obwohl sich unsere Hoffnung auf ein Spektakulum langsam aber sicher verflüchtigte. Plötzlich wurde er ganz ruhig, ließ seine Arme hilflos hängen und schaute der Tür deprimiert eine kurze Zeit mit tiefer Verachtung ins Gesicht. Dann drehte er sich abrupt um und verließ leise vor sich hin brabbelnd den Ort des Geschehens. Er kam direkt an uns vorbei, würdigte uns aber keines Blickes.
Als er verschwunden war, sagte ich zu meinen Freunden, daß ich beeindruckt bin von den Menschen hier, was sie mir bestätigten. Und ich sagte, sie sollen hier warten, weil ich jetzt jemanden suchen will, der mir sagen soll, wo das Hotel ist, dessen Existenz ich ja nur vermutete. Ich ging also ein Stück und sah ein paar Häuser weiter eine Frau im Vorgarten ihres Hauses. Das war überhaupt erst der zweite Mensch, den wir bis jetzt gesehen hatten. Ich wußte nicht, ob dies vielleicht die zwei einzigsten waren, deshalb beschleunigte ich meine Schritte, damit sie mir nicht durch die Lappen ginge. Während ich auf sie zueilte, überlegte ich, wie ich sie wohl ansprechen könne. Mir fielen wirklich nur zwei Worte ein, die eine Spanierin eventuell verstehen würde: Hallo und Hotel. Folgerichtig sagte ich also, als ich vor ihr stand:
„Hallo!"
Dann drehte ich mich halb um und erwähnte das zweite spanische Wort, was ich kannte:
„Hotel?"
Dabei machte ich mit der Hand eine große ausladende Bewegung in Richtung Dorf.
Ich schaute dabei sehr bedeutungsvoll. Sie hingegen blickte eher irgendwie gelangweilt und

sagte dann nach einer kurzen Pause:
„Sind sie Deutscher?"
Ich fing mich schnell und sagte den langen Satz:
„Ja", und fügte dann nach einer kurzen Pause der Besinnung hinzu:
„Na das find ich ja geil. Ein Dorf in Nordspanien mit zwei Einwohnern und eine davon kann deutsch. Das ist O.K."
Sie lächelte vorsichtig.
„Sind sie hier auf Urlaub?" fragte ich.
„Nein, ich lebe hier." Und sie sah mich dabei so an, als wollte sie sagen, du kannst mir noch drei Fragen stellen, aber dann mußt du gehen. Ich meine, sie war nicht unfreundlich, aber ich hatte das Gefühl, daß sie Angst hatte, ich würde sie jetzt fragen, ob wir drei Wochen bei ihr übernachten können.
„Sie suchen ein Hotel hier im Ort?"
„Ja, gibt es hier eins?"
„Haben sie den Alten gesehen, der vor dem Haus diesen Rabatz gemacht hat?"
Ich nickte.
„Das ist unser Dorftrinker. Und das Haus ist die Dorfkneipe, und dort gibt es auch Zimmer. Ich denke auch, daß noch etwas frei ist."
Sie schaute auf ihre Uhr.
„Es ist schon Viertel nach Neun. Eigentlich sollte ab Neun geöffnet sein. Am Besten sie warten unten, die machen sicher jeden Moment auf, und da können sie ja selbst nachfragen. Das ist übrigens der Grund, weshalb der Alte so rumgetobt hat. Wenn der nicht Punkt um Neun seinen ersten Schnaps kriegt, muß er immer ein bißchen laut machen. Ist aber harmlos und auf eine viertel Stunde kommt es hier nicht an."
„Das ist wohl ein Grund, hier zu leben", sagte und fragte ich gleichzeitig.
„Einer von vielen", erwiderte sie.
„O.K., vielen Dank, wir werden unser Glück versuchen. Tschau."
Der Gasthof, oder Hotel, oder Hazienda, oder wie auch immer, erwies sich als ausgesprochener Glückstreffer. Im Erdgeschoß befand sich eine herrliche kleine Kneipe, mit einfachen Holztischen ohne Tischtuch aber mit großen Aschenbechern und Stühlen, wie sie in der schönsten DDR-Mitropa-Kneipe nicht hätten besser stehen können. So schwarze Metallstühle, deren Sitzfläche und Lehne mit weinrotem Kunstleder überzogen waren. Ein langer Tresen; und hinter dem Tresen ein riesiger Schrank, in dem zwei Sorten Gläser und eine Sorte Schnaps standen. Wichtig zu erwähnen wäre noch der Fernseher und ein Tetris-Spielautomat. Das Zimmer im ersten Stock war klein und dunkel. Dunkel aber nur, weil das doch ziemlich große Fenster fast vollständig mit allerhand Kletterpflanzen zugehangen war. Die Wände waren grün gestrichen. Ein Grün wie es in der Schrift steht, und die Einrichtung, drei Betten und ein großer Schrank, entstammten einer mir unbekannten Epoche. Die Betten waren weich und bequem. Ich habe wunderbar in ihnen geschlafen. Sehr amüsant war die Verhandlung über das Wielange und das Wieviel mit der Wirtshauschefin, einer, so schien mir, mit den hiesigen Gepflogenheiten aufs Beste vertrauten älteren Dame. Sie konnte so gut deutsch wie wir spanisch, aber ich glaube, wir einigten uns zur beiderseitigen Zufriedenheit.
Die nordspanischen Gestade, zumindest der Abschnitt, wo wir uns befanden, bestehen aus unüberwindlicher Steilküste. Da ist ein Dorf und man verläßt es in Richtung Meer, aber da betritt man plötzlich Wiesen, auf denen Kühe weiden. Da ist kein Windflüchter, kein Kiefernwald, kein Sandweg, keine schilffbedeckte Kate, nichts von den geliebten heimatlichen Vorboten, die einem sagen: freu dich, bald ist da das Meer. Nein, hier ist eine ordinäre

Kuhweide und plötzlich ist Schluß. In 50 m Tiefe sieht man dann das Meer gegen Westeuropa kämpfen. Man sieht es nur; es ist zu hoch, als daß man es noch hören könnte. Dort unten badet man nur einmal. Selbst wenn es einem gelingen würde, bis nach unten zu klettern, die erste Welle, in die man gerät, würde einem unmißverständlich und endgültig klar machen, daß man hätte nicht dort runter gehen sollen. Nun war ja aber das schönste Wetter, was man sich vorstellen kann, und wir wollten doch nun wirklich nicht wieder nach Hause fahren, ohne in diesem beschissenen Meer gewesen zu sein. Um es vorweg zu nehmen, wir waren im Meer. Aber keine Angst, wir sind da nicht runter. Es gibt nämlich dort so aller 5 km kleine Buchten, und den Weg zu einer davon haben wir uns erklären lassen. Wir hatten gar nicht danach gefragt, man hat es uns von ganz allein erzählt. Die Enttäuschung stand uns wohl allzusehr im Gesicht geschrieben und die Einheimischen werden sich gedacht haben, was will ein deutscher Tourist am Meer, wenn er nicht rein kann - also zeigen wir ihm doch den Weg, denn nur ein zufriedener Tourist ist ein guter Tourist.
Eine Bucht wie im Film, ach was sage ich, wie im Märchenfilm. Ein serpentinenförmiger Weg führte hinunter. Überall, wo es der Felsen hergab, wuchsen Kakteen und Blumen aller Art. Der Strand in der Bucht, mit dem feinsten Sand wo gibt, war nicht länger als 100 m, und breit war er bei Ebbe vielleicht 50. Bei Ebbe konnte man auch ewig weit durch das Wasser, fast bis ins offene Meer laufen. Das Wasser war warm und ruhig. Es war schon ein irres Gefühl, da so lang zu laufen; rechts und links die Felsen, vor dir das Meer, über dir der wolkenlose Himmel und hinter dir der Gedanke, hier wieder weg zu müssen. Mit einem kleinen Schlauchboot bin ich einmal ziemlich weit aus der Bucht rausgefahren. Aber als dann plötzlich die Wellen anfingen Wellen zu werden und der Eingang zur Bucht immer kleiner und ich mir bewußt wurde, daß sich unter mir langsam aber sicher genauso viel Freiraum wie über mir befand, entschloß ich mich dann doch zur Rückkehr, was bei der starken Strömung gar nicht mehr so einfach war. Amerika war schließlich schon entdeckt. Auch von der Warte her hätte sich eine Weiterfahrt also nicht gelohnt.
Die Abende in unserer Unterkunft waren äußerst erquicklich. Die von mir am Morgen unserer Ankunft aufgestellte Theorie, daß in diesem Dorf eventuell nur zwei Menschen wohnen würden, erwies sich als nicht haltbar. Unser Hotel entpuppte sich als der abendliche Dorftreffpunkt. Von ganz jung bis ganz alt war alles vertreten. Es wurde getrunken und diskutiert, es wurde fern geschaut und das Gesehene (es war gerade Olympiade) kommentiert, es wurde gegessen und gestritten. Und das alles in einer Höllenlautstärke. Ich habe dort mein größtes und wohlschmeckendstes Schnitzel und die besten Pommes meines Lebens verzehrt. Und wir haben die Biere reingetan. Jeden Abend haben wir um Pesetas gepokert und es lagen selbige reichlich auf dem Tisch. Immer wenn der Haufen groß genug war, erschienen abwechselnd der bereits erwähnte Dorftrinker oder ein paar Kinder, um ihren Teil bittend. Der Alte schaffe seins sofort an die Theke, die Kinder ihres in den Tetrisautomaten. So gegen 2 Uhr sind wir ins Bett, zu einer Zeit, wo das Treiben, einschließlich der Kinder am Spielautomaten, noch im vollen Gange war.

Und nun saß ich im Flugzeug nach Ghana. Und warum Ghana? Klar, ich habe mit Thoralf einen Anlaufpunkt, aber eben Ghana, weil ich Afrika geil finde. Warum finde ich Afrika geil? Aus dem gleichen Grund weshalb ich Spanien geil finde. Und warum geht mir zum Beispiel Nordamerika am Arsch vorbei? Aus dem gleichen Grunde wie mich Frankreich nicht interessiert. Will damit sagen, die Diskussion, auf welchem Flecken Erde es nun am schönsten sei, ist völlig überflüssig, weil, es ist überall schön. Nur der Ort, den man persönlich am schönsten findet, der ist geprägt von den Erlebnissen, die man hatte, bzw. nicht hatte. Und diese Erlebnisse kann man jemand anderen nicht oder nur sehr schwer vermitteln.

Muß man ja eigentlich auch gar nicht. Trotzdem ist es ein komisches Gefühl, wenn man jemanden von irgendetwas vorschwärmt und der andere kratzt sich dabei gelangweilt am Hinterkopf. Das versteht man dann gar nicht. Wieso ist der nicht auch so begeistert von diesem oder jenem Ort? Zuweilen kommt es allerdings vor, daß der, der sich eben noch am Hinterkopf kratzte, 2 Jahre später am selben Ort war und auch schöne Stunden hatte. Dann ist man sich einig. So ist die Welt.
Fritz schlief. Unter mir die Wüste. Ich rauchte und trank viel Whisky. Und natürlich Cola zum Nachspülen. Ich muß das tun, weil fast jeglicher Alkohol zum Kotzen schmeckt, aber all die herrlichen Säfte und Limonaden haben eben den blöden Nachteil, daß man trinken kann soviel man will, man wird nicht betrunken. Und bei Whisky wird man. Außerdem muß man beim Biertrinken, was ja eine Alternative wäre, ständig aufs Klo, und man muß auch viel mehr trinken, um die gewünschte Wirkung zu erzielen. Da ich aber schon, wenn ich Hochprozentiges nur rieche, eigentlich kotzen muß, spüle ich immer mit irgendwas Alkoholfreiem nach. Dadurch geht's. Ja, man muß erfinderisch und ein wenig praktisch veranlagt sein, dann kommt man durch die Welt. Man darf dem Alkohol aber nicht nur Schlechtes unterstellen. Hab ich es doch mit seiner Hilfe geschafft, daß ich zwar im Flugzeug sitze, mich aber trotzdem wohl fühle. Und ich wollte mich noch länger wohl fühlen. Deshalb klingelte ich nach dem Steward. Es war dunkel im Flugzeug. Die Verdunklung war an allen Fenstern heruntergezogen. Licht kam nur von der Videoleinwand (es lief ein schöner Film mit dem Schlagdraufundschlußhelden: Jean Claude van Damme) und von einigen wenigen eingeschalteten Leselampen. Ich schaute abwechselnd auf die Leinwand und auf den Vorhang, hinter dem ich den Steward vermutete. Plötzlich bewegte sich der Store und in den Gang trat nicht der Steward, in den Gang trat eine Stewardeß. Nein, in den Gang trat eigentlich auch keine Stewardeß, in den Gang trat ein Traum von einer Frau. Sie kam förmlich auf mich zugeschwebt. Selbst das übliche mehr oder weniger geschmacklose BA-Kostüm, welches auch sie trug, ließ ungeahnte Körperformen vermuten. Sie hatte langes, dunkelblondes, lockiges Haar und sie hatte den verführerischsten Mund, den ich je gesehen habe. Diese Frau war Sex. Und ihre großen, dunklen Augen mit den langen Wimpern schienen auch nur dieses eine zu wollen. Und nicht, daß sie es einfach nur wollte, ich spürte sofort, sie wollte es von mir! Sie stand nun neben mir und beugte sich leicht zu mir herunter, wohl auch, damit ich es leichter haben möge, in ihren Ausschnitt zu schielen. Und natürlich schielte ich. Ganz unmerklich setzte ich mich gerade hin, um ihr so näher zu sein. Plötzlich kam ein Duft über mich, der mein Herz rasend machte, so daß mein Blut, glaube ich, mit doppelter Geschwindigkeit durch meine Adern schoß. Bei diesem Duft fiel mir nur ein Vergleich ein: so muß Süskind's Parfüm gerochen haben.
„Can I help you", hauchte sie mir zu.
„Oh yes", hauchte ich zurück, „I would like to take one Scotch." Wo ich das nur her hatte? Sie schaute mir tief in die Augen und nach einer kleinen Pause, die mir vorkam wie eine Unendlichkeit, kam sie fast an mein Ohr und flüsterte zärtlich:
„Come with me."
Sagte es, richtete sich auf und entschwand in Richtung Heck. Wie benommen blieb ich sitzen. Alles was mir durch den Kopf ging, waren die Worte, come with me, und daß es dort, wohin diese Fee verschwunden war, dunkel war, daß uns dort niemand sehen konnte, daß ich dort mit ihr allein war. Und noch einen Gedanken hatte ich, ein Gedanke, welcher in kürzester Zeit immer breiteren Raum in meinem Kopf einnahm: wenn ich ihr jetzt nicht hinterhergehe, dann bin ich der größte Loser, den es gibt auf dieser Welt; so ein Angebot bekommst du nie wieder. Und selbst wenn das wieder bloß so eine der üblichen Luftnummern ist, so ein viel Lärm um nichts, wenn du jetzt nicht hinterher gehst und nachschaust, was

dran ist an diesem come with me, dann wirst du dir dein Leben lang Vorwürfe machen. Mit Herzklopfen, zugeschnürter Kehle und einem Kribbeln im Bauch, daß es eine Art hatte, stand ich schließlich langsam auf und ging ihr nach.
Als erstes nahm ich ihren Geruch war, dann die Umrisse ihres Körpers und dann spürte ich auch schon ihre Lippen auf den meinen. Sie küßte mich leidenschaftlich und ihre Hände gingen genauso leidenschaftlich zu Werke wie ihr Mund. Mit geschlossenen Augen ließ ich alles über mich ergehen. Ich war wie gelähmt, ich glaube, wenn das Flugzeug jetzt abgestürzt wäre, ich hätte es überhaupt nicht mitbekommen. Als sie mit der Hand mein Glied berührte, hatte ich Angst, sofort zu explodieren. Zusehends wurde ich mutiger. Alles an ihr berührte ich, und je derber und zielsicherer ich dies tat, desto mehr Freude schien sie dabei zu haben. Sie trug keinen Slip und keine Strumpfhose und ihre Möse war heiß und feucht. Ich glitt langsam an ihr herunter, um sie zu lecken. Sie lehnte sich dabei breitbeinig mit dem Rücken an die Wand und ließ es unter leisem Stöhnen mit sich geschehen. Plötzlich nahm sie meinen Kopf hoch, faßte mich an der Hand und öffnete die Toilettentür. Sie ging hinein und zog mich rasch nach. Sie verriegelte die Tür und schmiegte sich dann sanft an mich. Sie küßte mich wieder und öffnete mir dabei geschickt die Hose, und als sie meinen Schwanz in der Hand hatte, kniete sie sich vor mich hin und fing an, ihn mit dem Mund zu bearbeiten. Ich lehnte an der Tür und sah ihr von oben zu. Durch die Verriegelung hatte sich das Licht eingeschaltet, und ich verstand wiederum die Menschen nicht, die es nur im Dunkeln treiben. Während sie inbrünstig an meinem Schwanz saugte, beugte ich mich vor, um den Wickeltisch herunterzuklappen. Der Wickeltisch ist so angebracht. daß man bequem Babys darauf wickeln kann, er ist aber auch genauso wunderbar dazu geeignet, eine Frau darauf zu ficken. Ich faßte sie an ihrer wunderbaren Taille und hob sie auf den Tisch. Sie lehnte sich zurück und rutschte mit ihrem Arsch bis an die Kante des Tisches. Mein steifes Glied und ihre herrliche Möse befanden sie auf gleicher Höhe, uns trennten nur wenige Zentimeter. Ich brauchte mich nur etwas vorzubeugen und konnte in sie eindringen. Und ich beugte mich vor. Langsam ging ich in sie hinein, und ich fickte sie, wie es in der Schrift steht, obwohl diese Metapher hier sicher etwas unangebracht erscheint. Sie verdrehte dabei die Augen, und ihr Stöhnen wurde langsam immer lauter. Während ich sie fickte, holte ich ihre üppigen Brüste aus ihrer Bluse und knetete sie durch. Alles was mir gefiel, gefiel ihr auch und umgedreht. Langsam nahm sie meine Bewegungen auf. Zur gleichen Zeit stießen wir beide zu, so daß unser beider Scham jedesmal mit voller Wucht aufeinander prallten. Als sie ihren Orgasmus bekam, zog sie mich zu sich herunter und krallte ihre Finger in meinen Hals. Als ich meinen Orgasmus bekam, hatte ich das Gefühl, in tausend Einzelteile zu zerspringen. Es war überirdisch, es war phantastisch, es war gigantisch. Wir hielten uns noch eine kleine Weile fest umschlungen und, als wir wieder Herr unserer Sinne waren, küßte sie mich noch einmal flüchtig auf den Mund, sagte ganz leise „by" und schob mich sanft aus der Tür. Ich ging langsam zu meinem Platz, setzte mich und zündete mir eine Zigarette an. So etwas hatte ich noch nie erlebt. Ich war fassungslos und trotzdem völlig gelassen. Ich hatte eigentlich nur eine Sorge: ob sich vielleicht ein paar Spermaflecken auf meine Hose verirrt hatten. Aber diese Sorgen brauchte ich mir in Wahrheit gar nicht zu machen, weil das eben beschriebene Erlebnis nicht stattgefunden hat. Es ist ein Phantasieprodukt, entsprungen einem sexistischen, völlig unrealistischen, einsamen und kranken Männermachohirn. Ich bin absolut davon überzeugt, daß seit Beginn der bemannten Luftfahrt nicht eine nur annähernd ähnliche Begebenheit stattgefunden hat. Es sei denn, eine Stewardeß hat ihren Ehemann mitgenommen, und sie haben es so oder ähnlich gemacht, um die Lust zu erhöhen, oder weil es zu Hause reinregnet. Das würde aber nicht zählen. Die Möglichkeit, daß so etwas wie oben Erwähntes in echter Wahrheit passieren könnte, ist ungefähr so groß, wie als wenn ich

im Lotto gewinnen würde, dabei aber gar keinen Schein ausgefüllt hatte. Trotzdem (oder vielleicht gerade deshalb) geistert sie in den Hirnen fast aller Männer. Aber was wissen wir denn, was in den Hirnen der Frauen vorgeht? Um Streit mit Frauenrechtlerinnen zu vermeiden, schreibe ich jetzt nicht: vielleicht genau dasselbe. Ist auch egal, ich glaube aber, ich sollte nicht versäumen zu erwähnen, was nun wirklich passiert ist. Der Steward, der aussah wie ein wirklicher Engländer, nämlich ein bißchen farblos, mit großer Nase und kleinen Augen und die Haare schön streng gescheitelt, also dieser Engländer hat mir Whisky gebracht, und ich habe ihn getrunken. Haarscharf segelten diesmal Phantasie und Realität aneinander vorbei.

Thoralf war von 1985 bis 90 unser Saxophonist. Eigentlich waren wir die beiden, die die Grundidee hatten, so etwas wie die Band DEKAdance zu gründen. Damals natürlich nichtsahnend, wie diese Grundidee im einzelnen aussehen sollte. Kurz vor meiner unseligen Armeezeit (bei wem war sie nicht unselig?) sagte ich zu Thori: wir werden etwas „viehisches" machen. Und er sagte, ja du hast recht. Nach diesen zwei Sätzen war erst mal zwangsläufig eineinhalb Jahre Pause, weil ich den Sozialismus verteidigen mußte. Für diejenigen westdeutschen Leser, die jetzt der Meinung sind, wie konnte der nur zur Armee gehen und sich dabei auf die Schulter klopfen mit der Bemerkung, sie hätten das alles anders gemacht, sei angemerkt, daß man damals kaum eine andere Wahl hatte, es sei denn, man hätte in Kauf genommen, in den Knast zu gehen oder allerhand andere Repressalien auf sich genommen. Hiermit gebe ich öffentlich kund, daß ich zwar mit dem DDR-Sozialismus in den meisten Fällen nicht konform gehen wollte, ich aber null Bock hatte, einen auf Märtyrer zu machen. Außerdem wollte ich Musik studieren. Und auch wenn ich damals in vielen Beziehungen die Welt mit pubertären und Sturm-und-Drang-Augen gesehen habe, so war mir doch eines klar: für keinen „...ismus", für keinen Staat, für keine Religion, für keine Idee und für keine noch so schöne Heimat lohnt es sich, auf ein Musikstudium zu verzichten. Das gilt natürlich auch noch heute und für alle Zeit. Obwohl das Musikstudium an der Dresdner Musikhochschule ziemlich für den Arsch war. Das Durchschnittsalter der Lehrer an dieser Hochschule lag damals so um die 120 Jahre, und das Notenmaterial, nach dem man lernen mußte, stammte aus der Zeit der Schlacht im Teutoburger Wald. Lehrziel war es, Musikhandwerker heranzubilden, die dann in Show-, Radio-, Tanz- oder anderen Big-Band's ihren Dienst tun konnten. Nun möchte ich nicht den Eindruck erwecken, daß ich etwas gegen solides Handwerk hätte, aber Handwerk allein ist ohne Kreativität ziemlich wertlos. Umgedreht übrigens natürlich auch. Und diese Kreativität wurde überhaupt nicht gefördert, noch schlimmer, sie wurde überhaupt nicht erkannt. Das Erscheinen unserer ersten LP „Happy Birthday" im Jahre 1989 wurde in der Hochschule nur mit Kopfschütteln zur Kenntnis genommen. Wie können denn welche eine Platte machen, die Schwierigkeiten haben, die F-Dur Tonleiter in unter 2,4 Sekunden zu spielen. Ziemlich zeitig erkannte ich damals, daß mir dieses Musikstudium nicht das bringen würde, was ich mir erwartet hatte. Aber ich gehöre nicht zu den Menschen, die einmal Angefangenes vorzeitig beenden. Außerdem, und das entwickelte sich bei mir immer mehr zum Hauptgrund weiter zu studieren, bekam man mit Beginn des Studiums einen Berufsausweis, der einen berechtigte, ohne als asozial und arbeitsscheu eingestuft zu werden, Musik machen zu können, ohne nebenbei noch irgendwo ein mehr oder weniger imaginäres Arbeitsverhältnis nachweisen zu müssen. Aus finanziellen Gründen hab ich diese oder jene Arbeit aber trotzdem noch lange gemacht. Außer Bautischler, meinem gelernten Beruf, war ich Essenträger, Friedhofsgärtner, Hausmeister in einem „Club der Volkssolidarität", Briefträger, Kellner, Barmann und Bahnpostler. Ich habe also alle Arbeiten durch, die alle Berühmtheiten und solche die es werden wollen, durch haben.

Im Mai 1984 jedenfalls hatte ich mein Pflichteineinhalbjahr abgeleistet. Und ich bin auf Thori zugegangen, und ich sagte zu ihm: laß uns jetzt das „viehische" machen. Und wieder hat er ja gesagt. Nun gut, vielleicht war es auch umgekehrt. Ist auch egal, fest steht jedenfalls, daß bei den ellenlangen Sondierungsgesprächen, die meist von 22-4 Uhr stattfanden, hektoliterweise Bier verkonsumiert wurde. Kann da was Schlechtes bei rauskommen? Thori kannte einen gewissen Marc Dennewitz, unseren späteren Gitarristen, ich kannte einen gewissen Heiko Tuch, den späteren Schlagzeuger. Und somit war man ja eigentlich spielfähig, oder sagen wir lieber ehrlicherweise, man war probefähig. Und wir begannen, damals noch mit einem Pianisten, mit den Proben in einer Villa auf dem Weißen Hirsch. Die Villa gehörte einem alten Arzt, den Marc irgendwoher kannte. Er muß sehr berühmt und reich gewesen sein, zumindest eins von beiden, und es hielt sich das hartnäckige Gerücht, daß er schwul war. Ob das stimmte, weiß ich nicht, es würde aber eine Erklärung dafür geben, warum er eine Horde relativ wild gewordener und ja noch ziemlich junger Fastmusiker in seinem Haus ungehindert ein-und ausgehen ließ und sie im Keller seines Hauses zu Unzeiten wilde Musik proben ließ, ohne Miete versteht sich. Außerdem waren ständig allerhand junge Burschen im Hause anwesend. Am Ende denkt man jetzt von mir, ich hätte was gegen Schwule. Dazu sei angemerkt, daß es mir völlig Schnuppe ist, wie einer seine Sexualität auslebt. Ich hätte es auch erwähnt, wenn er ein SM-Studio in seinem Haus gehabt hätte, oder wenn er seine Ziege gefickt hätte; ich hätte es aber auch erwähnt, wenn er mit einer Frau ganz normal verheiratet gewesen wäre. Obwohl letzteres wirklich ein wenig gewöhnlich erscheint.
Während meiner Armeezeit hatte ich einige Stücke komponiert. So eine Mischung aus Dixieland und Mainstreamjazz. Ich legte dann also ca. drei Noten pro Blatt auf den Tisch und sagte, schreibt euch mal eure Stimmen raus und dann spielen wir mal. Es war, selbst wenn wir sie ordentlich gespielt hätten, eine schreckliche Musik. Geld verdiente ich damals in meiner Eigenschaft als Kontrabassist, hauptsächlich mit einer Dixielandband namens „Saxonia Feetwarmers". Eine ganz schlechte Kapelle, unter anderem mit einem ganz furchtbaren Banjo-Spieler aus Bulgarien, der dann von uns auch folgerichtig als balkanöses Metronom bezeichnet wurde. Ich war absoluter Dixieland-Fan, und ich hatte auch einen ganz guten Ruf als Bassist in der Szene. Beim damaligen alljährlichen Dixielandfestival in Dresden kam man aber als Bassist, zumal als Einheimischer, bei den nächtlichen Sessionen nie zum Zuge, daher beschloß ich damals, ein Instrument zu lernen, mit welchem man bei jeglicher Session zum Zuge kommt. Ja, und da fiel mir nur Trompete ein. Und so kam es, daß ich sagte, es muß alles anders werden in der Rockmusik. Ich sprach meinen alten Schulkumpel Klaus Weichelt an, der sich zu dieser Zeit an der Musikhochschule mit der Posaune rumärgerte (er wird seinen Lehrern in ewiger Erinnerung bleiben), ob er mit uns nicht das besagte „viehische" machen wöllte, und wir lernten einen Bassisten kennen namens Sebastian Grohs, und wir sagten dem Pianisten, er müsse jetzt doch wieder gehen, weil Klavier, wenn alles anders werden soll, nicht von Nöten wäre, und plötzlich hatten wir eine Band mit einer Besetzung, die die Welt noch nicht gesehen hatte. Jedenfalls für Dresden im Jahre 1985 war eine Band mit Trompete, Saxophon, Posaune, Gitarre, Bass und Schlagzeug schon ziemlich ungewöhnlich, zumal ja keiner von uns sein Instrument richtig spielen konnte. Das Publikum interessierte dies jedoch offensichtlich weniger. Unsere Popularität stieg damals, in Sachsen zumindest, stündlich. Zum einen waren wir wirklich originell und einzigartig. Zum anderen gab es zu dieser Zeit im Osten keinerlei Subkultur, und wir waren Subkultur. Die Menschen haben uns geliebt, weil wir einerseits liebenswert waren und andererseits niemand anderes da war, den man hätte lieben können. Thori hatte es auch mit einem Musikstudium versucht, er hat aber nach einem Jahr abgebrochen. Als er 1990 den Wunsch äußerte, aus der Band der Bands auszusteigen und somit mit der Musik aufzuhören, antwortete er

auf mein verdutztes Warum, daß er erkannt hat, daß er nie das auf seinem Saxophon machen kann, was er sich vorstellt, er würde es nie schaffen. Außerdem kotzt ihn diese ewige Rumfahrerei an und die soziale Unsicherheit, die nun mal mit dem freiberuflichen Rockmusiker eine untrennbare Einheit bildet. So nahm er also seinen Abschied vom Unternehmen DEKAdance, und wir verloren uns so ziemlich aus den Augen. Er begann ein Kunsttheoriestudium, ohne auch dieses abzuschließen und arbeitete dann als Finanzoberaufseher im Casino in Dresden. Ich hab ihn mal besucht und hab schon ein wenig schmunzeln müssen. Der alte versoffene, in sein Saxophon quiekende, unter den Frauen leidende, dem Geld hinterherrennende und nach den Zigaretten gierende Sack, nun in besten Tuch und Stoff gehüllt, vom Finanzamt abgestellt zu beobachten, daß auch alles klargeht mit den Millionen, die im Casino eben mal so jede Nacht locker über den Tisch gereicht werden. Obwohl ich sagen muß, geschmunzelt habe ich weniger wegen den Klamotten die er anhatte, das war für Thori nichts ungewöhnliches, er hatte schon immer auf ein gepflegtes Äußeres geachtet. Es war einfach nur die Tatsache, daß einer von uns in der Lage war, so eine Wandlung zu vollführen. Aber ich merkte sofort, daß Thori einer der wenigen war, denen sein neues und ja wirklich völlig anderes Umfeld nichts anhaben konnte. Er ist einer von uns geblieben. Und das war gut so. Wir haben uns gut amüsiert, und er hat mir Ratschläge gegeben, wie ich wohl am besten setzen sollte, denn ich hatte 200 DM mit. Ich hab sie gesetzt, aber ich hätte sie natürlich gleich direkt an der Kasse abliefern können.
Thori hatte immer eine Vorliebe für schwarze Haut. Und so kam es, daß er eine deutsche Mulattin heiratete. Für meine Begriffe eine Frau, ich will's mal ganz lieb ausdrücken, die charakterlich nicht ganz auf der Höhe war. Das hat Thori dann später auch gemerkt, und so wurde eine Scheidung unausweichlich. Schwarze Haut und Afrika bilden ja nun irgendwo eine Einheit. Was bei Thori zuerst vorhanden war, die Liebe zur schwarzen Haut oder die Liebe zum schwarzen Kontinent, weiß ich nicht, jedenfalls ist er 1992 einfach mal so nach Ghana in den Urlaub gefahren und hat dort seine jetzige Frau kennengelernt. Er ist zurückgekommen, hat gekündigt, sein Haus vermietet und ist wieder runtergefahren, um zu heiraten. Und nun ist er schon ein Jahr dort unten, und für mich wurde es halt Zeit nachzuschauen, wie es da unten so ist. Ich hab ihm geschrieben, können wir kommen, er hat ja gesagt, und somit sind wir also los.

Ich schaute aus dem Fenster, laut Zeitplan war die Landung in ca. einer Stunde vorgesehen. Ich war ziemlich im Arsch. Zertrunken, zerraucht und müde, aber nicht unbedingt unguter Dinge. Unter mir, in ein paar 1000 Metern, sah man trotz Tageslicht riesige Buschfeuer wüten. Ich nahm jedenfalls an, daß sie riesig waren, wie hätte man sie sonst sehen können. Je näher wir dem Ziele kamen, desto diesiger wurde die Luft; wie ein großer Schleier, der sich über das Land legte. Woher sollte dieser Schleier aber kommen? Ich wunderte mich sehr, weil nach meinen Informationen in Ghana im Januar Trockenzeit herrschen müßte und es somit auch keine Wolken geben dürfte. Am Ende wird dieser ganze Afrikaurlaub völlig verwolknet. Das hätte mich vielleicht angekotzt, ich wollte doch braun werden.
Man muß sich vorstellen, man fährt Anfang Januar mit dem Auto nach Leipzig zum Flughafen, um nach Afrika zu fliegen. Man stellt das Auto auf dem Parkplatz ab und steigt aus. Bei -13°C steigt man aus. Man muß ja aussteigen, weil man ja nach dem Flugzeug hin will. Und dann läßt man all die januardeutschlandtypischen Dinge wie Mantel, Mütze und Handschuh im Auto, weil man die ja in Afrika offensichtlich nicht braucht. Dann muß man allerdings zum Flughafengebäude laufen, und das befindet sich eine große Strecke weg vom Parkplatz. Eine große Strecke ohne Winterausrüstung und mit viel Gepäck. Die Hände sind rotgefroren, die Kälte zwickt erbarmungslos in Nase und Ohren. Man ist im ständigen Konflikt zwischen

Anhalten und Kofferabsetzen und damit das Risiko des Erfrierungstodes einzugehen und Weitergehen und damit aber den Tod durch Erschöpfung in Kauf zu nehmen. Aber irgendwie hat man es geschafft, wie man ja alles irgendwie schafft, und dann, ca. 30 Stunden später steigt man aus dem Flugzeug, und es sind 30°C im Positiven. Es sei mir gestattet, diesen Umstand als beeindruckend zu bezeichnen. Ich stand auf der Gangway und ließ es auf mich wirken und wurde unweigerlich an Angola erinnert.

2

Frag mich bitte niemand, auf welchen verschlungenen Wegen es gelungen ist, uns, also DEKAdance, nach Luanda zum 1. Jazzfest zu delegieren. Genauer gesagt, handelte es sich um den ersten „Festijazz Angola 1990„. Alles was ich weiß, ist, daß es in Luanda eine Entwicklungshelferin gegeben hat, die uns noch aus Ostzeiten in Dresden kannte und offensichtlich auch liebte. Diese wiederum war mit einem Einheimischen verheiratet, der in irgendeiner Form mit der Organisation dieses Jazzfestes zu tun hatte. Soweit ist ja alles noch nachzuvollziehen, wie es aber gelungen ist, daß wir wirklich so ca. einen halben Tag vor Abflug unsere Tickets in der Hand hielten, die wir auch nicht mal bezahlen mußten, das war schon äußerst erstaunlich.

Einer der genialsten Sprüche, die ich je gehört habe, war die Äußerung eines kleinen Ganoven im ebenso genialen Film „Es war einmal in Amerika". Bedeutungsvoll, weil mißtrauisch und mit vollem Mund, weil gerade essend, sagt dieser Mensch zu ein paar anderen Typen: „Das Leben ist verrückter als Scheiße." So mancher wird sich jetzt fragen, was an diesem Spruch nun etwa so genial sei. Er ist genial, weil er stimmig ist, weil er, ganz allgemein, vor abgrundtiefer Weisheit und unumstößlicher Wahrheit strotzt. Und konkret auf Angola bezogen: ein Land im Südwesten Afrikas am Atlantik und ein schönes Land, zumindest was ich gesehen habe. Gleichzeitig ist es aber auch ein Land, in welchem seit 1975, dem Jahr als die Portugiesen das Land in die, und ich sage es bewußt mit einem zynischen Unterton, segensreiche Unabhängigkeit entließen, ein unsäglicher Bürgerkrieg tobt, der hunderttausende Menschenleben gefordert hat und immer noch fordert. Und nicht genug damit, dieser Bürgerkrieg ist nur die Fortsetzung eines nicht minder grausamen Unabhängigkeitskrieges gegen die Kolonialherren, der seine Anfänge in den Sechziger Jahren hatte. Es ist ein Land, reich an natürlichen Ressourcen und trotzdem eines der ärmsten Länder der Erde. Angola war damals eigentlich nur noch Großraum Luanda. Außerhalb dieses Gebietes war Krieg, Chaos, Elend und Tod. Und wenn in so einem Land, unter diesen Umständen, wo es nichts zu essen gibt und man den Kanonendonner fast hören konnte, aus welchen Gründen auch immer ein Jazzfestival veranstaltet wird, kommt man da nicht unweigerlich zu dem Schluß, daß das Leben verrückter als Scheiße sein muß? Vielleicht sollte man über solche Dinge nicht weiter nachdenken und halt eben einfach hinfahren. Genau dies haben wir ja letztlich auch getan.

Es war im Prinzip meine erste große Reise, und ich war schon ziemlich aufgeregt, nicht zuletzt wegen der Zustände in diesem Land hatte ich auch ein gewisses flaues Gefühl in der Magengegend. Wir sind im Oktober bei 0°C ab Berlin nonstop bis Luanda geflogen und gegen Mitternacht auch glücklich gelandet, und dann steigst du aus diesem klimatisierten Flugzeug und es peitscht dich förmlich um. 25°C und eine Luftfeuchtigkeit von ungefähr 2000%, da bleibt man schon mal kurz stehen, um zu staunen. Innerhalb von wenigen Minuten bist du völlig durchgeschwitzt, obwohl du dich schon von relativ vielen Kleidungsstükken getrennt hast. Klaus, dem es damals gesundheitlich nicht so gut ging, befand sich sofort nach der Landung am Rand eines Kreislaufkollaps. Also ich weiß nicht, ob es nun ein Kreislaufkollaps war, aber auf jeden Fall wechselte seine Gesichtsfarbe ständig von grellweiß bis dunkelrot, und auch sonst machte er keinen allzu agilen Eindruck. Dies sollte sich auch den ganzen Angolaaufenthalt nicht ändern. Der arme Kerl, er tat mir da wirklich leid. Da hast du nun mal die Möglichkeit, kostenlos eine weite Reise zu machen, und dann fühlst du dich die ganze Zeit total beschissen. Aber er hat immer geraucht. Das fand ich clever.

Als wir im Flughafengebäude, welches mich mehr an eine, was weiß ich, große runtergekommene Lagerhalle erinnerte, auf unser Gepäck warteten, fiel plötzlich der Strom aus.

In Unkenntnis der Sachlage entwickelten wir in Sekunden einen Schlachtplan, wie wir unser Leben und unser Gepäck retten konnten. Die Förderbänder standen ja auch still. Wir hatten einfach Schiß, was wußten wir denn, was in so einer Situation passieren kann. Messer im Rücken, Instrumente weg und all das. Man kommt dann schon auf allerhand komische Gedanken. Notbeleuchtung gab es nicht und auch niemand vom Flughafenpersonal konnte oder wollte eine Taschenlampe besorgen. Ersteres war wohl wahrscheinlicher. Wir scharten uns also um unser Gepäck, welches wir schon in Empfang genommen hatten und führten lustige Gespräche, um uns gegenseitig Mut zu machen. Irgendwo ging eine Kerze an, und allmählich stellten wir fest, daß wir die einzigen waren, die sich selber Streß machten. Alle anderen verhielten sich völlig gelassen und harrten ebenso aus. Heute weiß ich auch, daß es Blödsinn war, sich in dieser Situation Gedanken zu machen, weil, wenn in einem Flughafengebäude in Afrika der Strom ausfällt, muß dies nicht unbedingt zwangsläufig die Konsequenz nach sich ziehen, daß man ermordet oder ausgeraubt wird. Die Menschen dort sind, obwohl dies eigentlich ein Widerspruch sein müßte, wenn man bedenkt, was Weiße Schwarzen angetan haben, Europäern gegenüber freundlich und wohlgesonnen. Untereinander sieht das offensichtlich schon wieder etwas anders aus.
Genauso plötzlich wie der Strom sich verabschiedet hatte, war er nach 20 Minuten wieder da, und die Transportbänder verfielen wieder in ihre mechanische Bewegung, genauso die Menschen, die sich nun ihre Taschen und Koffer nahmen und Richtung Ausgang strebten. Auch wir lösten unsere Sicherheitspartnerschaft auf, sammelten unser Gepäck ein und erreichten das Freie, ohne natürlich die für Afrika typischen 400 Kontrollen mit ungefähr 600 Beamten und 1000 Stempeln auszulassen. Mich beschlich damals das Gefühl, daß, je ärmer und unbedeutender das Land, desto größer und dämlicher der Bürokratismus. Aber ich hatte lange genug in der DDR gelebt, um die Dinge gelassen zu nehmen. Vor dem Gebäude wurden wir von besagter Entwicklungshelferin nebst zwei Einheimischen in Empfang genommen. Nach der üblichen Begrüßungszeremonie, wie war der Flug, la, la, la und so, zeigte sie auf einen der beiden Mitbegrüßer und sagte:
„Das ist euer Busfahrer, der bringt euch in euer Hotel", dann drehte sie sich halb um und zeigte auf etwas, was früher vielleicht mal sowas wie ein Bus gewesen war und fügte hinzu: „Und das ist euer Bus. Morgen habt ihr eure erste Mugge. Ihr werdet rechtzeitig abgeholt. Ihr braucht euch um nichts zu kümmern."
Sagt's, stieg mit dem anderen Schwarzen in ihr Auto und verschwand. Zum besseren Verständnis für alle Westdeutschen sei angemerkt, das Wort „Mugge" stammt noch aus dem Dritten Reich und ist ein Kürzel für „musikalisches Gelegenheitsgeschäft", gleichbedeutend mit dem in Westdeutschland üblichen Wort „Gig", welches aus dem Englischen kommt. Offensichtlich ist es den ostdeutschen Musikern nicht gelungen, die Vergangenheit zu bewältigen. Für alle Gesamtdeutschen, die weder mit dem Wort „Mugge", noch mit dem Wort „Gig" etwas anfangen können, denen sei gesagt, beides bedeutet Auftritt oder Konzert oder wie auch immer.
Wir bestiegen also das Gefährt, welches sich bei näherer Betrachtung schon als eine Art Bus entpuppte, freilich ohne Scheiben, ohne Licht, ohne Lackierung und ohne überhaupt alles. Aber es fuhr. Als in gewisser Hinsicht ein wenig gehässiger Mensch kam mir damals die Idee, deutsche Angestellte des TÜV einen Monat lang in so ein Gefährt zu stecken. Was für eine geniale Gemeinheit. Wie hätte man diese Menschen mit einer so einfachen Methode zerbrechen können. Wir fuhren durch Luanda, wir fuhren durch eine Geisterstadt. Es herrschte eine Ausgangssperre von 22 - 6 Uhr, es war gegen ein Uhr, das einzige Licht bescherte uns der Mond, und es war kein Mensch zu sehen. Ausgangssperre bedeutete natürlich auch, daß auch kein busähnliches Gefährt durch die Nacht brausen durfte, und demzufolge wurden

wir auch mehrmals von Militärstreifen angehalten. Diese Militärstreifen bestanden meist aus zwei bis drei 16jährigen Bengels in Uniform mit zunächst strengen und sagen wir unberechenbaren Gesichtern und entsicherten MP's. Auf Grund dessen, daß unser Fahrer irgend ein Papier mitführte, das ihn und damit uns offensichtlich berechtigte, durch die ausgangsverbotene Stadt zu fahren, wurden wir nicht erschossen. Das klingt gut, nicht war? Nachdem er den Jungs der angolanischen Befreiungsarmee den Passierschein gezeigt hatte und dazu ein paar für uns unverständliche Scherze gemacht hatte, konnten wir weiterfahren. Als alles seine Ordnung hatte, wechselten die Gesichter der Uniformierten von streng zu freundlich, und man lächelte und winkte uns sogar zu. Mehr oder weniger erleichtert winkten wir jedes Mal zurück. Ich meine, so richtige Angst hatte ich eigentlich nicht, aber man hat ja doch schon so einiges gehört, und ich meine, einer der Typen hätte ja einen schlechten Tag haben können oder ein schlimmes Erlebnis, und dies gepaart mit einer falschen, von ihm mißverstandenen Bewegung; was weiß ich, abgedrückt ist offensichtlich schnell. Eine schöne Vorstellung: du willst den Menschen den Jazz bringen, wobei DEKAdance mit Jazz soviel zu tun hatte wie, sagen wir, David Copperfield mit Zauberei, und dann wirst du einfach über den Haufen geschossen, bevor du deine Trompete überhaupt ausgepackt hast. Andererseits wäre es aber auch eine gute Begründung: du bist erschossen worden, weil du Rockmusik auf einem Jazzfestival machen wolltest. Das wäre O.K., damit könnte man leben, bzw. sterben.
Nach einer unendlichen Fahrt durch das nächtliche Luanda, auf der ich schon nach wenigen Minuten eine jegliche Orientierung verloren hatte, kamen wir endlich im Hotel an. Viel konnte man nicht erkennen, aber das leise Dröhnen der Brandung ließ den Schluß zu, daß sich in nicht allzu weiter Entfernung das Meer befinden mußte, und die Vorstellung, am nächsten Tag aus dem Fenster zu schauen und das Meer zu sehen, ließ mich guter Dinge sein. Wir waren etwas müde und angesichts allzu offen gezeigter Maschinenpistolen sicher auch etwas bedrückt, aber an sich ging so alles klar. Mit unserem Gepäck und den Instrumenten verließen wir den Bus und strebten hoffnungsvoll dem Hotel entgegen. Um es kurz zu machen, noch in der Eingangshalle wurde uns klargemacht, daß man zwar nicht im geringsten etwas gegen eine Jazzband aus Deutschland (wo auch immer das sein soll) hat, aber alle Zimmer seien trotzdem belegt. Es war nämlich so, daß zur gleichen Zeit, in der unser Jazzfestival stattfand, auch irgend so ein Volleyballturnier veranstaltet wurde. Und vielleicht war es ja so, daß die Organisatoren der beiden Großereignisse, wohlwissend, daß für beide Veranstaltungen die Hotelkapazitäten nicht ausreichen würden, in geheimen Verhandlungen einen Deal miteinander gemacht hatten: man überließ es den Hotelmanagern, wer ein Zimmer bekommt und wer nicht. Es ist kein Geheimnis, auf der ganzen Welt, also auch in Angola, gilt: bei Hotelmanagern kommt Volleyball vor Jazz, selbst wenn er eigentlich Rock ist. Will damit sagen, die Qualität oder die Art der Vortrages wäre nicht von Belang, auch Miles Davis hätte kein Zimmer bekommen. Gut, also vielleicht war es ja aber auch so, daß das Sportereignis einfach eben mal einen Tag früher begonnen hatte und somit das für uns angedachte Hotel einfach eben mal schon belegt war. Nach einigem Hin und Her und diversen Telefonaten wurde uns mitgeteilt, daß wir in ein anderes Hotel fahren würden. Gesagt, getan. Aber dort angekommen, standen wir vor der selben Situation.
An dieser Stelle fällt mir ein, was der geneigte Leser wohl empfinden würde, wenn ich jetzt den Rest des Buches nur die letzten drei Sätze wiederholen würde. Das wäre cool, aber wahrscheinlich nicht mehr ganz so interessant, und außerdem wäre es sachlich falsch, weil in diesem zweiten Hotel war nämlich zunächst Endstation. Man hatte sich entschlossen, uns erst mal in der Hotelbar unterzubringen. Das hatte zwei Gründe: man hatte Mitleid mit uns, und der Busfahrer war müde. Das Schöne an dieser Sache war, man stellte uns den Inhalt der

Bar kostenlos zur Verfügung, mit anderen Worten, für die, die nicht wissen, was ich damit sagen wollte, wir konnten saufen soviel wir wollten, und das konnte nichts mit der Müdigkeit des Busfahrers zu tun haben. Nein, an dem Abend wurde mir klar, die Angolaner sind gute Menschen. Die Auswahl in der Bar war zwar nicht allzu reichlich, aber quantitätsmäßig ging alles in Ordnung. Und wir taten alles rein, was man in so einer Situation eben so reintun konnte und schliefen dann ein, im Morgengrauen irgendwann, in Sesseln, auf dem Fußboden oder auf Trompeten und all dem.

Am nächsten Tag wachten wir auf und machten da weiter, wo wir vor dem Schlafen aufgehört hatten. Allerdings begannen wir langsam damit, uns darüber zu unterhalten, wie es denn nun so weitergehen würde. Am Abend sollte die erste von sieben Muggen sein. Nicht, daß wir uns direkt einen Kopf gemacht hätten wegen der Muggen, die nun eventuell nicht stattfinden würden, nein, es ging mehr um so existentielle Fragen wie z.B. Hunger, oder auch, vielleicht hat man uns ja nun überhaupt hier vergessen. Das mit dem Hunger klärte sich dann gleich von selbst, indem wir freundlich zum Essen aufgefordert wurden. Es wurde wirklich sehr reichlich aufgetragen, und auch wenn man bei manchen Dingen, z.B. beim Fleisch, nicht immer unbedingt sofort erraten konnte, um welche Gattung Wildbret es sich nun handelte, schmeckte es auch ganz gut, wenn auch manchmal etwas gewöhnungsbedürftig. Ich hatte irgendwie ein schlechtes Gewissen, als ich an diesem Tisch saß. Im ganzen Land herrschte Not und Hunger, und der gemeine Musikant aus Deutschland sitzt da und schlägt sich den Bauch voll. Ich hatte immer das komische Gefühl, daß sich die Angolaner unser Essen direkt vom Munde abgespart hatten. Wer weiß, vielleicht war es ja wirklich so. Natürlich haben wir trotzdem gegessen, und nach dem Essen gingen wir wieder in unsere Bar, um weiter zu trinken und zu warten. Wir konnten ja auch nicht spazierengehen, weil wir ja jeden Augenblick damit rechnen mußten, daß jemand vom Organisationsbüro auftaucht und uns sagt, in 10 min ist euer Auftritt.
Gegen Abend kam dann besagter Jemand. Mit ruhiger Miene verkündete er, daß die heutige Mugge für uns ausfällt, wir aber jetzt in ein Hotel fahren würden, wo wir auch bleiben könnten. Noch nicht genau wissend, ob wir uns nun über die eine Nachricht mehr ärgern sollten, als uns über die andere zu freuen, bestiegen wir also wieder einen Bus und fuhren durch das spätnachmittägliche Luanda zum nächsten Versuch. Das war schon eine Sache. Auf den Straßen herrschte die wirkliche Anarchie. Die eine Hälfte der Autos hatte gar kein Licht, die andere eigentlich auch nicht. Frontscheiben waren eine Rarität, und über Reifenprofile und solche Dinge wage ich keine Auskunft zu geben. Das Einzige, was bei allen Autos 100%ig funktionierte war die Hupe. Ohne die lief bzw. fuhr überhaupt nichts. Ich hatte auch nicht das Gefühl, daß es Regeln gab und wenn doch, dann hielt sich kaum jemand daran. Eigentlich gab es doch Regeln: der Stärkere, der Schnellere, der Clevere fährt zuerst. Und wenn ich jetzt sage, daß etwas straff gefahren wurde, was die Geschwindigkeit betrifft, so ist das zärtlich untertrieben. Aber trotzdem bin ich mir sicher, daß in Luanda jede Nacht mehr Menschen an Hunger oder durch Kugeln sterben als durch Verkehrsunfälle, will damit sagen, es ging in Ordnung, man muß sich nur daran gewöhnen, und wenn man gezwungen gewesen wäre, plötzlich selbst einen Wagen zu lenken, der womöglich noch eine intakte Lichtanlage besessen hätte, dann hätte man selbige ausgemacht und nur solchen von rechts Kommenden die Vorfahrt gewährt, die wirklich entweder stärker, schneller oder cleverer waren. Wir jedenfalls kamen unbeschadet im Hotel an und wurden auch nicht abgewiesen, was meiner Meinung nach zwei Gründe hatte. Erstens war niemand da, der uns hätte abweisen können, es gab nämlich keine Rezeption oder so was ähnliches, und zweitens war kein einziges Zimmer belegt. Und das hatte wiederum einen ganz einfachen Grund.

Wir befanden uns jetzt in einer Art Sportlerheim und das mußte ja leer sein, weil die Sportler, so auch die Volleyballer, ja in den Hotels untergebracht waren, die eigentlich für die Jazzer bestimmt waren. Wir waren schon viel zu lange in Afrika und viel zu müde, als daß wir uns darüber aufgeregt hätten. Wir schliefen, glaub ich, sofort ein.

Jeder kennt das Gefühl, ganz langsam aufzuwachen und genauso lange zu brauchen, bis man sich klar wird, wo man sich eigentlich befindet. Ich befand mich in einem hohen und trotz seiner kleinen, für europäische Verhältnisse viel zu weit oben angebrachten Fenster, angenehm hellen Raum. Er war genau so groß, daß ein einfacher Schrank und zwei genauso einfache Liegen darin Platz hatten. Auf einer dieser Liegen lag ich nun, nackt, auf dem Rücken, die eine Hand auf dem Bauch, die andere hing herunter und berührte den kühlen Steinfußboden. Die Wände strahlten nur so vor frischem Weiß. Alles, was ich hören konnte, war, außer Helges leisem Schnarchen (er war in der Eigenschaft als Tontechniker mitgereist und lag in dem anderen Bett) dieses oder jenes Auto, welches auf der Straße, die unmittelbar vor dem Hotel verlief, durch die Mittagsglut fuhr. Aber da war doch noch was, ja da war doch noch was? Ach ja, es begann mir zu dämmern: das Meer. Ich hörte es jetzt ganz genau, das herrliche, nie endenwollende, unermüdliche, einem so viel Ruhe einflößende Geräusch der Wellen, in ihrem ewigen Kampf mit Sand und Stein. Das Meer hatte schon immer eine ganz große Bedeutung für mich, ohne genau sagen zu können, warum eigentlich. Wenn ich an das Meer denke, wird mir warm ums Herz, und ich bekomme eine kleine Schwermut. Ich erinnere mich, wie ich mit sechzehn, in meinem ersten, von den Eltern unabhängigen Urlaub, nach drei Jahren endlich wieder die Ostsee gesehen habe. Ich bin in Prerow über die Dünung gerannt, hab im Laufen meine Taschen von mir geworfen, bin in die See gestürzt, hab mich auf die Knie fallen lassen und habe geheult wie ein Schloßhund. Leider bin ich zu solchen Gefühlsausbrüchen heute nicht mehr fähig, jedenfalls nicht in Bezug auf das Meer, aber es ist trotzdem immer wieder etwas Besonderes für mich. Nach einer Zeit der Besinnung stand ich auf und ging auf den Flur. Es gibt zum Hotel nichts zu sagen, außer, es war, wie schon erwähnt, mehr eine Herberge denn ein Hotel, und somit einfach strukturiert. Kein Bild, keine Pflanze, nichts Überflüssiges. Aber es war alles sehr sauber und hell. Ich ging also diesen einfach strukturierten, sauberen, hellen Flur entlang, bog nach rechts, ging auf eine Tür zu, machte sie auf und trat auf eine Terrasse, und vor mir lag er, der Atlantik. Und da war dort noch die angolanische Oktobersonne, die um so vieles mehr leistet als ihre deutsche Kollegin. Und da war dort noch der Strand, und da waren dort die Kokospalmen. Ich meine, ich war 29 Jahre alt und sah sowas zum ersten Mal in wirklicher Wirklichkeit. Mir sei also eine gewisse Sentimentalität in diesen Zeilen verziehen. Ich holte mir jedenfalls erstmal eine Büchse Bier und eine Zigarette und lief auf der Terrasse um das ganze Hotel. Selbiges war zweistöckig, unsere Zimmer befanden sich im ersten Stock, und die Terrasse war eigentlich mehr ein durchgehender Balkon. Ich hätte natürlich auch gleich schreiben können, daß es sich um einen durchgehenden Balkon handelte, aber wie hätte denn das geklungen: ich trat auf den durchgehenden Balkon. Das ist ja erst bescheuert. Auf der anderen Seite des Hotels befand sich auch Wasser, aber nicht in der Form von offenem, sauberem Meer, sondern in Form von einer dreckigen, fast geschlossenen Bucht. Auf der gegenüberliegenden Seite der Bucht erstreckte sich rechts die Silhouette von Luanda und links davon der Hafen oder das, was mal ein Hafen gewesen war. Allerhand mehr oder weniger große Schiffswracks in der Bucht verstreut deuteten daraufhin, daß es dereinst regen Schiffsverkehr gegeben haben mußte, welcher aber offensichtlich einst, im Stile der Japaner bei Pearl Habor, jäh zum Erliegen gebracht wurde. Von weitem sah alles beeindruckend und trotz der Wracks sehr friedlich aus. Auf dem schmalen und schmutzigen Strand der Bucht lagen alte

und runtergekommene Fischerkähne, und es standen einzelne Hütten, errichtet aus vom Hotelbau übriggebliebenen Steinen, altem Holz und Palmblättern. Dazwischen brannten ein paar Feuer, und um die Feuer saßen einige Schwarze und hielten Spieße mit Fisch über die Flammen. Ich ging wieder auf die Sonnenseite des Hotels und traf da auch die anderen. Alle hatten zufriedene Gesichter, alle rauchten und tranken Bier. Diese Landzunge, auf der wir uns befanden, hieß Lambada-Beach und war zu portugiesischen Besatzungszeiten ein weltbekannter Treff für Highsocietyaner. Aber von einstigem Glanz war nichts mehr übrig. Uns doch egal. Wir fühlten uns wohl, unser Hotel wurde 1986 erbaut und war damit das neueste Haus Luandas, und es stand an einem der schönsten Strände, die es gibt. Wir hatten ein Bett, es war warm, wir waren Künstler, wir kamen aus Europa, und wir hatten langsam Hunger. Außer uns war noch eine Band aus Belgien mit einquartiert worden. Das war so eine Dixielandband der AABA - Form, bestehend aus sechs graumelierten, älteren Herren, die hauptberuflich mit Sicherheit entweder Tierarzt oder Vermessungsingenieur waren. Die hatten ja nun dasselbe hinter sich wie wir, fanden das aber alles nicht so lustig. Vielleicht hatte man ihnen ja eine Bar zugewiesen, wo es nur Limonade gab und vielleicht auch nur eine Flasche für alle. Vielleicht am Ende auch bloß so eine kleine 0,33er. Wie auch immer, die waren ziemlich sauer, die drohten sogar, vorzeitig abzureisen. Da mußte ich schon sehr in mich reinlachen. Als wenn es irgendeinen x-beliebigen Afrikaner in irgendeiner Form irgendwie tangiert hätte, wenn eine belgische Dixielandband partout eher nach Hause will. So ein Quark. Ja, ja das ist schon ein eigenartiges Völkchen, die belgischen Jazzmusiker.
Die Verpflegungsfrage stand allerdings wirklich, da die Einfachheit der Struktur unserer Bleibe soweit ging, daß es im Hause keinen Küchentrakt gab, was mich wiederum nicht verwunderte, denn es handelte sich ja um ein Sportlerheim, und Sportler ernähren sich ja über die Spritze und mit Tabletten. Aber alles klärt sich von allein, wenn man nur etwas Geduld hat, denn kurz darauf wurden wir zum Essen abgeholt. Das haben wir ersteinmal mitgemacht, aber wir wollten nicht dreimal am Tag kilometerweis durch die Stadt fahren, nur des Essens wegen. Also gingen wir einkaufen. Damit aber keine Mißverständnisse aufkommen: es gab eigentlich nichts einzukaufen, jedenfalls für Einheimische. In keinem einzigen Geschäft gab es sozusagen nichts. Die Läden waren zwar alle geöffnet, und es waren auch eine große Anzahl von Verkäuferinnen anwesend, aber kaufen konnte man nur leere Regale. Für uns traf dies natürlich nicht zu, denn auch in Luanda gab es Geschäfte mit auch was drin, allerdings eben nur, wenn man über die notwendigen Währungen verfügte, wie Dollars, Deutschmark oder Pfund. Aber auch da konnte nicht jeder kommen, der von sich dachte, er könne kommen: österreichische Schilling z.B. wurden nicht akzeptiert, diese Währung war unbekannt und damit unsicher. Meine Landsleute aus Ostdeutschland würden so einen Laden ganz schlicht und einfach als Intershop bezeichnen, mit dem einen Unterschied, daß in DDR - Intershops auch Österreicher ihre Chance bekamen.
Der Laden war in einer riesigen große Halle untergebracht, und gleich am Eingang konnte man unter Mitwirkung vieler, vieler Menschen seine harten Gelder in eine Art Berechtigungsschein umtauschen. Der Umtauschschalter bestand aus zwei Räumen. In den einen tat man sein Geld durch einen Schlitz in der Glasscheibe. Nachdem man sein Geld abgegeben hatte, wurde gezählt, geprüft, geschrieben und gestempelt. Aus einem Schlitz in der Scheibe des anderen Raumes erhielt man dann seinen Berechtigungsschein. Das lustige an der ganzen Umtauschgeschichte war allerdings, daß die Scheibe zwischen dem Geldreinturaum und dem Berechtigungsscheinrausturaum keinen vorher eingearbeiteten Schlitz besaß. Den hatte man wohl schlicht vergessen. Doch war der aber wichtig, denn die Scheineausgeber mußten ja wissen, wieviel Geld man umzutauschen gewünscht hatte. Also hatte man einfach ein paar Ziegel unter der Scheibe entfernt und nicht versucht einen Schlitz in die Scheibe zu

schneiden. Auf diese Weise schlug man zwei Fliegen mit einer Klappe: der reibungslose Geldumtausch wurde gewährleistet und die Scheibe ist ganzgeblieben.
Mit diesem Berechtigungsschein also war es dann möglich, Waren zu erwerben. Allerdings mußte man sich vorher genau überlegen, was man kaufen wollte. Es war nämlich so, daß, wenn man beispielsweise 100 Dollar umgetauscht hatte, man gut daran tat, auch für 100 Dollar einzukaufen. An der Kasse war nichts mit Wechselgeld und all das. Woher sollte die Kassiererin es auch nehmen, sie hatte ja nur Berechtigungsscheine in der Kasse. Für so manchen wird es an der Kasse ein böses Erwachen gegeben haben, so auch für unseren Klaus. Er hatte für 50 Dollar getauscht und nur zwei Packungen Kaugummis gekauft und trat nun in froher Erwartung auf die Zurückerhaltung von 48 Dollar an die Kasse. Folgendes spielte sich in etwa ab: Wir befanden uns alle noch in der Halle. Wohl eher einer Intuition folgend, denn wissend, waren wir damit beschäftigt, schöne Dinge auszusuchen, um unseren Schein so sinnvoll es geht auszunutzen. Klaus stand also allein an der Kasse. Er hatte, einer ganz anderen Intuition folgend, plötzlich die Idee, die 50 Dollar zu behalten, weil ihm plötzlich einfiel, daß es zwar ein großer Sackgang ist, dreimal am Tag durch die Stadt zu fahren, dafür war ja aber das Essen umsonst. Somit konnte man also sparen, wenn man den Sackgang in Kauf nahm. Es war ihm aber zu doof, gar nichts zu kaufen, daher also die Kaugummis. Die Kassiererin tippte den Preis der Kaugummis in die Kasse und nahm den Schein in Empfang, um ihn mit allerhand Stempeln, Unterschriften und durch das Abreißen von mindestens zwei Ecken zu entwerten. Sie las die umgetauschte Summe, schaute dann auf die Kaugummis, zuckte ein ganz klein wenig mit den Schultern und blickte dann Klaus mit einem etwas vorsichtigen Lächeln an. Klaus deutete dieses Lächeln sicher nicht ganz so wie es gemeint war und lächelte genauso vorsichtig zurück. Noch während die Kassiererin in Klaus' Augen sah, legte die gute Frau den Schein in den Schieber unter der Kasse und drückte ihn bedächtig zu. Dann wendete sie sich langsam dem Nächsten zu, indem sie den Arm ausstreckte, um den nächsten Schein in Empfang zu nehmen. Klaus stand mit seinen Kaugummis da und blickte sehr verständnislos. Das europäische Weiß in seinem Gesicht wich langsam einem indianischen Dunkelrot, aber er war noch zu keiner Reaktion fähig. Erst als der Einkaufswagen seines Nachfolgers leicht seinen Oberschenkel berührte, kam Leben in seine haßerfüllten und wutverzerrten Augen. Nun ging es los. Klaus wurde zum Schwein. Er legte, immer noch relativ gefaßt, seine Hand auf die Schulter der sich erschrokken umblickenden Kassiererin und sagte mit knurrender und drohend wirkender Stimme:
„Ich glaube sie haben was vergessen. Ich kriege noch 48 Dollar."
Verständnisloser, angolanischer Blick.
Klaus drückte mit entrücktem Gesichtsausdruck an den Wagen seines Hintermannes und schob ihn einen Meter Retour. Dann kam er zur Kassiererin zurück, beugte sich über sie und sagte schon etwas lauter:
„Ich weiß, was hier gespielt wird. Ich verlange auf der Stelle mein Geld zurück."
Dabei schlug er mit seinem ausgestreckten Zeigefinger auf die Kante des Ablagetisches. Nach wie vor verständnisloser Blick. Der Mund der Kassiererin stand ziemlich weit offen. Sie war sich ja gar keiner Schuld bewußt, ich nehme an, daß sie auch gar nicht wußte, was dieser Mensch eigentlich von ihr wollte. Sie blickte sich hilflos um, in Richtung Umtauschschalter und murmelte irgendwas portugiesisches, was Klaus natürlich nicht verstand, was er aber in jedem Fall als Angriff wertete. Sie drehte sich wieder zu ihm. Ihre Nasen befanden sich in einem fast schon intimen Abstand zueinander. Die eine war dunkelbraun, die andere dunkelrot. Sie blickte ihm in die Augen und sagte noch etwas, was für Klaus dann die endgültige Kriegserklärung war. Er packte sie an den Schultern und begann sie heftig hin und her zu schütteln. Dabei schrie er ihr ins Gesicht, daß der Geifer nur so sprudelte:

„Gib das Geld raus, du Bürste! Ich hau dir paar rein! Hol deinen Chef, oder es passiert ein Massaker. Ihr müßt doch spinnen. So nicht, da müßt ihr euch schon einen anderen suchen."
Die Kassiererin war wie gelähmt, sie war zu keiner Reaktion mehr fähig. Sie ließ sich willfährig durchschütteln und anschreien. Wer weiß, vielleicht gefiel ihr das ja auch, die sexuellen Phantasien der Frauen gehen ja oft sonderbare Wege. Klaus' Hintermann allerdings hatte wohl offensichtlich nicht das Gefühl, daß es der Frau eventuell gefallen könnte. Außerdem fand er es auch doof, daß er einen Meter zurückgeschoben wurde. Er sah aus wie ein Belgier oder einer aus Skandinavien, also, ich meine, einer aus dem ganzen Spektrum so um Benelux. Ziemlich klein und untersetzt mit schwitzender, roter Halbglatze, so wie wir sie aus Deutschland kennen. Er ging um seinen Wagen herum und auf Klaus zu, tippte ihm auf die Schulter und sagte etwas sehr Wahres und Tiefgründiges, was sich anhörte, so ähnlich wie: „Höe, Höe!"
Klaus hörte abrupt mit Schütteln auf, hielt aber nach wie vor seine Hände auf den Schultern der Frau und drehte sich ganz langsam um. Mittlerweile waren ihm kleine Stoßzähne gewachsen, und sein Gesicht und seine Hände waren ziemlich behaart. Für mich war dies das Zeichen, mich langsam zu der Truhe mit den Hähnchen zu begeben. Wie von der Tarantel gestochen stürzte sich Klaus, nun schon violett im Gesicht, auf den um einen Kopf kleineren Holländer und begann ihn zu würgen. Klaus würgte gut. Man sah das an dem rotem Kopf und der weit heraushängenden Zunge des Nordeuropäers. Ich begann langsam damit, meinen Einkaufswagen mit Hähnchen zu beladen. Während Klaus würgte, schrie er seinem Opfer ins Gesicht:
„Du Schwein, bist also auf den ihrer Seite, was? So nicht, nicht mit mir. Sind wir hier auf der Fritz Heckert, oder was?"
Dabei ließ er mit einer Hand vom Hals ab und fuchtelte mit dem Zeigefinger wild durch die Luft. Dem Belgier war's eh egal, er befand sich schon im Koma. Die Menschen hatten es sich mittlerweile um die Kasse bequem gemacht. Sie saßen auf ihren Einkaufswagen, lehnten an Regalen und rauchten, oder saßen auf dem Rand von Gefriertruhen und ließen die Beine baumeln. Einige bewegten sich seicht im Rhythmus eines Gospelchores, der sich inzwischen unweit des Käsestandes aufgebaut hatte und eine gute Musik machte. Händler gingen durch die Leute und boten allerhand Waren feil. Döner, Luftballons und Uller vom Kilimanjaro und dem Fichtelberg. Ich hatte inzwischen meinen Wagen bis zum Rand mit Hähnchen bepackt und bewegte mich langsam in Richtung Klaus. Der war inzwischen völlig behaart, und seine Kleidung war von ihm abgefallen. Er hielt den Schweden an der Krawatte und haute ihm ständig abwechselnd rechts und links in die Backen. Dabei schrie er immer wieder:
„Waaaas, du lachst über mich? Wiiiiie, du steckst mir die Zunge raus? Na warte, du Knilch. Ich hack dir in' Kopp, du Schwein. Ha, ha, ha, haaa. Wirst du wohl."
Und wieder eine rein. Inzwischen war die Halle völlig überfüllt. Menschen aller Couleur und Weltanschauung hielten sich in den Armen und sangen mit dem Gospelchor: „So ein Tag, so wunderschön wie heute." Es herrschte eine ausgelassene Stimmung. Eine sorbische Folkloregruppe aus Bautzen und Tänzer aus dem Senegal führten ein emotional durchaus stimmiges Programm auf, was sich allgemeiner Beliebtheit erfreute. Greenpeacemitglieder spielten mit Walfängern aus Norwegen Federball, und ein gewisser Karazic schwenkte die bosnische Flagge. Die Kassiererin nutze die Gunst der Stunde, um sich aus dem Staub zu machen, aber einige Fans aus Santiago de Chile paßten auf und riefen Klaus zu: Achtung, die will abhauen. Klaus, der nun völlig Tier war, stürzte sich mit einem gelungenen Hechtsprung auf sein Opfer und verbiß sich in ihren Nacken. Dabei röchelte er:
„Du kommst mir nicht davon. Du nicht. So nicht, nicht mit mir. Du Schwein."

Ich stand mittlerweile mit dem Wagen voller Hähnchen neben ihm, und kurz bevor er ihre Wirbelsäule durchgebissen hatte, entdeckte er mich. Er sah die Hähnchen und sogleich ließ er ab von der Frau, die jetzt auf deutsch nur noch rufen konnte:
„Ja, ja, mehr, bitte, bitte mehr."
Klaus blickte auf die Hähnchen und aus seinen Augen zuckten kilometerlange Blitze und formschöne grüne Spiralen. Die Abteilung mit den härteren Getränken war inzwischen restlos leergetrunken. Viele Frauen hatten sich ihre T-Shirts ausgezogen und schwangen ihre Bommeln im Rhythmus der jetzt schon fast ekstatisch singenden und tanzenden Gruppe aus dem Sorbischen mit ihren schönen Trachten. In der Fischabteilung fand ein gigantisches Massenficken statt. Klaus sah mich an und ich bemerkte, daß er schon lange nicht mehr in der Lage war, mich zu erkennen, und bevor er mich anspringen konnte, warf ich ihm eins der Hähnchen hin, welches er sogleich mit Plasteverpackung verschlang. Dann fiel er nach hinten über, und das war das Zeichen für die anderen Bandmitglieder. Sie stürzten sich auf ihn und hielten ihn mit aller Kraft fest, während ich ihm ein Hähnchen nach dem anderen in den Mund stopfte. Zwischen die Hähnchen mogelte ich noch Würstchen mit Senf, den ich von einer alten sorbischen Frau zugesteckt bekommen hatte. Auch Schnitzel, Steaks, Huhn, Ente, Soße, Ferkel, Topf, Kassler, Pute, Gurke, Tiegel- und Mettwurst steckten wir mit rein. Die Menschen hatten sich während dieser Zeremonie im Kreis um uns auf die Knie gelassen und sangen unter der Leitung von John Lennon, der extra aus diesem Anlaß noch mal kurz vorbeigekommen war: „Give peace a chance". Langsam beruhigte sich Klaus wieder, und als der Einkaufswagen leer war, lag vor uns wieder ein ruhiger, zufriedener Mensch, wie wir ihn kannten und liebten. Die Menschen gingen sehr glücklich auseinander, um in ihre Heimatländer zu fliegen. Der Belgier ging mit John Lennon. Die Kassiererin richtete ein wenig ihr Haar, setzte sich wieder in ihre Kasse und begann uns abzukassieren. Ich hatte eine große harte Wurst, Zwiebeln, Brot, eine Stiege Cola und zwei Flaschen Whisky erworben. Dann gingen wir mit Klaus Umtauschbescheinigung zum Schalter, erklärten sein Problem und bekamen ohne irgendwelchem Sackstand die 48 Dollar zurück. Beim Verlassen der Einkaufshalle blickte ich mich noch einmal um und stellte fest, daß die Menschen die Halle in absoluter Ordnung hinterlassen hatten. Nichts erinnerte mehr an die herrliche Party. Einziger Wermutstropfen: irgendwann wird ein Angestellter die Gefriertruhe für den Fisch aufräumen und etwas pikiert mit Zeigefinger und Damen ein benutztes Kondom zwischen den Seelachsschachteln hervorziehen. Naja, die Jugend, kein Verlaß mehr auf die.

Am Abend war dann unser erstes Konzert, und zwar im Kino „Carlo Marx". Also, es war nicht direkt nur so ein Kino, es war mehr so eine Mehrzweckhalle mit ungefähr 500 Sitzplätzen und einer großen Bühne. Alles sah relativ gut erhalten und sauber aus. Naja, es war halt so ein Kino mit Bühne, wie wir es von zu Hause kennen, nur eben ohne Popkornstand. Die Plätze waren zu ca. zwei Dritteln belegt und zwar mindestens zur Hälfte mit Weißen. Die Zuschauer waren durch die Bank gut und modern gekleidet, woraus ich schloß, daß wir vor den Vertretern der oberen 10000 Angolas spielen würden. Die Welt ist schon pervers. Die einen fressen wirklich stinkenden Fisch, daß dir vom Anblick schon schlecht wird, und die anderen hören sich schmuckbehangen blöden Jazz an. Und das alles innerhalb ein und derselben Stadt. Könnte man nicht auf den Fisch und Jazz verzichten? Dadurch würde man zwar dem Mittelmaß etwas näherkommen, aber die einen wie die anderen Menschen brauchten sich dann nicht mehr so zu quälen.
Außer uns traten noch fünf oder sechs andere Bands auf, alle so aus der Ecke Dixieland-Mainstream-Blues-Bossa Nova. Wir hatten eine halbe Stunde zu spielen, und die Leute waren eigentlich ganz guter Dinge, auf jeden Fall klatschten alle mit. Allerdings wurde nur

dann im Rhythmus mitgeklatscht, wenn ich die Leute mit unmißverständlichen Gesten dazu aufforderte. Warum die Menschen eigentlich ganz guter Dinge waren, kann ich mir aber nicht genau erklären. Ich glaube, daß wir den Einheimischen mit unserer Musik und vor allem unserer Show wie Außerirdische vorgekommen sein müssen. Den verheerendsten Eindruck muß Hans-Jürgen, was der Geiger ist, beim Publikum hinterlassen haben. Hansi hatte kurz vorher an einem Straßenstand einen Bastrock erworben. Oberflächlich betrachtet hätte man annehmen können, daß es sich dabei um ein kulturhistorisch und handwerklich hochinteressantes Stück gehandelt hätte. Bei näherem Hinsehen aber hätte man auch denken können, Hansi hätte ein Produkt von „VEB Kunstblume Sebnitz" erworben. Das wäre ja aber alles nicht so schlimm, wenn man außer acht läßt, daß Hansi für dieses Teil 100 Dollar bezahlt hat. Ja, 100 Dollar! Dieser völlig überzogene Preis kam unter anderem dadurch zustande, daß zu dieser Zeit währungsmäßig in Angola totales Chaos herrschte. Zum einen wurde massenhaft neues Geld gedruckt (nebenbei bemerkt hatte das Geld den herrlichen Namen Kwanzas) und damit die schönste Inflation geschaffen, die man sich nur irgendwie vorstellen konnte, zum anderen verbreitete die damals noch prokommunistische angolanische Regierung Meldungen von Umtauschsätzen Dollar zu Kwanza von 1:1, wahrscheinlich in der Hoffnung, um damit die USA, die ja damals noch einen prowestlich orientierten Kurs fuhr, wirtschaftlich tief in die Knie zu zwingen. Somit wußte niemand von den Einheimischen so richtig, welches Geld denn nun wieviel wert sei. Eigentlich war das auch gar nicht weiter schlimm, weil es außer Baströcken eh nichts zu kaufen gab. Denen, die mir jetzt Zynismus vorwerfen, muß ich sagen, daß mir das Elend, was ich dort gesehen habe, sehr an die Nieren ging, und die Menschen taten mir aufrichtig leid. Aber derjenige, der denkt, all dieses Leid sei nur ein Resultat des europäischen und damit weißen Kolonialismus, der irrt sich gewaltig. Zum großen Teil ist die Not und das Elend dieser Menschen einem Krieg geschuldet, den sich zwei kleine schwarze Hitler lieferten, den sie natürlich ohne Unterstützung der jeweiligen Lager der „ersten Welt" so nicht hätten durchziehen können. Aber jetzt, 5 Jahre später, ist immer noch Krieg, obwohl die Russen und die Amis ihre Schützlinge lange fallen gelassen haben. Der Bastrockverkäufer jedenfalls hat das Geschäft seines Lebens gemacht, was aber mit Hansi als Geschäftspartner keine große Kunst war. Hansi wollte den Rock eben unbedingt haben, Hansi hatte eben nur diesen einen 100 Dollarschein, der Verkäufer konnte (oder wollte) eben nicht rausgeben, und somit waren alle zufrieden. Am zufriedensten aber waren wir, sprich die Band. Hansi trug nämlich an diesen Abend, sehr zu unserer Freude, seinen Bastrock das erste Mal auf der Bühne, natürlich ohne nichts drunter, so daß, wenn er sich bewegte, die Gackeleier rausguckten. Dazu trug er eine knallrote, viel zu kleine Nylonjacke, eine Turnhose in den Farben der US-Fahne als Mütze und ausgetretene schwarze Halbschuhe an den nackten Füßen. Er hatte seine langen Haare nach vorn in sein Gesicht gekämmt und seine Brille dann auf die Haare gesetzt, was sinnlos war, weil er eh nichts mehr gesehen hat. Da kommt also nun so ein Monster, schreit rum, zappelt, malträtiert seine Geige und zeigt mehr oder weniger bewußt seine Eier auf der Bühne und sagt dann noch, daß das Jazz wäre. Nun, ich will mal so sagen, ich hatte ein gewisses Verständnis für mehr oder weniger zurückhaltende Reaktionen im Publikum. Für die Presse jedenfalls waren wir der Skandal dieses Jazzfestivals, was uns ja insgeheim runter ging wie Öl. Nicht verschweigen möchte ich Klaus' Reaktion auf Hansis Bastrockkauf. Klaus, der, wenn er von so horrender Geldverschwendung hört, fast zu körperlichen Schmerzen neigt, hat nur mit dem Kopf geschüttelt und gesagt: „Der hat doch in Lesotho mit Kerosin geduscht."

Vielleicht weil man keine Skandale haben wollte, vielleicht weil man uns einfach ab und zu vergessen hat, vielleicht weil die Organisatoren des Festivals ihrer Aufgabe einfach nur nicht Herr wurden, jedenfalls waren für uns in den knapp 14 Tagen von ursprünglich angedachten acht Auftritten nur zwei wirklich. Der oben beschriebene und der folgende.

Die zweite Mugge fand auf einem Platz unter freiem Himmel mitten in Luanda statt. Das war offensichtlich die Alibiveranstaltung für das gemeine Volk, denn alle anderen Konzerte des Festivals wurden nur in Hotelbars, teuren Kinos, oder anderen für den einfachen Mann nicht zugänglichen Orten durchgeführt. Schätzungsweise 5000 Menschen, von denen mindestens 4980 noch nie mit dem Wort „Jazz" in Berührung gekommen waren, scharten sich um die riesige Bühne. Es herrschte Volksfeststimmung. Extra aus Portugal eingeflogen gab es auch eine große und gute PA, sprich Verstärkeranlage, mit dazugehörigem Bedienungspersonal. Wir standen da so rum und warteten auf unseren Auftritt. Man hatte uns gesagt, wir sollten uns bereithalten, es könne jeden Moment losgehen, was soviel hieß: nichts genaues weiß man nicht, laßt euch überraschen. Fest stand nur, daß wir keinen Soundcheck machen könnten, nur mal kurz so ansprechen und los muß es gehen.
Man muß sich vorstellen, in Rosenheim findet ein Volksfest statt: ein Platz voller lederbehoster, dickbäuchiger, schwitzender, die Seidel schwingender und meist „-huber" heißender Menschen, ist froher Erwartung auf das Kulturprogramm, bei welchem es sich um afrikanische Folklore handeln sollte. Die Rosenheimer hatten die Plakate gelesen, auf denen stand, daß eben afrikanische Folklore zu erwarten wäre. Sie sind aber trotzdem alle gekommen. Und sie verstehen zwar nur Bahnhof, und sie können damit überhaupt nichts anfangen, aber sie sind fröhlich und guter Dinge. Ja, das ist eben der Unterschied zwischen Afrika und Rosenheim. Und plötzlich hieß es: Jetzt! Wir raus auf die Bühne, alles schnell hingestellt und dann kam das Zeichen: Fußtrommel anspielen. Heiko, was der damalige Trommler war, spielte also an: Bum, bum, bum ....., ich weiß nicht wie lange, aber es schien sehr lange gewesen zu sein, denn die meisten der Zuschauer befanden sich schon in entrückter Trance und bewegten ihre Körper im Rhythmus, als plötzlich ein sehr entnervt wirkender Weißer auf die Bühne stürzte und uns, dabei wild mit den Armen fuchtelnd, zu verstehen gab: Es ist O.K. jetzt, fangt einfach mal an. Was wir denn auch taten.
Auf diesen Auftritt hatte ich mich sehr intensiv vorbereitet. Ich hatte mich nämlich vorher informiert, was „Hallo Angola!" auf portugiesisch heißt. Man sagt dort ungefähr so wie „Ollah Angola!" Das hab ich also gelernt, und dann bin ich raus auf die Stage, lockeren Schrittes an das Mikro, habe, wie das im Showbuiss nun mal üblich ist, eine Hand mit ausgestrecktem Zeigefinger über die Massen gehalten und voller Inbrunst geschrien: „Ollah Angola!" ...
Danach war ca. zehn Sekunden absolute Stille. Ungefähr 20 Leute lächelten mir zu, so als wollten sie sagen: nur Mut weißer Jazzmusiker, du bist gut. Dann fingen meine Kollegen, Gott sei Dank, an mit Spielen. Mann, kam ich mir Scheiße vor, aber was sollte es, da mußte ich halt durch. Und wir sind auch durch. Nachdem wir unsere halbe Stunde absolviert hatten, kam Helge auf uns zu und hielt sich den Bauch vor Lachen. Er teilte uns mit, daß man außer der Fußtrommel im Prinzip überhaupt nichts verstanden hat. Aber die Fußtrommel klang ganz gut. Dabei grinste er über sein ganzes Vollbartgesicht. Normalerweise hätte ich ihm eine reingehauen, aber in Angola herrschte genug Unfrieden. Der schlechte Sound kam unter anderem so zustande: Weil der für die PA verantwortliche Portugiese offensichtlich nicht mit den Arbeitsmethoden seiner ihm zugeteilten angolanischen Helfer zurecht kam, muß selbiger irgendwann, d.h., zufällig genau bei unserem Soundcheck, völlig am Ende seiner Nerven das Weite gesucht haben. Die zurückgebliebenen Helfer haben dann einfach das Beste daraus gemacht und bei unserem Konzert dort weitergemacht, wo beim Soundcheck aufgehört wurde. Dadurch halt eben hauptsächlich Fußtrommel. Aber wir hatten

Whisky, es war warm, wir hatten Spaß.
Der Abräumer an diesem Abend war ein brasilianischer Gitarrist nebst Band, dessen Namen ich vergessen habe. Er sang, wie das in Brasilien nun mal so üblich ist, logischerweise auch auf portugiesisch und hatte damit natürlich schon die halbe Miete rein. Er machte so eine Art lateinamerikanische Musik mit Reggae und Afrobeatrhythmen, und da gingen die Leute ab. Das war ihre Musik. Der Sound war auch plötzlich wieder gut. Wer weiß, wer weiß. Fazit des Abends: Alle hatten ihren Spaß, und die Menschen in Luanda wußten nun endlich, was sie immer wissen wollten: Was ist eigentlich Jazz?
Die übrigen, sprich spielfreien Tage, verbrachten wir vormittags mit Schlafen, nachmittags mit am Strand liegen und nachts mit auf der Terrasse sitzen, in Verbindung mit Trinken, Rauchen und Skat spielen. Das hatten wir uns aber auch verdient.

Am letzten Tag gaben die Veranstalter eine Abschiedsfahrt für alle am Jazzfest Beteiligten. Es ging früh los, quer durch Luanda. Zwei Dinge haben mich an Luanda sehr beeindruckt. Zum einen das Elend, der Gestank in den Rinnsteinen, der Verfall, der überall zu sehen war, die leeren Läden, die unzähligen Kriegsamputierten, der Dreck in den Hinterhöfen, die scheinbar wahllos errichteten Slums; all dieser Unbill schien dem Gleichmut der Menschen nichts anzuhaben. Man hatte immer das Gefühl, es mit zufriedenen Menschen zu tun zu haben. Man hatte immer ein Lächeln für uns übrig, und ich hatte den Eindruck, daß die Angolaner trotz dieser schlimmen Situation stolz waren, Angolaner zu sein. Zum zweiten fand ich auch ihren Erfindungsreichtum bemerkenswert.
Als die Portugiesen das Land verließen, nahmen sie aus verständlichen Gründen nicht alles mit. Zum Beispiel verzichteten sie auf die Mitnahme von im Rohbau befindlichen Hochhäusern. Die neue angolanische Regierung ihrerseits wiederum verzichtete, ebenfalls aus verständlichen Gründen, nämlich mangelnder Finanzen, auf die Fertigstellung dieser Häuser. Einzig die Bevölkerung, müde des ewigen Verzichtens, verzichtete nicht. Da eine Bretterwand, da eine Plane, dort eine Lehmziegelwand; so wurden die ersten fünf Stockwerke besagter Rohbauhochhäuser einfach okkupiert, und somit hatten einige 100 Menschen wenigstens ein Dach überm Kopf. Am beeindruckendsten aber und gleichzeitig am dämlichsten war ein Bauwerk, oder sagen wir lieber ein gigantisches Monument, welches dem kommunistischen Staatsgründer Dr. Neto gewidmet war. Etwa 150 Meter hoch, in der Form eines Elefantenstoßzahnes steht es nun so da. Für das ohne Zweifel sehr wichtige Gedenksteinchen wurden quadratkilometerweise Slums abgerissen, und ich würde mal einfach so behaupten, daß den betroffenen Bewohnern kein Ersatz zur Verfügung gestellt worden ist. An diesem Bauwerk wurde damals schon mehrere Jahre gearbeitet, und es war noch nicht fertiggestellt worden, und ich glaube auch nicht, daß es je fertiggestellt werden wird. Solange Krieg ist, wird es nicht möglich sein, und wenn der Krieg vorbei ist, werden vernünftige Menschen das Sagen haben und das Teil wieder abreißen. Man stelle sich vor, ein obdachloser, nur von der Stütze lebender, kranker und trinkender Mensch, borgt sich irgendwo Geld und kauft sich dann einen Whirlpool, um ihn dann unter der Brücke aufzubauen. Nun werden Sie fragen, wer borgt so einem denn Geld? Fragen wir doch mal den angolanischen Präsidenten.

Als Ausflugsziel hatte man eine, etwa einen Kilometer vom Festland befindliche kleine Insel, ca. 20 Kilometer südlich von Luanda, auserkoren. Sie lag gerade noch im Einflußgebiet der kommunistischen Regierung, ein paar Kilometer weiter lauerten bereits die Schergen von Sawimbis Unita. Die Insel war ca. 3 Kilometer lang und an ihrer breitesten Stelle vielleicht 300 Meter. Wir standen an der Anlegestelle und warteten auf das Boot. Es herrschte ein ganz eigenartiges Wetter. Es war schwülwarm aber nicht sonnig, die Sonne war nicht durch Wolken verdeckt, eher wie durch eine Art Schleier. Dies alles gab der Landschaft, in der eh kräftige Farben fehlten, es dominierte das Rotbraun der Erde, das helle Grau des Himmels und das staubige Braun der noch nicht aus dem Winterschlaf erwachten Pflanzen, einen irgendwie trostlosen, fast bedrohlichen Anstrich. Die Anlegestelle, ein einfacher Holzsteg, an dem ein paar alte Reifen hingen, war gesäumt von Müll, hauptsächlich Bierbüchsen (für meine freundlichen Leser aus den alten Bundesländern: der Begriff Bierbüchse ist gleichbedeutend mit dem Begriff Bierdose) und Flaschen. Dadurch kam wenigstens etwas Farbe in die Landschaft. Außer uns wartete noch allerhand Volk auf das Boot, offensichtlich war die Insel ein beliebtes Ausflugsziel. Und die Insel hatte wohl auch strategische Bedeutung, denn man legte uns absolutes Fotografierverbot nahe. Was für ein Blödsinn. Das Lächerlichste auf der Welt ist, wenn Diktatoren anfangen, sich ernst zu nehmen und wenn die Handlanger der Diktatoren solche lächerlichen Befehle mit großem Engagement durchsetzen. Während meiner Armeezeit war es uns Soldaten verboten, Fotos auf unseren Unterkünften zu machen. Ich meine, wenn man Verbote aussprach, die beinhalteten, daß man diese blöden Kanonen oder so nicht fotografieren durfte, das hätte ich ja noch irgendwie verstanden, obwohl ich mir das Gesicht des amerikanischen Generals, der die Fotos in die Hand bekommt und sich dann halbtot lacht und dadurch ein ganz mitleidiges und somit warmes und herzliches Verhältnis zum gesamten Warschauer Pakt bekommen hätte, gut vorstellen konnte. Ich bin mir heute ganz sicher, daß die Offiziere in der ostdeutschen Armee so prasseldumm waren, daß sie wirklich fest daran glaubten, daß es kriegsentscheidend gewesen wäre, wenn der Feind, sprich die NATO, Fotos von den Unterkünften der Soldaten in die Hand bekommen hätte. Schade nur, daß solche Menschen dieses Buch nie lesen werden. Nicht wegen dieser Fotogeschichte, aber es gab tausend kleine und große Begebenheiten, in denen sich zeigte, daß diese Menschen nicht nur dumm waren, sondern daß in fast jedem NVA-Offizier ein mehr oder weniger großer Nazi steckte. Was für ein wunderbares Gefühl, jetzt darüber schreiben zu dürfen. Aber vielleicht gibt es ja Menschen, die dieses Buch lesen und die, ohne daß ich ihnen direkt einen Vorwurf deshalb machen will, einen Verwandten haben, der in der Nationalen Volksarmee einen höheren Dienstgrad bekleidete. Lieber Leser, sag deinem Verwandten, daß er ein Arschloch ist, und sag ihm weiter, daß es für mich ein äußerst beruhigendes Gefühl ist, wenn ich weiß, daß solche nun, ohne mit der Wimper zu zucken, in der Bundeswehr ihren Dienst tun. Aber wer in der heutigen Bundeswehr dient, ist mir völlig Wurst, denn ich ziehe eh keine Uniform mehr an, egal wofür, warum und gegen wen. Das ehemalige NVA-Offiziere heute in der Bundeswehr ihren Dienst tun, ist allerdings so ungefähr das Perverseste, was man sich vorstellen kann, aber es ist auch ein weiterer Beweis dafür, daß sich die Welt gleich bleibt und es sich nicht im geringsten lohnt, über irgendeinen x-beliebigen Ismus nachzudenken. Und schon gar nicht über Vaterland und so ein Scheiß. Nichts ist vergänglicher und unwürdiger als das Vaterland. Mit dem Mutterboden sieht es da schon besser aus. Ja ja, die Frauen, immer einen Zug voraus.

Die Fähre hatte inzwischen angelegt, und wir bestiegen ein Boot, welches sich, was den technischen Zustand betraf, in keinster Weise von den in Luanda herumfahrenden Autos unterschied. Aber daran hatte man sich ja nun gewöhnt, und beide Ufer befanden sich ja auch in Schwimmreichweite. Außer uns war das Boot voll belegt mit allerhand fröhlichen, meist jungen Leuten, von denen die meisten schon auf dem Schiff kräftig in die Bierbüchsen schauten. Dagegen ist ja nun wirklich nichts einzuwenden, aber das Problem dabei war, daß jede, aber auch wirklich jede leere Büchse über Bord flog. Auf Schritt und Tritt wirst du in Afrika mit solchen Dingen konfrontiert. Und wenn du in Afrika einen Müllhaufen siehst, dann liegt das sicher zum einen daran, daß es keine funktionierende Infrastruktur gibt, wozu eine ordentliche Müllbeseitigung nun mal gehört. Es liegt aber auch an der unerschütterlichen

Ignoranz der meisten Menschen dort gegenüber der Natur. Im Prinzip gilt der Satz: Gott hat's gegeben, Gott wird's nehmen. Ich meine, ich kann das alles nachvollziehen. Wenn ein Mensch sein ganzes Leben unter dem Minimum lebt und dann irgendwann durch Zufall oder harte Arbeit zu einer Bierbüchse oder etwas ähnlichem kommt, dann wird er sie austrinken und darüber nachdenken, wie er zur nächsten kommt, er wird sich aber kaum damit beschäftigen, wie er die Büchse ordnungsgemäß entsorgen kann. Ich möchte mich aber auf keinen Fall zum Richter über die Menschen in der dritten Welt aufspielen; was sind ein paar Bierbüchsen gegen eine in der Nordsee versenkte Ölplattform. Wir ziehen alle am gleichen Strang, jeder nach seiner Möglichkeit und auf seine ganz spezifische Art und Weise.
Auf der anderen Seite angekommen, mußte man einen schmalen Holzsteg passieren, der zu beiden Seiten von einem Zaun begrenzt wurde. Der Steg war so eng, daß man ihn maximal zu zweit passieren konnte. Am Ende standen zwei mit MPi bewaffnete Uniformierte und kontrollierten, na was wohl: ja wirklich, ob man einen Fotoapparat bei sich hatte. Bei wem ein Fotoapparat gefunden wurde, der wurde höflich darum gebeten, selbigen gegen eine Wertmarke abzugeben und ihn bei Verlassen der Insel wieder in Empfang zu nehmen. Helge war der Erste von uns, und er hatte seinen Apparat um den Hals hängen, das war einfach zu offensichtlich, da gab es kein Entrinnen, er mußte ihn abgeben oder zurückfahren. Helge entschied sich für ersteres und rief uns dann zu, wir sollten unsere Fotoapparate verstecken. Er konnte uns ruhigen Gewissens laut zurufen, denn angolanische Uniformierte erkennen zwar einen Fotoapparat, aber sie verstehen kein Deutsch. Ätsch. Wir steckten die Teile also in Taschen und Beutel und so, und wir wurden nicht kontrolliert, worüber ich mich am Ende noch mehr aufregen mußte. Man durfte also nur dann nicht fotografieren, wenn man dem Polizisten den Fotoapparat vorher fünf Minuten unter die Nase gehalten hat. Klaus, der grad neben mir stand, sagte zu mir, während er sich den Angstschweiß, der Kontrolle wegen, von der Stirn wischte:
„Ich sag dir eins, ich such die ganze Insel ab, und wenn ich nicht auf irgendein ganz kleines militärisches Geheimnis stoße, sagen wir einen Flugzeugträger oder eine Werkstatt für lokale Atombomben, dann dreh' ich durch, dann werde ich tausend Filme kaufen und eine Woche lang diese zwei Idioten fotografieren. Und immer so um die rumhupfen und dabei immer so entrückt lachen, mit irrem Blick und so. Das sag ich dir."
„Das ist O.K.", erwiderte ich. Ich zündete mir eine Zigarette an, blies den Rauch in Richtung Meer und fragte Klaus dann, ohne ihn dabei anzusehen:
„Was sind eigentlich lokale Atombomben?"
„Kennst du nicht?" fragte er zurück, dabei legte er seine Hand auf meine Schulter, worauf ich mich zu ihm umdrehte. Mit bedeutungsschwangerem Blick erklärte er mir:
„Eine lokale Atombombe funktioniert kinderleicht. Sie wird aus großer Höhe abgeworfen, und den, den sie trifft, verletzt sie nur lokal, d.h. nur an einer bestimmten Stelle. Kapiert?"
„Das heißt, Betreffender, oder sagen wir besser Getroffener, stirbt nicht."
„Genau, du bist kein Dummer nicht." Anerkennungsvoll klopfte mir Klaus auf den Rücken, um dann hinzuzufügen:
„Ja, ja, ja, du bist kein Dummer, ja, ja, ja." Dabei fuchtelte er mit seinen Händen vor meinem Gesicht herum.
„O.K.", sagte ich, „was ist aber, wenn die Bombe genau ins Auge getroffen hat? Na was ist dann?"
Klaus sah mich etwas mitleidig an und erwiderte:
„Lieber junger Freund, merk dir eines für immer, und was ich dir jetzt sage, ist sehr wichtig! Schreib es dir also hinter deine Ohren. Eine lokale Atombombe schlägt nie im Auge ein, verstehst du, nie schlägt eine lokale Atombombe ins Auge, das ist unmöglich."

„Wieso ist das unmöglich?" fragte ich zurück.
„Weil sie so konzipiert ist, du Schlaumeier." Er spuckte in den Sand und fügte hinzu: „Gott, nee!"
„Ja gut, aber wo schlägt sie denn nun ein?" Ich wollte es jetzt wissen.
Er faßte mich an beiden Schultern und schüttelte mich durch. Dabei schrie er mich fast an: „Was, du weißt nicht wo sie einschlägt? Was bist du für ein Mensch? Du weißt das nicht?"
Er ließ ab von mir und sagte wieder etwas ruhiger:
„Eine lokale Atombombe schlägt immer drei bis vier Zentimeter unter der rechten Kniescheibe ein. Merk dir das. Dieses Gebiet ist dann verstrahlt."
Ich setzte eine nachdenkliche Mine auf und rieb mir mein Kinn. Dann fragte ich:
„Und was kann man dagegen tun?"
„Dagegen, daß du getroffen wirst, kannst du überhaupt nichts machen. Wenn es dich erwischt hat, dann hilft nur eine volle Kaffeemaschine, die hältst du dir aller sechs Stunden für 10 Minuten an die verstrahlte Stelle. Das bringt Linderung."
„Ich trinke aber nur Cappuccino", fragte ich ängstlich zurück.
„Tja, damit hast du schlechte Karten. In dem Fall hilft nur ein Ruderboot. Ich muß mal pissen, wenn du verstehst."
Sagte es, und ging in Richtung der nächsten Palme.
Wir gingen den schmalen Strand entlang. Er war stellenweise nur einen Meter breit, dann kam ein Absatz, und da standen schon die Palmen. Das Meer hatte die Wurzeln zum Teil freigespült, und es war sicher nur eine Frage der Zeit, bis sich der Ozean die Bäume ganz holen würde. Der Sand war mehr grau denn weiß, überhaupt war alles grau, Sand, Himmel, Meer, und in mir herrschte auch eine gewisse „Gräue". Ich fühlte mich nicht unbedingt schlecht oder so, aber irgendwie hatte ich ein komisches, beklemmendes Gefühl, obwohl ich mir nicht wirklich erklären konnte, weshalb eigentlich. Vielleicht meldete sich grad wieder diese mir angeborene Eigenschaft des immer irgendwie Unzufriedenseins, welche ständig an meiner inneren Ruhe nagt. Das hat zwar den Vorteil, daß ich immer rastlos bin und dadurch auch immer, oder sagen wir sehr oft, in der Lage bin, zu arbeiten, sprich Musik zu machen oder zu schreiben, andererseits aber kann ich meine glücklichen Momente oft gar nicht richtig auskosten, weil mich immer diese alles zerstörende Frage beherrscht, was kommt danach, wie geht es weiter, war das auch richtig, hätte ich es nicht auch besser machen können und all der ganze Scheiß.
Vom Strand ab erreichten wir einen Weg, der ins Inselinnere führte. Der Sandboden war übersät mit braunen Palmblättern, Flaschen und Bierbüchsen. Verfallene Hütten aus Lehm und Stein standen scheinbar wahllos zu beiden Seiten des Weges. Alles hatte eine Farbe. Ein etwas bedrückendes Szenario, und ich fing schon an, mich zu fragen, wo man uns hier hinführen wird. Doch plötzlich, wie aus dem Nichts und im ersten Moment fast etwas unpassend, standen wir vor einem kleinen, sauberen, gelbgetünchten Steinhaus mit einem dunkelroten, flachen Ziegeldach und einer Terrasse davor, auf der gemütliche, weiß angestrichene Tische und Stühle aus Korbgeflecht zwischen blau-weißen Sonnenschirmen zum Verweilen einluden. Das Haus stand in einer kleinen Bucht und war von einem ca. 50 Meter breiten Rasengürtel umgeben. Es war einfach eine schöne und gemütliche Örtlichkeit, und sie erschien mir fast wie eine Oase inmitten einer schlechten Welt. Wir wurden für angolanische Verhältnisse wundervoll bewirtet, und da saßen wir nun, schlugen uns die Bäuche voll und dachten mit einem gewissen Unbehagen daran, in zwei Tagen wieder zu Hause zu sein.
Ich bin dann nach einer Zeit allein durch die Insel auf die andere, auf die Meerseite, gelaufen. Nachdem ich die Oase verlassen hatte, bot sich mir wieder das gleiche Bild wie vorher: verfallene Häuser und Hütten, Unrat und braune Blätter auf dreckigem Sand. Von einem

Haus stand nur noch ein Grundriß und inmitten dieses Grundrisses stand ein Klo. Die Steine des Hauses hatte man sicher anderswo verbaut, aber für das Klo hatte sich wohl keine Verwendung angeboten. Es herrschte absolute Stille, und ich war völlig allein. Ich ging weiter, und plötzlich stand ich auf einer kleinen Dünung, und vor mir war da, genauso unvermittelt, ein Meer. Ich meine, ich hatte es gar nicht kommen hören, so mit Rauschen und so. Aber was war das für ein Meer. Noch nie hatte ich solch gigantische Wellen gesehen. Sie waren zwar nur einen Meter hoch, aber dafür bestimmt gute 50 Meter lang. Wie eine nicht aufzuhaltende Walze schob sich Welle für Welle lautlos und doch mit ungeahnter Kraft gegen das Land. Ich hatte fast das Gefühl, daß, immer wenn sich eine Welle am Strand entlud, die gesamte Insel widerwillig um einige Zentimeter zurückwich. Ich ging den Strand herunter, der hier viel breiter war als auf der anderen Seite der Insel. Auch standen hier keine Palmen. Ich zog mir Hosen und Schuhe aus und lief in das Wasser. Nur zehn Meter, dann blieb ich stehen und schaute mich um. Hinter mir war Sanddüne und dann war Himmel. Ich schaute wieder nach vorn. Vor mir war Meer und dahinter Himmel. Während man Strand und Himmel schon noch voneinander unterscheiden konnte, gab es zwischen Ozean und Himmel im Prinzip keinen Unterschied mehr. Ein Horizont war praktisch nicht auszumachen. Alles war graublaue Ewigkeit und alles untermalt von einer großen Stille, was logisch war, denn Ewigkeit ist Stille, also, denk ich jedenfalls. Und ich stand nun mutterseelenallein in dieser Ewigkeit, in dieser Zeitlosigkeit, in dieser Unvergänglichkeit und Unendlichkeit, in diesem Kosmos. Ich hatte unvermittelt das Gefühl, daß, wenn ich jetzt nur noch eine Minute hier stehen bleibe, es mich verschlingen wird; was auch immer es sein wird, es wird kommen und mich zerstören. Ich werde es nicht sehen können, weil ich im Wasser stehe und weil es an meinen Beinen ganz langsam und unmerklich hochkriechen wird, und dann gleitet es an meinen Körper hinauf, und dann werde ich es sehen, und es wird zu spät sein, es abzuschütteln. Ich werde mich nicht wehren können, ich werde nicht einmal schreien können. Es wird mich hineinziehen, es wird mich in meine Atome zerlegen und mich in dieses Jenseits einverleiben, ich werde ein Teil des Nirwanas sein, ich werde das Reich Gottes sein. Aber das alles wollte ich nicht. Noch nicht. Ich kam mir auf einmal sehr wenig vor, und ich hatte plötzlich den dringenden Wunsch, diesen Ort zu verlassen, schnell wieder unter Menschen zu gelangen, denn ich fühlte mich zur Ewigkeit noch nicht berufen. Ich drehte mich um und stürmte in fast panischer Angst aus dem Wasser, sammelte im Laufen meine Sachen ein und rannte so schnell ich konnte zu meinen Freunden. Erst als ich das Haus sah und die Menschen hörte, blieb ich stehen, zog mir meine Sachen an und setzte mich in den Sand, um eine zu rauchen.

Das Ende unseres Gastspieles in Angola führte uns wieder an den Ort, wo alles so schön begann, nämlich in die Bar, in der wir so gut und ohne Geld dem Alkohol frönen durften. Wir wurden dort abgeladen, und es wurde uns mitgeteilt, daß wir uns bereithalten sollten, da man uns in einer Stunde abholen würde, um uns zum Flughafen zu fahren. Aus der einen Stunde wurden vier Stunden, und aus der einen Fahrt zum Flughafen wurden drei Fahrten, da wir jedesmal, wenn wir am Flughafen ankamen, nach ewigem Hin und Her erfahren durften, daß sich der Abflug unserer Maschine um ein paar Stunden verschieben wird. Das begann an meinen Nerven zu zerren, und ich bekam zusehends schlechte Laune. Ich meine, ich war ja eigentlich mit unserem Angolatrip an sich zufrieden und wäre sicher noch ein, zwei Wochen geblieben, aber wenn man sich dann auf den Schluß vorbereitet hat und sich selbiger Stunde um Stunde hinausschiebt, dann fängt man an, sein Heimatland zu lieben und sein Gastland zu verteufeln. Außerdem mußten wir im Gegensatz zu unserem ersten Baraufenthalt nun plötzlich für Getränke bezahlen. Dazu kam noch, daß auf dem Parkplatz vor dem Flughafen ein toter, von der Hitze völlig aufgeblähter Hund lag, und der Bus hielt jedesmal so, daß wir förmlich darüber steigen mußten. Und da kommt es dann schon vor, daß man auf blöde Gedanken kommt, schließlich waren wir in einem Land, in dem ein Bürgerkrieg tobte, und es soll schon passiert sein, daß überhaupt kein Flugzeug in gar kein Land geflogen ist, und es soll auch schon vorgekommen sein, daß auch mal dieser oder jener Ausländer, mehr oder weniger mit Absicht, von dieser oder jener Kugel getroffen wurde, und am Ende liegt da neben diesem Hund auch eine Rockband aus Deutschland und keinen interessiert das. Ist aber nicht passiert, und so kam es, daß ich mit 20 Stunden Verspätung eine Gangway hinaufstieg und oben angekommen noch ein letztes Mal stehenblieb, um noch ein letztes Mal einen tiefen Zug dieser herrlichen, warmen und feuchten Afrikaluft in meine Lunge zu pumpen.

3

Knapp viereinhalb Jahre später stand ich nun wieder auf einer Gangway, und ich blieb ein erstes Mal stehen, um ein erstes Mal einen tiefen Zug dieser herrlichen, warmen und feuchten Afrikaluft in meine Lunge zu pumpen. Aber was für ein Unterschied zu damals. O.K., die Luft war ungefähr dieselbe, aber was für ein Empfang. Eine unüberschaubare Menschenmenge drückte mit einer großen Wucht gegen den Zaun, der das Flughafengelände begrenzte, daß ich dachte, er könne jeden Augenblick umknicken. Auch der Balkon des Flughafengebäudes bog sich fast unter der Last der Menschen. Auf der Brüstung des Balkons und selbst auf dem Dach saßen sie, ließen ihre Beine baumeln und winkten, schrien, johlten und pfiffen. Der obligatorische rote Teppich war ausgerollt, und die ghanaische Nationalgarde war angetreten. Alle Fahnenstangen, die man in Westafrika auftreiben konnte, waren beflaggt mit den Standarten Deutschlands, Ghanas, der UNO und des Feuerwehrvereins 1860 Gröditz. Die Menschenmenge, die mittlerweile bis zum Horizont reichte, begrüßte uns immer wieder mit einer gigantischen Laola-Welle. Als wir die Gangway langsam und huldvoll winkend herunterstiegen, feuerte die angetretene Garde aus 122mm-Haubitzen Salut mit scharfer Munition mitten in die Menschen, was denen aber offensichtlich überhaupt nichts ausmachte, denn nachdem sie getroffen wurden, standen sie auf und reihten sich wieder ein in die Hysterie. Es war ein beeindruckendes Erlebnis. Die führenden Persönlichkeiten Ghanas aus Politik und Wirtschaft waren angetreten und bildeten ein Spalier zu beiden Seiten des roten Teppichs. Als wir an ihnen vorbeigingen, verneigten sie sich ehrerbietig, und die Abendsonne Accras war ein dunkler Punkt im Vergleich zum Blitzlichtgewitter der Journalisten, die aus aller Welt angereist waren. Mein Handgepäck, sprich meine Aldi-Tüte und mein Horn, trugen im gebührenden Abstand zu mir zwei Pagen in Uniform auf einem Tablett, und ich hatte das sichere Gefühl, daß sie von allen beneidet wurden.
Natürlich wird jetzt auch die letzte Leserin mitbekommen haben, daß sich dies so nicht zugetragen haben kann, weil bei Salutschüssen niemals direkt und mitten in die Menschen geschossen wird und selbst wenn, dann würden die Getroffenen ja niemals wieder aufstehen um die Laola-Welle mitzumachen. Das war also alles nur Spaß, aber ich muß zugeben, es hätte gut sein können. Auf dem Balkon des Flughafengebäudes saßen ja wie gesagt eine Unmenge Menschen, und ich schaute zu ihnen und ich sah die schwarzen Gesichter und plötzlich, was erblickte da mein flinkes Auge? War da nicht ein weißes? Ja da war eins. Und dieses Gesicht gehörte natürlich, wie kann es anders sein, meinem Freund Thoralf. Als er sah, daß ich ihn sah, winkte er mir zu, ich wies Fritz darauf hin, und wir vollführten einen Luftsprung, schrien „Je" oder so was ähnliches und winkten zurück. Für drei Sekunden herrschte eine Totenstille unter den Massen, wahrscheinlich, weil sie mit so einer Geste von uns nicht gerechnet hatten, aber dann entlud sich die Stille in einem ohrenbetäubenden Aufschrei, und der Jubel kannte keine Grenzen mehr, und die Buntheit der Szene wurde durch gezieltes Werfen von Konfetti vervollständigt.
Ich hatte ja nun gehofft, daß man, wenn einem so ein Empfang zuteil wurde, auf die für Afrika so typischen und ebenso nervenden Einreiseformalitäten verzichten würde, aber nein, man verzichtete nicht. So standen wir erst mal mehrere Tage am Förderband. Afrikaerfahren wie ich nun mal war, hatte ich auch gar keine Angst diesmal, wegen Messer im Rücken wenn der Strom ausfällt und all das, aber diese Angst brauchte ich auch gar nicht haben, weil es war ja noch Tag, und somit hätte man ja selbst wenn der Strom ausgefallen wäre noch was gesehen. Ja, das ist einer der Vorteile des Tageslichtes. Ich kann aber all die, die irgendwann einmal vorhaben, nach Afrika zu reisen und es nur aus dem Grund nicht tun, weil sie Angst haben, es könnte im Flughafen eben einfach mal der Strom ausfallen, versichern, es passiert nicht zwangsläufig. So auch diesmal nicht. Strom war, Förderband auch, nur Gepäck kam

spät. Als wir es dann aber hatten, reihten wir uns ein in die ewige Schlange der aus der anderen Welt Kommenden und auf die Stempel der hiesigen Welt Wartenden, die wichtig und äußerst notwendig sind, um für eine gewisse Zeit zu den Menschen dieser Welt gehören zu dürfen. Ich meine, vielleicht muß dieser ganze Bürokram wirklich sein, aber ich kann mir einfach nicht vorstellen, daß diese unvorstellbare Menge von mehrfachen Visumanträgen, Einreiseformularen, willkürlichen Zetteln mit Stempeln und Quittungen für Schwachsinn wirklich jemand ernsthaft liest, prüft oder aufhebt. Auch erkennt man beim besten Willen kaum einen praktischen Sinn in diesen Kontrollen, außer vielleicht, daß eine Unmenge Menschen beschäftigt werden, denn mit ein wenig Mut könnte man all die Dinge ins Land schmuggeln, die man eigentlich nicht schmuggeln sollte: Pistole, Droge, Hund, AIDS, RAF-Terrorist, Stasiunterlagen, Zloty, Eierhandgranate und besonders begehrt in Afrika: Heft mit Buse und so. Dies alles durch die Kontrollen zu bringen würde höchstwahrscheinlich möglich sein, zumal mir die Sicherheitsvorkehrungen, auch auf den Flughäfen in Europa, drükken wir es mal so aus, nicht in jedem Fall als ausreichend oder optimal erscheinen. Wie dem auch sei, uns konnte es eh egal sein, denn wir hatten von oben angeführten Dingen weder noch im Gepäck. Allerdings war da noch die Aldi-Tüte, in der sich ja unter anderem ein Paket in buntem Papier und roter Schleife befand, was angeblich ein Geschenk von Thoris Eltern an ihn selbst war und dessen Inhalt ich nicht kannte. Oh, Scheiße! Ich begann zu schwitzen, was nicht ganz stimmt, denn ich schwitzte schon seit wir das Flugzeug verlassen hatten wie's Schwein, was ja kein Wunder war, denn wir waren ja noch januarmäßig gekleidet, und als ich Thori in den Armen lag und ihm endlich sein Geschenk aushändigen konnte, da schwitzte ich immer noch, was wohl der Beweis dafür ist, daß es sich bei dieser konkreten Transpiration weniger um Angstschweiß gehandelt haben muß.
Thoralf empfing uns direkt vor dem Eingang. Sein mittelgroßer, leicht hagerer Körper steckte in luftigen, ledernen Halbschuhen, einer selbstgeschneiderten, schwarzen Hose mit allerhand Taschen und Schnallen, gehalten von einem breiten Gürtel und einem schwarzen Baumwollhemd. In der Hand hielt er ein Tuch, mit dem er die Hautausdünstungen an Kopf und Hals zu bekämpfen versuchte. Sein Handgelenk zierte eine Junghansuhr, welche auch anzeigte, wann der Mond aufgeht. Dies zu wissen ist nicht unbedingt wichtig, fetzt aber. Er hatte sich seine Haare auf wenige Millimeter zurückstufen lassen, was seinen etwas markanten Gesichtszügen zum Vorteil gereichte, und er sah sehr braun und zufrieden aus. So wie ein Mensch halt aussieht, der sich sicher war, das Richtige getan zu haben (was seinen Umzug nach Afrika betrifft) und der sich auf das freut, was da auf ihn zukommt (und damit meine ich uns). Wir gingen auf uns zu und umarmten uns herzlich und lange, dann packte ich ihn an den Schultern, schüttelte ihn ein wenig durch und rief dabei:
„Na Ghanamüller, was ist, schon geraucht heute?"
„Oh nee du, aber ich denke doch, daß du welche mit hast."
Dabei lachte er mich mit schelmischen Blick an und ich wußte, was auf mich zukommen wird.
„Ich kotz jetzt schon ab, ich sag dir's." Er tätschelte mir die Wange und sagte:
„Du wirst es überleben, Bertelsmann."
Dann wendete er sich Fritz zu:
„Mensch Fitz, geil, daß du da bist."
„Mein Reden."
Beide strahlten übers ganze Gesicht.
„Wir werden viel saufen."
„Aber Hallo."
„Und lange in der Sonne liegen."

„Aber trotzdem saufen", mahnte Fritz mit erhobenen Zeigefinger.
„Was denkst du denn."
Wenn ich nicht gewußt hätte, daß die beiden sich schon kannten, dann hätte ich gemeint, daß dieser Dialog der Beginn einer wunderbaren Freundschaft gewesen wäre.
Die ganze Zeit stand neben uns ein junger Schwarzer mit sehr angenehmen Gesichtszügen, und er feixte uns die ganze Zeit an, woraus ich schloß, daß er sich richtig mit uns freute. Er trug eine dunkle Hose, ein weißes Hemd und schwarze Halbschuhe. Seine Sachen waren akkurat gebügelt; insofern war er also ein typischer Afrikaner, denn in Afrika legt man viel Wert auf sein Äußeres, jeder nach seinen Möglichkeiten versteht sich, aber immer korrekt. Dieser Mann war 25 Jahre alt, hieß Adu Kwaku Poku, kurz Adu genannt, und wurde uns von Thoralf als sein Schwager vorgestellt. Selten habe ich einen so hilfsbereiten, zurückhaltenden, freundlichen und unaufdringlichen Menschen kennengelernt, der auch in der Lage war, sich über ganz kleine Dinge zu freuen. Gleichzeitig hatte er auch die Begabung, nur das zu machen, was notwendig war; in Deutschland würde man sagen, er hat die Begabung zur Faulheit. Wie man es auch nennen mag, ich meine das wirklich ehrlich, mit dem Wort Begabung. Ich achte Menschen, die die Ruhe weg haben und wenn es drauf ankommt, zur Stelle sind. Im Laufe der Zeit bekam ich dann allerdings mit, daß diese Begabung überhaupt die afrikatypischste ist. Was der Sache im konkreten Fall aber keinerlei Abbruch tat, im Gegenteil. Jedenfalls entpuppte sich Adu als eine unverzichtbare Komponente in unserem Urlaub.
„So, Gepäck habt ihr alles, dann laßt uns mal zum Auto gehen und schnellstens zum Biere fahren", sagte Thori, worauf Fritz antwortete:
„Wenn es kalt ist, dann sei es."
„Du wirst dich wundern", entgegnete Thori, „wenn ich will, werden wir selbst im finstersten Busch eiskaltes Bier finden."
„Und willst du?", fragte ich ängstlich.
„Natürlich werde ich wollen, das hat mit euch überhaupt nichts zu tun."
Während mir mit viel Getöse der obligatorische Stein vom Herzen fiel, sagte ich:
„Na, dann ist ja gut, fahr Hundert."
Nachdem wir uns durch eine große Schar verschiedene Dienste anbietender und mit allen möglichen und unmöglichen Dingen handelnder Menschen durchgekämpft hatten und uns dabei ständig auf Grund unserer Kleidung und unseres Gepäckes kurz vor dem Hitzekollaps befanden, standen wir endlich vor Thoralf's Auto. Das war so ein kleiner Suzuki-Landrover-Verschnitt. Mit solchen Teilen fahren hierzulande die verwöhnten Zahnarzttöchter zum Fitneßstudio und wieder zurück. Irgend so ein blöder Zahnarzt muß seiner Tochter aus irgendeinem Grund das Auto wieder weggenommen haben und es nach Ghana verschickt haben. Vielleicht hatte er dermaßen Streß mit seiner Tochter, daß er sich konsequenterweise gesagt hat, nein das Auto kommt nicht nur bis zum nächsten Fitneßstudiotermin in die Garage, es kommt ganz weg, nach Afrika. Prinzipiell richtig, lieber Zahnarzt, aber warum mußte im Endeffekt ich darunter leiden? Hätte er es nicht auch nach Bosnien oder Lappland schicken können? Hat er nicht, der blöde Sack mit dem Bohrer, und somit saß ich nun im fürchterlichsten Auto, in dem ich je saß. Kleiner als ein Trabant, lauter als ein Hubschrauber, härter gefedert als ein Viererbob und im Verbrauch gieriger als eine Mastsau. Na gut, letzteres tangierte mich nur peripher. Aber trotzdem, dieses Buch wäre unvollkommen, wenn ich es nicht erwähnt hätte. Als wir es dann endlich nach ungefähr neun Stunden geschafft hatten, uns vier mitsamt unserem Gepäck in das Auto zu zwängen, stellte ich Thori zur Rede. Heraus kamen ein paar Dinge, die mich wieder mit ihm versöhnten, denn ich hatte wirklich vor, sofort wieder nach Hause zu fahren, nachdem ich dieses Auto gesehen hatte.
„Also erstens", fing Thori mit Blitzen in den Augen an zu erklären. „Es war relativ billig, das

ist doch sicher einzusehen, und außerdem fahre ich immer allein, schlimmstenfalls mal zu zweit, mit anderen Worten, mir genügt es vollkommen und ich bin nach reiflicher Überlegung zu dem Schluß gekommen, daß es wohl, trotz aller Freundschaft, zu weit führen würde, extra wegen uns einen Wartburg oder BMW zu kaufen, zweitens, habe ich nachträglich eine Nissanmaschine einbauen lassen, weil die alte im Arsch war und im Umkreis von 2000 km kein originaler Suzukimotor aufgetrieben werden konnte, daher also die diversen Geräusche, die wir, die Herren aus Europa, natürlich als störend empfinden, aber ihr werdet schon sehen, daß man damit gut leben kann, wenn man nur will, ja und außerdem hatte ich mehrere Federbrüche, weil die Straßen hier in Ghana eben manchmal doch nicht so perfekt ausgebaut sind wie in Deutschland, also hab ich, um den völligen Nervenzusammenbruch zu vermeiden, die Federn einfach verdoppelt, die hätte man auch gleich verdoppeln können, da hätte ich mir Sackstand erspart."

Worauf ich erwiderte, daß das völlig überflüssig wäre, weil diese Autos ja normalerweise nur

3,5 km in der Woche auf guten Straßen gefahren werden.

„Hähähä", bekam ich da nur zur Antwort und nach einer kleinen Pause fügte er hinzu: „und außerdem ist das Benzin hier so billig, daß es auf ein paar Liter mehr oder weniger wirklich nicht ankommt. So, und dann mein lieber Freund, will ich dich noch beruhigen: ich habe diesen Wagen nicht direkt von einem Zahnarzt gekauft."

Ich reichte ihm eine angezündete Zigarette, um ihn zu besänftigen und gab ihm zu verstehen, daß man mit etwas gutem Willen dies alles schon irgendwie begreifen kann, was aber leider nicht verhindern würde, daß ich unter diesem Fahrzeug streng leiden werde, zumal ich das Gefühl hatte, daß das Auto die Höchstgeschwindigkeit von 7 km/h offensichtlich nicht überschreiten würde. Der geneigte Leser soll nun aber nicht den Eindruck erlangen, daß Zahnarzttöchterautos überhaupt nur total beschissen sind, was ja eigentlich stimmt, aber in dem Fall, was die 7 km/h betraf, durfte man Thoris Wagen wirklich nicht die Schuld geben.

Es gibt zwischen Europa und Afrika gewisse Unterschiede, z.B. Wetter und Menschen, Tiere und Sonnenscheindauer, Pflanzen und Anzahl der Wüsten. Aber es gibt auch Gemeinsamkeiten angenehmer und unangenehmer Natur. Eine der unangenehmen Gemeinsamkeiten ist der Großstadtverkehr. Wenn man die Augen zumacht, dann empfindet man keinen Unterschied ob man nun durch Berlin oder Accra, Dresden oder Kumasi fährt. In beiden Fällen fährt man nicht schneller als 7 km/h. Dies ist zum einen wieder mal der Beweis dafür, daß sich die Welt gleichbleibt und zum anderen, daß es nicht immer am Auto liegt. Wenn man allerdings mit offenen Augen fährt, was sich im Straßenverkehr eigentlich auch anbietet, zumindest als Fahrer, dann entdeckt man schon diesen oder jenen Unterschied. Geschäftstüchtig wie die Afrikaner nun mal sind, nutzen sie auch alle Möglichkeiten selbige auch zu tätigen. Begehrte Geschäftspartner sind unter anderem eben Autofahrer, die aus oben genannten Gründen nur 7 km/h fahren können. Unvorstellbar, was da alles angeboten wurde. Mit kleinen Ständen um den Hals gehängt oder der Ware auf dem Kopf wurde von Menschen jeden Alters und aller Geschlechter alles angeboten, was ein Mann braucht, welcher im Streß ist und nach Hause will. Mentholbonbons, Küchenreiben, Hundehalsbänder, Zwiebeln, Klopapier, Eiswasser in kleinen Plastebeuteln, Rasierklingen, Zigaretten, Batterien, Maschendrahtzaun, Babyschnuller, Taschenmesser, Tageszeitungen, Eierbecher, Kühlschläuche für Nissan-Petrol, Spielzeugpistolen, Feuerzeuge, Badewannenamaturen und Chrysanthemensamen und damit habe ich sicher nur ein Bruchteil der Waren aufgeführt, die dort angeboten wurden. Schön war auch, daß, wenn es uns gelungen war, einen Händler davon zu überzeugen, daß wir eben grad mal kein Sechserset Weingläser inklusive

Korkenzieher benötigen würden, schwuppdiwupp, 20 Meter weiter bekamen wir wieder ein Set angeboten, diesmal allerdings mit Weinverkostung und 20 Cedis billiger. Zur Information, der Cedi ist in Ghana das, was z.B. der Rubel in Rußland ist. Hat auch ungefähr den gleichen Wert. Schwer nachvollziehbar, daß auch nur einer dieser Leute am Ende eines Tages irgend etwas verkauft hat, aber es wird schon seinen Sinn haben, denn umsonst steht kein Afrikaner irgendwo rum. Wenn er nämlich genau wissen würde, daß es keinen Sinn hat, hier an der Ausfallstraße zum Flughafen Accra Petroleumlampenatrappen zu verkaufen, dann würde er schlafen oder versuchen, mit irgend etwas anderem sein Geld zu verdienen. Einer aber wird mit Sicherheit ein großes Geschäft machen: die Hauptstraßen Accras befinden sich meist in einem guten Zustand, aber da war da so ein Bahnübergang, welcher mit Absicht oder nicht so beschaffen war, daß man im Sinne seines Autos gut daran tat, selbigen mit unter 150 km/h zu überqueren, da man sonst Gefahr lief, Achsbruch, oder was noch viel schlimmer ist, den Verlust einer Radkappe zu erleiden. Letzteres passierte da aber wahrscheinlich so oft, daß sich der hiesige Schrankenwärter dazu entschloß, in seinem Bahnwärterhäuschen ein Geschäft für Radkappen aufzumachen. Ich bin mir ganz sicher, daß jedes im Laden zum Verkauf stehende Produkt dem Zustand des Bahnübergangs zu schulden war. Hierzulande würde man sagen, dieser findige Bahnbeamte verdient sich so ein Zubrot. Bleibt die Frage, welches man in seinem Fall als Zubrot bezeichnen muß: das Schrankenwarten oder das Radkappengeschäft.
Accra ist die Hauptstadt Ghanas, aber keine besonders schöne Stadt. Ich meine, wann ist eine Stadt besonders schön? Sagen wir also lieber, Accra ist keine besonders auffallende Stadt, ohne Semperoper oder Eiffelturm oder so. Es gibt keine besonderen Sehenswürdigkeiten außer ein paar Bauten aus der Kolonialära, an denen man den Zahn der Zeit allerdings konsequent hat nagen lassen. Es gibt auch kein direktes Zentrum, so wie wir das von unseren Städten her kennen; in Zittau z.B., einer Stadt im äußersten Westen Polens, ist der Marktplatz das unbestrittene Zentrum der Stadt. Um auf Accra zurückzukommen, da hat eben irgendwann irgendjemand irgendwohin ein Haus gebaut, und in dieser bewährten Tradition der Städteplanung wurde weitergebaut, und heute ist das halt Accra. Vielleicht ist ja auch System dahinter, aber dann scheint es mir sehr versteckt, denn ich habe keines erkannt. Die Stadt durchkreuzen fünf, sechs große, mehrspurige Straßen, auf und an denen das Leben pulsiert.
Accra hat flächenmäßig ungefähr die Größe von das-konnte-mir-niemand-genau-sagen und ca. zwei Millionen Einwohner. Am Rande der Ausfallstraßen entstanden und entstehen immer neue Viertel, bzw. schon vorhandene Dörfer gehören, auf Grund der ständigen Ausdehnung der Stadt, irgendwann einfach dazu. Wer festlegt, wer was wo bauen darf, ist für unsereins nicht richtig nachzuvollziehen, weil es neben der staatlichen Macht auch noch die Macht der Häuptlinge und Könige gibt, und von denen gibt es im Großraum Accra bestimmt mehr als in ganz Europa. Und alle haben was zu sagen. Mir war's aber letztendlich egal, denn ich wollte ja nicht bauen.
Die beherrschenden Farben der Stadt waren grau, braun und blau. Alles erschien irgendwie farblos, schmutzig und staubig. Dies lag auch in der Jahreszeit begründet. Der Januar liegt mitten in der Trockenzeit, und die Sonne, der Wind und der fehlende Regen entziehen in dieser Zeit dem Land alle Farben und den Glanz. Die Pflanzen hatten ihre Pracht auf ein Minimum zurückgeschraubt, und alles war mit einer braunen Staubschicht bedeckt. Diese rührte von einem Wind her, welcher Harmattan genannt wird und während der Trockenzeit mehrere Milliarden Tonnen feinen Wüstenstaub aus der sich 1000 km nördlich befindlichen Sahara in Richtung Süden transportiert. Hier in Accra hielt sich das noch in Grenzen mit dem Staub, aber je weiter man in den Norden kommt, um so schlimmer wird das. Als wir im

Norden waren, hatte ich manchmal das Gefühl, daß Herr Harmattan von seinen Milliarden einige hundert Tonnen Staub direkt für mich reserviert hatte. Dieser Wüstenstaub war übrigens beim Anflug auf Ghana auch der Grund für meine Befürchtungen, einen unsonnigen Urlaub zu erleben, weil ich ihn für Nebel oder Wolken hielt.

Thoralfs Haus in Accra lag ziemlich weit draußen in eben so einem Dorf, wo keiner so richtig wußte, gehört es nun noch zu Accra oder nicht. Also um es genau zu sagen, Gbawe, so hieß das Nest, welches ausgesprochen wurde so ähnlich wie das schöne deutsche Wort „Bauer", gehörte rein verwaltungsmäßig nicht mehr zu Accra, was aber auch gänzlich einzusehen war, denn die Entfernung vom Flughafen nach Gbawe war ungefähr gleichzusetzen mit der Entfernung von da nach da, wie beim „Kleinen Muck" in diesem herrlichen, gleichnamigen DEFA-Film, wo ja besagter Herr Muck unüberschaubare Entfernungen und Richtungen bekannterweise mit „von da nach da" beschrieben hat.
Gbawe war ein Dorf, bestehend aus allen Arten von Behausungen; Stein-und Lehmhäusern, bis hin zu Holz- und Wellblechhütten. Gebaut natürlich alle nach dem bewährten afrikanischen Zufallsprinzip. Im Dorf gab es keine Wege oder Straßen, auch keine Geschäfte oder Autohäuser von Ford. Aber Kirchen und all das.
Wenn ich sage, daß es keine Geschäfte gab, dann heißt das nicht, daß man nichts kaufen konnte. Es gab so eine Art zentralen Platz, und dort befanden sich allerhand Stände und Buden, an denen man sich mit allen notwendigen Dingen versorgen konnte. Fast alle Behausungen, egal in welchen Zustand sie sich befanden, waren an elektrischen Strom angeschlossen. Fließend Wasser gab es auch, allerdings nicht in den Häusern. Es gab zwei, drei Wasserstellen im Dorf, bestehend aus je einem plötzlich aus der Erde auftauchenden Wasserhahn. So ein Wasserhahn befindet sich dann in Privathand. Der Besitzer oder Pächter bezahlt das verbrauchte Wasser, an wen auch immer und verlangt natürlich pro Eimer einen gewissen Obolus. Sein Job besteht also darin, Eimer zu zählen und die Hand aufzuhalten. So ein Job ist mindestens genauso öde wie Rommé oder Formel 1, aber die Menschen sind verschieden.
Das Abwassersystem bestand aus einigen kleinen Rinnsalen, wo alles reinkam, was halt nicht mehr gebraucht wurde, auch mit reinpullern und so. Aber nicht Kacken, dafür gab es ein Haus, bestehend aus vielen Plumpsklos. Dorthin bin ich allerdings nur mit Eskorte gegangen und auch nur dann, wenn es überhaupt nicht mehr anders ging. Wo die kleinen Abwasserbäche mündeten, hab ich nicht herausgefunden. Sicher ist jedoch, daß sie münden. Vielleicht ja geradlinig ins Meer und mit dem Golfstrom bis nach Island und damit direkt in den Einzugsbereich der Europäischen Gemeinschaft. Aber Europa wehrt sich, Europa schlägt zurück, z.B. wird ohne großes Aufsehen, unter Mithilfe der Firma Shell, wir kennen sie alle, wegen des Benzins, was wir ja brauchen, von wegens der Autos, in Nigeria quatratkilometerweise Land mit Öl verseucht. Das hat mit Umweltverschmutzung nichts zu tun, das ist ausgleichende Gerechtigkeit.
Thori bewohnte hier ein einfaches Steinhaus mit vier Zimmern von ca. je 15 qm und einer schönen großen Veranda. Es war eines der gepflegtesten Häuser am Platz, in den Farben beige und kackrosa. Farben, wie wir sie in unserem Nachbarland Tschechei sehr häufig antreffen. Rein farblich gesehen gibt es also keinen Unterschied zwischen Usti nad Labem und Bolgatanga.
Um das Haus hatte Adu eine Art Zaun gezogen, d.h. so ein bißchen Stacheldraht und ein paar Stöcke und Bretter. Diese etwas zweifelhafte Umzäunung diente dazu, das in großer Anzahl frei herumlaufende Getier in Form von Ziegen, Schafen, Hühnern und Gänsen daran zu hindern, das frischgetünchte Haus durch Reiben an selbigem mit Tierhaaren und Federn

zu beschädigen. Die Tiere kümmerte dies, glaub ich, herzlich wenig und die Frauen der umliegenden Häuser benutzten den Zaun zum Wäschetrocknen. Alles in der Welt hat seinen Sinn. Vielleicht sollte man erwähnen, das Thori hier eigentlich nicht richtig wohnte, sein Hauptwohnsitz ist Kumasi. Es ist Adu's Haus, was Thori freilich bezahlt hat. Also gut, ich werde versuchen, das mal alles zu erklären.
Thoralf ist bundesdeutscher Staatsbürger. Auch wenn es an der CDU und Konsorten, mit ein kleinbißchen Willen, einiges zu kritisieren gibt, so hat das doch einige Vorteile, Bundesdeutscher zu sein. Man kann nämlich z.B. als solcher, und das hat Thoralf ja auch gemacht, irgendwann, na sagen wir mal, nach Ghana verziehen. Nach Ghana zu verziehen macht aber eigentlich nur Sinn, wenn man ein gut Teil Deutschmark mit sich führt, um sich die Anfangszeit in der Fremde nicht so schwer zu machen. Und die kann man ja mit sich führen, wenn man sich zuvor in Deutschland nicht allzu unbeholfen angestellt hat. Thori war nicht unbeholfen und hat sich von diesem seinen zuvor in Deutschland erworbenen Kapital eine Wohnung in Kumasi gemietet, in welcher er mit seiner Frau Ama auch hauptsächlich wohnt. Und er hat sich so ein paar wichtige Dinge zugelegt, wie z.B. oben erwähntes Kraftfahrzeug und einen Kühlschrank für das Bier. Er hat aber auch das Haus in Accra gemietet, wo aber eigentlich Adu wohnt. Weil, erstens ist Adu der Bruder von Thoris Frau und zweitens Thoris Angestellter. Wiederum weil: Thori ist zwar Deutscher, verfügt damit aber auch nicht zwangsläufig über unbegrenzte Mengen Deutschmark, also hat er sich Gedanken gemacht, eine angenehme Form zu finden, Geld zu verdienen. Was folgte, war die Gründung der Firma „Hannemann Enterprise." Die Firma besteht aus Thoralf und Adu und kauft in Ghana alles, was es bei Hertie und Pfennigfuchser nicht gibt und ich mit dem Überbegriff: original afrikanische Kunstgewerbeartikel bezeichnen würde. Wobei es schon lustig ist, wenn man mitbekommt, daß manchmal ein und dieselbe Sache in Deutschland als hohe Kunst und in Ghana als ordinärer Gebrauchsartikel gehandelt wird. Egal das aber. Thori fährt also durchs Land, kauft mit der unverzichtbaren Hilfe von Adu die Dinge ein, schickt sie nach Deutschland und bekommt dann nach einer gewissen Zeit etwas mehr Geld überwiesen, als er für die Sachen ausgegeben hat. Das nennt man dann landläufig Geschäft und es ist O.K. Sicher werden jetzt aber die Vertreter des fundamentalistischen Lagers von Bündnis 100/Die Dunkelgrünen, auf den Plan treten und rufen: Schwein, Ausbeuter der dritten Welt und all das. Auf solche Gedanken kann man aber nur kommen, wenn man versucht, die Gegebenheiten der verschiedenen Länder miteinander zu vergleichen. Einfacher ist es so: Nehmen wir einmal eine ganz normale Holzmaske. Kein Ghanaer stellt sich eine Holzmaske in seinen Garten, genau wie sich kein Deutscher einen Gartenzwerg an die Wand hängt, aber plötzlich kommt so ein Thoralf und bestellt beim Schnitzer 50 Masken. Der denkt, die blöden Europäer, Gott sei Dank, daß es sie gibt, schnitzt wie's Schwein, verkauft sie an Thori, der denkt, die herrlichen Schnitzer, Gott sei Dank, daß es sie gibt, verpackt und verschickt sie nach Deutschland zum Händler, der denkt, dieser verrückte Deutsche dort unten, Gott sei Dank, daß es ihn gibt, stellt die Dinge in den Laden, und dann kommt ein Käufer und der sagt sich, diese wunderschönen Masken, Gott sei Dank, daß es sie gibt, kauft eine, stellt sie in die Schrankwand und dann kommt die Oma und sagt: Gott sei Dank, daß es sie gibt, die Schrankwand. Und dann sagt die Schrankwand zur Oma - Also ich weiß wirklich nicht, was eine Schrankwand in so einer Situation zur Oma sagen würde, aber am liebsten wäre es mir, wenn die Schrankwand sagen würde:
„Oma, fick dich ins Knie."
Und wie ich die deutschen Omas kenne, also ich denke, sie würden sagen:
„Schrankwand, du Schwein."
Daraufhin würde die Schrankwand die Maske nehmen und der Oma zwischen die Rippen

hauen. Die Oma kommt dadurch unweigerlich zu Fall und prellt sich den Hals am Sessel. Die Schrankwand lacht, hat aber nicht mit der Rüstigkeit unserer deutschen Oma gerechnet. Die Oma steht unter Ächzen und Stöhnen auf und geht aus dem Zimmer. Die Schrankwand frohlockt, denkt bei sich, die alte Schachtel, höe, höe. Doch zu früh gefreut, die Oma ist nur in den Keller gegangen, um ein Beil zu holen. Wir lassen offen, ob sich die Attacke der Oma gegen die Maske oder die Schrankwand richten wird.

Im Haus angekommen, entledigten wir uns erst einmal von allem unnötigen Ballast, was im Endeffekt bedeutete, daß wir in Turnhose auf der Veranda saßen und rauchten. Um unser Haus hatte sich in der Zwischenzeit allerhand Volk versammelt. Man muß dazu erklären, daß wir uns in einem Stadtteil befanden, in den normalerweise kein Weißer auch nur einen Schritt tut, geschweige denn, sich dort ein Haus mietet und auch noch wirklich drin wohnt. Die Einheimischen werden sich gedacht haben, nun dieser eine Weiße, dieser Mr. Hannemann, naja, wer weiß und so, aber nun kamen noch zwei Weiße, damit meine ich uns, und das war dann doch ein wenig heftig, weil drei Weiße auf einmal in diesem Teil der Stadt, das war dann doch Grund genug, einen mittleren Aufruhr zu veranstalten. Zum besseren Verständnis: Für die meisten Afrikaner sind wir Europäer so eine Art Menschen, die es geschafft haben, im Paradies zu leben. In „Weißland" ist alles in Ordnung, es gibt keine Not, keine Obdachlosigkeit, es gibt keine Kriminalität, wer weiß ist hat immer viel Geld, der weiße Mann lebt auf der Sonnenseite der Welt. Als ich Adu gegenüber mal erwähnte, daß es weiße Kloputzer in Deutschland gibt, hat er mich nur ungläubig angelächelt. Er glaubte zwar auch nicht, daß alle Kloputzer in Europa Schwarze sind, aber daß ein Weißer ein Klo putzt, geht dann doch zu weit. Die Frage, wer denn dann nun das Klo saubermacht, blieb somit einfach offen.

Für die Menschen war es also eine große Ehre, daß wir in ihrem Dorf abgestiegen waren, auch wenn ihnen der Grund nicht ganz klar war. So kam es, daß eine große Menge um unser Haus flanierte und uns, aus zunächst sicherem Abstand, beobachtete. Als jedoch die Neugier die Vorsicht besiegt hatte, mußten wir unzählige Hände schütteln, unter anderem auch vom Priester und auch vom Vertreter des hiesigen Königs, welchen man hierzulande vielleicht als halbamtlichen Bürgermeister bezeichnen könnte. Auch kamen Frauen und stellten uns ihre hübschen aber meist noch sehr jungen Töchter vor. Aber das war wohl eher eine Art Show, als daß es einen tieferen Hintergrund gehabt hätte. Wir waren sehr beeindruckt von diesem lieben Empfang, wobei ich sagen muß, daß es auch einen schwerwiegenden terroristischen Anschlag gegeben hat, der zweifelsohne uns galt.

Das oben beschriebene Gemeinschaftskackhaus bestand aus 20 Zellen, die mit einer einfachen Holztür von innen zugehalten werden konnten. Manche Zelle hatte auch gar keine Türe mehr. Das eigentliche Klo in denn Zellen bestand einfach nur aus einem Loch im Fußboden. Das Loch war nicht so groß, was den Vorteil hatte, daß man nur wenn man unbedingt wollte hineinfallen konnte, es hatte aber auch den Nachteil, daß man relativ genau zielen mußte, was offensichtlich nicht allen Benutzern gelungen war. Das Loch war aber wiederum so groß, daß man beim Kacken die Brühe unter sich sehen konnte. Die Brühe bewegte sich, woraus ich schloß, daß sie lebte. Ach, da wollte man gar nicht hineingucken, aber man mußte ja, wenn man ordentlich zielen wollte. Die ehemals weißen Wände der Zellen waren ergraut, um es etwas salopp zu formulieren, und die Konzentration von Kleintieren und Insekten pro Kubikzentimeter war beachtlich. Der Gestank war vor allem in der Mittagshitze dermaßen was von bestialisch, daß es eigentlich schon wieder ging. Ursprünglich war die Einrichtung mal als so eine Art Pachttoilette konzipiert gewesen, denn vor dem Haus stand eine kleine Holzhütte, die für den Kackhausverantwortlichen errichtet worden war. Der ward

aber lange nicht mehr gesehen; vielleicht war er grad auf Lehrgang in Europa.
Kein Wunder also, daß sich wegen dieser für uns etwas ungewöhnlichen Umstände Adu Gedanken gemacht hatte, uns das Kacken etwas angenehmer zu gestalten. Er hatte daraufhin eine Zelle geweißt und eine Art Holzgestell gebaut, welches man über das Loch stellen und wie so ein gemeines Keramik-WC benutzen konnte. Außerdem hatte Adu, damit bei unserer Ankunft immer noch alles schön sei, ein Vorhängeschloß an betreffender Zelle angebracht. Und genau das hat jemanden im Dorfe nicht gepaßt. Eben dieser Jemand hat, in einer beispiellosen Nacht-und Nebelaktion, das Schloß aufgebrochen und das Interiemsklosett entwendet. Adu war ziemlich sauer und hat in einer ebenso beispiellosen Aufklärungsaktion den mutmaßlichen Täter gestellt. Aber irgendwie ist dieser Konflikt dann doch unblutig, sozusagen wie im Sande verlaufen. Ich, der ich ja gar nichts dafür kann, weil ich ja nie auf die Idee gekommen wäre, ein anderes Klo zu verlangen, was allerdings nicht so schlimm gewesen wäre, ich kann mir diesen Akt des Terrorismus auf das Kackhaus nur so erklären: Der Täter wird sich gesagt haben, ein weißer Arsch scheißt genauso wie ein Schwarzer. Ich muß zugeben, ich kann mir ungefähr vorstellen, was er damit zum Ausdruck bringen wollte.

Bevor wir zum Biere schreiten wollten, bat ich darum, mich waschen zu dürfen und Adu zeigte mir daraufhin das Badezimmer. Doch vorher kam es zu einem schlimmen Zwischenfall, der meine Freundschaft zu Fritz auf eine harte Probe stellte. Ich hatte doch erwähnt, daß ich mein Flügelhorn mit im Reisegepäck hatte. Ich hatte es auf jeden Fall nicht mitgenommen, weil ich der Meinung war, daß man sowas unbedingt mitnehmen sollte. Ich nahm es mit, weil wir nach einer schier endlosen Debatte zu dem Schluß kamen, daß es vielleicht ganz angenehm wäre, wenn wir ab und an ein wenig Musik zusammen machen würden. Wir beschlossen also, ich nehme mein Horn mit und Fritz seine Klarinette. Und während ich mich badefertig machte und so in meinen Sachen kramte, sagte Fritz, der hinter mir auf seinem Bett lag und rauchte:
„Na Bert, wie geht's denn so?"
Ich blickte mich nicht um und antwortete:
„Das weißt du doch nicht."
„Nö, nö, ich weiß, aber ich wollte mal so fragen. Schöner Ventilator."
In der Tat, dachte ich bei mir und stellte mir vor, wie Fritz seinen Zigarettenrauch in den Deckenquirl pustete. Wenn ich mich umgeschaut hätte, dann hätten sich meine Vorstellungen bestätigt. Ich kramte weiter, und als ich mit meinem Waschzeug bewaffnet den Raum verlassen wollte, sagte Fritz:
„Ja, ja, gehst dich waschen, was?"
Ich nickte nur, und als ich mich schon in der Tür befand, hörte ich Fritz noch leise sagen:
„Ach so, falls du meine Klarinette im Bad finden solltest, dann bring' sie doch bitte mit."
Ich blieb ziemlich abrupt stehen und drehte mich dann ganz langsam um.
„Du hast sie vergessen", sagte ich leise mit fast geschlossenem Mund.
„Ach weißt du, vergessen kann man nicht direkt sagen."
„Aber du kannst sie nicht finden."
„Jaaaa, aber das heißt ja nicht unbedingt, daß ich sie vergessen habe."
„Gut, aber sie ist nicht hier, nicht hier in diesem Raum."
„Stimmt."
„Und sie ist auch nicht im Nebenraum."
„Mm."
Ich kniff die Augen etwas zusammen und sagte nach einer kleinen Pause:
„Jetzt laß mich mal raten. Sie ist auch nicht in Ghana."

Fritz nickte nur. Ich ging einen Schritt auf ihn zu und ließ mein Waschzeug fallen.
„Sie ist auch nicht in Afrika, Stimmt's? Gib's zu! Sie ist in Scheißeuropa, in Scheißdresden, in deiner Scheißwohnung. Stimmt's?"
Fritz hatte inzwischen aufgeraucht und lag, mit unter dem Kopf verschränkten Armen, auf dem Rücken und starrte an die Decke. Ich starrte auf ihn. Langsam glitt das Handtuch, welches ich mir fest um die Hüfte gebunden hatte, in Richtung Boden. Die einzige Erklärung dafür war, ich magerte innerhalb von Sekunden ab vor Ärger, den mir Fritz bereitete. Nur Haut und Knochen, ich wog plötzlich höchstens noch 10 Kilo, wankte ich zu meinem Bett, auf dem meine Tasche lag und entnahm ihr meinen Trommelrevolver, den ich auf dem Flughafen in London gekauft hatte, in einem Laden, der Terroristenallerlei führte.
Ich stand mit dem Rücken zu Fritz. Die Luft flimmerte in der Mittagsglut. Am Horizont erhoben sich majestätisch und teilnahmslos die Berge. Ansonsten waren da nur Sand und einige wenige verdorrte Grasnarben. Alles, was man hörte, war der Wind und das Quietschen des Windrades, welches längst kein Wasser mehr aus dem ausgetrockneten Brunnen nach oben beförderte. Einem sicherem Gespür folgend, kreisten hoch über uns einige Geier. Ich schob meinen Hut in den Nacken und sagte leise mit knurrender Stimme:
„Gut Hombre, bringen wir es hinter uns."
Während ich das sagte, schaute ich in den strahlend blauen Himmel. Dann drehte ich mich langsam um. Fritz stand breitbeinig da, etwa 10 Meter von mir entfernt. Er hatte keinen Hut auf. Sein Haar wehte im Wind. Er hatte seinen Mantel hinter seine Revolvertasche geschoben, und er hielt seine Arme in diesem unheilvollem Abstand zu seinem Körper. Nur 15 Zentimeter trennten seine Hand von seinem Colt. Er hatte ein Streichholz im Mund, welches er mit seiner Zunge langsam von einem Mundwinkel in den anderen schob. Mit einem unmerklichen Kopfnicken gab ich dem Streichquartett, welches sich am Brunnen aufgestellt hatte, ein Zeichen. Leise begannen sie „Spiel mir das Lied vom Tod" zu intonieren. Ich bemerkte ein leichtes Zucken an Fritz' linker Wange.
„Hör gut zu, Hombre, es wird dein letztes Lied sein", sagte ich, bevor ich zog und schoß.
Fritz hatte keine Chance. Eine Ewigkeit stand er noch da und starrte mich mit weit aufgerissenen Augen an. Endlich sackte er, ohne einen Laut, in sich zusammen. Die Musiker packten ihre Instrumente ein. Langsam ging ich auf ihn zu. Fritz blutete aus dem Mund, obwohl ich eigentlich auf sein Herz gezielt hatte. Aber er lag im Sterben. Das war mir sofort klar, dafür hatte ich einen Blick. Ich ließ mich zu ihm herunter und nahm seine Hand. Dabei sagte ich leise:
„Tut mir leid Hombre, aber es mußte sein. Ich hatte keine andere Wahl."
Er blickte mich mit traurigen Augen an. Dann versuchte er, sich ein wenig aufzurichten. Er hatte große Schmerzen, das sah man ihm an. Unter größter Anstrengung zog er mich etwas zu sich herunter und flüsterte mir zu:
„Sag meiner Frau", er mußte eine Pause machen, weil das Blut in seinem Mund ihn am Sprechen hinderte, „daß die Klarinette nicht hier ist, muß nicht zwangsläufig bedeuten, daß ich sie vergessen habe. Sag es auch meinen Kindern."
„Du hast doch gar keine, Hombre."
„Sag es ihnen trotzdem."
„O.K., kannst dich drauf verlassen. Jetzt muß ich mich aber erst mal waschen, wenn du verstehst was ich meine."
Dann haute ich ihm noch eine rein, nahm meinen Kosmetikbeutel und verließ die Wüste.

Thoralf hatte so ziemlich das exquisiteste Bad am Platz. Während sich die meisten Einheimischen hinter irgendwelchen Hecken oder Bretterverschlägen waschen mußten, konnte

Thori immerhin schon ein Badezimmer aus Stein sein Eigen nennen. Es stand etwa 10 Meter neben dem Haus, war 2 qm groß und 1,70 Meter hoch. Wenn ein Badezimmer nur 1,70 Meter hoch ist, dann macht das Waschen nur Spaß, wenn man entweder nicht größer als 1,70 Meter ist oder das Badezimmer kein Dach hat. Da ich größer als 1,70 Meter bin, blieb folglich nur die zweite Variante. Es handelte sich also nur um einen gemauerten Verschlag mit einer Holztür und einem kleinen Loch zu ebener Erde in der einen Seite der Mauer, aus der das schmutzige und vom Schweiß des Tages getränkte, schlechte, böse Wasser in schon beschriebenen Abwasserbach laufen konnte. Wasser wurde via Eimer herangeschafft, genauer gesagt, Adu hat es uns immer gebracht; ich glaube, er wäre aufs Höchste beleidigt gewesen, wenn wir uns das Wasser selbst geholt hätten. Und man glaubt es kaum, man wird wirklich sauber, mit nur 10 Liter lauwarmen Wassers. Es hat auch wirklich was, wenn man sich z.B. den Sack wäscht und dabei dem afrikanischen Dorfleben zuschauen kann. Ich meine, mit dem Sack hat das gar nichts zu tun, man kann sich auch den Ellbogen waschen und dabei das Dorfleben betrachten. Beim ersten Mal hatte ich schon gewisse Hemmungen, aber dann hat mir das Waschen unter diesen Umständen einen guten Spaß bereitet, ich hatte eigentlich nur davor Angst, auf irgendwelches Viechzeugs zu treten, wenn ich die Waschaktion im Dunkeln durchführen mußte. Jedenfalls ist es schön, ab und an zu erfahren, wie einfach doch die Welt sein kann, wenn man keine andere Möglichkeit hat. Wenn ich nach Hause komme, werde ich eine Kampagne starten, die da heißt: Wider die Kacheln und fließend Warmwasser in europäischen Badezimmern! Ich werde Gesetze herausbringen, in denen steht, daß es ab sofort verboten sein wird, Fliesen und Kacheln im Bad zu verbauen, das Bad darf kein Dach haben und muß sich mindestens 10 Meter vom Haus befinden, meinetwegen auf dem Grundstück des Nachbarn. Wer sich diesen Anordnungen widersetzt, wird mit einer sehr hohen Strafe belegt. Das Problem ist nur, daß die Afrikaner ja danach streben, irgendwann all das zu besitzen, was ein Europäer besitzt, und dadurch wird sich alles nur umkehren. Man könnte also gleich die in Europa konfiszierten Fliesen nach Afrika schaffen. Bloß wenn die Europäer dann sehen, daß die Afrikaner Bäder mit Fliesen haben, dann wollen die ja auch wieder welche. Also ich finde, irgendwie ist die Welt Scheiße.

Es war schon gegen 22.00 Uhr, als wir in der Gaststätte eintrafen. Das Etablissement bestand aus zwei mit Schilf überdachten Tischen, an deren Längsseiten je eine Bank stand. Und es gab eine Holzhütte, deren Verschlag nach oben geklappt war, und das war der Tresen. In der Holzhütte stand eine riesige Kühltruhe und ein kleines Mädchen, welches als Bardame fungierte, in Doppelfunktion als Tochter des Restaurantchefs, der wohl eben mal verhindert war. Liebe Menschenrechtler: ich weiß, daß es nicht in Ordnung ist, wenn dreckige, betrunkene und um sich schlagende Rabenväter kleine Mädchen in Ghana abends Bier verkaufen lassen, aber ich sag's ganz ehrlich: Durst ist schlimmer als Kinderarbeit.
Das Ganze war umzäunt mit einem Bretterzaun und es war gemütlich, will sagen, nach 30 Stunden öder Reise und ca. 33 erlebten Wintern in Deutschland war ich jetzt im Paradies. Die Luft war herrlich, es war angenehm warm, die Bänke waren total unbequem, das Bier war kalt und schmeckte gut, ich hatte liebe Freunde um mich rum, jetzt war ich angekommen. Deutschland, mit allem was dazu gehört, ab jetzt kannst du mich für einen Monat am Arsch lecken, so fühlte ich. Es war die schönste Gaststätte, die ich je kennengelernt habe. Zu Trinken gab es nur Bier und zu Essen nur Gin. Vor dessen Genuß mich Thoralf allerdings gewarnt hatte, was ich auch beherzigte. Ich hatte auch grad eben mal keinen Hunger. Das Allerschönste aber war das Klo. Ein kleiner Bretterverschlag und der Fußboden war mit Kieselsteinen ausgelegt. Da hat man dann also einfach auf die Kiesel gepißt, und schon war die Pisse weg, weil so ein Kieselsteinfußboden ist sehr urindurchläßig. Nur Kotzen und

Kacken mußte man woanders, aber deswegen geht man ja normalerweise nicht in die Gaststätte.
Die Welt ist sehr verschieden. Ich denke, daß jeder zweite, der versucht hat, in Deutschland eine Kneipe aufzumachen, frühzeitig aufgegeben hat, weil er den Behördenkrieg nicht mehr abkonnte und die ganzen Bestimmungen, Vorgaben und Auflagen nicht mehr auf die Festplatte seines Computers bekommen hat. Da muß es acht Notausgänge geben, die Pissoirs müssen in einer Höhe von 83,2 cm angebracht werden, da müssen Nachbarn getötet werden, über dem Herd muß eine Rauchabzugsanlage installiert werden, obwohl es dem Koch gegebenenfalls völlig egal wäre, die Bediensteten benötigen einen Gesundheitspaß, weil, sonst könnten sie den Gästen Salmonellen ins Essen beilegen und dann noch die ganzen Schutzgelderpressungen von der tschetschenischen Mafia, aber zum Glück hat sich ja ein gewisser Herr Jelzin mit den deutschen Gaststättenbesitzern solidarisch erklärt.
In Ghana hingegen benötigt man nur eine einzige Voraussetzung, um ein Gasthaus eröffnen zu dürfen: es genügt, den Beweis anzutreten, daß man eine große Kühltruhe besitzt, in die viele Bierflaschen reinpassen. Je größer die Kühltruhe, desto besser das Wirtshaus. Ich meine, eigentlich wird nicht einmal dieser Beweis verlangt; man könnte also auch so einfach mal eben eine Gaststätte aufmachen, auch ohne Kühltruhe. Davon würde ich aber abraten. Von wegens des Umsatzes; der läßt sich mit 35° C warmen Bier nicht machen. In Hammerfest, Galten und Nordreisa z.B. sieht das schon wieder ganz anders aus. Dort benötigt man für eine Restaurantlizenz nur einige von diesen kleinen, niedlichen Reisetauchsiedern. Was haben wir gelacht, O.K., davon dann mehr in meinem Reiseführer: „Nackt durch Nordnorwegen", und somit zurück nach Ghana. Hier stand eine Kühltruhe und damit war alles gut. So saßen wir denn da und ehe wir unsere Flaschen an den Mund führen konnten, stand Thori auf und sprach folgendes:
„Meine lieben Freunde, ich möchte zunächst etwas sagen!"
Wir machten sofort Anstalten, uns zu erheben. Thori aber hielt seine rechte Hand über den Tisch und gebot uns huldvoll sitzenzubleiben.
„Behaltet Platz, meine lieben Gäste."
Worauf wir mit durchgedrücktem Kreuz, die rechte Hand an der Bierflasche, die linke in die Hüfte gestemmt, sitzenblieben und erwartungsvoll die Ohren spitzten. Er schaute uns lange und eindringlich an. Dann nickte er uns zu, hob den linken Zeigefinger, setzte seine Flasche an den Mund und trank sie in einem Zug aus. Dann setzte er die Flasche ab und sagte, mit immer noch erhobenen Finger:
„Aaaaaaaah", ließ sich nieder und schaute uns zufrieden an.
Wir entspannten unsere Körper, indem wir uns wieder bequem setzten und Fritz sagte:
„Gute Ansprache, das."
„Mein Reden", erwiderte ich anerkennend, dabei leicht mit dem Kopf nickend. Plötzlich straffte sich Fritz' Körper, er beugte sich förmlich zu mir rüber, und seine Hand mit der noch vollen Bierflasche schnellte mir entgegen, und er knallte mir selbige mit einer großen Wucht an die meinige, die ich im letzten Moment noch festhalten konnte, so daß es nur zu einem wundervoll tönenden „Kling" kam und sagte dann:
„Also gut, vertragen wir uns wieder." Sagt's und setzte seine Flasche an den Mund.
„Kein Problem damit", gab ich zur Antwort. „Allerdings darfst du nicht an meiner Freundschaft zu dir zweifeln, wenn ich diese Flasche nicht auf Ex trinken werde, wie unser verehrter Gastgeber."
Dabei schaute ich kurz Thoralf an, der zuckte nur leicht mit den Schultern und sagte:
„Gib mir mal 'ne Zigarette."
Während ich an meiner Zigarettenschachtel nestelte und, ohne ihn dabei anzuschauen, ihm

eine meiner geliebt-verehrten „Benson & Hedges light" reichte, von denen ich im Flugzeug eine Stange gekauft hatte (die es ja zu allem Überfluß auch noch, nur im Duty Free gibt), in der trügerischen Hoffnung, damit über den Winter zu kommen, fuhr ich fort:
„Ich meine verstehst du mich, also ich trinke die Flasche nicht auf einmal aus und vertrage mich trotzdem wieder mit dir, ich will damit sagen, verstehst du was ich meine?"
Fritz konnte noch nicht antworten, weil er noch trank.
„Also, du könntest mir ein Zeichen geben, Fritz, weil ich muß wissen, woran ich bin. Es ist ungemein wichtig für mich, zu wissen, daß wir uns vertragen werden, genauso wie du es vorgeschlagen hast. Weil, es ist total O.K., wenn du das vorschlägst und ich möchte mich diesem Vorschlag unbedingt anschließen, aber ich weiß eben nicht, ob du es akzeptieren kannst, wenn ich jetzt diese verdammte Flasche nicht auf einmal austrinke."
Thori beugte sich jetzt zu mir, stieß mich am Arm und sagte:
„Wenn du jetzt nicht aufhörst mit diesem dusseligen Westgequatsche, wird die Brühe warm."
„Also Thoralf, Moment mal. Dieses hier ist einfach mal ein Problem zwischen mir und Fritz, und ich finde, du solltest da einfach mal ein bißchen sensibler sein."
„Gib mir mal Feuer", sagte Fritz, der inzwischen ausgetrunken hatte und sich schon eine Zigarette zwischen die Lippen gesteckt hatte. Da ich inzwischen, zum Zwecke des Trinkens, meine Flasche am Mund befestigt hatte, übernahm Thori den Part des Feuergebens. Dabei sagte er:
„Es ist doch eine schöne Sache das, egal in welchem Teil der Welt du dich befindest, auf Jütland, in Äquatorial-Guinea, auf dem Mururoa-Atoll, oder in Döbeln, es gibt auf dieser Welt ein Produkt, das gibt es einfach überall, und das ist Bier."
„Außer in Rußland", warf ich ein.
„O.K., außer in Rußland, aber was ja noch viel schöner ist, auch wenn du vielleicht ab und zu ein wenig suchen mußt, du findest in jedem Land auch irgendeine Biersorte, die auch noch schmeckt."
„Außer in Rußland, eben", kicherte ich.
„Also diese ghanaische Plempe hier, die ist wirklich nicht zu verachten, die muß man nicht unbedingt von der Bettkante schmeißen", mischte sich Fritz jetzt ein.
Es standen hier zwei einheimische Biersorten zur Verfügung: „ABC" und „Club". Beide Sorten schmeckten wirklich gut, einen Unterschied konnte ich allerdings nicht feststellen. Bin da aber auch kein Fachmann. Wobei ich denke, daß ich Gin von Ginger Ale unterscheiden könnte, was ja nun aber wirklich nicht so einfach ist, weil ja beide Getränke mit Gin anfangen.
„Ich finde vor allem die Größe der Flaschen O.K.", sagte Fritz weiter, „0,625 Liter ist genau das, was der Mensch braucht."
Thori nickte zustimmend:
„Man könnte praktisch die Zahl 0,625 als *ein Gut* bezeichnen."
„Wie jetzt", fragte Fritz.
„Na, wenn man z.B. über einen Menschen sagt, er hat eine 0,625er getrunken, dann heißt das, es geht ihm gut."
„Mit anderen Worten, hat ein Mensch 1,25 intus, dann würde dies bedeuten, es geht ihm sehr gut, oder anders ausgedrückt, der Mensch hat *zwei Gut*."
„Natürlich. 1,875 bedeutet, es geht ihm ausgezeichnet und 2,5 ist gleichzusetzen mit, der ist total gut drauf und 3,125 kann man dann schon als absolut herrliche Welt bezeichnen, also der Mensch hat dann *fünf Gut*.
„Im Westen Deutschlands würde man zu *fünf Gut* wahrscheinlich sagen: Eh, total super Mann."

„Im Westen würde überhaupt kein Mensch die *fünf Gut* je erreichen, weil ich habe gehört, ich meine, vielleicht ist es ja ein Gerücht, aber ich habe gehört, die mischen dort ihr Bier mit Limo und das alles nur in 0,2 Gläsern."
„Das ist kein Gerücht", warf ich wohlwissend ein.
„Ih gitt."
„Na bloß, dann haben wir ja mit 0,2 gleich die Maßeinheit für *ein Schlecht*."
„O.K., wenn einer 0,2 getrunken hat, dann hat er *ein Schlecht*, und dann geht es ihm demzufolge schlecht. Was ist aber, wenn einer, sagen wir *sechs Schlecht* hat, also 1,2."
„Ich weiß nicht, aber das ist dann wohl ein Arschloch. Ab *drei Schlecht* ist jeglicher ein Arschloch."
Fritz überlegte etwas und sagte dann zu mir:
„Also, das finde ich nicht in Ordnung, du weißt doch, was der Kanzler gesagt hat: Jetzt, wo die Mauer zwischen den Ländern gefallen ist,......"
„........müssen wir, als Ausgleich dazu, darauf achten, daß die Mauer in den Köpfen nicht auch noch abgerissen wird", fiel ich Fritz ins Wort.
„Moment, das hat der Kanzler aber nicht gesagt."
„Nee, aber ich."
„Du bist ein Querulant."
„Aber ich habe schon *ein Gut,* und ich bin der Meinung, wir sollten jetzt auf *zwei Gut* erhöhen. Ich werde das mal organisieren."
So ging ich hin und ließ mir von der kleinen Bardame, die mittlerweile noch ihre kleine Schwester in Form eines Babys auf dem Rücken trug, die nächsten Biere verkaufen. Als ich wieder an den Tisch kam, war die Diskussion schon wieder im vollem Gange, und ich hörte Fritz grad fragen:
„Was ist aber, wenn einer nun z.B. *sechs Gut* hat, also, warte mal, 3,75?"
„Meiner Meinung nach", gab Thori zur Antwort, „kann es nur besser werden. Es ist nur so, daß man das Gefühl, wenn man, sagen wir mal, so *neun Gut* hat, nicht mehr beschreiben kann."
„*Neun Gut* schaffst du nicht", meldete ich meine Zweifel an.
„Also weißt du." Thori sah mich fast mitleidig an. Ich zog voller Demut meine Kopf ein:
„O.K., O.K, ist ja gut, ist ja gut."
„Aber trotzdem habe ich Menschen kennengelernt", mischte sich Fritz wieder ein, „von denen ich behaupten würde, daß es ihnen mit *neun Gut* ungefähr so ging wie mit *sechs Schlecht*, mit anderen Worten: Sie fühlten eine gewisse Unproportionalität in ihrem Magen, was dazu führte, daß *mehrere Gut* über die Speiseröhre, mit einem zünftigen „Uuhharrr" wieder ans Tageslicht befördert wurden."
„Echt?"
„Echt."
„Wirklich?"
„Ja, wirklich."
„Wo?"
„Im Mai 1988, auf der Kamenzer, Ecke Louisenstraße, gegen 18.30 Uhr."
„Je, je, je." Und nach einer kleinen Pause:
„Und was war das für Bier?"
„Nach der Konsistenz und dem Geruch des Gekotzten zu urteilen: Coschützer Gelbkreuz, ein heute leider nicht mehr gebrautes Bier."
„Hm. Gib mir mal 'ne Zigarette." Er zündete sie sich an, stieß den Rauch aus und fragte:
„Bist du dir da ganz sicher?"

„Was, daß ich gesehen habe, wie da einer mit mindestens *neun Gut* gereihert hat?"
„Nein, ob das Coschützer Gelbkreuz war."
„Ganz sicher."
Thori bekam ganz langsam einen traurigen Blick. Damit hatte er nicht gerechnet. Er hatte viel Elend in dieser Welt gesehen, er wußte, wozu Menschen fähig sein können, aber sowas, nein. Von solcherlei schrecklichen Dingen, daß jemand einfach so Bier ausbricht, das konnte er sich beim besten Willen nicht vorstellen. Was für eine Verschwendung. Alkoholmißbrauch, sozusagen. Er stierte vor sich hin und zog an seiner Zigarette und sagte ganz leise immer den einen Satz vor sich hin:
„Es muß an der Sorte gelegen haben, wahrscheinlich nicht nach deutschem Reinheitsgebot gebraut, da muß was Schlechtes mit drin gewesen sein."
Nun bekamen auch wir den traurigen Blick. Völlig geknickt saßen wir vor unserem Bier und rauchten.
„Ich würde trotzdem nicht zu den Russen fahren. Also, ich meine, laßt uns doch einfach neues Bier holen", rief ich optimistisch in die Runde.
„Hab zwar noch, aber trotzdem gute Idee, das", sagte Fritz.
„Mein Reden."
„Aber paß auf die Sorte auf!" sagte Thori beschwörend.
Die kleine Bardame hatte Verstärkung bekommen. Am Tresen saßen jetzt zwei Männer und unterhielten sich mit Adu, und hinter dem Tresen standen noch zwei Mädchen und ein Mann. Ich würde mal so vermuten: der Vater von's Ganze mit seinen Kindern. Diesmal bekam ich das Bier vom Chef persönlich. Thoralf kam hinzu, man begrüßte sich herzlich. Viel verstand ich nicht, weil englisch, aber man lachte beim Reden, daher also herzlich. Man deutete auf das Baby, also das Kleine war so eineinhalb Jahr alt, welches die Schwester jetzt nicht mehr auf dem Rücken, sondern in der Hüfte trug, und man lachte, und dann wurde mir das Baby gereicht, und ich nahm es, um es zu streicheln, und man lachte, aber das Baby fing an zu weinen, wahrscheinlich wegen fremden weißen Mann, aber man lachte weiter, und ich gab es zurück, aber man lachte, und das Baby hörte auf mit Weinen und schaute mich aus sicherem Abstand mit großen braunen Augen an. Überflüssig zu erwähnen, daß man lachte. Ich nahm die Biere und setzte mich wieder an den Tisch.
„Vertragen wir uns wieder", sagte Fritz und wir ließen unsere Flaschen klingen. Nachdem ich getrunken hatte, kam ich nicht umhin, Fritz mitzuteilen, daß es sich bei diesem Satz um einen der schönsten, wenn nicht gar um den Trinkspruch an sich handeln würde. Fritz teilte meine Euphorie. Thori stand noch bei Adu und redete leise auf ihn ein. Dabei mußte er ständig feixen, und auch Adu machte einen sehr fröhlichen Eindruck. Ich wurde das Gefühl nicht los, daß die beiden irgendwas ausheckten. Nach einer Weile setzte sich Thoralf wieder zu uns und tat als sei nichts gewesen, aber er konnte eine gewisse Vorfreude nicht unterdrükken. Und dann plötzlich trat Adu an unseren Tisch, schlug die Hacken zusammen, hob den rechten Arm und rief mit ghanaisch-englischem Akzent, so zackig ein Afrikaner nur rufen konnte:
„Gentleman, Heil Hitler!"
Dabei grinste er das breiteste Grinsen, was ich je in einem schwarzen Gesicht gesehen habe und schielte dabei zu Thori. Der aber lag derweil vor Lachen am Boden. Für eine ganz kleine Sekunde hatte ich einen Herzstillstand, denn ich bin ein Deutscher, der so erzogen wurde, daß man mit diesen Dingen keine Scherze machen darf. Aber diese Szene war so dermaßen daneben, daß auch ich mich, nachdem mein Herz wieder lief, eines Lachens nicht erwehren konnte, vor allem als ich Thori sah, der sich immer noch nicht einhatte. Fritz ging es, glaub ich, ebenso wie mir. Als Thoralf sich beruhigt hatte und wieder am Tisch saß,

fragte ich ihn:
„Sag mal, hast du dem das beigebracht?"
„Quatsch, der hat irgendeinen Film gesehen und fand das offenbar so lustig und wahrscheinlich auch so typisch deutsch, daß er eines Tages vor mir stand und mich so begrüßt hat. Ich glaube, er wollte mir eine Freude machen." Ich blickte ihn ungläubig an.
„In echter Wahrheit, ich bin mir ganz sicher, der wollte mir 'ne Freude machen. Und da hab ich mir gedacht, O.K., macht er mir eben eine Freude, was soll's. Was sollte ich denn tun? Sollte ich ihm sagen: Also weißt du Adu, sowas macht man nicht? Würde er's verstehen? Ich glaub's nicht. Unsereins kann es sich doch auch nicht vorstellen, daß Idi Amin die Köpfe seiner Gegner im Kühlschrank gelagert hat, übrigens in einer Zeit weit nach Hitler. Man muß das, glaub ich, nicht so nehmen. Ich hatte dann nur noch den einen Wunsch, ich wollte eure Gesichter sehen, wenn er das nochmal macht, weil meines konnte ich ja nicht sehen."
„Und wie war'n unsre Gesichter?" fragte ich etwas skeptisch.
„Naja, ihr wart gut. Paßt auf, für die Menschen hier hat das überhaupt keine Bedeutung, die wissen überhaupt nicht, wer oder was Hitler war und was damit zusammenhängt, und auch wenn man versuchen würde, es ihnen zu erklären, sie würden es nicht verstehen oder glauben. Adu kennt nur uns, Klinsmann und Mercedes, damit ist Deutschland für ihn ein gutes Land. Fertig ist der Lack."
„Hm", machte Fritz.
Wir schwiegen und beschäftigten uns eine Zeit lang mit unseren Bierflaschen, wohl ahnend, daß das Gespräch nun wohl eine kleine Wendung vollführen würde. Dann sagte ich:
„Ich stell mir grad vor, wie es wäre, wenn in Deutschland auf irgend so einem Nazitreffen plötzlich die Tür aufgeht, ein Schwarzer reinkommt, den Arm hebt, Heil Hitler brüllt und dabei grinst ...."
„.........und dann jeden Glatzkopf mit Handschlag begrüßt und so in lässiger schwarz-amerikanischer Art fragt: He, kommst' mit Volleyball spielen?"
„Die armen Nazis, die wären am Boden zerstört."
„Vielleicht wäre das ja des Problems Lösung: Man macht die Kumpels einfach lächerlich, bzw. man beachtet sie einfach gar nicht, man nimmt sie nicht ernst", sagte Fritz.
„33 hat die ganze Welt diese sogenannten Kumpels nicht ernst genommen", gab ich zur Antwort.
„Ja, ich weiß. Scheißthema", winkte Fritz ab.
Wir zogen an unseren Zigaretten und tranken aus unseren Flaschen und starrten vor uns hin. Adu stand wieder an der Bude und unterhielt sich ausgelassen mit dem Kneiper. Ja, es ist ein Scheißthema, mehr fiel auch mir nicht dazu ein. Mir fiel wirklich nicht mehr dazu ein. Thori sagte dann:
„Wißt ihr, manchmal denke ich, man müßte viel rigoroser vorgehen gegen Nazis und das ganze Zeug's. 20 Jahre Knast, oder vielleicht sogar sofort erschießen, weil die sich eh nie ändern."
„Das Problem dabei ist nur", gab ich zu bedenken, „dann wären wir genauso wie die. Genau das sind ihre Methoden. Knast und erschießen. Ich will nicht so sein wie die."
„Also, erschießen geht nicht, weil wir dann genauso beschissen wie die sind."
Ich nickte.
„Mit denen reden geht erst recht nicht, weil die gar nicht mit sich reden lassen."
„Auch das geht nicht."
„Und sie lächerlich machen und einfach nicht ernst nehmen, geht auch nicht. Hab ich recht?"
„Ja."
„Also was dann?"

„Das weiß ich doch nicht. Ich weiß es schon deshalb nicht, weil das Problem kein deutsches und keines der Zeit zwischen 33 und 45 ist. Das Problem ist immer und überall. Das ist ja das eigentlich Deprimierende daran. Wenn's bloß ein deutsches wäre, dann wär's wohl in den Griff zu kriegen. Aber die bauen ja alle so'n Scheiß, bringen sich doch auf der ganzen Welt gegenseitig um. Da gibt es keinen Unterschied zwischen Schwarz und Weiß. Schau nach Ruanda, die Amis in Vietnam, Stalin, die Türken und die Kurden, Inquisition, die Juden und die Araber, Bosnien. Jeder gegen jeden. Überall Haß. Keiner warf den ersten Stein, alle mit den gleichen Methoden. Alle morden, foltern, vertreiben. Es gibt kein Gut und Böse mehr. Das mußt du dir mal vorstellen, da sind drei jugoslawische Gastarbeiter in Deutschland, die arbeiten zusammen im selben Betrieb. Ein Kroate, ein Serbe und ein Moslem. In der Mittagspause essen sie am selben Tisch, und die verstehen sich gut, und sie hatten eigentlich schon vergessen, welcher Herkunft sie sind. Und auf einmal spiel'n dort unten welche verrückt, und plötzlich verstehen die sich nicht mehr. Plötzlich essen sie nicht mehr am gleichen Tisch, und sie wissen plötzlich wieder, wer ihre Scheißvorfahren waren. Sie hassen sich plötzlich. Es gibt keinen Grund, verstehst du, aber sie hassen sich jetzt. Die Nazis hatten keinen Grund, die Juden zu hassen, aber sie haben sie trotzdem vergast. Die Amis hatten keinen Grund, die Vietnamesen zu hassen, aber sie haben trotzdem einen Krieg angezettelt. Die Japaner hatten keinen Grund, die Chinesen und die Koreaner zu hassen, und sie haben sie trotzdem zu Tausenden massakriert. Die Welt ist voller kleiner und großer Hitler, und es finden sich immer wieder Menschen, die diesen kleinen und großen Hitlern willfährig hinterherlaufen. Ich weiß nicht, was man machen kann, die Welt ist im Arsch, der Mensch ist schlecht. Manchmal denke ich........ach Scheiße."

„Was denkst du?"

„Manchmal denke ich, die Unnormalen sind wir, weil uns der ganze Scheiß am Arsch vorbei geht. Wir wollen keinen töten oder foltern, wir hassen niemanden, wir unterdrücken niemanden, verstehst du, ich meine, das ist uns alles völlig fremd. Wir wollen einfach nur sein. Ich kann absolut nicht nachvollziehen, was da in den Menschen vor sich geht. Wenn du dich in der Welt aber umschaust, dann sind solche einfach mal in der Mehrheit. Vielleicht sind die ja normal, und wir sind es nicht."

„Na komm", Fritz klopfte mir auf die Schulter, „nun mach's mal halblang. Das meinst du doch nicht ernst?"

„Was weiß denn ich, was ich ernst meine. Vielleicht ist es so, vielleicht aber auch nicht. Kotzt mich alles an. Fünf Milliarden Menschen, und jeder hat Recht. Ich meine, selbst Hitler wähnte sich im Recht, verstehst du, was ich meine, und ein ganzes Volk war derselben Meinung. Was nützt es, wenn dieses ganze Volk zwölf Jahre später sagt, nein, er hatte doch nicht Recht, nur um seine Mitschuld allein am Führer festzumachen. Und kaum ward das Unrecht eingestanden, rennt die eine Hälfte dieses Volkes schon wieder mit Freuden in die nächste Diktatur, von der die andere Hälfte nur Dank der Umstände verschont geblieben ist, nicht etwa weil sie besser oder wachsamer war."

Fritz wollte etwas sagen, doch ich war ziemlich in Rage und fuhr fort:

„Ich frage euch, wie soll'n sich ganze Völker verstehen, wenn jede zweite Ehe geschieden wird? Ich sag euch was, die Welt war im Arsch, ist im Arsch und wird immer im Arsch bleiben."

Fritz blies den Rauch seiner Zigarette zwischen Thori und mich und schnipste die Kippe in die Dunkelheit.

„Hm, und nun?" vernahm ich leise.

„Was, und nun? Und nun, und nun", ich zuckte mit den Schultern, „nichts mit und nun, alles bleibt wie es ist."

Pause. Wir starrten wieder auf unsere Bierflaschen oder in den Himmel. Nach einer Weile räusperte sich Thoralf und fragte:
„Können wir das jetzt so stehen lassen, meine Herren?"
„Muß ja", sagte Fritz, froh drüber, daß das Thema damit wohl abgeschlossen schien.
Ich sagte nichts, es gab ja auch nichts mehr zu sagen. Thori nahm einen Schluck, klopfte mir leicht auf den Rücken und raunte mir aufmunternd zu:
„Kopf hoch Baby, soll ich dir mal was sagen, einen Satz mit wirklich tiefer Bedeutung", er schüttelte mich leicht, „hm, soll ich?"
„Spuck's aus, Mann."
„Man muß das Leben eben nehmen, wie das Leben eben ist. Prost", sagt's und lehnte sich zurück.
„Blödmann", erwiderte ich. Trotzdem bereitete ich mich langsam darauf vor, meiner Hand den Befehl zum Flascheergreifen zu erteilen.
„Thori hat aber Recht", rief Fritz, „und ich kenn' da auch noch einen."
„Und wie lautet der?" fragte ich, Langeweile vortäuschend.
„Es kommt wie's kommt. Prost."
„Ihr seid doch nicht dicht", feixte ich, während ich meiner Hand jetzt oben angedeuteten Befehl erteilte. „Ihr müßt nicht denken, daß ich da nicht mithalten könnte, ich kenn' nämlich den Hauptsatz an sich."
„Wir hören."
„Glücklich ist, wer‘s Leben nimmt, wie's kimmt."
„Sauber", klatschte Thori zufrieden Beifall.
„Aber du hast was vergessen", warf Fritz ein.
„Und was?"
„Na Prost, Mensch."
„Ach so ja, Prost."
„Gute Sprüche, das alles. Ich glaube, ich bin dran mit Bier holen", sagte Thori, und handelte nach seinem Glauben, indem er aufstand und zum Tresen ging.
Ich weiß nicht mehr genau, auf wieviel *Gut* wir es an diesem Abend gebracht haben. Auf jeden Fall war es einer der Abende, von denen wir sagen können, wir haben viel geredet. Es sind die Abende, an denen man sich mehr oder weniger zufällig trifft, um zu trinken, zu rauchen und vor allem um zu reden. Man redet über Belanglosigkeiten, man redet Schwachsinn, und ehe man sich versieht, redet man Tiefes. Und mit zunehmendem Alkoholspiegel vermischt sich dann alles, ohne daß man es merkt. Und es kommt auch überhaupt nichts bei raus, man kommt nicht zu irgendwelchen Erkenntnissen; das ist aber, glaub ich, auch gar nicht Sinn und Zweck der Sache, sprich des Redens. Es geht einfach nur darum, daß man reden kann, und daß einem jemand zuhört, daß man lachen kann und ein gutes Gefühl hat, daß man nachdenken kann, auch wenn man am nächsten Tag fast alles wieder vergessen hat. Man fühlt sich einfach nur wohl, und das ist nicht allzu oft. Kurz gesagt, es sind die Abende, wo man eine gemeinsame Welle hat. Und wir hatten eine Welle, auf einer unbequemen Holzbank mit viel Bier, eingehüllt in angenehme warme Luft, unter dem herrlichen sternenübersäten Nachthimmel Afrikas.

4

Ich wohne in einer WG. In Deutschland meine ich. Normalerweise würde ich nicht in einer WG wohnen, weil ich eigentlich ein Mensch bin, der seine eigenen vier Wände braucht und nicht zu denen gehöre, die ihren Wohnungsschlüssel jedem geben würde. Ich meine, jedem würde sicher niemand seinen Schlüssel geben, aber ich besonders nicht. Nun, ich aber vom Schicksal gelenkt, und das lenkt ja bekanntermaßen manchmal etwas eigenwillig.
1993 wurde ich nach 9 Jahren aus meiner Ehe entlassen. Etwas trivialer formuliert, ich wurde von meiner Frau geschieden. Sie war die Klägerin, ich folgerichtig der Verklagte. Das hatte aber nichts zu sagen, wir hätten die Verklagerei auch umgedreht gestalten können, oder es auch ganz sein lassen, aber das deutsche Eheentflechtungsgesetz verlangt nun mal, daß einer den anderen verklagt. Alles Quatsch, das.
Warum wir uns getrennt haben? Wer mir diese Frage stellt, dem kann ich nur mit einer Gegenfrage antworten: warum sind wir zusammengekommen? Am Ende weiß ich weder das eine noch das andere. Natürlich könnte man versuchen, Gründe für das eine oder andere zu finden, aber das würde die Sache sicher nur oberflächlich erklären. Und es ist, denke ich, auch nicht notwendig, nach irgendwelchen Gründen zu suchen. Es ist vorbei, und damit gut. Wir waren uns treu, mit der gleichen Inbrunst, wie wir einander betrogen haben (betrogen - welch Wort in diesem Zusammenhang), wir haben uns geliebt, und wir waren uns egal, wir haben uns genau im richtigen Moment geholfen und beigestanden und im genau falschen Moment nicht gemerkt, daß der andere einen braucht, wir hatten Sehnsucht nach dem anderen und sind uns auf den Sack gegangen, wir haben manchmal beieinander gelegen und waren trotzdem einsam, wir sind getrennt in den Urlaub gefahren und haben das Urlaubsende herbeigesehnt, und wir sind zusammen gefahren und haben auch auf das Ende des Urlaubs gewartet. Und es gab Urlaube, in denen wir glücklich waren und uns nicht auf das Ende gefreut haben. Eine Beständigkeit gab (und gibt) es allerdings immer: die Liebe zu unseren Kindern. Kurz, wir haben eine Ehe geführt, wie 99% aller Ehen geführt werden, was natürlich 98% dieser Ehen niemals zugeben würden. Nur in einem unterschied sich unsere Ehe von vielen anderen, jedenfalls bin ich so vermessen, dies zu behaupten: Wir hatten immer den herrlichsten Sex miteinander. Nie habe ich eine Frau kennengelernt, mit der ich über einen so langen Zeitraum so schön schlafen konnte. Der Sex war wahrscheinlich überhaupt das Ding, was uns so lange miteinander verbunden hat. Und darunter hatten wir noch eine ganze Zeit zu leiden. Ich meine, man muß sich vorstellen, man weiß genau, daß man nicht mehr miteinander leben will und kann, aber gleichzeitig findet man die Vorstellung, mit seinem geschiedenen Partner schlafen zu können, äußerst reizvoll. Konflikte sind da förmlich vorgebucht. So ließ es sich zuweilen nicht vermeiden, daß wir unsere neuen Freunde und Freundinnen mit uns betrogen haben. Dies hatte, muß ich zugeben, einen gewissen Reiz, war aber auf Dauer ziemlich zermürbend und vor allem keine Lösung. Ganz 100%ig ist die Sache immer noch nicht ausgestanden, aber die Zeit, die, ob man nun will oder nicht, bekanntlich alle Wunden heilt, wird dafür sorgen, daß sich dieses Problem, endgültig voneinander zu lassen, von ganz alleine löst. Die Zeit ist halt bloß nicht immer schnell genug, aber hinterher wird man merken, sie war weise. Die Zeit hat immer genau das richtige Timing.
Was am Ende aus uns wird? Wer weiß, aber höchstwahrscheinlich werde ich wohl in einer absehbaren Zeit vor meiner Exe stehen und mich ernsthaft fragen: Wie konntest du nur mit der? Wie auch immer, ich habe zehn Jahre mit dieser Frau gelebt, es gibt da nichts zu bereuen, und folglich wird sie mir immer eine gute Freundin sein. Das sind wir im übrigen auch unseren Kindern schuldig.
Vielleicht, um doch einen eventuellen Grund zu nennen, haben wir uns auch deshalb

getrennt, weil wir nicht, wie die meisten der Generation unserer Eltern, aus Gründen wie: wegen der Kinder, wegen dem Haus, wegen dem Auto oder dem Aquarium, oder eben nur weil der Mensch nicht trennen darf, was Gott oder der Staat zusammengeführt haben, zusammenbleiben wollten. Haus, Auto, Aquarium, Gott und Staat waren uns egal. Mit den Kindern war es schon schwieriger, aber wir haben, so oft es ging, mit ihnen, so offen wie möglich, darüber geredet, und ich seh' sie, so oft es geht. Und am Ende nehme ich mir jetzt, wenn sie bei mir sind, mehr Zeit für die beiden als früher, wo wir noch zusammen wohnten. Was für eine Welt.

Im Frühjahr 93 also beschlossen wir, daß ich mir eine Wohnung suchen sollte. Jeder weiß, nichts ist einfacher als das. In meiner Not wandte ich mich an Toto, welcher ein Hausbesitzer in Laubegast, einem der wohl schönsten Stadtteile Dresdens, ist. Toto ist nicht ein Hausbesitzer im eigentlichen Sinne. Ihm gehört zwar das Haus, aber er ist geprägt von den Idealen der 68er, die Familie geht über alles. Und seine Familie ist die WG, und er ist der Chef. Toto ist ein sanftmütiger und guter Mensch. Ich würde sogar behaupten, daß er, obwohl er sich manchmal etwas, sagen wir, einfach gibt, durchaus als kluger und wissender Mensch zu bezeichnen ist. Dazu muß man ihn allerdings etwas besser kennen. Der erste Eindruck spricht nicht dafür. Aber ich kenne ihn besser. Er redet sehr laut. Äußerlich hat er eine gewisse Ähnlichkeit mit einem Waldschrat. Er rennt immer in irgendwelchen Armee- oder Arbeitskombis rum und hat sich seine Haare die letzten 20 Jahre weder geschnitten noch gekämmt. Da würde auch kein Kamm mehr durchkommen. Warum also dann kämmen, das wäre eine falsche Entscheidung.
Auf seinem Grundstück stehen zwei Häuser. Ein größeres, das Haupthaus sozusagen, bekannt als Hexenhaus, und ein kleineres, welches man dann demzufolge als Nebenhaus bezeichnen könnte. Hexenhaus daher, weil irgendwann irgendwer auf den Giebel des Hauses eine auf einem Besen reitende Hexe gemalt hat, nicht etwa weil in diesem Hause Hexen wohnen. Wobei manchmal..... O.K., in diesem Nebenhaus standen zwei Zimmer, die sich übereinander befanden, leer. Allerdings fehlten die Zwischendecke, die Fenster, die Tür, eine Wand und eigentlich auch der Fußboden. Mit anderen Worten, die zwei Zimmer waren eigentlich gar nicht da. Früher wohl mal, aber damals nicht. Und da haben wir einen Deal gemacht: Toto hat zu mir gesagt, mach auf deine Kosten aus den beiden eigentlich gar nicht vorhandenen Zimmern zwei existente Zimmer, und du kannst drin mietfrei wohnen. Damit war beiden geholfen. Er hatte jemanden, der eine Baufirma ersetzte und gewann gleichzeitig ein neues Familienmitglied, und ich hatte ein Dach über dem Kopf. Einzige Bedingung, die er stellte, war: Er bleibt der Chef, und ich verlangte, daß meine Zimmer, ganz im Gegensatz zu den sonst üblichen Gepflogenheiten im Hause, abschließbar sein müßten. Damit konnten wir beide leben, ich wohl noch besser als er, nehme ich an.
Im Sommer 93, welcher, wenn man sich erinnern möge, so eine Art Jahrhundertsommer war, womit ich sagen will, es herrschten jeden Tag über 100 C°, in diesem Sommer also erlernte ich etwa 20 Berufe. Ich habe ausgeschachtet, mit dem Multicar (die westdeutschen Leser erkundigen sich bitte bei ostdeutschen Verwandten, was das ist) tonnenweise Schutt auf die Halde gefahren, Wände gemäuert und verputzt, Deckenbalken eingezogen, Dielung verlegt, Fenster eingebaut, verglast, Türen eingesetzt, Klo- und Waschbecken verankert, Boiler angeschlossen, Fliesen verklebt, Heizungsrohre verlegt, Gipskartonwände geschaffen, tapeziert, gemalert und Bilder aufgehangen. Zu den Verkäuferinnen vom Baumarkt hatte ich in kürzester Zeit ein regelrecht herzlich-inniges Verhältnis aufgebaut, obwohl ich geklaut habe wie ein Rabe, meist Schrauben und so. Schrauben und so sind wirklich sehr teuer. Eine Tür übrigens auch, aber die war zu groß. Aber dies war O.K., denn dadurch, daß ich die Tür

bezahlt habe, konnte ich mit der Kassiererin immer ein paar lustige Worte wechseln.
Am Tag hab ich also gebaut, und am Abend bin ich dann nach Hause zu meiner Familie, und ich hab erzählt, wie ich vorangekommen bin und all das, und dann hab ich mit meiner damals „Nochnichtganzexfrau" was unternommen, wir haben zusammen geschlafen, oder ich bin auf Mugge. Ich meine, uns war gar nicht so, daß ich an einer eigenen Wohnung arbeitete, in die ich dann allein ziehen würde. Ich glaube auch, daß wir das gar nicht wahrhaben wollten und es uns auch gar nicht richtig vorstellen konnten, wie unsere Trennung funktionieren sollte. So kam es, daß mein neues Heim schon längst fertig gestellt war, ich aber den Zeitpunkt des Ausziehens immer vor mich her schob, bis mir eines Tages meine Exfrau während einer verbalen Auseinandersetzung mit der Bemerkung, so, du mußt jetzt gehen, zu verstehen gab, daß die Trennung nun zu vollziehen wäre. Mit einem Schlafsack, weil ich hatte ja noch kein Bett und einer Flasche Black Label, weil ich hatte ja auch nichts zu trinken, bin ich dann mal los. Später habe ich mir dann ein Bett gekauft und auch andere Getränke, Fanta z.B., aber auch Whisky. Fazit: So eine Trennung ist Scheiße, zusammenbleiben aber auch.

Ich liebe meine Wohnung. Mein unteres Zimmer dient mir als Arbeitsraum, mit Klavier und allerhand anderen Instrumenten, Computer, Telekommunikationsgeräten, Schreibtisch, Kerzenständer, Staubsauger, Stadtplan, Papierkorb, diverse Nippes und CD-Spieler. Im oberen Zimmer, welches durch eine Treppe mit dem unteren verbunden ist, steht mein Bett, was mir in erster Linie zum Schlafen dient, ein Schrank und ein Fernseher, vorrangig für Enterprise, die Regionalliga, Börseninfos und der Olsenbande.
Wegen meines Bettes kam es bei der Exe zu einer kleinen Verstimmung, weil ich hab mir ein Doppelbett zugelegt, aus dem ganz einfachen Grunde, daß, wenn meine Kinder bei mir sind, die ja auch irgendwo schlafen müssen, und ich ja aber auch. Die Exe dachte natürlich gleich an etwas ganz anderes, von wegens der Frauen und so. Später hat sich dann allerdings herausgestellt, daß ein großes Bett auch wegen der Frauen seine Vorzüge hat, aber meine Kinder schlafen weitaus öfter in diesem meinem großen Bett als fremde Frauen. Leider. Oder zum Glück? Weiß nicht. Wahrscheinlich mehr leider.
Daß ich meine Wohnung liebe, liegt auch an der Lage des Grundstücks. 50 Meter bis zur Elbe, fast wie auf dem Dorf, viel Grün, viel Sonne, viel Natur und an sich viel Ruhe. Das mit der Ruhe hat allerdings einen ganz kleinen Haken. In der WG wohnen acht Erwachsene. Manchmal sind es auch ein paar mehr. Das ist der Haken aber nicht. In der WG wohnen nämlich auch sechs Kinder. Und das ist dann der Haken. Die Kinder befinden sich alle im wunderschönen Alter von 0,5 bis sieben. Und stündlich werden es mehr. Bei der Urbarmachung meiner Zimmer hatte ich das Problem Kinder völlig außer Acht gelassen und demzufolge auf Lärmschutzdämmung vollkommen verzichtet. So trennt mich vom Zimmer in dem ich schlafe und dem darüber befindlichen Dachboden, in dem zwei der netten Kleinen mit ihrer Mutti wohnen, nur eine einfache Holzdecke. An sich ist dies kein Problem, das Problem ist, daß Kinder meist dann munter werden, wenn Musiker grad eingeschlafen sind. Und ich bin Musiker. Wum, wum, wum, trappel, trappel, trappel, jaul, knall, knatsch, peng, krach, bum, zosch. Vor allem aber jaul. Jeden Morgen pünktlich 7.30 Uhr. Ab 8.30 Uhr verlagert sich der Krach auf den Hof, wo sich das Geräuschespektrum durch die im Haupthaus wohnenden und inzwischen auch auf dem Hof angelangten restlichen vier Kinder millionenfach potenzierte. Ich sage: Kinder ja. Ich sage aber auch: Musiker ja. Nur beides zusammen bedeutet Haß. Beim Musiker. Da ich aber ein Mensch bin, der absolut nicht zum Haß neigt, kann sowas nur zur vollständigen psychischen Deformation führen. Beim Musiker versteht sich, nicht bei den Kindern. Verschärfend kommt noch hinzu, daß die Eltern der Kleinen sämtlichst einer Erziehungsmethode nahestanden, die man landläufig als antiautoritär

bezeichnet. Mit anderen Worten, die Kinder genossen überhaupt keine Erziehung, was im Klartext bedeutet, alles ist erlaubt. Spätestens dann gesellt sich beim Musiker zur psychischen Krankheit dann doch der Haß. Ich stand dem Problem wirklich ziemlich hilflos gegenüber, denn wenn ich die Eltern diesbezüglich angesprochen habe, hatte ich immer das Gefühl, daß die überhaupt nicht verstehen, wovon ich rede. Susi, was die Mutter der Kinder ist, welche über mir wohnen, hat mich dann immer mit ganz großen Augen angeguckt, was ungefähr soviel zu bedeuten hatte wie: Naja, O.K., ich meine, ich versteh ja was du meinst, aber was bist du Musiker geworden. Und dann stand ich da. Sie hat mir dann Bücher gezeigt, über den Urwald und so, wo die in Großfamilien leben und man die Kinder machen läßt; sie gehen halt schlafen, wann sie wollen und essen eben, wann sie wollen, und wenn sie grad mal keine Lust hatten, sich anzuziehen, dann eben nicht. So kam ich unter anderem in den einmaligen Genuß, Kinder erleben zu dürfen, die im November bei 0° C nackt über den Hof rannten, zum Ausgleich dazu aber im Juli bei 30° C so kleine Skistiefel anhatten. Auf meinen zaghaften Hinweis hin, daß man Dresden-Laubegast ja nun wirklich nicht zwingend mit dem Urwald vergleichen kann, bekam ich nur zur Antwort: Aber man kann's ja mal versuchen. Ich wurde krank. Also ich meine, mir ging's wirklich nicht gut. Ich entwickelte eine Psychose, die sich dahingehend äußerte, daß ich anfing, auf bestimmte Geräusche völlig hysterisch zu reagieren. Ich hatte diese Trennung zu verarbeiten, ich hatte eine Schaffenskrise, unter anderem beschlossen wir damals, DEKAdance aufzulösen, ich hatte Weiberfrust, eine lustige Umschreibung für Einsamkeit, und zu allem Überfluß hatte ich dann noch keinen Schlaf. Ich konnte ja auch nicht nachmittags schlafen, weil ich immer damit rechnen mußte, daß der Krach wieder losging. Und meist war es auch an dem. Der Fairneß halber sollte ich aber erwähnen, daß die Kinder an sich total in Ordnung waren, zumindest wenn sich die Eltern nicht in der Nähe befanden. Wenn mein Sohn bei mir war und mit Theo, was der Sohn von Susi ist, in meiner Wohnung gespielt hat, und ich in höflicher und untertänigster Form darum bat, mit den dreckigen Füßen doch bitte vom Bett runterzukommen, weil, das Bettlaken war weiß, es hatte damals nicht mal diese kleinen lustigen grauen Flecken mit dem etwas dunkleren Rand, dann haben das die Kinder auch tatsächlich getan. Auch Theo, das Urwaldkind, das muß man sich mal vorstellen.

Um also wieder zu mir zu finden, hab ich dann angefangen über Alternativen nachzudenken. Diese sahen zunächst so aus, daß ich, so oft es ging, woanders geschlafen habe, meist bei (und dann natürlich auch mit) meiner Exe oder bei Haubi, unserem Schlagzeuger, auch bekannt als Olaf Schubert, der dann bei seiner Freundin übernachtete. In dieser Zeit entstand auch sein erstes Baby. Auf meine Entschuldigung hin hat er aber gesagt, ich solle mir keine Gedanken machen, er hätte sowieso bei ihr übernachtet, und das Kleine sei ein Wunschkind.

Nun ja, man kann sich vielleicht vorstellen, wie wenig ich mich in dieser Zeit gefühlt habe. Da hat man nun ein Heim gefunden, welches man liebt und kann dort aber nicht sein. Dieser Streß begann sich dann auch körperlich zu manifestieren, in Form von Herzrhythmusstörungen. Ich hatte Zeiten, wo ich 2000 Herzschläge pro Sekunde gezählt habe, und ich habe auch wochenlang gar nichts mehr von meinem Herzen gehört. Da begann ich mir Sorgen zu machen. Ich bin zum Arzt, welcher mir aber akute Gesundheit unterstellte und mich an eine Psychologin überwies. Die war O.K., die saß da und hat sich den ganzen Scheiß einfach nur angehört, den ich von mir gegeben habe. Nach fünf Sitzungen bot sie mir an, einen Kurs zur Selbstfindung zu belegen. Diesen Kurs hätte zwar die Kasse bezahlt, aber er hätte sich über einen Zeitraum von ungefähr 50 Jahren erstreckt. Das war mir zu langwierig, und ich lehnte ab, wohl auch aus dem Grunde, weil ich, parallel zu den Sitzungen, dies alles auch meinen, und ich möchte es betonen, geduldigen Freunden, sprich Fritz, Hansi und Haubi erzählt

habe. Die haben es genauso gemacht wie die Psychologin, sie saßen einfach nur da und haben zugehört. Letztendlich zeichnet dies ja einen Freund auch aus, daß er einfach nur zuhört. Damals gewann ich die Erkenntnis, daß die eigentlichen Psychologen deine Freunde sind. Aber der beste Psychologe ist nicht dein Freund, der bist immer noch du selbst, indem du einfach an einem bestimmten Punkt dem Mut hast zu sagen: Jetzt ist Schluß! So war es auch im konkreten Fall. Irgendwann hab ich mir gesagt, das ist dein Zuhause, du willst und mußt dort sein, also finde dich mit den Gegebenheiten ab.
Ich habe einen Freund in Oberfranken. Das ist zwar im Westen, aber er ist trotzdem mein Freund. Meine Toleranz ist also grenzenlos. Selbiger wohnt in einem Dorf, in dem fünf Häuser stehen. Zwischen den Bewohnern dieses Dorfes finden im Jahr ungefähr 200 Gerichtsverhandlungen statt. Weil der eine einen Baum an einer Stelle gepflanzt hat, die dem anderen nicht paßt und er daraufhin einen Kupfernagel in den Baum geschlagen hat. Weil einer mit seinem Gewehr auf die Vögel schießt, die auf dem Dach des Nachbarhauses saßen. Weil des einen Schaf des anderen Ziege gefickt hat, oder es erstattet einer Anzeige, weil der Hund des anderen frei rumläuft. O.K., ich meine, Oberfranken liegt, wie schon erwähnt, im Westen, was will man verlangen, aber auch der Osten wird deutsch. Dumm gelaufen, eben. Und wenn du im Neubaugebiet wohnst, hörst du ständig, außer deinem eigenen, noch 10 andere Fernsehprogramme, und man lyncht dich fast, wenn du die Hausordnung nicht termingerecht ausgeführt hast, obwohl durch den im Hausflur hängenden Reinigungsdiskus unmißverständlich klar sein müßte, daß du diese Woche dran warst. Alles, was ich damit sagen will ist, egal wo, wie und warum du wohnst, irgendwelchen Streß gibt es immer. Also hab ich mir weiterhin gesagt, die Kinder sind da, sie haben ein Recht zu leben, der Musiker ist aber auch da, und auch der hat ein Recht auf Existenz. So kam es, daß ich meine Skrupel, die ich normalerweise hätte, abends um elf noch Trompete zu üben, aufgegeben hatte und eben einfach laut Musik gemacht habe, wenn ich es für notwendig hielt. Und wenn ich nach zwei Stunden Schlaf erwachen durfte, dann bin ich halt aufgestanden. Ich hatte mich sozusagen mit den Gegebenheiten abgefunden. Und das hat funktioniert. Ab dem Tag, an dem ich gemacht habe was ich wollte und mich nicht mehr um die anderen gekümmert habe, ab dem Tag konnte ich wieder ein relativ normales Leben führen.
Warum ich mir nicht einfach eine andere Wohnung genommen habe? Also erstens kann man sich hierzulande nicht einfach eine andere Wohnung nehmen, zumindest keine bezahlbare, und zweitens hing mein Herzblut an diesen Zimmern, ja und drittens war das Leben in dieser WG ziemlich gut organisiert und billig. Die Festausgaben wie Grundstückssteuer, Müllabfuhr, Wasser, Energie und was weiß ich noch alles gingen zu gleichen Teilen durch die Mitbewohner, und dann bezahlte man pro Monat noch 70.- DM, wovon Toto so Zeugs wie Zucker, Zwiebeln und Klopapier gekauft hat. Und immer wenn einem danach war, und oder man mal grad Geld hatte, dann kaufte man so Käse oder Landliebe. Und man höre und staune, außer am späten Sonntagabend war der Kühlschrank immer voll. Aber am späten Sonntagabend hatte auch der Kühlschrank bei meinen Eltern meist einen Hang zur Leere, und die haben nun wirklich nicht in einer WG gewohnt, das kann ich bezeugen.
Nachdem ich also meine Kinderpsychose nach fast zwei Jahren so ziemlich überwunden hatte, ging's langsam wieder bergauf, zumal ich ja wußte, daß ich im Januar hier in Ghana zur Kur sein würde.
Die Kur war auch wirklich sehr nötig, weil, es gab noch ein anderes Problem. In der Toilette im Nebenhaus (es gab noch eine im Haupthaus), die sich direkt neben meinen Zimmern befand und die ich demzufolge auch am meisten benutzte, befanden sich immer Kotreste. Und niemand war's. Einmal lag da sogar eine richtige Kackwurst. Da bin ich beinahe in Ohnmacht gefallen. Nicht daß ich der Reinlichkeitsfanatiker hoch drei wäre, aber ich wollte

keine Kotreste in der Toilette. Ist das verständlich? Verlange ich zuviel? Ellenlange Gespräche, die nur zum Inhalt hatten, meine Bitte zu akzeptieren, nach dem Kacken eine durchaus vorhandene und sich direkt neben der Toilette befindliche Klobürste zu benutzen, führten zu nichts. Ich bin allerdings durch diese Gespräche etwas klüger geworden, denn ich weiß nun, daß es im Urwald keine Toiletten gibt, und daß ich offensichtlich kein gutes Verhältnis zu meiner und zu fremder Kacke habe. Naja, ich gebe zu, das stimmt. Nach langem hin und her hatten wir aber doch einen Kompromiß gefunden: Jeder kackte wie er wollte, und wann immer Kotreste vorhanden waren, dann hab ICH die Bürste genommen und sie entfernt. Auch meine eigenen. Somit war das Becken immer sauber, und die anderen hat das auch gar nicht gestört. Man sieht also, ich bin im Grunde ein zurückhaltender, kompromißbereiter und selbstkritischer Mensch.

Nur einmal bin ich sozusagen ausgerastet. Da hatte Susi doch eines Tages mal ein von ihr benutztes Tampon neben dem Klo abgelegt. Das muß man sich mal vorstellen. Und das, obwohl eine richtige Urwaldfrau sowas mit großer Wahrscheinlichkeit doch gar nicht verwenden würde. Ich versuchte gar nicht erst, darauf hinzuweisen, daß das Ablegen von benutzten Tampons neben dem Toilettenbecken weder den mitteleuropäischen noch den urwäldlichen Maßstäben in Bezug auf Ästhetik und Hygiene entspricht. Ich meine, ich hatte auch in der Hinsicht Bedenken, daß Susi's Kinder ja alles durften. Sie durften auch mit allem spielen, und sie durften auch alles in den Mund nehmen. Es ging also nicht nur um mich. Selbstlos, wie ich nun mal bin, sagte ich nur zu ihr: Nimm das bitte weg. Darauf gab sie mir zu verstehen, daß sie soviel zu tun hätte, und sie sich demzufolge nicht um alles kümmern kann. Mit dieser Antwort konnte ich nicht rechnen. Ich wurde blaß, kam ins Krankenhaus und lag dort viele Wochen im Koma. Als ich entlassen wurde, ging es mir wieder etwas besser, das Tampon lag aber immer noch da. Das brachte mir zumindest die beruhigende Erkenntnis, daß Susi's Kinder nicht alles in den Mund nehmen. Konrad, welcher Susi's Mann oder zumindest der Kindesvater und, nur zur Information, damals auch Tontechniker bei DEKAdance war, der hat das Teil dann weggeräumt. Sicher, weil er nicht wollte, daß ich noch mal ins Krankenhaus mußte, weil dadurch am Ende Muggen ausgefallen wären, und auch er somit den Schaden gehabt hätte.

5

Ich wollte nicht nur nach Ghana fahren, weil ich grad mal Geld hatte, oder weil ich dachte, mußt mal was von der Welt sehen, oder um Thoralf zu besuchen. Der Hauptgrund war eigentlich, mal einen Monat lang weg zu sein von's Ganze. Kur eben. Keine Exe, keine Kinder, keine Band, kein Erfolgsdruck, keine Gedanken, wie es weiter gehen soll, keine WG. Wie heißt es so schön: mal Abstand gewinnen. Und dann mit voller Kraft wieder rein in den ganzen Mist. Diesen Hauptgrund konnte ich natürlich mit der Welt und Thori hervorragend verbinden. Vor allem wollte ich mich aber mal so richtig ausschlafen. Bei der Vorstellung, einen Monat lang ohne Bumkrachtschingtscharassasa jeden Vormittag zu verschlafen, bekam ich richtig feuchte Augen. Das waren meinen letzten Gedanken, bevor ich einschlief in meiner ersten Nacht in Ghana. Viel Platz für Gedanken war allerdings nicht mehr, alldieweil den meisten Platz in meinem Kopf der zuvor reichlich genossene Alkohol beanspruchte. Aber es war ein schöner Gedanke, geradezu faszinierend, würde Leonard Nimroy sagen, am morgigen Mittag schlaftrunken auf die Veranda zu stolpern und den einzigen Satz, den man hört und sagen muß, ist: guten Morgen, gut geschlafen. Man hört ihn ganz leise und ebenso leise sagt man ihn. Dabei blinzelt man in die mehr als warme afrikanische Mittagssonne, reckt und streckt sich und gähnt dabei. Und dann wird man ganz allmählich Mensch und fängt an, sich zu erinnern. Wie man heißt, wo man sich gerade befindet und all das. Herrlich, alles wird gut. Und also schlief ich ein. Aber, wie im richtigen Leben: Alles kam ganz anders.

Pünktlich um 6.00 Uhr klingelte der Wecker. Und dieser Wecker hieß Afrika. Was ich damit sagen will? Afrika wurde um 6.00 Uhr munter. Und zwar ganz Afrika. Wie als wenn da einer einen Schalter betätigt, auf dem Afrika steht. Ja, so mußte es sein. Jeden Morgen um 6.00 Uhr macht irgend so ein Trottel Afrika an. Schimpfende Frauen, schreiende Babys, lärmende Kinder, fluchende Männer, Mittelwellenradios mit ständig schwindenden Sendern, allerhand Getier, allem voran Gänse, Hühner und Ziegen, Autos, Motorräder, Kirchenglocken und Kirchenchor über eine furchteinflößende Verstärkeranlage, Taxifahrer, Eismann, Wassereimer, Besen, Bügeleisen, Brotverkäufer, Bettler, Sänger, Conférencier, Hütchenspieler, Wahrsager, Einheimische, Farbige, Schwarze und Neger. Und alles viel und alles laut. Ich saß im Bett und wollte es nicht glauben. Mehrere Stunden saß ich so, ohne mich zu rühren und hatte nur einen Gedanken: Da muß jemand was gegen mich haben. Wer auch immer das sei, er muß eine große Macht besitzen und der Anführer einer weltumspannenden Intrige gegen mich sein. Coca-Cola oder McDonalds, wer sonst.

Noch nie in meinem Leben habe ich ein gewaltigeres Bumkrachtschingtscharassasa erlebt als an jenem Morgen. Ich war erschüttert und völlig ratlos. Es gab ja auch keine Fenster im europäischen Sinne, die mich etwas vom Lärm abgeschnitten hätten. Die hiesigen Fenster bestehen aus einer Reihe von Glas- oder Holzstreifen, die man horizontal kippen kann. Wenn man sie schließt, kann man verhindern, daß Staub oder Licht in das Zimmer gelangen, aber gegen Lärm nutzen diese Fenster nichts. Als ich wieder klar denken konnte, fielen mir zwei Alternativen ein. Entweder ich besorge mir einen Strick und benutzte ihn auch, oder ich schlafe einfach weiter. Nach langen und sorgfältigen Überlegungen entschied ich mich für die zweite Variante, wohl auch aus dem einfachen Grunde, daß Thori oder Adu mir bei der Besorgung eines Strickes hätten behilflich sein müssen. Aber beide schliefen noch, und ich wollte sie nicht wecken. Also legte ich mich wieder hin und schlief auch tatsächlich wieder ein. Wenn der Mensch keine Wahl hat, dann ist er zu Dingen fähig, wie er sie sich in seinen kühnsten Träumen nicht hätte vorstellen mögen.

Man sollte vielleicht erwähnen, daß dieser Ort, an dem nun mal mein Bett stand, nicht unbedingt der idealste war, um Ruhe zu finden. Direkt vor meinem Fenster befand sich eine, mit einem kleinen Schilfdach versehene Feuerstelle, umrandet von einfachen Holzbänken. Hier wurde gekocht, Wäsche gewaschen, Kinder erzogen und getratscht. Die einfacheren Behausungen, und die meisten der Häuser mußte man als solche bezeichnen, bestanden nur aus ein oder zwei Zimmern, und die wurden mehr oder weniger nur zum Schlafen genutzt und auch dann nur, wenn es nicht regnete. Viele haben, von wegen der Frischluft, vor ihren Häusern geschlafen. Einfach so auf dem Erdboden. In diesen Häusern also gab es keine Küche, geschweige denn ein Bad. Die Feuerstelle war sozusagen der kulturelle und familiäre Mittel-und Treffpunkt. Aber nicht nur von einer Familie. Ich schätze mal von ungefähr zehn. Vielleicht auch nur von einer, aber dann war sie sehr groß. Wenn ich Familie sage, dann meine ich natürlich nur Frauen und Kinder; Männer hab ich dort nie gesehen. Ich hatte allerdings nicht den Eindruck, daß die ghanaischen Frauen von ihren Männern unterdrückt werden, im Gegenteil. Die Aufgaben sind nur klar abgesteckt. Die Frauen für den Haushalt und die Kinder, der Mann für die Kohle. Sowas kennen wir ja aus den Geschichtsbüchern. Ich meine, sicher sind die Grenzen nicht ganz so starr, und je europäischer und großstädtischer die Denkweisen, desto mehr verfließen sie, aber vom Prinzip funktioniert es so. Und genauso, wie es vorgekommen sein soll, daß ein Mann seiner Frau ein paar reingehauen hat, weil das Essen nicht angerichtet war, ist es auch passiert, daß eine Frau ihren Alten zum Teufel geschickt hat, weil er nicht genug Geld mit nach Hause gebracht hat, sprich, weil er ein Tunichtgut war. Ein Mann würde nie auf die Idee kommen, das Essen zuzubereiten, wenn eine Frau im Hause ist, und eine Frau würde es als Beleidigung auffassen, wenn er es doch täte. Umgedreht würde die Frau nie auf die Idee kommen, Geld zu verdienen, wenn der Mann genug mit nach Hause bringt, und der Mann würde sich wenig fühlen, wenn sie es doch tun würde.

Liebe Frauenrechtlerinnen. Was ich hier beschrieben habe, ist nur der Versuch einer Zustandsbeschreibung, keine Wertung. Ich muß allerdings bemerken, daß ich nichts Schlechtes daran finden kann, wenn die Aufgaben konkret verteilt sind, solange Mann und Frau damit zufrieden sind, und das soll ja zuweilen vorkommen. Es gilt aber die alte Faustregel: Leben ist nie so, wie es in den Büchern steht, weder in diesem Buch noch in der Zeitschrift Emma, in Ghana nicht und nicht in Deutschland. Aber trotzdem, nicht lockerlassen!

Zurück zur Feuerstelle. Da wurde, wie schon erwähnt, unter anderem das Essen zubereitet. Ich meine, das ghanaische Essen ist für unsereins gewöhnungsbedürftig, am Ende aber durchaus schmackhaft, wenn auch die Auswahl nicht unbedingt die reichlichste ist. Das allerschönste an den einheimischen Speisen sind allerdings die Namen. Nur um die edelsten zu erwähnen: Fufu (gesprochen wie geschrieben), Watschie (sprich Watsche) und Kenkey (sprich Kenke). Bitte sprechen Sie folgenden Satz dreimal laut vor sich hin: Ich esse gern Fufu, Watschie und Kenkey. Ist das nicht geil? Ein Land wo das Essen so heißt, fetzt einfach mal. Watschie besteht aus Zwiebelreis mit schwarzen Bohnen. Naja, geht so. Kenkey sind gesäuerte Maisbällchen in Bananenblättern. O.K., wenn nichts anderes da ist. Die Bananenblätter ißt man aber nicht mit. Sie haben dieselbe Funktion wie bei uns der Teller. Aber man muß sie nicht aufwaschen, man wirft sie einfach weg. Und das richtet in der Umwelt keinerlei Schaden an, obwohl auf den Blättern nicht mal der grüne Punkt ist. Schlau, diese Ghanaer. Fufu hingegen ist eine äußerst schmackhafte Erfindung, mit dem Nachteil, daß die Zubereitung mit einer gewissen Lautstärke verbunden ist. Zunächst werden Kochbananen und Maniokwurzeln gekocht und dann in einen Holztrog geschüttet. Das läuft alles noch leise ab. Aber dann nimmt ein Mannsweib einen riesigen Stößel in die Hand und beginnt das Zeug zu Brei zu verarbeiten, während ein weiteres Weib von nicht so kräftiger Statur immer in dem Moment den Teig wendet, wenn sich der Stösel grad in der Luft befindet. Wum, wum, wum,

u.s.w., und das dauert ziemlich lange, bis man den Fufu als Fufu bezeichnen kann. Am Ende kommt was raus, was man weder als Pampe noch als Kloß bezeichnen kann. Aber es schmeckt gut; dazu wird entweder Huhn in Hühnerbrühe oder Fisch mit Fischbrühe gereicht. Ist ja auch logisch, man stelle sich Huhn mit Fischbrühe vor. Nun, an sich O.K. das alles, aber es wurde vor meinem Fenster gestößelt. Und während der Essenszubereitung wurde über die Männer geschimpft, wurden die Kinder auf die Schule vorbereitet und wurde sich darauf geeinigt, daß die Frau Soundso eine blöde Hippe ist. Frau Soundso war natürlich nicht anwesend. Ein weiterer Beweis dafür, daß sich die Welt gleichbleibt, denn diesbezüglich gibt es keinen Unterschied zwischen den ghanaischen Frauen mit dem Stößel und den europäischen Frauen mit dem Smart-Mop.
Was das ist? Das ist ein Mop eben, nur ist er einfach besser als der gewöhnliche Mop. Er ist nämlich aus einer besonderen Faser gefertigt und diese Faser kann das Zweihundertfache ihres Eigengewichtes aufsaugen. Mit anderen Worten, wenn wir mal annehmen wollen, daß der Smart-Mop soviel wiegt wie ein Becher Senf, dann kann man also mindestens dreihundert Becher bei der Mutti in der Küche auf dem Fußboden verteilen, denn bevor Mutti einen Herzinfarkt bekommt, hat man mit dem Smart-Mop alle vierhundert Becher in Sekundenschnelle aufgewischt. Vorausgesetzt, man möchte nicht, daß Mutti einen Herzinfarkt bekommt. Außerdem muß man sich nicht bücken, weil, man kann ihn im Stehen auswringen und muß somit nicht mehr in das dreckige Wischwasser fassen. Das ist gut so. Ach und dann kommt man natürlich überall hin, in alle Ecken und so, wo man mit herkömmlichen Moppen nicht hinkommt. Wer mehr wissen will über den Smart-Mop, der muß den Fernseher einschalten. Aber nur nachts und nur auf Kanälen, die keiner hat, z.B. auf Eurosport. Also in irgend so einer Dauerwerbesendung wird der Smart-Mop ausführlich beschrieben. Ich habe mir diese Sendung oft angeschaut, und ich bin zu dem Schluß gekommen, daß dieser Mop am Ende vielleicht wirklich ganz gut ist, weil ihn ja auch schon Millionen Hausfrauen nutzen, aber durch diese Sendung führt eine Frau, sowas hab ich noch nie erlebt. Beim ersten Mal hab ich gedacht, die macht Spaß, so Komikerin und all das. Aber nein, die hat das wirklich ernst gemeint. Noch nie in meinem Leben habe ich eine affektiertere, verlogenere, häßlichere, dämlichere, hysterischere und blutarmere alte Vettel gesehen wie in diesem Werbestreifen. Ich hatte körperliche Schmerzen, aber ich mußte immer wieder anschalten. Ich wurde süchtig. Ich mußte ES sehen. Ich wußte bis Dato nicht, wozu Menschen der Werbebranche fähig sein können. Meine körperlichen Schmerzen äußerten sich vor allem dahingehend, daß ich den Mund nicht mehr zubekommen habe. Haben Sie mal wochenlang den Mund offen. Aber Hallo. Und alles wegen diesem Lappen. Ich meine die Frau damit. Wobei ich mir gar nicht sicher bin, ob das wirklich eine Frau war. Ich glaube, es ging mehr in Richtung Mutant, Genmanipulation und so was. Mental gesehen war der Mop besser drauf als ES. Ich habe übrigens einen Rekord aufgestellt. Ich bin derjenige, der die Sendung am meisten gesehen hat, aber gleichzeitig die wenigsten Moppe gekauft hat. Der Leser wird sich vielleicht jetzt fragen: Ich denke, dieser Typ will über das Leben schreiben? Denen rufe ich zu: Ja!

Ein paar Meter von der Freilandküche entfernt befand sich eine der Wasserstellen. Ein paar Meter bedeutet, immer noch nah genug an meinem Fenster. Wenn der Mensch aufsteht, braucht er Wasser. Max hat auch Wasser gebraucht, hat aber am Ende nicht viel genutzt. Aber Afrika ist nicht Unterwellenborn. Auch hier am Wasserhahn herrschte Ausgelassenheit und eitel Sonnenschein, in Form von Lautstärke. Um den Frauenrechtlerinnen den Wind aus den Segeln zu nehmen, hier waren auch viele Männer zu Gange. Da wurde „Höe" gerufen, da fielen Eimer um, da wurde der Esel gehauen, damit er den Wagen zog, auf dem ein

Wasserfaß stand, denn der Esel war offensichtlich indisponiert, weswegen er ja auch gehauen wurde, was ich ja eigentlich auch als innerafrikanisches Problem ansehe, aber es kommt vor, daß Esel, wenn sie gehauen werden, ihren Unmut mit mehreren markerschütternden „I As" bekunden. Daraufhin sagte dann wieder jemand „Höe."
Und dann war da die Kirche. Die Kirche als Gebäude an sich (wahrscheinlich aber auch als Institution) entspricht sicher nicht den Vorstellungen, die man hierzulande zu haben pflegt. Einfach so ein langer weißer Flachbau mit blauen Fensterläden und Türen. Und die waren immer offen. Zu meiner Schande muß ich gestehen, daß ich in Ghana nie im Inneren einer Kirche war. Ich weiß gar nicht genau warum. Wahrscheinlich deshalb, weil die afrikanische Kirche lebt, die Kirche als Bauwerk aber ziemlich reizlos ist. In Deutschland ist das genau umgedreht. Und da geht man nicht rein in so eine Baracke, die sich Kirche nennt, ehrfürchtig, mit gesengtem Haupt, vorsichtig nach oben schauend, die vergangenen Baumeister und Künstler bewundernd. Hier hat man nicht Ehrfurcht vor dem Bauwerk, hier hat man Ehrfurcht vor den Menschen, man will sie nicht stören, weil man das Gefühl hat, daß hier Kirche gelebt wird und zwar im großen Stil. Will damit sagen, daß es sicher Gemeinden in Deutschland gibt, die mit ihrem Pfarrer zufrieden sind und umgedreht, aber das ist lokal beschränkt. Ich muß dazu anmerken, daß ich zwar in meinem Innersten ein zutiefst religiöser Mensch bin, aber bei weitem nicht der Meinung bin, diese meine Religiosität irgendeinem Dogma oder Reglement zu unterwerfen. Andererseits glaube ich, daß man die Menschen, die ihre Religiosität mit einer Institution verbinden müssen, ihre Verbindung in Ruhe ausleben lassen sollte. Mit anderen Worten, ich wäre mir irgendwie blöd vorgekommen, mich dort als Nichtchrist reinzusetzen und dem Treiben zuzuschauen. Am Ende hätte dies niemanden gestört, aber ich hab es eben nicht getan. Thori hatte später, auf mein Betreiben hin, in Kumasi mit einem ihm bekannten Pfarrer einen Termin vereinbart. Ich wollte unbedingt mal so einen Gottesdienst direkt erleben, und wenn wir uns vorher anmelden würden, dann, so dachte ich, ist es O.K.. Ich wollte mittendrin sitzen und mich den Gesängen und Bewegungen vollkommen hingeben. Es gibt da so diverse Stellen in diversen Filmen, an die mußte ich immer denken. In meinem Größenwahn hab ich mir vorgestellt, daß ich dann mein Flügelhorn auspacke und mitblase. Dazu ist es aber nicht gekommen, weil Thori den Termin auf Sonntagfrüh um 8 Uhr gelegt hat. Damit hat er sich und uns natürlich ein bißchen überschätzt. Aber ich muß ihm auch einen gewissen Weitblick unterstellen, denn dadurch, daß unsereins um 8 Uhr noch schläft, ist mir eine große Blamage und der betreffenden Gemeinde inklusive Gott an sich, eine große Peinlichkeit erspart geblieben. Ich habe nicht gespielt. Aber eine schöne Vorstellung war es schon.
Wenn ich sage, daß die afrikanische Kirche lebt, dann meine ich dies ziemlich wörtlich. Ich kann nicht nachvollziehen, weshalb Gott schon früh um sieben besungen werden muß. Ich meine, ist es ihm gegenüber nicht sogar ein wenig unhöflich? Gott ist doch ein Mensch wie du und ich, mit dem kleinen Unterschied, daß er nicht arbeiten gehen muß. Diesen Vorteil hat er sich selbst zu verdanken, weil er ja dafür erschafft, und dieses Erschaffen ist an keine feste Arbeitszeit gebunden, er ist sozusagen freiberuflich tätig, d.h., er kann ausschlafen. Für mich ist es selbstverständlich, daß er diesen Vorteil genießen will, mit anderen Worten, ich denke, es wäre Gott gefällig, wenn man ihn zu so früher Stunde schlafen läßt und nicht mit lautem Gesang auf den Wecker geht. Vielleicht ist dies ja der Grund, warum Gott Erdbeben, Hungersnöte und Geldknappheit über die Menschen bringt; er will sich damit rächen, weil man ihn nicht schlafen läßt. Gott hat aber sicher auch einen kleinen Fehler gemacht. Er hätte eine ganz konkrete Direktive herausbringen sollen, in der genau steht, wann wie laut und wie lange zu seiner Ehre gesungen werden soll. Diese Direktive wäre dann auch mir zugute gekommen. Der fehlenden Direktive wegen sind die Menschen allerdings auch ein wenig

verunsichert. Nur so konnte ich mir erklären, daß nicht nur früh um sieben gesungen wurde, sondern auch noch abends um zehn. Ohne Unterbrechung versteht sich. Aber von den Nachteilen, die Gott und ich dadurch hatten, mal abgesehen, war das alles eine gute Sache. Hier kamen die Menschen freiwillig hin, hier konnten sie ihre Sorgen vergessen, teilen oder loswerden, hier verschmolzen Religion, Kultur, Beschäftigungstherapie und afrikanische Traditionen zu etwas ganz Eigenständigem. Und diese afrikanische Kirche ist flexibel. So kann es schon mal vorkommen, daß ein ghanaischer Bischof in einem Zeitungsinterview öffentlich für die Polygamie eintritt. Ich weiß nicht genau, ob der Papst davon Kenntnis hat, aber wenn doch, dann wird er, hinter vorgehaltener Hand, wohl oder übel seinen Segen dazu geben müssen, denn auf die Art und Weise geht man auf Stimmenfang, oder sagen wir besser auf Schäfchenzusammenhaltung, denn es gilt, dem immer unaufhaltsamer vordringenden Islam Paroli zu bieten. Dieser ghanaische Islam ist aber, soweit ich das einschätzen kann, genauso flexibel und für die Menschen da wie die ghanaische Kirche. Er hat nichts mit dem arabischen Fundamentalismus zu tun. Noch nicht, jedenfalls.
So weit so gut, was die Kirche vor Thoris Haus betraf, wenn, ja wenn da nicht die Kirchenglocke gewesen wäre. Die Kirche war, wie schon erwähnt, ein einfacher Flachbau. Ein Flachbau besitzt keinen Glockenturm. Eine richtige Kirche benötigt aber dringend eine Glocke. Not macht erfinderisch, so hat man die Glocke einfach in einen Baum neben der Kirche gehängt. Wie, weiß ich nicht, ich hab mich nie in die Nähe dieses Monstrums gewagt. Der Baum stand genau in der Mitte zwischen der Kirche und Thoris Haus, die Glocke hing also unmittelbar über meinem Bett. Wenn die Glocke klingen sollte, kam behend der Glöckner aus der Kirche gelaufen, bewaffnet mit einer riesigen Eisenstange und dann: Haut den Lukas! Die Glocke wurde nur nachts geschlagen. Für Gott war das gut, denn nachts feiert er ja mit seinen Göttinnen bei lauter Musik rauschende Feste. Da hört der das nicht. Ich aber. Weil, ich habe nachts nicht gefeiert und schon gar nicht mit den Göttinnen gar zart. Das Bemerkenswerteste am hiesigen Glockenschlagen aber war die Unregelmäßigkeit, mit der man zu Werke ging. Mal abends um elf, mal früh um vier, mal einmal, mal fünfzehnmal, dann wieder halb zwei mehrere Schläge in völlig unterschiedlichen Abständen. Weder Thori noch Adu konnten mir das Prinzip erklären, nach der sich das Glockenläuten richtete.
Eines Nachts mußte ich mal Klein machen, und da bin ich aufs Klo, sprich an den Abwasserbach, der an dieser Stelle unmittelbar an besagtem Baum entlangführte, und ich wußte auch noch nicht, daß die Glocke dort befestigt war, und ich hab auch keinen Glöckner behend laufen gesehen, jedenfalls bin ich friedlich am Schiffen, da geht DAS los. Ich war auf der Stelle tot, doch ich fiel nicht um, weil mein Urinstrahl, trotz der vorherrschenden 25°C, sofort gefror und er mich somit am Umfallen hinderte. Aber mein Körpergewicht war am Ende doch zuviel für den Strahl, so daß er abbrach und ich umfiel. Erst viele Jahre später hat man mich gefunden und aufgehoben. Der Strahl aber war immer noch stahlhart gefroren, und er wird es wohl auch bleiben. Er ist im Heimatmuseum Döbeln zu bewundern.

So waren sie also erstmal, meine Morgen im Urlaub in Afrika. Ich ging dann von der irrigen Annahme aus, daß die hiesigen Menschen einen Lebensrhythmus wie die Hühner haben, so mit der Sonne schlafen gehen und mit selbiger wieder aufstehen, so daß dadurch ca. 10 Stunden für Ruhe hätten vorhanden sein können, aber weit gefehlt. Der Pegel hält sich konstant den ganzen Tag über auf diesem, jeglichen Rest vorhandener europäischer Nerven vernichtenden Level. Erst so gegen Mitternacht kehrt relative Ruhe ein, von oben erwähnter Kirchenglocke, eventuell stattfindenden Feierlichkeiten (eventuell bedeutet in diesem Fall eigentlich immer) und kleinen Schafen, die jämmerlich nach ihrer Mutti blöken, mal abgesehen.

Für mich auch unmöglich nachzuvollziehen war die Tatsache, daß die Afrikaner ohne Beschallung offensichtlich nicht mehr leben können, das heißt, überall, wo mehr als ein Afrikaner vorhanden war, lief auch ein Radio, Recorder oder ein Fernseher. Aber damit nicht genug, nein, jegliche Beschallung findet auch fernab jeglicher Gehörschutznormen statt. Und auch, was die Klangqualität betrifft, kann man nur Schlechtes berichten, weil die vorhandenen Geräte einfach nicht für solche Lautstärken ausgelegt sind. Vor allem in jeder gastronomischen Einrichtung, auch in solchen sich am Strand befindlichen, ist eine Konversation nicht möglich, ohne sich permanent anzuschreien. Vor allem kommt noch dazu, daß, wenn ein Weißer so eine Einrichtung betritt, man, um ihm einen Gefallen zu tun, die Dinge, die da laut machen, noch eine Spur lauter macht. Bemühungen, die Betreiber der lärmbringenden Geräte dazu zu bringen, den betreffenden Bedienungsknopf etwas nach links zu drehen, schlagen in der Regel fehl, weil man denkt, man macht einen Scherz. Richtige Ruhe herrschte nur in solchen Gegenden Ghanas, wo es keinen Strom gab und die Menschen kein Geld für Batterien hatten. Solche Gegenden habe ich in der Tat kennengelernt, Landstriche, wo die Ruhe an sich herrschte; soviel Ruhe, daß man es schon wieder als beklemmend bezeichnen konnte. Ja, ja, der Mensch ist nie zufrieden.

Letztendlich aber ist trotz aller Unbill meine Vision vom Vorabend in Erfüllung gegangen: Ich bin am Mittag schlaftrunken auf die Veranda gestolpert und der einzige Satz, der zunächst leise an mein Ohr drang, war:
„Guten Morgen Bertelsmann, gut geschlafen?"
Und während ich diesen Satz von Thori vernahm, blinzelte ich in die mehr als warme afrikanische Mittagssonne, reckte und streckte mich und gähnte dabei. Alles wird wahr, man muß nur ganz fest daran glauben. Aber trotzdem war ich der Meinung, Thori für die erduldete Pein, wenn schon nicht zur Rechenschaft zu ziehen, dann aber wenigstens zur Rede zu stellen. Ich kniff also die Augen etwas zusammen, setzte eine mittelfinstere Miene auf, die meine Freunde, nebenbei bemerkt, am frühen Morgen eh von mir erwarten und sagte:
„Morgen."
Und nach einer kleinen Pause drehte ich mich zu Thori und fragte ihn:
„Sag mal, ich hatte dir doch in unzähligen Briefen mitgeteilt, weshalb ich dich besuchen wollte, oder?"
„Ja freilich."
„Und?"
„Was und?"
„Na, weshalb bin ich wohl gekommen?"
„Du hattest Sehnsucht nach mir."
„Nicht wirklich."
„Ich glaub schon."
„O.K., ich würde es zwar nicht unbedingt als Sehnsucht bezeichnen, aber dir zuliebe bezeichnen wir es einfach mal, na sagen wir, als Sehnsucht. Das ist aber nicht der Hauptgrund."
„So, na was ist denn dann der Hauptgrund?"
„Na das wollte ich ja von dir wissen."
„Ich hab dir doch gesagt, was ich denke."
„Hast du meine Briefe nicht gelesen?"
„Doch, schon."
„Da stand der Hauptgrund doch mehrmals beschrieben."
„Ja."

„Was, ja?"
„Naja, du hast recht, da stand der Hauptgrund mehrmals beschrieben."
„Also, was ist der Hauptgrund?"
„Sehnsucht nach mir."
Ich holte tief Luft: „Schau, schau, der bohrt immer wieder in das gleiche Loch."
„Wieso, vielleicht hast du es ja anders gemeint, ich jedenfalls habe deine Briefe so interpretiert. Damit muß man einfach mal rechnen, daß etwas anders ankommt, als man es gegebenenfalls angedacht hat. Du bist intolerant, du traust anderen Menschen nicht zu, daß sie sich eine eigene Meinung bilden. In meinen Augen benimmst du dich wie ein Halbzeuch und wie eine Girlande."
„Ach, jetzt muß ich mich auch noch von dir beleidigen lassen, nur weil ich dich bitte, mir den Hauptgrund zu nennen, der in allen meinen Briefen absolut eindeutig zur Sprache kam. Du bist nicht nur ein Ignorant, nein, du bist auch ein Taschenrechner und ein Dienstfahrzeug."
„Weißt du, da kann ich nur lachen."
„So, so, na dann lach doch, denkst du das stört mich."
„Ha, ha, haaa."
„Siehst du, genau das hab ich erwartet, so lacht kein guter Mensch. So lacht kein Mensch, der sich um seine Mitbürger kümmert, mit ihnen leidet und mit ihnen empfindet. So lacht ein 24-Nadel-Drucker, so lacht eine Rassekatzenausstellung und so lacht ein Thermometer. Ja, du hast richtig gehört, ein Thermometer."
„Normalerweise müßte ich mir dies alles nicht gefallen lassen, aber ich frage, nur rein interessehalber, also eigentlich interessiert mich das alles überhaupt nicht mehr, aber trotzdem frage ich dich jetzt: Wie lacht denn dann ein guter Mensch, so wie du ihn beschrieben hast?"
„Na ungefähr so: Haaa, ha, haa, ha."
„Was heißt ungefähr, weißt du es nun, oder nimmst du es bloß an?"
„Ich weiß es."
„Warum sagst du dann: na ungefähr?"
„Jetzt willst du ablenken, weil du mir den Hauptgrund nicht sagen kannst, und daraus schließe ich, daß du meine Briefe nicht richtig gelesen hast. Wahrscheinlich hast du sie überhaupt nicht gelesen, ach was sage ich, die Briefe sind offensichtlich überhaupt nicht angekommen."
„Ich nehme an, du hast sie gar nicht abgeschickt."
„Genau, ich hab sie nicht nur nicht abgeschickt, ich habe sie überhaupt nicht geschrieben."
„Woher soll ich dann den Hauptgrund wissen."
„Weia, ich denke du weißt ihn?."
„Ich weiß ihn auch."
„Wenn du den Hauptgrund weißt, dann hast du aber noch lange nicht das Recht, dich wie ein Bernstein aufzuführen."
„So führe ich mich nicht auf."
„Doch, du führst."
„Wer führt, verliert."
„Das gilt nur beim Einer-Kajak."
„Apropos Einer-Kajak", warf Fritz ein, der die ganze Zeit auf der Mauer der Veranda gesessen hatte und unserem Gespräch gelauscht hatte. „Beginnen wir den Urlaub mit einer zünftigen Bierveranstaltung am Strand?"
„Ja, gute Idee, das", rief Thoralf, der sich daraufhin sofort erhob.
„Können wir zum Strand laufen, oder müssen wir mit deinem Auto fahren?" fragte ich.
Thori schaute mich geringschätzig an:

„Weißt du was, du benimmst dich wie ein Hauptgrund."
„Und du redest wie ein DIN A4 Block."
Thori winkte nur ab und ging ins Haus.
Ich war froh, daß ich das Problem gleich angesprochen hatte. Es bringt überhaupt nichts, wenn man das, was einen bedrückt, was einen wirklich beschäftigt, ewig lange mit sich herumträgt. Man muß sofort, in einer offenen und ungezwungenen Situation, das ehrliche und konsequente Gespräch suchen, auch wenn man das Gefühl hat, daß der andere nur seine Ruhe haben will und sich rauszuwinden versucht. Thori wollte sich rauswinden, aber das habe ich mit meiner einfühlsamen und beharrlichen Art und Weise zu verhindern gewußt. Ich habe ihn, ohne ihn ernsthaft zu verletzen, festgenagelt. Ich habe ihm feinfühlig meine konkrete Meinung gesagt und siehe da, jetzt sitzt er in seinem Zimmer und denkt über alles nach, während Adu die Nägel entfernt. Es ist ein schönes Gefühl und eigentlich auch eine deutsche Tugend, immer offen und ehrlich seine Meinung zu sagen, ohne die des anderen zu akzeptieren. Nach so einem Gespräch fühlt man sich richtig wohl und entspannt.

6

Ausgehend davon, daß Accra eine sich am Meer befindende Stadt ist, wäre es theoretisch möglich gewesen, uns eine x-beliebige Stelle Strand zum Baden auszusuchen. Aber wir waren ja nun wirklich nicht nur zum Baden in Ghana. Das wäre zu einfach. Wir wollten ja das tun, wovor uns unsere Eltern und alles was dazu gehört, immer gewarnt haben: Geh nicht mit vollem Magen ins Wasser, und trinke am Strand bei der großen Sonne keinen Alkohol. Vor allem Letzteres wollten wir nicht beherzigen, das wäre wirklich eine falsche Entscheidung gewesen. Und da wir unser Bier nicht selbst durchs Paradies tragen, sondern lieber einer freundlichen Bedienung entgegenfiebern wollten, hatten wir praktisch nur zwei Möglichkeiten. Eine stadtnahe und eine stadtferne. Wir entschieden uns erst mal für die kürzere Autofahrt. Selbige erstreckte sich allerdings am Ende doch über eine dreiviertel Stunde. Aber die Pein wurde belohnt. Der Strand war weiß, breit, sauber und voller Sand. Das Meer war blau, warm, voller Wasser und in guter Bewegung, sprich, es waren ein gut Teil Wellen vorhanden. Die Luft war noch wärmer und duftete nach Salzwasser, Tang und nach Gesottenem. Die Sonne schien gut und reichlich. Allerhand freie Tische nebst dazugehörigen Stühlen und Sonnenschirmen waren in einer guten Reichweite zur Bedienung vorhanden, kurz, es herrschten ideale Zustände zum Bierverklappen. Kaum hatten wir es uns an einem der Tische bequem gemacht, da war oben erwähnte Bedienung, in Form einer wirklich schönen und auch freundlichen Frau, auch schon zur Stelle und brachte uns die Dinge. Wir befanden uns an einem Ort, den man als touristischen Ballungsraum bezeichnen könnte. Weil, es war der einzige Strand Accras, der gastronomisch erschlossen war, und wo man auch Eintritt bezahlen mußte. Da aber ein Tourismus, so wie wir ihn kennen, in Ghana so gut wie nicht vorhanden ist, war es ein angenehmer Ort. Auf einen Weißen kamen ca. ganz viele Einheimische. Der Strand war auch Treffpunkt der etwas besser gestellten Ghanaer und natürlich konnte man allerhand mehr oder weniger zwielichtige Gestalten und Geschäftemacher kontaktieren oder besser auch nicht. So wäre es kein Problem gewesen, sich in einer von Rastas okkupierten Hütte, aus der beständig die entsprechende Musik tönte, mit Kiffzeugs und sicher auch härteren Dingen einzudecken. Aber damit habe ich persönlich nichts am Hut, und das schreibe ich nicht nur für den Fall, daß ein Polizist dieses Buch lesen würde, wobei man diese Möglichkeit aus verschiedenen Gründen sicher ausschließen kann. Ich schreibe es vor allem, weil ich froh bin, damit nichts am Hut zu haben. Ich spreche jetzt von den harten Teilen.

Ich meine, das mit den Drogen ist so ein Ding. Einerseits kommt man nicht umhin, Drogenkonsum auch mit Elend, Einsamkeit, Ausweglosigkeit, Kriminalität und Tod in Verbindung bringen, andererseits: Der Mensch ist frei. Ich meine, es gibt einfach mal auch Menschen, die wollen Drogen nehmen und fühlen sich gut dabei. Aus den unterschiedlichsten Gründen und zu allen Zeiten haben Menschen Drogen genommen, und in der noch nicht zivilisieren Welt ist dies auch gar kein Thema. Es ist ja, wie alles im Leben, eigentlich immer nur eine Frage des Maßes. Und es müßte eigentlich die Möglichkeit bestehen, daß jeder Mensch sein Maß selbst bestimmen kann. Ich will damit nicht sagen, daß es in jedem Dorfkonsum nun neben dem Käseregal auch ein Drogenregal geben sollte, aber mit der Verurteilung und Ächtung der Drogenabhängigen und dem bloßen Verbot von Drogen kann es nicht getan sein. Wenn ich schreibe, daß alles nur eine Frage des Maßes ist, dann ist mir schon bewußt, daß es Dinge im Leben gibt, die einfach nicht nachvollziehbar sind, für mich nicht, der ich nie mit diesen Dingen konfrontiert war und selbst für die Betroffenen nicht. Ich denke schon, daß die überwiegende Mehrzahl der Drogenabhängigen durch Zufall, Dummheit, Unwissenheit oder durch Zwang in ihre, in den meisten Fällen, wohl aussichtlose Lage geraten sind. Trotzdem muß man sie aber akzeptieren, so wie sie jetzt leben, mit den Drogen. Man muß ihnen alle Hilfe anbieten, aber wer diese Hilfe nicht will, der hat sich entschieden. Wenn sich einer vor den fahrenden Zug wirft, dann wird das von der Umwelt als etwas „Normales" angesehen, es passiert halt ab und an. Wenn sich aber einer auf der Bahnhofstoilette den letzten Schuß gegeben hat, dann ist das was „ganz Schlimmes". Dabei haben doch beide dasselbe getan, sie haben sich „nur" das Leben genommen. Die Frage ist nicht, ist es schlimm, daß sie es getan haben, die Frage ist, wäre es sinnvoll für den Betreffenden gewesen, wenn man es verhindert hätte. Diese Frage aber wird immer unbeantwortet bleiben. Das Leben ist nun mal beschissen, nur die Einfach-Strukturierten und die frisch Verliebten wissen das nicht. Diese ganze Drogendiskussion ist allerdings sowieso eine äußerst unglaubwürdige, solange neben dem Käseregal auch ein Alkoholregal steht.

Daß ich keinen Hasch rauche, verdanke ich einem mehr lustigen und einem mehr schrecklichen Erlebnis. Das mehr lustige Erlebnis hatte ich zu Ost-Zeiten. Was, wird der uneingeweihte Leser jetzt fragen, wo hat der DDR-Bürger denn das Zeug hergeholt. Tjaaa, das war so.
Die DDR-Wirtschaft war, das ist keine Neuigkeit, eine Mangelwirtschaft. Im Prinzip gab es nur fünf Dinge immer und an jedem Ort. Das waren Graupen, Plasteeimer, Nylonbeutel, Sago und Vogelfutter. Bei letzterem bin ich mir allerdings nicht ganz sicher, ob es immer vorrätig war, aber ab und zu schon. Auf jeden Fall im Sommer. Der Vogelliebe des Sozialismus war es geschuldet, daß dem frei verkäuflichen Vogelfutter ein gut Teil Hanfsamen beigemischt worden war. Auf daß die Amseln schöner singen. Welchem Parteitagsbeschluß die Beimischung von Hanfsamen in schnödes Vogelfutter zugrunde lag, entzieht sich meiner Kenntnis. Vorstellbar ist aber auch, daß nicht nur Vogelliebe die Triebkraft für diese Entscheidung war, sondern sicher spielte auch der Mangel an Sonnenblumenkernen eine nicht zu unterschätzende Rolle. Findig, wie jeder DDR-Bürger auf seine ganz spezifische Art nun mal war, wurde nach Aschenputtelmanier der Hanfsamen vom Vogelfutter getrennt und an der freien Natur mit Erde und Wasser vermischt. So kam es, daß in so manchem Kleingarten und in so manchem Blumenkasten diese oder jene Hanfpflanze zwischen Stiefmütterchen und Rhabarber gar prächtig gedieh. Der Staat hat nichts dagegen unternommen, zum einen, weil er diese doch ziemlich geniale Idee gar nicht nachvollziehen konnte, sprich, trotz Stasi, nichts davon wußte, und zum anderen, weil es im Sozialismus offiziell kein Drogenproblem gab. Und was es offiziell nicht gab, konnte ergo auch nicht bekämpft werden.
Einerseits, um den Staat durch das Rauchen von großen Tüten nicht auf etwas aufmerksam zu machen, worauf er nicht aufmerksam gemacht werden sollte, anderseits, weil sich das in der DDR erhältliche Zigarettenpapier, auf Grund fast nicht vorhandener Gummierung, nur mit sehr viel Phantasie zum Zigarettendrehen eignete, wurde die Pflanze in getrockneter und zerkleinerter Form in Plätzchen und Kuchen verbacken. Das fiel nicht auf und die Wirkung war gut. Allerdings kam die Wirkung nicht so schnell, wie als wenn man das Zeug geraucht hätte, und das wurde mir zum Verhängnis. Normalerweise hätten ein oder zwei Plätzchen völlig ausgereicht, um die gewünschte Wirkung zu erzielen. Da ich aber nach einer viertel Stunde noch keine Bewußtseinsveränderung in mir feststellen konnte, was ja eigentlich normal war, nahm ich noch acht Stück Gebäck zusätzlich zu mir. Das war im Mai 1988, also fast so um die Weihnachtszeit, in der das Plätzchenbacken und -verspeisen ja bekanntlich auf der Tagesordnung steht. Warum ich die Dinger gegessen habe, weiß ich leider nicht mehr genau, aber wahrscheinlich wegen Weihnachten. Wir hatten uns bei Bastel, unserem damaligen Bassisten, zusammengefunden, um eine Probe zu veranstalten, denn es galt unser dreijähriges Bandjubiläum, welches unmittelbar vor der Tür stand, würdig auszugestalten. Aus diesem Anlaß hatten wir einen kleinen Backgroundchor, bestehend aus drei

bühnenunerfahrenen, aber, was das Singen betraf, sehr willigen, jungen Frauen zusammengestellt. Eine der willigen, jungen Frauen war meine damalig eigene, aber dies nur nebenbei. Bastel saß am Klavier und war sozusagen als Korrepetitor tätig, und ich saß im Sessel und gab Anweisungen für Gesang und die dazugehörigen Tanzschritte. Das war eine angenehme Aufgabe, und eine Zeitlang ging auch alles gut. Doch dann begann das Zeug zu wirken. Die Wirkung bestand vor allem darin, daß ich einen trockenen Mund bekam, jegliches Gefühl für Zeit verlor und mir plötzlich alles ganz lustig erschien. Ich bat um eine Unterbrechung der Probe mit der Begründung, mir etwas zu trinken zu holen. Nach etwa zehn Minuten fragte Bastel:
„Was ist denn nun, Bert?"
Ich blickte ihn erstaunt an und fragte nach einer weiteren viertel Stunde:
„Was soll'n sein?"
„Na ich denke, du wolltest dir was zu trinken holen."
„Naja, ist doch klar."
„Na dann hol dir doch was!"
„Mach ich doch."
Nach einer weiteren halben Stunde fragte mich meine Frau:
„Ist irgendwas mit dir?"
„Was soll denn los sein mit mir, ich hab Durst."
Diese Antwort fand ich schon echt lustig. Plötzlich nahm Bastel einen Flaschenöffner, hielt ihn an sein linkes Auge und blickte mich durch das Teil an. Das war zuviel für mich. Ich fand das total irre und originell. Ich bekam einen Lachanfall und schlug mir die Schenkel. Außerdem hatte ich immer noch Durst. Ich mußte ganz lange lachen, zum Beispiel über die Tür und den Teppich. Ich bekam Heimweh. Ich fand mich dann auch ziemlich clever und hübsch. So saß ich in meinem Sessel und schaute auf meine Füße. Selbige hatten Durst. So wie ich. Ich fing dann an, darüber nachzudenken, ob ich auch mein Durstgefühl lustig finden sollte und kam zu dem Schluß, daß Milch müde Männer munter macht. Ich kringelte mich vor Heiterkeit. Ich konnte nur nicht mehr mit offenen Mund lachen, weil er, mangels Flüssigkeit, inzwischen zugeklebt war. Ich hatte sozusagen einen Uhu im Mund. Diese Metapher fand ich noch Jahre danach lustig, obwohl ja Uhu damals noch Kittifix hieß. Etwa nach fünf Stunden, die anderen hatten die Probe, den Raum und mich längst verlassen, führte ich meine Strümpfe an meine Nase und roch daran. Das war vielleicht lustig. Der Geruch erinnerte mich an Dampferfahrt und Kolibrischeiße. Ich identifizierte mich mit einem Wollmutzel, welches durch das Zimmer schwebte, obwohl mein Körper mit der Zeit völlig ausgetrocknet war. Darüber mußte ich sehr lachen. Trotz der Trockenheit in mir, die sich nun auch auf ganz Dresden ausgebreitet hatte, verspürte ich das dringende Bedürfnis, zu harnen. Ich hatte aber vergessen, wie man das macht. So lachte ich wieder ein wenig. Nach einigen Tagen dämmerte es langsam in mir, und ich kam zu der Erkenntnis, daß Harnen irgendwie was mit dem Bullermann zu tun haben mußte. Ich benötigte etwa eine Woche, um mir die Hose aufzunesteln. Dann holte ich mein Schnippel raus, stülpte meine Strümpfe darüber und schiffte da rein. Während ich mich entleerte, mußte ich sehr lachen.
Ja, so lustig kann es sein, wenn man Drogen nimmt. Wohl ein bißchen zu lustig, empfand ich, nachdem ich zwei Monate später wieder klar denken konnte. Und viel zu trocken. Und die Zeit vergeht viel zu schnell. Da ich aber nicht immer unentwegt lachen wollte, keine Lust auf unlöschbares Durstgefühl hatte, zur Zeit ein normales Verhältnis haben wollte und letztendlich auch angesetzte Proben mit Erfolg zu Ende bringen wollte, beschloß ich also, die Finger vom Kiffzeugs zu lassen. Außerdem ist es ja auch eine Sauerei, wenn man in seine Strümpfe schifft. Auf Grund dieser Erfahrung war es denn auch kein Problem, mich in

Enthaltsamkeit zu üben, bis zu dem Tag, an dem ich mein schreckliches Erlebnis mit Gras hatte.

Es gab bei DEKAdance einige schöne Traditionen, die da zum Beispiel waren, mit so wenig wie möglich Aufwand, reichlich viel Spaß zu haben und möglichst viel Geld zu verdienen. Zumindest was den Spaß betraf, ging das auch immer in Ordnung. Ein anderer schöner Brauch war, jede Gelegenheit zu nutzen, eine Feier zu veranstalten. Herausstellen möchte ich da unsere Bandweihnachtsfeiern und die Partys, die anläßlich des Erscheinens eines neuen Tonträgers veranstaltet wurden. Die Weihnachtsfeiern fanden immer in unserem wirklich mehr als räudigem Proberaum in der Dresdner Neustadt statt. Im selben Haus befand sich auch meine damalige Wohnung. Die Festivitäten gestalteten sich meist zu ausufernden Fress-und Saufgelagen. Aber auch die Kultur kam nie zu kurz. Wir haben zum Beispiel viele Monate vorher Lose gezogen, auf denen dann ein Name stand, woraus sich die Pflicht ergab, denjenigen, der auf dem Los stand, zu beschenken. Das war immer sehr spannend. Immer der Tontechniker, der grad in unseren Diensten stand, mußte den Weihnachtsmann verkörpern. Dafür hatten wir extra einen roten Mantel anfertigen lassen. Als Bart hat der Weihnachtsmann Hansis in Angola erworbenen Bastrock benutzt. Das war immer ein Hallo, als der Weihnachtsmann sein Kostüm ablegte, und wir erkannten, daß das ja gar nicht der Weihnachtsmann war, sondern ein schnöder Techniker. Jeder mußte, bevor er sein Geschenk in Empfang nehmen durfte, einen kleinen kulturellen Beitrag, meist in Form eines Gedichtes oder so, leisten. Da kamen wirklich bemerkenswerte Sachen bei raus. Ich erinnere mich zum Beispiel noch an ein sehr originelles Gedicht, welches Hansi 1987 aufgesagt hatte:
„Lieber guter Weihnachtsmann,
schau mich nicht so böse an.
Steck die Rute wieder ein,
ich will auch immer artig sein."
Da muß man ja erst mal drauf kommen. Aber auch andere wirklich gute Sachen wurden da zum besten gegeben. Bügge, was der Nachfolger von Thoralf am Saxophon war, hat 1990 folgenden Vierzeiler zum Besten gegeben:
„Wer anderen in die Börse-
scheißt,
ist Makler-
meist."
Als wir ihn darauf hinwiesen, daß es sich dabei doch eigentlich nur um einen Zweizeiler handelt, drohte er mit Ausstieg aus der Band. Das wollten wir aber nicht, und so hat auch er sein Geschenk bekommen.
Klaus intonierte 1989:
„Es fragte einst der bunte Specht
leis' den braunen Bär:
Sag, hab nicht auch ich ein Recht
auf oralen Verkehr?"
Es war jedes Mal eine Wonne, den Wievielauchimmerzeilern zuzuhören. Und der Weihnachtsmann war echt nicht knauserig. Ich hab zum Beispiel mal einen Stapel Sexhefte und mindestens 100 Papierservietten zum Abwischen vom Zeug und so bekommen. Eingepackt war das Ganze in einer Schachtel, wo ursprünglich mal so eine aufblasbare Gespielin drin verpackt war. Die Puppe war aber nicht mehr drin. Wer weiß, was der Weihnachtsmann damit gemacht hat.
Klaus wurde einmal ein Paket zum Geschenk gemacht, in dem sich etwa 20 Kilo Würste

befanden, so für schlechte Zeiten und so. Noch nie habe ich so viele Variationen von Würsten auf einen Haufen gesehen: in Büchsen, in Gläsern, frisch vom Fleischer, in Alufolie, im Kunstdarm, im Naturdarm, im Dickdarm, in Papier, Pappe, Plaste und mit Senf. Beim bloßen Anblick ist mir schon schlecht geworden, aber Klaus ist da härter im Nehmen; er hat uns Jahre danach gestanden, daß er alle Würste heimlich, ohne seiner damaligen Frau etwas abzugeben, aufgegessen hat.
Manchmal wurde aber auch nicht nur originell, sondern auch direkt praktisch geschenkt. Heiko, der immer einen Dreitagebart im Gesicht mit sich herumtrug und sich demzufolge nie rasierte, hat beispielsweise vom Weihnachtsmann ein Fläschchen Aftershave bekommen. Darüber war er sehr froh. Das kann ich nachvollziehen. Für Klaus gab es mal eine Nachttischlampe für die Orgel, obwohl er uns versicherte, daß er nachts nie an seiner Orgel liest, und ich bekam mal einen Tauchsieder obwohl ich eigentlich nie tauche und auch nie siede.
Marc hat 1993 vom Weihnachtsmann eine riesige Zinkbadewanne geschenkt bekommen, an der der Verschluß fehlte, aber mit Klebeband eine CD befestigt war. Als Marc den Weihnachtsmann darum bat, die Wanne doch wieder mitzunehmen und nur die CD dazulassen, hat Knecht Ruprecht die Rute gezückt und Marc fürchterlich zurechtgehauen. Dabei hat er immer gerufen:
„Die Dinge gehören zusammen, du undankbarer Wicht!"
Zunächst wohnten wir der Züchtigung eher teilnahmslos bei, aber als Marc blutüberströmt am Boden lag, faßten wir uns ein Herz und riefen, erst zaghaft, aber dann immer energischer:
„Knecht RupUNrecht laß ab!"
Und er ließ dann auch. Ich meine, vom Prinzip hab ich den Alten schon verstanden. Man hat als Geschenkeinempfangnehmender nicht das Recht, das eine Geschenk mit Freuden zu bewillkommnen, ein anderes aber zu verschmähen. Dieser konkrete Fall lag aber etwas anders. Hier war es offensichtlich so, daß der Weihnachtsmann die Zinkbadewanne nicht mehr benötigte und sie auf diese Art und Weise durch Marc entsorgen lassen wollte. Marc hat das dann auch getan.
Apropos CD's. Ich will ja nun wirklich nichts gegen den erfolgreichen 89er Umsturzversuch in der DDR sagen, aber mit der Wende hielt eine gewisse Eintönigkeit im Schenkverhalten des Weihnachtsmanns Einzug. Da alle Bandmitglieder nun einen CD-Spieler besaßen, konnte man zur Not, wenn einem nichts besseres einfiel, immer noch eine CD schenken. Ja ja, da war dann nicht mehr viel mit analogem Basteln, es wurde digital verschenkt. Aber aus Sicht des Ostdeutschen ist das, glaub ich, der einzige Nachteil, den die Wende mit sich brachte.
Nach der Bescherung kam es dann regelmäßig zu einer vieltausendstundenlangen Diskussion, wer denn wen nun beschenkt haben möge. Dies herauszubekommen, war nicht immer ganz einfach, weil einige Bandangehörige verstockt waren, oder wissentlich falsche Angaben machten und sich auch noch diebisch darüber freuten. Also, ich fand das ungehörig. Aber letztendlich ist es immer ans Tageslicht gekommen. Außer 1994, da ist das Geschenkgebaren nicht 100%ig aufgeklärt worden, es gibt allerdings eine ziemlich fundierte Vermutung. Hansi hat da nämlich einen Dildo nebst Gleitcreme geschenkt bekommen, und es war beim besten Willen nicht möglich, den Schenker dieser schlechten Perversität zu überführen, damit wir ihn ins Heim stecken konnten. Am nächsten Tag hatten wir eine Mugge und wir setzten die Suche nach dem Schenker fort. Hansi kam an diesem Tag etwas später und war somit bei der äußerst erregten und angespannten Aussprache nicht zugegen. Da uns das alles furchtbar mitnahm und wir zu einem Ende kommen wollten, gab jeder eine Erklärung

ab, in welcher er offenbarte, wen er beschenkt hatte. Und als wir diese Erklärungen miteinander verglichen, stellten wir fest, was wir schon ahnten: keiner hatte Hansi beschenkt. Die einzig mögliche Erklärung war, daß sich Hansi den Plastepimmel selbst geschenkt haben mußte. Er hat sich beim Losen selbst gezogen, dies ist bei einer demokratischen Losung eine Unregelmäßigkeit, die der Meldepflicht unterliegt. Hansi hat sich aber nicht gemeldet, um die Chance zu haben, sich selbst eine Freude zu machen. Irgendwie clever. Auf diese Art und Weise konnte er seiner Freundin sagen: guck mal, was ich da habe, ich kann nichts dafür, aber jetzt, wo es denn nun mal da ist, können wir es ja auch mal ausprobieren. Sagenhaft gut, der Typ. Wir beschlossen damals, Hansi unsere Erkenntnis nicht mitzuteilen. Schon aus dem Grund, weil wir wußten, daß er sich ein klein Weng ärgern würde, wenn wir so taten, als hätten wir ihn nicht als das Schwein lokalisiert. Er wird es erfahren, wenn er diese Zeilen liest. Und er wird dabei lächeln, ich weiß das. Aber das eigentlich Schlimme an der ganzen Sache ist, daß er sich seiner Schuld gar nicht bewußt war. Niemand ist ein Schwein, der sich selbst beschenkt, aber jemand ist ein Schwein, wenn er in einen Sex-Laden geht und Latexartikel kauft. So steht's im Grundgesetz und in der Schrift. Wie soll so einer als Künstler seiner kulturpolitischen Aufgabe gerecht werden? Unser oberstes, heiliges Ziel, war es doch, als Musiker von der Bühne runter die Jugend zu formen, sie auf das Leben vorzubereiten, ihnen ein leuchtendes Vorbild zu sein. Das war schon eine schlimme Sache für uns. Wir wußten nun, unsere Band besteht aus sechs Menschen und einem verantwortungslosen Schwein, welches nur an sein eigenes wahrhaft zweifelhaftes Vergnügen dachte, DEKAdance eben.

Aber der kulturelle Rahmen dieser Feierlichkeiten beschränkte sich nicht nur auf den Weihnachtsmann mit dazugehörigem Baum, Geschenken und Pflichtgedichten, nein, zu fortgeschrittener Stunde boten wir uns gegenseitig Kultur. Meist so gegen ein Uhr in der Nacht spielte dann die Band „Rechtschaffende People against Samba" - „Ex Mumps" - vormals „Duo Stauffenberg" auf. Diese rekrutierte sich aus Klaus an der Orgel, Gabi Schubert am Schlagzeug und Tom, der seit 1990 unser Bassist war, am Gesang. Das Repertoire dieser bedeutenden Band bestand hauptsächlich aus Seemannsliedern und einem ABBA-Potpourri. Während die Band spielte, tanzten die anderen mit runtergelassenen Hosen auf dem Tisch, übergossen sich mit Whisky und schrien ab und an: „Ich bin deutsch, ein Stolzer zu sein." Der Höhepunkt der Party war dann das gemeinsame Absingen des schönen deutschen Volksliedes: „Lesbisch, lesbisch und ein bißchen schwul, wir ficken tausend nack'sche Weiber auf dem Männerpissoir."

Um das kulturelle Niveau zur 94er Feier noch etwas zu erhöhen, entschlossen wir uns, einen Alleinunterhalter zu verpflichten. Wir hatten ihm gesagt, daß wir eine kleine Dachdeckerfirma sind und ein kleines Betriebsvergnügen veranstalten wollen. Dazu benötigen wir eine kleine ungezwungene musikalische Untermalung. 300,- DM wäre uns die Sache schon wert, und er sagte uns auch am Telefon, daß er alles dabei hat: elektronische Heimorgel mit Rhythmuscomputer und eine kleine Gesangsanlage. Vor Aufregung und Vorfreude standen uns schon die Tränen in den Augen und wirklich, pünktlich um 20 Uhr tauchte der Typ auch tatsächlich auf. Aber als der dieses versottete Haus, diesen chaotischen Proberaum und unsere leuchtenden Augen gesehen hatte, ist er mit der Bemerkung, ich fahr mal mit dem Auto ran, auf Nimmerwiedersehen verschwunden. Versteh einer die Welt, da ist sich dieser Mensch nicht zu blöd, täglich auf bescheuerten Hochzeiten, auf senilen Betriebspflichtfeiern, bei Nissan-Autohauseröffnungen oder vor alten Schachteln zum Internationalen Frauentag seine beschissene Spachtelmusik aufzuführen, aber vor uns traut er sich nicht, stiehlt sich klammheimlich davon. Aber immerhin, ich wußte gar nicht, daß diese Leute doch so eine Art Hemmschwelle haben.

Zu erwähnen wäre vielleicht noch, daß wir am Ende einer jeden Feier immer gut mit dem eigenen Auto zu Hause angekommen sind, obwohl wir sieben zusammen ungefähr 40,8 Promille intus hatten. Ich weiß, sowas kann gefährlich enden, aber ab 50 Promille wären wir sicher etwas langsamer gefahren.

Die Tonträgererscheinungsfeiern liefen ungefähr genauso ab, nur ohne Bescherung. Auch haben wir nicht ganz soviel getrunken, weil an diesen Feiern auch Offizielle teilgenommen haben, Plattenvertreter und all das. Aber getrunken wurde schon. Und auf der Feier zur CD „Dem deutschen Volke", 1991, da war da auch jemand, der hatte Kiffzeugs mit und somit komme ich zu meinem schrecklichen Erlebnis.
Der Typ welcher, war gleichzeitig unser Gastgeber. So um die vierzig und eine Mischung aus 68er, Buddhist, Geschäftsmann und Traveler. Wir lernten uns bei einer Mugge kennen und wir haben uns auch sofort verstanden. Er besaß in einem gottverlassenen Nest ein solides Bauernhaus mit so 1,50 Meter dicken Mauern, der ideale Ort zum Feiern. Sein Geld verdiente er mit seiner Gartenbaufirma, daß heißt, er legte in den Gärten, von Inhabern mittelständischer Betriebe, kleine Goldfischteiche mit so schmalen, ein Meter langen, weißen Brücken an. Dafür ging dann eine Unkohle über den Tisch, und dies, obwohl man gar nicht über die Brücken laufen konnte, weil, es sollte ja eine Zierde sein. Es wäre allerdings auch ziemlich sinnlos, darüber zu laufen, weil man ja bequem und ohne Zeitverlust um den Teich hätte herum laufen können. Das ging aber auch nicht, weil um den Teich herum Zierrasen gesät ist. Alles ist also nur zum Angucken da, aber nicht für den Spaziergänger, weil das Grundstück von einer 10 Meter hohen Mauer umgeben ist. Und die Besitzer selbst können den Anblick auch nicht genießen, denn sie sind ja ständig am Wuchten, um das Geld für die ganze Scheiße zu verdienen. Das ist der Kreislauf, der unsere Welt regiert. Ist aber alles nicht mein Problem, wichtig ist, daß hier Geld in die richtigen Hände geflossen ist, denn letztendlich hat Richard, so hieß mein cleverer Gartenbaubuddhist, von diesem Geld unter anderem sein Haus gekauft, damit wir feiern konnten.
Als ich ihn fragte, ob wir nicht bei ihm die Plattenparty machen können, hat er sofort ja gesagt. Und die Party war gut. Ich tat die Whiskys rein und irgendwann fragte mich Richard, ob ich nicht mal eine rauchen will, er hätte wirklich gutes Zeug. Das man nicht rauchen soll, wenn man zuvor Alkohol getrunken hat, war ihm sicher bewußt, ich aber hatte davon keine Ahnung. Vielleicht aber war ich schon zu betrunken und er schon zu bekifft, als daß wir in der Lage gewesen wären, diesen Umstand zu berücksichtigen. Ich also sage, na klar, und rein mit dem Mist in die Pfeife und drei, vier volle Züge genommen, zwischendurch noch einen Schluck schottischen Lebenswassers. Das Zeug war anscheinend wirklich gut, denn diesmal bekam ich keinen trockenen Mund und auch mit der Zeit konnte ich noch ganz gut umgehen. Lustiger war die Welt um mich rum auch nicht geworden, aber ich konnte nicht mehr zu Ende denken und reden. Ich fühlte mich, wie als hätte ich alles erkannt, aber ich konnte es niemandem erklären, obwohl ich das wollte. Ich fing an, etwas ganz Wichtiges, Elementares zu sagen, aber mitten im Satz war Schluß. Ich wußte plötzlich nicht mehr, was und warum ich das alles erzählen wollte. Aber ich wunderte mich nicht darüber, im Gegenteil, ich war der festen Überzeugung, daß dies Ausdruck tiefer Weisheit war. Trotzdem fing ich immer wieder an zu erzählen, daß ich überhaupt nicht bekifft bin, daß ich alles klar sehe, und dann war schon wieder Finale. Ich lächelte Richard an, und er lächelte verständnisvoll zurück. Ganz tief in meinem Inneren war da eine Stimme, die immer wieder rief: Stephan, hör auf zu quatschen, das ist nur unkontrollierter Reis, was du von dir gibst, aber irgendein Philosophieprofessor namens Schwarzenegger brachte diese leise innere Stimme immer wieder zum Schweigen. Ich schaute mich um und sah nur Lächerlichkeiten, Unsinn,

Fasching und Trivialität. Dann erreichte ich den Punkt, wo ich nicht mehr darüber sprechen wollte, wobei mir natürlich nicht bewußt war, daß ich gar nicht mehr in der Lage gewesen wäre, einen zusammenhängenden Satz mit einer Wortanzahl größer als drei zu denken, geschweige denn, auszusprechen. So ließ ich denn die Sinnlosigkeit des Lebens, die ich jetzt klar erkannt hatte, in dem Zimmer zurück und ging in den Nebenraum, aus dem Musik tönte.

Normalerweise erkennt man auch ohne Drogen oft genug, daß sich das Leben an sich in seiner Gesamtheit und auch dann, wenn man es nur auf sich bezieht, einer gewissen Sinnlosigkeit nicht entziehen kann. Aber während diese Erkenntnis normalerweise Frust mit sich bringt, war es jetzt so, daß ich das sichere Gefühl hatte, der einzigste Mensch auf dieser Welt zu sein, der diese Einsicht überhaupt erstmal nicht nur gewonnen hat, sondern durch diese Erkenntnis auch noch an innerer Größe gewann. Das Elend dieser Welt lag Millionen Sternzeiten hinter mir. Ich stand allein in einem Raum, der erfüllt war von göttlicher Musik. Ich weiß nicht mehr, um welche Art von Musik es sich gehandelt hatte, aber es war eine Mischung aus der Reinheit Silbermannscher Orgeln, dem Groove von Earth Wind and Fire, der Melancholie Tom Waits, der Traurigkeit Janis Joplins, der Einfachheit Forrest Gumps, der Genialität Frank Zappas, der Liebe zu meinem Sohn, der Weisheit eines Olaf Schubert, der Besinnlichkeit einer Joni Mitchell, der Kraft eines Bon Scott, dem Mut Salman Rushdies, der Leichtigkeit der Beatles, der Unwiderstehlichkeit der Weiblichkeit und der Schönheit eines Sommermorgens in den Alpen. Und ich war da mittendrin, ich war ein Teil dieser Musik, ich gehörte untrennbar dazu, es war das Reich Gottes; für eine viertel Stunde, dann wurde mir schlecht. Ich mußte aufs Klo. Dort erlebte ich dann einen ca. dreistündigen, durchaus als intensiv zu bezeichnenden Brechdurchfall. Zum Glück war das Waschbecken so angebracht, daß ich gleichzeitig kotzen und scheißen konnte. Dadurch kam es wenigstens zu keiner Unreinheit in der Naßzelle. Aber gefühlsmäßig durchlebte ich jetzt das ganze Gegenteil: der Gestank von Scheiße, die Banalität der Puhdys, der lächerliche Größenwahn eines Michael Jacksons, die Sinnlosigkeit der Ehe, die Verlogenheit der Politik, die Brutalität eines Hans-Jürgen Noack, die Eintönigkeit der Fernsehprogramme, die Ausweglosigkeit der Kurden, die Macht des Geldes und die Ohnmacht der Armut, den Wahnsinn Sadam Husseins und die Überheblichkeit der Amerikaner, die erdrückende Größe des Universums. Dies alles erlebte ich; ich war ein Teil von all diesen schrecklichen Dingen, es war die Hölle, mit dem kleinen Unterschied, im Reich Gottes war ich eine viertel Stunde, in der Hölle mußte ich drei Stunden aushalten. Aber so ist es auch im Leben ohne Drogen: drei Stunden Leid, Arbeit, Unzufriedenheit, Kampf und Zweifel sind der Preis für eine viertel Stunde Glück. Und meist ist das Verhältnis von Glück und Unglück im echten Leben noch ungünstiger als beschrieben.

Nachdem nichts mehr aus meinem Körper rauskam, weil einfach nichts mehr drin war, war ich so geschwächt, daß ich weiter sitzen bleiben mußte. Und als ich wieder halbwegs klar denken und körperlich wieder so auf dem Damm war, daß ich das Klo verlassen konnte, schwor ich den heiligen Eid: Nie wieder! Trotz der wirklich angenehmen viertel Stunde; nie wieder wollte ich sowas noch einmal durchleben, nie wieder wollte ich mich, auf so eine beschissene und sinnlose Art und Weise, selbst aus dem Rennen nehmen. Abgesehen von diesen ganzen Unbill kam ja noch dazu, daß die Feierlichkeit ziemlich zeitig für mich zu Ende war, und daß meine Exe, die Party war auch offen für Angehörige, meine Lage mehr oder weniger bewußt dazu genutzt hat, um mit einem Feierteilnehmer sexuelle Handlungen durchzuführen. Das wußte ich zwar damals noch nicht, aber es verfeinert die Sache noch ein bißchen, wenn ich daran zurückdenke. Seitdem habe ich die Finger vom Kiffzeug gelassen, was aber auch wirklich nicht so ein großes Problem war, weil, es gibt ja noch andere schöne und wirkungsvolle Möglichkeiten, was das „Sich-selbst-aus-dem-Rennen-nehmen" betrifft. Nur einmal noch habe ich meinen Schwur gebrochen, aber da war ich praktisch in der Pflicht, und ich habe auch nur einen Zug genommen. Als wir mit DEKAdance 1994 eine Thüringentour absolvierten, hatten wir einen Tag frei, und diesen Tag nutzten wir für einen Bandausflug auf den Kyffhäuser. Wo was so heißt, gilt kein Schwur nicht.

7

„Na Bertelsmann, was ist?"
Thoralf saß, sonnenbebrillt, mit ausgestreckten Beinen, bequem zurückgelehnt im weißen Strandplastestuhl neben mir, in der einen Hand die Flasche mit dem Bier, in der anderen die Zigarette mit dem Rauch und blickte mich schelmisch an.
Um einen Ausgleich zu seiner Schelmischkeit herzustellen, tat ich ein wenig mißmutig und fragte zurück:
„Was soll'n sein?"
„Na mir scheint, du schaust den Frauen grad die Hintern ab."
O Gott, dachte ich bei mir, mein Lieblingsthema. Aber in der Tat, was da, mehr oder weniger mit Absicht, vor unserer Nase her und hin flanierte, war schon was fürs Auge, und phantasievoll wie ich nun mal bin, konnte ich mir lebhaft vorstellen, daß dies auch was für andere Körperteile des Mannes war: Fuß, Ohr, Ellenbogen und das ganze Spektrum.
Obwohl ein Strand in Afrika, so unterschied sich dieser Strand in einer Hinsicht in keinster Weise von einem Strand in Mallorca, Malibu, Travemünde oder der Mailänder Scala, nämlich dahingehend, daß man, oder im konkreten Fall, Frau, hauptsächlich auch deshalb hierher kam, um gesehen zu werden. Und ich hab sie gesehen. Und das hat mich angekotzt. Weil, ich wollte sie nicht sehen. Ich wollte meine Ruhe haben, vor dem, was sich Frau nennt, ich war doch zur Kur. Außerdem hat mich angekotzt, daß Thori gesehen hat, daß ich gesehen habe und mich nun mit seiner dämlichen Fragerei auch noch zwang, darüber zu reden.
„O.K., du hast mich ertappt, ich schaue den Weibern die Hintern ab, aber ich will gar nicht, verstehst du, ich will eigentlich meine Ruhe haben."
Wütig zündetet ich mir eine Zigarette an.
„Dann sieh doch einfach nicht hin."
„Na das geht ja wohl nur schwerlich. Guck dir das doch mal an, da kann man doch nicht einfach wegsehen", rief ich aufgebracht und zeigte dabei mit einer unmerklichen Handbewegung in Richtung eines direkt vor uns durch den Sand stolzierenden Wesens, schlank, mit kaffeebrauner Haut, herrlichen Kurven, wunderschönem Gesicht, mit vollen roten Lippen und leuchtenden Augen, das lange, schwarze Haar zu unzähligen kleinen Zöpfen geflochten, kurz, ein Wesen, was man landläufig als eine begehrenswerte Frau bezeichnen könnte. Zu allem Überfluß und eigentlich auch, für die schönen Frauen, völlig unüblich, blickte diese Frau auch noch freundlich zu uns rüber und lächelte dabei sogar ein wenig.
„Ja, nicht schlecht, was", sagte Thori.
„Ja, nicht schlecht, was", äffte ich ihn nach. „Es nützt mir bloß wenig, mir wäre es lieber, wenn es hier diesbezüglich nichts zu sehen gäbe. Verstehst du, was ich meine?"
„Nein, ich verstehe nicht, was du meinst. Du brauchst doch bloß mal eine ansprechen. Ich nehm' mir mal eine", zeigte dabei aber auf meine Zigarettenschachtel.
„Was soll ich denn deiner Meinung sagen, hä?"
(Die Silbe „hä" fügt man im sächsischen Sprachraum gelegentlich an das Ende einer Frage, in einer mehr oder weniger erregt geführten Diskussion, und man könnte sie frei übersetzen mit so ähnlich wie: Du, ich hab dich was gefragt, was aber eigentlich völlig überflüssig ist, weil der Gesprächspartner ja gemerkt hat, daß er gefragt wurde.)
„Soll ich sagen: Hallo, my name is Bert, I will dich kennenlernen?"
„Tja mein lieber Freund, wenn man vorhat, im nichtdeutschsprachigen Raum mit nichtdeutschsprechenden Frauen eine Liaison einzugehen, da muß man sich dann schon etwas besser drauf vorbereiten. Was im konkreten Fall bedeutet, daß du dich zu Hause ein wenig intensiver mit der englischen Sprache hättest auseinandersetzten müssen. Zumindest wüßtest du jetzt, was kennenlernen auf englisch heißt."

„Aber ich will doch überhaupt niemanden kennenlernen."
„Natürlich willst du jemanden kennenlernen."
„So, aha, wen will ich denn deiner Meinung nach kennenlernen?"
„Na eine dieser schönen Frauen hier."
„Nein, will ich nicht."
„Willst du doch."
„Nicht."
„Doch."
„Laß mich jetzt in Ruhe, ich muß nachdenken."
Es war wirklich eine blöde Sache, das. Ich wollte doch wirklich nichts mit den Frauen zu tun haben. Nicht nur mit den Frauen hier am Strand oder in Ghana, sondern allgemein. Ich meine, das ist nicht immer so gewesen, die meiste Zeit in meinem Leben, zumindest so ab 17/18 Jahre, wollte ich schon. Aber jetzt, grad eben mal, wollte ich meinen Frieden haben. Der Preis für den Frieden, sind Einsamkeit und nicht vorhandene Streicheleinheiten. Diesen Preis wollte ich gern zahlen, jedenfalls eine Zeit lang. Wie aber soll man das durchhalten, wenn vor einem ständig Frauen hin und her laufen, die auf der Sexuellverwendbarkeitskala allesamt die Stufe zehn erreicht hatten? Und jeder weiß, die Skala geht nur bis zehn. Gott aber hat dem Manne ein Gen mit auf den Weg gegeben, welches dafür verantwortlich zeichnet, daß man nach dem Weibe hingiert, von wegens der Kinder, sprich, auf daß die Art erhalten werden sollte. Ich wollte aber gar keine Kinder mehr, und die Verantwortung für den Fortbestand der Menschheit wollte ich auch nicht übernehmen. Für diese Männer, die also nach dem Weibe gieren, aber eigentlich ihre Ruhe haben wollen, hat Gott noch ein zweites Gen erfunden, das Bring-die-Ruhe-rein-Gen. Dieses Gen wirkt wie ein Relais, ab einem bestimmten Punkt sagt es dem Nach-dem-Weibe-hingier-Gen, daß es jetzt die Schnauze halten soll. Im Notfall wendet es auch Waffengewalt an. So funktioniert es in einem gesunden Manneskörper. Gott muß aber bei der Dimensionierung dieser beiden Gene bei mir ein Proportionsproblem gehabt haben. Im endlosen Kampf der beiden Gene hatte mein Bring-die-Ruhe-rein-Gen in den meisten Fällen null Chance.
Wem nun diese Beschreibung meiner innerlichen Befindlichkeit zu blumig erscheint; man kann es auch wie folgt erklären: jeder Mensch hat zwei Gehirne, eins im Kopf und eins im Geschlechtsorgan. Einige wenige nutzen zum Denken das sich im Kopf befindliche. Die meisten Menschen allerdings denken nur mit dem Schwanz oder der Möse. Dies ist keine Wertung, beides ist O.K., und beide Gattungen haben es leicht. Schwer haben es nur diejenigen, die mit beiden Gehirnen gleichzeitig denken. Zu dieser Art Mensch gehöre ich. Leider. Ich habe es schwer und die Frauen, die mit mir zusammen waren, auch. Aber ich mehr.
Fritz, den Gott diesbezüglich mit einer großen Ausgeglichenheit ausgestattet hat, stellte da plötzlich eine Frage in den Raum, die mich, gerade weil ich von dieser seiner Ausgeglichenheit wußte, schon ein wenig verwunderte, wenngleich ich sofort hellhörig wurde, denn diese Frage tangierte mein Interesse schon sehr, weil, wie beschrieben, mein Bring-die-Ruhe-rein-Gen ja wieder mal kläglich versagt hatte. Und ich war auch dankbar, daß er diese Frage stellte, denn somit brauchte ich sie ja nicht stellen.
„Ja Thori, wie siehst du denn das, hätte man denn bei dieser oder jener Schönheit hier überhaupt eine Chance? Im Flugzeug saßen nämlich zwei Ghanaer vor mir, mit denen ich mich ein bißchen unterhalten hab und bei der Verabschiedung wünschten sie mir viel Freude beim Ficken, woraus ich schließe, daß es wohl kein größeres Problem wäre, sich auf diesem Feld zu betätigen?"
„Die Chancen würden, glaub ich, recht gut stehen", bestätigte Thori Fritz' Vermutungen.
„Na, wenn selbst du eine abgekriegt hast", warf ich ein, Thori dabei lächelnd in die Augen

schauend.
„Blödmann."
Ich nahm es so zur Kenntnis und fragte nach einer Weile:
„Also sind das alles Nutten?"
„Nun", gab Thori zur Antwort, „das kann man so nicht behaupten. Ich würde sagen, ja und nein."
„Sehr aufschlußreich. Kannst du mir vielleicht den Unterschied zwischen einer Nutte und einer Ja-und-nein-Nutte erklären?"
„Nun ja, die Frauen versuchen halt, sich einen Weißen an Land zu ziehen, der sie mit nach Europa nimmt. Denn damit hätten sie für sich und ihre Familie ausgesorgt. Und wenn sie keinen findet, der sie mitnimmt, dann ergibt sich vielleicht wenigstens eine gute Partie für ein paar Wochen oder eben nur für eine Nacht. Aber selbst wenn es nur zu einem Gespräch kommt, oder zu einem Lächeln, so wäre das O.K."
„Na bloß, nichts auf der Welt ist doch umsonst?"
„Naja, natürlich bist du für das Finanzielle verantwortlich, das wird schon erwartet. Aber es wird kein Preis ausgemacht und all der Scheiß, so nach dem Motto, für 50 Mark mehr zeige ich dir meine linke Buse, und für 200 Mark mehr darfst du meine rechte Buse für 15 Sekunden anfassen; sowas gibt es hier nicht. Ich meine, es geht natürlich schon auch um Geld und so, aber diese abgefuckten Geschäftsgebaren der Nutten in Deutschland, oder in Europa, wirst du hier nicht erleben."
„Also Prostitution mit Liebe?"
„Wenn du willst, kannst du das so nennen. Du könntest aber auch sagen, Liebe mit Prostitution. Es gibt hier in Afrika etwas nicht, was es in Europa leider eben halt gibt, und das ist der Begriff der Erbsünde. Dadurch haben die Afrikaner ein durchaus freieres Verhältnis zum Sex als wir. Und so kommt es, daß Liebe machen und unter Umständen das Nützliche mit dem Angenehmen zu verbinden, also Geld dafür zu nehmen, sagen wir, gesellschaftlich nicht geächtet ist. Viele Frauen hoffen einfach auf ein gute Partie, und diese Partie muß nicht unbedingt weiß sein, aber Weiße sind reich, das ist nun mal so."
„Ich bin nicht reich", sagte ich trotzig.
„In Deutschland nicht, hier schon."
„Ja verdammt, ich weiß."
„Ja, du weiß."
„Aber ein bißchen braun bin schon", sagte ich mit spitzem Mund und fuhr dabei leicht über meinen linken Arm.
„Du kannst ein Jahr in der Sonne liegen", lachte Thori. „Das Weiße wird trotzdem immer durchkommen."
„Was kann ich denn dafür, wenn die mich dahin geboren haben", verteidigte ich mich mit beleidigter Miene.
„Ist ja gut, mein Lieber, ist ja gut", prostete mir Thoralf zu.
„War eigentlich jemand von euch schon mal im Puff?"
Mit dieser Frage brachte Fritz das Gespräch wieder auf das Wesentliche.
„Nö", sagte Thori, „für mich ist das nichts."
„Für mich ist das auch nichts, nichts mehr. Aber ich mußte ein paar Erfahrungen machen, um zu dieser Erkenntnis zu kommen."
„Du mußtest?"
„In gewisser Hinsicht schon, also ich wurde nicht gezwungen, wenn du das meinst, aber ich mußte, wenn du verstehst, wie ich's meine."
„Hm."

Pause, Zigarette anzünden, Bier nachschenken, zurücklehnen. Wir bereiteten uns mental auf ein durchaus interessantes Thema vor.
„Und, sind die Nutten wirklich so bescheuert, von wegen 200 DM pro Buse und so?"
„Weißt du, ich denke mit den Nutten im besonderen ist es wie mit den Menschen im allgemeinen. Von zehn sind neun bescheuert. Subjektiv betrachtet, natürlich. Will damit sagen, es gibt solche und solche."
„Also, wenn ich ehrlich bin, ich versteh nicht, was du meinst", warf Fritz ein.
„Was verstehst du nicht?"
„Na das mit dem - ich mußte -."
Oh Gott, wie sollte ich das nun erklären. Ich wußte es ja selbst nicht genau, warum manches mit mir passiert war.
„Also paß auf, ich bin ein Mensch, der viel über sich nachdenkt, auch wenn ich diesbezüglich nicht immer so einen Eindruck hinterlasse. Ich glaube, das mit dem - ich muß in den Puff -, hängt irgendwie mit meiner Kindheit zusammen. Will sagen, meine Eltern waren schon gut und lieb zu mir, und ich bin der festen Überzeugung, daß sie immer das Beste für mich wollten. Aber es war ein konservatives und gutbürgerliches und eigentlich auch ziemlich spießiges Elternhaus. Ich meine, ich will ihnen keine Vorwürfe machen, es war halt so eine Zeit. Und vor allem was den Sex betraf, wurde mir immer das Gefühl vermittelt, daß das irgendwie was Schlechtes sein muß. Das ging vor allem von meiner Mutter aus, mein Vater hat, soweit ich mich erinnern kann, kaum mit mir geredet, vor allem nicht über sowas. Vielleicht hat meine Mutter ja auch irgendwelche dummen Sachen erlebt und wollte mich irgendwie beschützen, oder sie wollte nicht, daß ich irgendein dummes Schwein werde, was weiß ich. Es gab da so ein paar Dinge, die sich tief in mir eingeprägt haben. Meine Mutter hat mich z.B. mal beim Wichsen erwischt."
„Erwischt ist gut", sagte Thoralf und nahm einen Schluck.
„Sie wollte eben nicht, daß du blind wirst", sagte Fritz und tat es Thori gleich.
„Scheiße", sagte ich und fuhr fort, ohne einen Schluck zu nehmen, „das Bett muß wohl rhythmische Geräusche von sich gegeben haben, und sie stand unverhofft in meinem Zimmer. Ich hatte sie nicht bemerkt und plötzlich hörte ich ihre Stimme: Bert, was machst du hier! Ich bin dort tausend Tode gestorben. Ganz in mir drin hatte ich das Gefühl, nichts Schlechtes zu tun, aber alles in meiner Umwelt sprach dagegen. Ich glaube, daß ich durch diese Erziehung eine lange Zeit ziemlich verklemmt war. Meine Mutter ist immerhin soweit gegangen, mich richtig aufzuklären. Da war ich in der vierten Klasse. Sie mußte das wohl tun, weil, ich hatte ihr einen Witz erzählt, mit Ficken und so, den ich irgendwo aufgeschnappt und überhaupt nicht verstanden hatte, aber sehr darüber gelacht habe, ich nehme mal an, weil alle anderen auch darüber gelacht haben. Meine Mutter nicht. Und da hat sie mir gesagt, daß das wirklich so geht, mit reinstecken und so, und sie hat dabei das ernsteste Gesicht gemacht, was ich je in meinem Leben gesehen habe, dabei hat doch Ficken in erster Linie was mit Spaß zu tun. Na wie auch immer, ich hab nach diesem Aufklärungsgespräch mindestens drei Monate lang einen großen Ekel verspürt, wenn ich eine Frau mit Kinderwagen gesehen habe."
„Das hat sich doch aber jetzt gegeben, oder?"
Ich lächelte Thoralf müde an: „Zumindest was die Kinderwagen betrifft."
Mit dem Wort: „Arschgeige", stellte Thori sein Glas ab.
„Na, ich weiß doch auch nicht. Irgendwie muß ich gespürt haben, daß Sex nicht in erster Linie, wie von Gott vorgegeben, was mit Kinderzeugen zu tun hat. Außerdem, was verboten ist, was den Anschein des Anrüchigen hat, das will man erkunden, da fühlt man sich hingezogen. Und als ich dann später mitbekam, daß es Freudenhäuser gab, nicht bei uns zwar,

aber daß es sie gab, da wurde mir klar, dort mußt du hin. Dazu kamen solche Dinge, daß mir mal ein Arbeitskollege.....”
„Was heißt hier Arbeitskollege, du willst doch nicht etwa behaupten, daß du mal richtig gearbeitet hast?”
Thoralf feixte mich breit an.
„Ja, du Elch, ich habe mal richtig gearbeitet.”
Mit beleidigter Mine blies ich ihm meinen Zigarettenrauch ins Gesicht. Thoralf beugte sich interessiert zu mir:
„Echt? So mit um fünf aufstehen und dem ganzen Scheiß?”
„Ja, echt, so mit um fünf aufstehen und dem ganzen Scheiß.”
„Wauh!”
Thori wechselte mit Fritz einen bedeutungsvollen Blick und beide schüttelten ihre rechte Hand in Brusthöhe, so wie man es aus diesen amerikanischen Serien kennt.
„Soll ich euch mal was sagen, ihr seid die dämlichsten Afrikaner, die mir je über den Weg gelaufen sind.”
Thori klopfte mir auf die Schulter: „Bring die Ruhe rein, mein Junge, wir haben alle unsere schwarzen Seiten, erzähl ruhig weiter.”
„Gib der Wirtschaft aber erst mal einen Wink, daß wir uns diese Geschichten nur in Verbindung mit Bier anhören können”, sagte Fritz zu Thori. Der nickte anerkennend und gab der Wirtschaft ein Zeichen.
„Also, ich war mal Tischler.”
„Mit um fünf und so.”
„Genau, und ich hatte da einen Arbeitskollegen, der war so um die Siebzig, ein alter Haudegen, der mehrere Weltkriege mitgemacht hat und ungefähr hundertmal verschüttet und tot war. Er hatte, wie es sich für einen ordentlichen Tischler gehört, nur noch acht Finger und hat mit Vorliebe von früher erzählt, also von seinen zweihundert Verschüttungen, von Saalschlachten der SPD mit den Kommunisten, während sich die Nazis ins Fäustchen lachten, vom glorreichen SC Dresden und vom Nachtleben des Vorkriegsdresden. Zu diesem Nachtleben gehörten eben halt auch Puffbesuche. Und der Typ hat mal zu mir gesagt: wer nicht im Puff war, ist kein Mann nicht. Er hat es aber so gemeint, daß man natürlich trotzdem ein Mann sein kann, auch wenn man nicht im Etablissement war, aber er wollte mir klarmachen, ein Puffbesuch gehört zur Allgemeinbildung. Und er hat mir das mit einer Natürlichkeit und Selbstverständlichkeit gesagt, daß ich das Gefühl nicht los wurde, ja, er hat recht und im Nachhinein muß ich sagen, er hatte recht.”
„So, meinst du?”
„Nun, ich kann ja nur für mich sprechen, und da denk ich eben, er hatte recht. Ist ja auch egal, jedenfalls wurde mir mit zunehmenden Alter immer klarer, falls du jemals die Gelegenheit haben wirst, einen Puffbesuch durchzuführen zu können, damals war ja noch tiefster Osten, und die Partei der Arbeiterklasse war gegen Puffs, zumindest außerhalb der Leipziger Messe, also, wenn du jemals die Gelegenheit haben wirst, dann machst du das.”
„Und hast du's gemacht?”
„Ja.”
„Und wie war's?”
„Ich weiß auch nicht so richtig. Beschissen, gigantisch, unwirklich, aber in erster Linie befreiend. Es hatte sich über viele Jahre etwas angestaut und ich habe es von mir genommen, indem ich es einfach getan habe.”
„Prost, Männer”, sagte Fritz.
„Prost”, sagte Thori.

„Prost", sagte ich.
„Ich meine, ihr werdet mich belächeln, aber es war wirklich eines meiner einschneidensten Erlebnisse, die ich je hatte. So vergleichbar mit erster Liebe und so. Ich weiß den Tag auch noch ganz genau, es war der 21.10.89, als wir mit DEKAdance das erste Mal in Westberlin gespielt haben."
„Da warst du im Puff?" fragte Thori erstaunt.
„Das hast du nicht mitbekommen? Ich denk du hast bei dieser Hungerband damals Saxophon gespielt?"
„Wahrscheinlich war ich grad essen, als du gefickt hast."
„Ich hab ja nicht mal gefickt."
„Was mich viel mehr interessieren würde", warf Fritz ein, „wer hat euch denn vor der Wende in den Westen gelassen?"
„Das weißt du doch nicht", sagte ich entrüstet.
„Stimmt", gab mir Fritz resignierend zu verstehen.
„Wahrscheinlich eins der Mysterien der DDR, die nie aufgeklärt werden", sagte ich nach einer kleinen Pause.
„Ich meine, ich hab '93 Einsicht in meine Stasi-Akte beantragt und falls es überhaupt eine von mir gibt, dann steht über diesen Vorgang hoffentlich was mit drin."
„Meinst du wirklich, daß der Normalsterbliche, und dazu, verzeih bitte, zähle ich dich nun mal, jemals Einblick in seine Akte bekommt?"
Thoralf hatte etwas sehr Skeptisches in seinem Gesicht.
„Keiner hat doch ein ernsthaftes Interesse daran, daß irgendwas aufgedeckt wird, oder irgend jemand zur Rechenschaft gezogen wird. Vor allem jetzt, nach sechs Jahren, wo so schön Gras über alles gewachsen ist, da wird man sich doch tunlichst davor hüten, jedem Kamel kraft Akteneinsicht die Möglichkeit einzuräumen, das Gras wieder abzufressen. Das kannst du vergessen mit deiner Akte."
Thoralf winkte ab, nahm einen Schluck und lehnte sich zurück. Er machte einen ziemlich wütigen Eindruck. Hm, dachte ich bei mir, wir werden ja sehen und sagte dann:
„Na, jedenfalls war ich an diesem Tag im Puff, ohne ficken."
„Und was hast du dann gemacht?"
„Also, ich hab's anders gemacht."
„Na komm, erzähl."
„Na, ich erzähl doch schon. Also, es war wie gesagt, unser erster Tag in Westberlin, den wir für einem zwanglosen Stadtbummel vor der Mugge nutzen wollten. Ich war, glaub ich, mit Tom und Klaus unterwegs. Und plötzlich standen wir vor einem Haus, mit bunter und unzweideutiger Leuchtreklame; ich glaube da stand: „Mandy's Paradies" oder so, und da hab ich einen Stich in die Magengegend gekriegt und hab gesagt, also paßt mal auf, ich muß jetzt hier rein. Und da bin ich rein. Und da waren so lauter Türen, an denen Fotos von den Frauen befestigt waren, und neben jedem Foto war eine Klingel, und dann mußte man 5 Mark in einen Schlitz werfen, worauf man die anklingeln konnte, die einem am besten gefiel. 5 Mark war O.K., und gefallen haben mir alle. Also hab ich einfach geklingelt und bin rein. Und da stand ich erst mal allein. Der Raum war etwa so groß wie zwei Telefonzellen. In der Mitte befand sich eine in Brusthöhe endende Glasscheibe, die aus den zwei zusammenhängenden Telefonzellen praktisch zwei getrennte machte."
Fritz kniff die Augen etwas zusammen.
„Kannst du mir folgen?" fragte ich besorgt
„Ja, ja", versicherte mir Fritz, „nur fort, nur fort."
„Also, ich stand sozusagen in der einen Telefonzelle und wartete. Zu ebener Erde lag da

noch eine Rolle Papier neben einem Papierkorb. In der anderen Zelle stand nur ein Hocker. Plötzlich ging die gegenüberliegende Tür auf, und herein kam eine Frau, wie sie in der Schrift steht. Schlank, braun, hübsch, nur ganz leicht mit den schönen Dingen bekleidet und mit hohen Schuhen. Mit einem leichten Lächeln und den Worten: Na, wie geht's, setzte sie sich auf den Hocker. Ich wich unmerklich einige Zentimeter zurück. Sie hatte dieses - Na wie geht's - ganz laut und so unerotisch wie ein Frauenarzt gesagt."
Fritz kniff wieder die Augen zusammen.
„O.K., ich meine, ich könnte mir vorstellen, daß Frauenärzte so in diesem Tonfall - Na, wie geht's - sagen. Wie auch immer, das wäre normalerweise der Punkt gewesen, dort ganz schnell wieder raus zu rennen, aber ich bin, woher ich den Mut damals genommen habe, weiß ich bis heute nicht, wieder ein paar Zentimeter nach vorn und hab gesagt: Also paß mal auf, folgender Sachverhalt: Ich komme aus dem Osten. Worauf mich die Dame sehr teilnahmslos ansah. Ich meine, ich hatte gehofft, daß sie auf diese Ankündigung irgendwie reagieren würde, also, daß sie es mir irgendwie einfacher oder so machen würde, oder daß sie wenigstens eine Spur von Mitleid gezeigt hätte. Aber nein, sie war, glaub ich, nicht mal überrascht. Warum sollte sie auch. Es war ihr völlig egal, ob einer aus dem Osten oder ein Zombi oder ein ostdeutscher Zombi dort 5 Mark in den Schlitz geworfen hat. Hauptsache, er hat geworfen. Am Ende wäre sie nicht mal erstaunt gewesen, wenn ich aus Westdeutschland gekommen wäre."
Ich machte eine Pause, um die Wirkung meines kleinen Witzes zu unterstreichen. Meine Freunde lächelten mich ermunternd an.
„Gut, egal das", fuhr ich fort. „Ich fragte sie dann zögernd: Also, was habe ich für Möglichkeiten. Ich war ziemlich erschrocken über meine Worte, aber die Frau fing völlig unbeeindruckt sofort an, mich über meine Rechte aufzuklären und natürlich, was die einzelnen Rechte kosten würden. Und die Rechte waren folgende: Für 10 Mark konnte ich es mir selber machen, während ich sie dabei angucken durfte. Für 20 Mark dasselbe, inklusive Busen anfassen, und dann war noch was für 40 Mark. Hab aber vergessen, was da möglich gewesen wäre. 20, geschweige denn 40 Mark, standen damals sowieso nicht zur Verfügung. Also blieb mir gar nichts anderes übrig, als Recht Nummer 1 in Anspruch zu nehmen."
„Moment mal", rief Thori da und beugte sich dabei energisch ein Stück zu mir. „Willst du mir jetzt etwa erzählen, daß du dir vor dieser Frau einen runtergeholt hast?"
„Ja", sagte ich etwas zögernd, „schon."
Kopfschüttelnd ließ er sich, mit den Worten: „Nee, ich faß' es nicht" wieder in seinen Stuhl fallen. Dann schaute er einen kurzen Moment in Richtung Meer. Als er sich wieder zu uns drehte, feixte er übers ganze Gesicht und sagte mit einer weit ausladenden Handbewegung: „Bitte, erzähl ruhig weiter, tu dir keinen Zwang an."
„Naja, ich meine, es war halt so. Das ging doch alles ganz schnell, ich bin doch überhaupt nicht zum Nachdenken gekommen. Ich hab ihr die 10 Mark gegeben, ich hab's mir gemacht, und sie hat sich dabei so gerekelt und mir alles gezeigt. Und plötzlich stand ich wieder auf der Straße, bin mit hochrotem Kopf an den Kollegen vorbei zum nächsten Imbißstand und hab mir für die letzten 3 Mark eine Cola reingetan. Und dann bin ich erst wieder zu mir gekommen. Es ging dort im nachhinein gar nicht so sehr um Sex, in welcher Form auch immer. Ich habe mich einfach von einer großen Last befreit, verstehst ihr, was ich meine, ich mußte da was abhaken."
„Naja", sagte Fritz nach einer Weile, „was heißt hier: Versteht ihr, was ich meine. Was mich viel mehr interessiert, ist die Frage, wer hat sich mehr zum Obst gemacht, du oder die Nutte."
„Ich versteh' die Frage überhaupt nicht: wer hat sich mehr zum Obst gemacht? Wenn Du

zum Bäcker gehst, Geld hinlegst und dafür ein Brot in Empfang nimmst, fragst du dich doch auch nicht, wer sich mehr zum Affen gemacht hat: die Bäckerin oder du."
„Also ich meine", sagte Thoralf, „es besteht doch wohl sicher ein ganz kleiner Unterschied, ob man sich ein Brot kauft, oder ob man sich vor einer wildfremden Frau einen runterholt, oder?"
„Siehst du, für mich nicht mehr."
„Je, je, je."
„Ich meine, ich muß Bert insofern Recht geben, daß die Bäckersfrau im Normalfall ja auch fremd ist", sagte Fritz zu Thoralf gewandt.
„Blödmann."
Tja, so war das mit meiner ersten Erfahrung mit den zu bezahlenden Frauen. Später hab ich meine Erfahrungen durch weitere Besuche, die ja Dank der Währungsunion dann finanziell nicht mehr so das Problem waren, vervollkommnet. Aber meistens hab ich es hinterher bereut und den sinnlos vertanen Hundertern hinterhergetrauert. Weil, auch ich war der irrigen Vorstellung erlegen, daß man in diesen Häusern Liebe, Zuneigung, Verständnis oder gar Zärtlichkeit kaufen kann. Nein, das kann man nicht. Aber selbst wenn man all seine Sinne verschließt und sich nur auf sein Geschlechtsorgan konzentriert, ist der Sex, den man geboten bekommt, zumeist beschissen, weil völlig abgefuckt. Also, ich meine, wie sollst du einen Orgasmus kriegen, wenn das Fräulein, welches dir für vorher ausgehandelte 150 Mark eine halbe Stunde versprochen hat, während des Geschlechtsverkehrs, nach 10 Minuten auf die Uhr schaut und sagt: Na, nun wird's aber Zeit, mein Kleiner.
O.K., es gibt auch Bäckereien, die Brot von gestern verkaufen mit der Behauptung, es wäre von heute, was ich eigentlich auch ziemlich doof finde. Man zahlt also für versprochene Dinge, die man am Ende aber nicht bekommt. Böser Bäcker, böse Nutte, böses Leben, dummer Bert. Wieder ein Beweis, daß sich die Welt gleichbleibt.

Aber einmal, einmal, da hatte ich ein wahrhaft schönes Erlebnis, nicht beim Bäcker, versteht sich, sondern im Etablissement. Es gab da nämlich noch was, was ich gern erleben wollte, und das war das mit dem Geschlechtsverkehr, an dem mehr als zwei Personen beteiligt sind. Wir hatten damals ein Engagement am Marburger Schauspiel. Und zwar waren wir für den musikalischen Teil einer gewissen „Dreigroschenoper" zuständig. Wer DEKAdance kennt, wird sich jetzt fragen: Wie jetzt? Ich gebe zu, sowas ist eigentlich nichts für uns, aber man muß ja sehen, wo man bleibt, und wir haben, denke ich, das beste daraus gemacht und hatten unseren Spaß. Wir sind so oft es ging von den Weillschen Noten abgewichen, teils weil wir es nicht besser konnten, teils aber auch, weil die Musik dadurch unheimlich gewann. Die Grenze war fließend. Ich kann aber mit ruhigem Gewissen sagen: Die Schauspieler waren schlechter als wir, und sie hatten auch nicht soviel Spaß wie wir, wenn überhaupt. Aber dies nur nebenbei. Eines Tages, auf dem Weg nach Marburg, hielten wir, wie es so unsere Art ist, an einer Tankstelle, und an Tankstellen gibt es ja bekanntlich außer Treibstoffen auch diverse erotische Literatur zu kaufen. Und an dieser lag ein „Führer durch die Sexclublandschaft Deutschlands" zum Kauf bereit. Einer Intuition folgend erwarb ich dieses Buch, um sofort nachzuschauen, ob sich nicht etwa in Marburg so ein Club befindet. Und siehe da, er befand sich. Sofort entwickelte ich einen Schlachtplan. Ich war zu dieser Zeit ja schließlich noch verheiratet, und jeder verheiratete Mann, der mal in den Puff will, kann ein Lied davon singen, daß es gar nicht so einfach ist, einen Puffbesuch zu organisieren, wenn die Gattin davon nichts mitbekommen soll. Ja, echt mal.
Ich verglich also sofort den Proben - und Auftrittsplan am Theater mit den Öffnungszeiten des Clubs. Als günstigster Termin erschien mir der 5. März 1993, weil, da war der Club

geöffnet, und es sollte an diesem Tag nur bis 19.00 Uhr geprobt werden. Außerdem waren wir dann noch eine Woche in Marburg, so daß ich genug Zeit hatte, mich zu waschen, damit meine Frau nichts riechen konnte, denn der Geruch von anderen Frauen hätte mich verraten. Dann wäre das Malheur aber groß gewesen. Die Frauen riechen nämlich immer was, selbst wenn wirklich was war.
Das Buch hatte ich im Dezember in die Hände bekommen, somit hatte ich also ein viertel Jahr Zeit, mich mental auf die Sache vorzubereiten. Da war zum Beispiel die Sache mit: Was ziehe ich an. Ich hatte ja nicht die leiseste Ahnung, wie sowas abläuft. Rennt man da die ganze Zeit nackt rum? Oder trägt man einen Slip? Oder vielleicht einen Anorak? Ich dachte mir, für den Fall, daß man nackt rumläuft, da zieh ich mich halt aus. Die Sache mit dem Slip war für mich schon ein größeres Problem, weil ich hatte keine Slips. Ich trug zu dieser Zeit nur solche dunkelblauen Ostturnhosen mit Inlett. Eine Altlast des kommunistischen Regimes. Ich dachte mir, wenn ich mit diesen Turnhosen dorthin gehe, dann fällt den dort anwesenden Damen das Essen aus dem Gesicht. Also hab ich mir am Tag zuvor einen Slip gekauft. Ich konnte mir den ja erst einen Tag vorher kaufen; hätte meine Frau in meiner Wäsche einen Slip entdeckt, hätte ich gleich auspacken können. Um es vorweg zu nehmen: Sie hat ihn danach gefunden, und somit ist alles aufgeflogen, aber das hatte den Vorteil, daß Slips an meinem Körper fortan sanktioniert werden konnten, und ich dadurch von einer Altlast befreit wurde.
Dann also war er heran, der heiß ersehnte Augenblick. Dieser Tag war übrigens nicht nur für mich ein sehr denkwürdiger, nein auch für Hansi, wenn auch aus einem ganz anderen Grund: Er feierte an diesem Tag seinen vierzigsten Geburtstag.
Ohne jemandem zu verraten, wohin ich gehe, was für mich relativ ungewöhnlich war, aber die Wichtigkeit meiner Mission ließ keine andere Vorgehensweise zu, verließ ich heimlich, still und leise die Geburtstagsfeier. Schon zwei Wochen vor dem Termin bekam ich Knieschlottern und Magenzerwürfnisse, wenn ich nur daran dachte, an das viele willige Fleisch, was da auf mich wartete. Natürlich wartete es nicht nur auf mich allein. Aber es wartete, soweit man der freundlichen Frau am Telefon glauben wollte. Weil, immerhin mußte man 300 Mark im voraus bezahlen, und da ich für dieses Geld auch meinen Spaß haben wollte, hab ich also vorher dort angerufen, ob denn auch alles klar geht und so. Man beantwortete mir geduldig alle Fragen und beruhigte mich ausführlich, was man mit dem einen Satz zusammenfassen könnte: Es wird alles gut.
Sicher wird es jetzt einige Menschen geben, die mehr oder weniger entrüstet aufstehen und mit wütig verzerrtem Gesicht und erhobener Faust rufen werden: Was? 300 Mark für eine Sexualität? Das darf doch nicht war sein! Und dann warten diese guten Menschen mit folgender durchaus schlüssiger Rechnung auf: Es gibt ca. 80 Millionen Deutsche. Davon sind rund die Hälfte gut und haben recht. Von der anderen, der männlichen Hälfte, sind ungefähr 15 Millionen biologisch und altersmäßig in der Lage einen Puffbesuch durchzuführen. Sagen wir, 10 Millionen nutzen diese Gelegenheit. Und nun rechne mal 300 Mark mal 10 Millionen Männer. Das sind 3 Milliarden Mark. Und nun stell dir mal vor, sagen dann diese Menschen, man würde dieses Geld nach Bosnien, Somalia oder Berlin-Marzahn spenden. Wieviel Not ließe sich dadurch lindern. Denen rufe ich zu: Ja!
Und nun stand ich vor der Tür. Mit Herzrasen vorm Herrn führte ich meine Hand, die mit einer Amplitude von mehreren Metern im Halbsekundentakt hin und her zitterte, zum Klingelknopf. Augenblicke höchster Anspannung. Ohnmacht war im Verzug. Kurz bevor ich erbrechen mußte, obwohl ich vor Aufregung eine Woche lang nichts gegessen hatte, ging die Tür auf, und eine schöne, sympathische Frau, sexuell durchaus stimulierend gekleidet, grüßte freundlich und bat mich herein. Als erstes fragte sie mich, ob ich schon mal hier war und

mich somit mit den Gepflogenheiten auskennen würde. Noch immer ziemlich nah an der Ohnmacht, verneinte ich nur zaghaft. Das ist nicht schlimm, sagte sie mir, ich erkläre dir alles, was du wissen mußt. Also, es kostet 300 Mark, die würde ich gleich erst mal in Empfang nehmen wollen. Nach meinen bisherigen Erfahrungen wäre damit eigentlich alles wichtige, was ich wissen mußte, aus der Sichtweise des Fräuleins gesagt gewesen, aber nein, hier war es anders. Also, fuhr sie mit ihrer Erklärung fort, nachdem ich ihr das Geld gegeben hatte, in den 300 Mark enthalten sind die freie Benutzung der Bar, des kalten Büfetts, des Badezimmers und der Frauen. Ich hätte also, schoß es mir sofort als kühler Rechner durch den Kopf, für 300 Mark fünf Flaschen Whisky trinken, zehn Platten belegte Brote essen und zwanzig Frauen ficken können. Das war ausgesprochen preiswert und letzteres auch kein Problem. Alles klar, fragte sie und ich sagte ja, obwohl ich immer noch nicht wußte, welche Kleiderordnung denn nun angebracht schien. Aber ich traute mich nicht zu fragen. Ich ging also rein. Im Eingangsbereich befand sich ein Zimmer, in dem das kalte Büfett aufgebaut war. Aber nach Essen war mir weiß Gott noch nicht zumute. Dann gelangte man in eine Art Flur, von dem man links in das einzige Badezimmer inklusive der einzigen Toilette gelangen konnte. Geradeaus betrat man ein geräumiges Zimmer, in dem zu drei Seiten, lange und bequeme Sofas standen. An der vierten Seite, praktisch die Verlängerung des Flurs, befand sich die Bar inklusive so ziemlich aller Dinge, die Freude machen. Der Flur endete rechter Hand in einem kleinen Raum, in dem abschließbare Spinde standen, in denen man seine Sachen verstauen konnte. Dies trug dazu bei, sich in einer gewissen Sicherheit zu wähnen, was sich dadurch dann durchaus nicht hinderlich auf die Ausübung des Geschlechtsverkehrs auswirkte. Weil, man hatte den Kopf frei.
Ich zog mich aus und verstaute meine Sachen im Spind. Ich zog mich aus - bis auf den Slip. Ich entschloß mich dann endlich doch zu dieser Kleiderordnung, weil die wenigen Männer, die schon anwesend waren, auch so bekleidet waren.
Alle Räumlichkeiten waren spärlich beleuchtet, mit bunten Lichterketten und so. In mindestens ganz vielen Ecken standen Fernseher, über deren Mattscheiben non Stop diverse Filme mit viel sich bewegendem Fleisch liefen. Glücklicherweise aber ohne Ton. Dafür lief, in angenehmer Lautstärke, so Musik wie sie des Nachts immer auf MDR-live gesendet wird. Zumindest paßte die Musik zu den Lichterketten. Ich setzte mich an die Bar und bestellte schüchtern einen vierfachen Whisky. Ich wollte es zunächst ganz ruhig angehen, mir erst mal die ganze Sache betrachten und mich erst später ins Getümmel stürzen.
Aber dazu kam es nicht. Kaum saß ich da, setzte sich auch schon eine sehr füllige, aber durchaus hübsche, sagen wir, etwa 25jährige Frau zu mir. Diese Frau war im Prinzip nackt und roch sehr gut. Ich hatte das dumme Gefühl, daß es nun beginnt. Aber ich wollte diese Frau eigentlich gar nicht, doch ehe ich groß zum Nachdenken kam, begann sie ohne Umschweife ein sogenanntes Schmalgespräch, mit ungefähr folgendem Inhalt:
„Na wie geht's?"
„Naja, geht so." Dabei lächelte ich sie unsicher an.
„Bist du zum ersten Mal hier?"
„Hm." Ich nahm einen Schluck.
„Ich bin die Maren", sagte sie und nahm dabei meine Hand. Noch bevor ich ihr meinen Namen sagen konnte, den sie genauso wenig wissen wollte, wie Maren ihr richtiger Name war, sagte sie:
„Mann, hast du kalte Hände." Und ehe ich ihr erklären konnte, daß es Anfang März, ich grad von draußen gekommen und außerdem total aufgeregt war, nahm sie meine Hände und streckte sie zwischen ihre fülligen, aber trotzdem festen und wunderbar warmen Schenkel, in bedenkliche Nähe von, naja, von Dingens. So saßen wir uns also gegenüber auf unseren

Barhockern, ich hatte meine Hände nicht zur Verfügung, und ich wußte nicht wo ich hinschauen sollte. Sie fragte mich dann, ob es so besser ist, ich bejahte dies und hatte nicht den Mut meine Hände wieder aus dem Ofen zu nehmen, und ich hatte ebenfalls nicht den Mut, mich ihr entgegenzustellen, als sie aufstand und sagte:
„Komm, laß uns nun nach unten gehen."
Nach unten gehen bedeutete, daß ich es nun mit ihr tun mußte. Ich wußte zu diesem Zeitpunkt noch nicht, daß es kein Problem gewesen wäre, nein zu sagen, also ging ich mit. Ich meine, es war ja nun nicht so, daß mich diese Frau total abgestoßen hätte, aber es waren eben Frauen anwesend, die mich mehr angesprochen hätten. Auf dem Weg nach unten, sprich in den Keller, hatte ich schon ein paar Beklemmungen in der Hinsicht, daß ich dachte, wenn der Abend so anfängt und auch so weitergeht, dann bin ich in einer halben Stunde wieder auf Hansis Geburtstagsfete, was ich aber nicht wollte, zumindest nicht in einer halben Stunde. Aber vorerst gab es kein Zurück.
Der Keller bestand aus zwei geräumigen Zimmern, die sämtlichst mit weinrotem, schwerem Stoff ausgeschlagen und in diffuses Licht getaucht waren. Die Einrichtung der Zimmer beschränkte sich auf zwei riesige Betten, was ja auch völlig ausreichte. Zur musikalischen Umrahmung gereichte man die Musik des Obergeschosses.
Die Frau, die sich Maren nannte, zog mich hinter sich her, ließ sich an einer ihr genehmen Stelle auf die Matte fallen und gab mir zu verstehen, daß ich mich nun wiederum auf sie fallen lassen könne, was ich denn auch tat. Ich fiel weich, wie in ein großes warmes Kissen. Sie sagte komm, aber sie sagte es lieb. Also machte ich die Augen zu und kam. Es war echt schön, ich hätte es nicht gedacht. Als ich fertig war, sagte sie:
„Na, alles O.K.?"
Ich nickte nur. Und sie sagte:
„Na, dann laß uns wieder nach oben gehen."
Natürlich ging ich mit. Oben angekommen zeigte sie mir das Badezimmer und verabschiedete sich mit den Worten:
„Vielleicht sehn wir uns ja noch mal."
Sehen ist gut, dachte ich so bei mir. Aber wenn ich es mir heute richtig überlege, dann hab ich sie wirklich nicht mal mehr gesehen. Ich hab allerdings auch nicht nach ihr gesucht, geb' ich zu. Ich bin dann ins Bad, hab mich gewaschen und hab mich wieder an die Bar gesetzt. Ich fand meinen angetrunkenen Whisky unverändert vor, trank ihn aus, zündete mir eine Zigarette an und kam langsam zu mir. Als erstes nahm ich mir vor, nur noch irgendwelche Dinge zu tun, die ich auch wirklich tun wollte, und so nahm ich mir erst mal die Zeit, mir die anwesenden Frauen und die Männer zu betrachten. Mittlerweile, es war vielleicht so gegen halb elf, waren allerhand Menschen anwesend. Es war wirklich schwer zu schätzen, aber in den drei Stunden, die ich mich in diesem Club aufhielt, hab ich bestimmt 25 Frauen und 50 Männer gezählt. Es herrschte eine prinzipiell ausgelassene und ungezwungene Atmosphäre. Die Frauen waren alle um die Mitte zwanzig, und wenn auch nicht unbedingt jede meinem sowieso schwer definierbaren Ideal entsprach, so war doch jede für sich in der Lage, in einem Mann eine große Begierde zu entfachen. Interessanter, das Menschenstudium betreffend, waren da schon die Männer. Hier war einfach alles vertreten, was Deutschland an Männern halt so zu bieten hat. Da war der kaltgewellte, schnauzbärtige Taxifahrer um die zwanzig, der Doktor der Mathematik, mit Halbglatze und Brille um die vierzig, der mit Goldkettchen behangene und solariumgebräunte Lebemann, mit und ohne Bauchansatz, jedweden Alters, der alte 68er und jetzige Grünenwähler mit Vollbart, der etwas blaß wirkende und unsicher um sich blickende, verbeamtete Strohwitwer, jedweden Aussehens und ebenfalls jedweden Alters, vornehmlich allerdings so um die Mitte dreißig, der Vorruheständler,

der klug war, weil er einen Teil seiner Rente hier sinnvoll angelegt hat, neben dem grad oder noch nicht mal 18jährigen, der es einfach wissen wollte; der Arbeiter, sag ich jetzt mal so allgemein, mit großen, schwieligen Händen und nach hinten gekämmten glatten Haaren, und nicht zuletzt der Musiker aus dem Osten, der nicht wußte, was er anziehen sollte und jetzt an der Bar saß und all diese Männer betrachtete; mit einer gewissen, aber überhaupt nicht bös gemeinten Überheblichkeit im Hinterkopf, die daraus resultierte, daß mir etwas bewußt wurde, wovon ich glaubte, daß es den anderen Männern nicht bewußt war, ohne mich mit dem Gedanken zu beschäftigen, daß die anderen viel schlauer waren als ich, weil, es bestand überhaupt keine Notwendigkeit, darüber nachzudenken, aber trotzdem war es für mich ein erhebender Gedanke: Zwischen diesen hier anwesenden Männern, die sich auf offener Straße nicht mal eines Blickes würdigen würden, herrschte tiefer Frieden und eine unumstößliche Einigkeit. Diese Männer waren verschweißt miteinander. Jeder hatte für jeden ein Lächeln übrig; wir waren Verbündete über alle parteilichen, ethnischen, ideologischen und kommerziellen Grenzen hinweg. Und wer war Schuld an dieser wunderbaren Fügung? DIE FRAU! Diesem Gedanken konnte ich eine gewisse Faszination nicht entziehen.

Ein Faszinosum ganz anderer Art war die Begegnung mit der nächsten Frau, die ich an diesem Abend hatte. Nennen wir sie Jane. Jane also riß mich aus meinen hohen Gedanken, indem sie plötzlich vor mir stand, Arm in Arm mit einem anderen Mann. Er war so Mitte zwanzig, nicht schön und nicht häßlich und wahrscheinlich auch nicht klug oder dumm; er war eben. Er nickte mir vorsichtig zu, ich vorsichtig zurück. Schließlich wollten wir beide ja nun wirklich nichts miteinander zu tun haben. Aber Jane wollte. Das Mädchen Jane entsprach schon ganz schön meinen Vorstellungen: schlank, braun, lange Haare, ordentlich was im Brustbereich und hohe Schuhe. Schon etwas gefaßter als beim Mädchen Maren harrte ich den Dingen, die da auf mich zukommen sollten, was mir aber dann doch einen kleinen Schlag versetzte, war, was sie zu mir sagte:

„He, kommst du mit ficken?"

Frauen aufgepaßt! Wollt ihr, aus welchen Gründen auch immer, einen Mann zu 100% außer Gefecht setzen, dann müßt ihr Euch vor ihm hinstellen und ihm diesen Satz ins Gesicht sagen: He, kommst du mit ficken. Der Mann hat dann nur zwei Möglichkeiten, entweder er wird vollends willenlos und kommt dadurch mit, was ja unter Umständen schön sein kann, oder aber, er ergreift die Flucht. Weil das ist ein Satz, den der gemeine Mann aus dem Mund einer Frau nicht erwartet. So einen Satz sagen nur Männer und auch nur im Dunkeln und wenn sie allein sind. Flucht ergreifen wollte und konnte ich nicht, also willenlos. Der Gipfel war ja aber, außer, daß sie diesen Satz in einem so lustigen Tonfall sagte, wie z.B.: He, kommst du mit zu IKEA, die haben neue Schränke, daß sie dabei noch diesen anderen Mann im Arm hielt. Der schien ähnlich verunsichert wie ich, trotzdem taten der Mann und ich wie uns geheißen, und es ging runter auf die Matten, obwohl ich mir vorgenommen hatte, nur noch das zu tun, wozu ich wirklich Lust hatte. Ich muß aber ehrlicherweise gestehen, daß ich mir in diesem Moment überhaupt nicht sicher war, ob ich nun Lust hatte oder nicht. Am Ende wollte ich ja genau das. Wer weiß.

Auf den Matten herrschte inzwischen allerhand Betriebsamkeit. Ein wallendes, stöhnendes, keuchendes Meer nackter, schwitzender Menschen. Ein Anblick, den ich in diesem Augenblick als nicht unangenehm empfand. Man bekommt sowas ja nun auch wirklich nicht jeden Tag zu sehen. Schließlich war ich ja unter anderem auch wegen dieses Anblickes hier. Allerdings handelte es sich nicht um Gruppensex in der Art, wo der letzte in der Reihe flehend darum bittet, man möge doch nun endlich einen Kreis bilden; nein, es waren immer nur zwei miteinander beschäftigt, mit dem kleinen Unterschied, daß die jeweiligen Paare, im Gegensatz

zum sonst Üblichen, nicht allein waren. Jane aber wollte wahrscheinlich mit mir und dem Mann, nennen wir ihn Ronny, doch so eine Art Kreis bilden. Sie stand uns gegenüber und schaute uns nicht ganz unfreundlich an. Sie, die sie schon nackt war, sagte:
„Na los Jungs, zieht euch aus!"
Abgesehen davon, daß sie das ziemlich laut sagte, was zwar keines der anwesenden Paare gestört hat, mir aber trotzdem irgendwie peinlich war, fand ich das alles noch ziemlich O.K. Mein Pullermann begab sich in Habachtstellung. Fast synchron ließen wir unsere Slips fallen. Dann stellte sie sich vor uns und faßte uns in unsere Gemächte. Das ging ja, rein rechnerisch, gut auf: ihre zwei Hände, unsere zwei Schwänze. Die Habachtstellung meines Pullermannes manifestierte sich. Also, ich meine, mir gefiel das eigentlich ganz gut, und Ronny, glaub ich, auch, denn unsere Blicke trafen sich mal kurz und ungewollt, und in diesen unseren Blicke lag ein vertieftes Einverständnis mit der Welt. Dann kniete sie sich aufs Bett, zog Ronny zu sich herunter, drückte ihn auf den Rücken und begann, ihm einen zu blasen. Er ließ es mit sich geschehen. Dann reckte sie ihren Hintern in meine Richtung und sagte zu mir, ich solle sie nun ficken. Ich ließ es mit mir geschehen. Ich meine, das war der Punkt, an dem ich alle meine verbliebenen Sinne, die da Liebe, Sehnsucht oder Wärme heißen hätten können, ausschaltete. Das mußte ich auch tun, weil ich wollte das alles ja genießen. Wann hat man denn schon mal die Gelegenheit, eine Frau zu ficken, die zur selben Zeit einem anderen Mann einen bläst und man dabei außerdem mindestens vier anderen Paaren beim Ficken zusehen kann. Diese Gelegenheit hat man nicht oft. Nicht jeder will diese Gelegenheit, aber bestimmt wollen diese Gelegenheit mehr als keiner. Aber man kann in so einer Situation nur Spaß haben, wenn man seine Sinne vor der Tür parkt. Das hatte ich getan. Doch dann passierte etwas, womit ich nicht gerechnet hatte. Das Mädchen, was sich Jane nannte, fing an zu reden. Es fing an zu reden, ohne freilich ihre Aktivitäten einzuschränken. Sie redete im Prinzip mit sich allein, obwohl sie alle in der Nähe befindlichen Personen in ihren Monolog mit einbezog.
Jane also, sprach in etwa folgendes:
„Naaaaa?"
Dieses Wort, was man als Frage hätte deuten können, war an Ronny gerichtet. Sie zog das „a" ganz lang und am Ende war es im Tonfall höher als am Anfang und es kam überraschend klar an, denn sie hatte ja noch Ronnys Pimmel im Mund. Da ich hinter ihr beschäftigt war, konnte ich ihr Gesicht nicht sehen, aber ich nehme mal an, daß sie, während sie dieses Wort sagte, ihre Augenbrauen leicht nach oben gezogen hatte. Ronny sagte nur kurz:
„Ja."
Dann war kurzes Schweigen, plötzlich drehte sie sich um zu mir und sagte:
„Du kannst mich ruhig doller ficken."
Ich erschrak mich heftig. Dann lachte sie kurz auf, so bißchen in der Art, wie man lacht, wenn einem Kellner ein Glas runterfällt und ich glaube sogar, daß sie mir dabei zugezwinkert hatte. Ich spürte, wie mein Pullermann langsam aber sicher anfing, Anstalten zu machen, kleiner zu werden. Weil ich mir aber keine Blöße geben wollte, fickte ich sie doller. Sie wandte sich wieder Ronnys Gemächt zu, um kurz darauf eine andere Frau, nennen wir sie Mary, die neben ihr, unter einem anderen Mann lag, zu fragen:
„Na, wie fickt denn deiner?"
Mary antwortete: „Naja, es geht so."
Dann lachten Mary und Jane, ungefähr so, wie wenn einem Kellner ein ganzes Tablett runtergefallen wäre. Dabei spielte Jane weiter an Ronnys Eiern rum und nach dem Lachen sagte sie:
„Meiner gibt sich auch Mühe."

Damit meinte sie mich. Und nun kicherten sie so, wie als wenn der Kellner auf dem Inhalt seines heruntergefallenen Tabletts ausgerutscht wäre. Trotzdem schien es den Frauen Spaß zu machen. Vielleicht war das auch der Kick, den sie brauchten, wie dem auch sei, Ronny, mir und dem Mann der auf Mary lag, gefiel das nicht so sehr, wir wollten, daß Jane nichts sagen sollte. Aber es hatte natürlich keiner von uns den Mut, sie zum Schweigen aufzufordern. Also zog ich die Konsequenz, indem ich ihn rauszog und wieder nach oben gehen wollte. Es hätte eh keinen Sinn mehr gehabt, da mein Pullermann mittlerweile ganz klein geworden war. Jane hatte ihn sozusagen kleingeredet. Aber ehe ich mich vom Ort des Geschehens entfernen konnte, drehte sie sich um, packte mich am Schwanz, schaute sich ihn an und fragte völlig entrüstet:
„War das alles?"
Sie war wohl der Meinung, daß ich aufhören wollte, weil ich einen Orgasmus hatte, in meinem Kondom war aber nichts drin, was ja logisch war, weil, ich hatte ja gar keinen Orgasmus. Da hatte sie nun ein Problem. Sie konnte sich einfach nicht vorstellen, daß ich aufhören wollte, weil es mir so keinen Spaß machte.
Sie sah mich spöttisch an und hielt dabei meinen kleingewordenen Pimmel in der Hand. Ich stand völlig Scheiße da und suchte nach irgendwelchen Erklärungen, was aber völlig sinnlos gewesen wäre, weil sie es erstens eh nicht verstanden hätte und zweitens auch gar nicht an Erklärungen interessiert war. Einen Augenblick schaute sie mich noch an, dann wechselte ihr Gesichtsausdruck von spöttisch zu „Tja, was kümmert mich fremdes Leid", sie zuckte leicht mit dem Schultern, ließ meinen Schwanz los, wandte sich zu Ronny und sagte zu ihm:
„Na los, dann fick du mich."
Ich war somit entlassen und froh darüber. Auf dem Weg nach oben dachte ich noch einmal an Ronny, aber in dem Punkt mußte ich Jane Recht geben: Das fremde Leid kümmerte mich dann doch auch recht wenig.
Bei dieser Gelegenheit sei etwas erwähnt, was wichtig für die Menschen sein könnte, die dieses Buch gelesen haben und mir irgendwann später mal persönlich begegnen und dadurch eventuell in die Verlegenheit kommen könnten, mit mir in Hautkontakt zu geraten, z.B. wenn sie denken, mir beim „Guten Tag sagen", die Hand geben zu müssen, weil dies den Gepflogenheiten entspricht. Sie tun dies aber wider Willen, weil sie Angst haben, sich bei mir das HIV-Virus zu holen, weil, ich war ja mal im Puff. Denen sei gesagt, daß alles, was ich in Verbindung mit käuflicher Liebe erlebt habe, untrennbar mit der Benutzung von Kondomen verbunden war, und ich würde sogar so weit gehen, zu behaupten, daß die Chance, sich in einem deutschen Puff mit AIDS zu infizieren, geringer ist, als einen Gewinn im deutschen Lottoblock zu erzielen.
Ich ging also wieder nach oben und beschloß, das unschöne Erlebnis im wahrsten Sinne des Wortes erst mal von mir abzuwaschen. Ich betrat das, wie schon erwähnt, einzige Badezimmer, und da war aber ein Hallo. Ein Mann saß auf dem Klo; ich wußte nicht ob er grad kackte, oder ob er bloß bullerte und deshalb saß, damit er nichts daneben machte. Vielleicht wollte er sich aber auch bloß ausruhen. Vor dem Waschbecken stand ein weiterer Mann, der sich gerade sein Ding wusch. In der Badewanne standen zwei Frauen und duschten sich gegenseitig ab und quiekten und kicherten dabei lustig. Eine weitere Frau stand hinter dem Mann am Waschbecken und machte sich ihr Haar zurecht, wobei sie sich immer von rechts nach links bewegte, um eine freie Stelle vom Spiegel zu erhaschen. Dabei sagte sie immer, „eh, geh doch mal rüber" und der Mann sagte, „höe, höe", und ging aber nicht rüber, und beide lachten, und die Frauen in der Wanne lachten, und der Mann auf dem Klo lachte, kurz, alle lachten, es herrschte eben eine ausgelassene Stimmung, und alle waren nackt. Hier wurde kein Sex gemacht, hier war man nur fröhlich, ich meine wirklich. Ich stand erst mal

kurz wie etwas behämmert da und wollte schon wieder umdrehen, weil, ich hatte noch nie so viele Menschen in einem Badezimmer gesehen, aber da rief eine Frau aus der Wanne: „Komm doch rein, ich bin gleich fertig." Und so ging ich rein, und die Frau kam raus, und alle lachten wiederum und waren fröhlich. Der Mann auf dem Klo fing dann an, mit Papier zu hantieren, woraus ich schloß, daß er doch gekackt hatte, aber man hatte nichts gerochen, und außerdem lächelte er beim Arschabwischen. Ein nackter fröhlicher Mensch nach dem anderen verließ das Bad und so kam es, daß ich mit dem Mann vom Klo plötzlich alleine war. Er war etwas älter als ich, sah aber ganz gut aus und er sagte, natürlich dabei lächelnd:
„Na, alles O.K.?"
„Ja, alles O.K.", lächelte ich zurück.
„Ich bin der Rainer und komme, extra wegen das hier, aus Fürstenfeldbruck, das liegt bei München, wenn du verstehst was ich meine, und du?"
Bei den Worten „extra wegen das hier", machte er eine weit ausladende Handbewegung. Ich wußte nicht genau ob er mit „und du", meinen Namen oder meinen Wohnort wissen wollte, also beschloß ich, es auf beides zu beziehen und sagte wahrheitsgemäß:
„Ich heiße Bert und komme aus Dresden."
Aber ich sagte nicht „extra wegen das hier", weil, das entsprach ja auch nicht der Wahrheit.
„Ist doch echt super hier, meinst du nicht auch?" Und ehe ich darauf antworten konnte, fügte er irgendwie vorsichtig und etwas leiser hinzu:
„Dresden, liegt das nicht im Osten?"
„Kommt drauf an, wo man steht."
„Ha, ha, haa, der war gut, aber mal im Ernst, das liegt doch im Osten, oder?"
„Ja, im Osten", gab ich klein bei.
„Mensch, das ist doch irre„, rief er daraufhin fast euphorisch und jeden Moment hatte ich das Gefühl, daß er mir jetzt mit den Worten, „na, sowas hattet ihr früher nicht", auf die Schulter klopfen würde.
„Ich find das echt gut, daß du jetzt hier bist, und daß wir uns so gut verstehen", sagte er, „hier in der Oase der drei ‚F' ."
Ich blickte wohl etwas komisch.
„Na, Frieden, Freiheit, Ficken", erklärte er mir.
Er schlug sich die Schenkel. Dann lächelte er mich ermutigend an, beugte sich zu mir und sagte etwas verschmitzt:
„Na, sowas hattet ihr früher nicht, was", und dabei klopfte er mir auf die Schulter. Ich glaube, er hat mir sogar dabei zugezwinkert. In mir regten sich trotzdem keinerlei Haßgefühle, aber vielleicht gerade deshalb sagte ich in diesem Moment den wohl blödesten Satz, den ich je in meinem Leben gesagt habe:
„Ja, hier klappt es mit der deutschen Einheit."
Schallendes Gelächter war der Lohn für meine Worte:
„Ha, ha, haaa, der war gut, der war gut", dabei gab Rainer mir einen leichten Knuff mit der Faust an meine Schulter. Beim Verlassen des Badezimmers sagte er, immer noch lachend:
„Mensch Bert, bleib so wie du bist, das ist echt toll, Mann."
Ich versuch's, dachte ich so bei mir, als ich wieder allein war. Ich schaute in den Spiegel und ein leises „wauh" entrann meinen Lippen, aber alles wird gut, sinnierte ich weiter, nur mit einem Problem hatte ich dann doch zu kämpfen: wieso kam dieser Mensch aus Beimünchen? Solche kommen doch immer aus Wupp-peer-taal. Naja, vielleicht hatte er dort Verwandte. Ich hielt noch eine kleine Weile inne und lugte dann vorsichtig aus der Tür, weil ich die gewisse Befürchtung hatte, daß Rainer vielleicht mit ein paar Frauen im Arm und einem Glas Bier in der Hand vor der Badezimmertür auf mich wartete, um mich dann laut und lachend mit dem

Wort „Hallobertausdresdenwillkommenbeiunssowashattetihrnämlichfrühernichtwas" in Empfang zu nehmen. Aber dem war glücklicherweise dann doch nicht so, ergo trat ich erhobenen Hauptes wieder an die Bar, um mir Whisky anzutun.

Nach dieser erlebnisreichen Zeit war ich, sicher auch in Verbindung mit einigen verklappten Whiskys, nun gewappnet, gegen bzw. für die Dinge, die da noch auf mich zukommen sollten. Und sie kamen, die Dinge. Und diesmal in Form einer Frau, wie aus dem Katalog. Und sie war auch noch freundlich, nahezu lieb würde ich fast sagen. Zunächst ging es ab, nach der üblichen Masche, also ungefähr so:
„Hallo wie heißt du, ich heiße Susann, wo kommst du her, aus Dresden, bist du zum ersten Mal hier, ja, und gefällt es dir hier, ja, hast du mal eine Zigarette, ja, komm wir trinken was, ich hab noch was im Glas, hast du Lust, ja."
Und dann nahm diese Susann meinen Kopf in ihre zarten Hände und gab mir einen Kuß. Ich meine, sie gab mir einen richtigen, langen innigen Kuß, so wie man ihn eigentlich nur von seiner Frau bekommt und auch von der nur bis ein halbes Jahr nach der Hochzeit. Ich war wie gelähmt. Man muß wissen, daß käufliche Frauen im Prinzip alles machen, was man mit ihnen vereinbart, das nötige Kleingeld vorausgesetzt, aber eines tun sie nie: Und das ist küssen. Vielleicht küßt dich eine Hure ab 5000 Mark, das kann sein, aber soviel hatte ich ja nun wirklich nicht bezahlt. Die Frage nach der Lust, mit ihr nun nach unten zu gehen, konnte ich nur noch mit einem entrückten Lächeln beantworten. Ich schwebte förmlich mit ihr nach unten. Auf dem Weg zu den Betten, die die Welt bedeuten, schwebte ich kurz nach draußen, um meine vor der Tür geparkten Sinne für diese Frau wieder mit ins Warme zu nehmen. Und es hat sich gelohnt. Fast schäme ich mich, in diesem Zusammenhang von „es hat sich gelohnt" zu sprechen. Es war einfach schön. Wir haben uns geküßt, geleckt, gestreichelt, gewälzt, gewärmt, geliebt. Wir haben uns angesehen, wir haben gefickt. Wir haben Liebe gemacht. Und das alles ziemlich lange.
Mit den Frauen ist es ja wie mit den Japanern. Die Japaner sagen immer Danke, selbst wenn sie es ehrlich meinen. Und die Frauen stöhnen immer, wenn sie Orgasmus haben, aber man hat es oft schwer, herauszubekommen, ob sie wirklich einen hatten, oder ob sie nur so tun, sei es, um dem Mann eine Freude zu machen oder um die Sache auf eine unkomplizierte Art und Weise schneller zu beenden. Natürlich wußte ich auch bei Susann nicht genau, woran ich war, aber es war mir egal, ich fühlte mich einfach richtiggehend wohl, ich war befriedigt, könnte man fast sagen, obwohl ja nur überhebliche und eigensinnige Männermachos das Wort Befriedigung in einem Atemzug mit dem Wort Sex in Verbindung bringen.
Wenn ich so vergleiche, wieviel ich über Susann und wieviel ich über Jane geschrieben habe, dann erstaunt mich das schon ein wenig, aber offensichtlich ist es um ein Vielfaches schwieriger, über ein wirklich schönes Erlebnis zu schreiben als über ein Bescheuertes.
Ich ging also wieder nach oben und setzte mich wieder an die Bar und war eigentlich der Meinung, nun gehen zu können, denn ich hatte nun alles erlebt und auch rein körperlich war ja ziemlich alles gegeben und nicht mehr allzuviel aus mir rauszuholen. Aber wie ich da so saß, und all die Frauen sah, da kamen mir so die Gedanken, Mensch Bert, Carpe Diem, so schnell kommt so eine Gelegenheit nicht wieder, trinkst du noch einen, und dann fragst du Susann, ob sie noch mal mit dir nach unten geht. Ich nahm also noch einen Schluck, wie mir geheißen, und dann blickte ich mich um. An der Bar und im restlichen oberen Stockwerk war sie nicht, und einer gewissen Ahnung folgend bin ich nach unten. Und siehe da, da lag sie, in innerster Umarmung mit einem anderen Mann, all die Dinge tuend, die sie noch vor einer halben Stunde mit mir getan hatte.
Es war O.K., sie war eine Hure oder eine Nymphomanin oder beides, ich war auf einer

Sexparty und überhaupt, alle Menschen sind frei, aber trotzdem, für einen kleinen Moment war ich traurig, gab es einen kurzen Stich in der Herzgegend. Aber so ist die Welt.
Welt, Welt, Welt, drang es, wie ein fernes Echo, immer wieder an mein Ohr. Und je intensiver ich mich auf dieses Echo konzentrierte, desto mehr verformte es sich in eine Art Rauschen, etwa so, als wenn warme Atlantikwellen den weißen Strand von Accra hinaufrollen. Stimmt, da war doch noch was, fiel mir ein. Und in diesem Moment sagte Fritz:
„Kommt jemand mit ins Echo?"
„So sei es", antwortete ich.
Ich will ehrlich sein, Fritz hatte natürlich nicht Echo, sondern Wasser gesagt, wie es sich gehört. Wasser ist ja sachlich richtig, aber Echo wäre in dem Fall schöner gewesen, stimmt's?

8

Eigentlich wollten wir nur drei Tage in Accra bleiben, zum Eingewöhnen mit Strand und so und dann gleich nach Kumasi fahren. Aber am Tag der Abfahrt hieß es plötzlich, wir brauchen unbedingt noch das Vehicle Examination Certificate für Thoris Wagen, ehe wir fahren können. In Deutschland würde man sagen: das Auto braucht TÜV. Ich fragte Thori, ob er mich verscheißern will, aber er sagte, nach einigen, vor kurzem vonstatten gegangenen schwereren Unfällen sind wir staatlicherseits dummerweise in eine Phase härteren Durchgreifens geraten. Aber alles kein Thema, die Maßnahme dient nur dazu, um sicherzugehen, daß die Fahrzeuge wenigstens zugelassen sind und vier Räder besitzen. Alles nur eine Frage von einigen tausend Cedis. Man pflege zu den hiesigen VEC-Mitarbeitern hervorragende Beziehungen, und alles wäre kein Problem. Aber dann stellte sich heraus, daß die Mannschaft gewechselt hatte, eben um zu verhindern, daß sich die Beziehungen zwischen VEC-Vergebern und VEC-Habenwollenden allzu innig entwickeln, also plötzlich mußte man den Wagen vorstellen. Dies sei aber auch kein Problem, weil, außer einem nicht funktionierenden Bremslicht würde alles in Ordnung sein. Als ich auf so gut wie nicht vorhandenes Reifenprofil und nur sporadisch arbeitende Blinker hinwies, bekam ich zur Antwort, daß es in Ghana ja selten schneit, und wenn man abbiegen will, könne man ja die Hand raushalten. Na, wenn das die Beamten genauso sehen, können wir ja heute abend noch in Kumasi sein, sagte ich. Natürlich, bekam ich zur Antwort, in zwei Stunden ist die Maßnahme abgeschlossen. Ob dieser Auskunft waren wir erleichtert, nichtsahnend, daß eine afrikanische Stunde alles bedeuten kann, nur keine wirkliche Stunde, so wie wir sie aus der Schule kennen. So kam es, daß dieser Tag mit Warten verbracht wurde. Meiner Meinung nach hätten wir ja noch am Nachmittag fahren können, aber dann wären wir erst in der Nacht angekommen, und im Dunkeln zu fahren, behauptete Thori, wäre völlig unmöglich, von wegen der Polizeikontrollen und überhaupt. O.K., wenn Adu bis gegen eins von der TÜV-Angelegenheit wieder zurück ist, dann können wir ja noch fahren, lenkte Thori ein. Aber Adu kam nicht gegen eins, weil er noch einen kleinen Abstecher in die Autowäsche gemacht hatte, teils, um uns eine Freude zu machen, teils natürlich auch aus einer gewissen, sicher auch manchem Deutschen nicht ganz uneigenen Eitelkeit heraus, weil, es kann nicht angehen, mit einem staubigen Auto rumzufahren. Und dies in einem Land, wo zumindest in der Trockenzeit die Luft hauptsächlich aus Staub besteht.

Ergo wurde am nächsten Tag gefahren. Was tut man also an einem lauschigen Sommerabend im Dorfe Gbawe, am Rande Accras, nachdem man den ganzen Tag auf gepackten Koffern gesessen hatte, in der trügerischen Hoffnung, es würde jeden Augenblick losgehen? Man kauft sich Whisky und geht ins Kino. Fritz und ich, wir waren auf uns alleingestellt, weil Adu und Thori plötzlich noch irgendwelche wichtigen Dinge, das Dorf oder die Verwandtschaft oder beides betreffend, zu klären hatten. Also den Whisky schnell in die Kühltruhe der nächsten Kneipe gebracht, gewartet, bis selbiger Betriebstemperatur hatte, und dann mit kaltem Getränk ins Kino.

Das Dorfkino war eine räudige Bretterhütte, in der eine große Anzahl Bänke standen und ein Videorecorder nebst Fernseher, bei welchem es sich sozusagen um die Leinwand handelte. Gleichzeitig war eine furchtbare Verstärkeranlage angeschlossen, die dermaßen schlimmste Geräusche von sich gab, daß es eine Art hatte. Aber sie schienen, ab und an zum betreffenden Film zu passen. Alles natürlich in einer Lautstärke, wo sich mir immer die Grundfrage aufdrängte. Und die Grundfrage lautete schlicht und einfach: Warum? Warum müssen in Afrika immer alle Radios und vergleichbare Geräte an sein, und warum macht sie niemand aus? Ich meine, ich würde mich ja schon damit zufrieden geben, daß zwar alle Geräte an sind, aber wenigstens nicht so laut, daß man jeden Augenblick befürchten muß, von

herumfliegenden Lautsprecherteilen streng verletzt zu werden. Aber nein.
Neben der Tür zum Kino war ein kleines Loch in die Wand gearbeitet, und hinter diesem Loch saß der Kassierer. Für 150 Cedis, also reichlich 20 Pfennigen, war man dabei. Ermäßigungen gab es nicht, außer für uns. Als Weiße brauchten wir natürlich nicht zu bezahlen, ich nehme an, hauptsächlich deshalb, weil der Kinobesitzer wohl erst mal darüber nachdenken mußte, wieso Weiße einen Weg in seinen Laden gefunden hatten. Wir bekamen auch den besten Platz, direkt vor dem Fernseher.
Es lief der Film „Cliffhanger", mit Jahreswechsel Stallone in der Hauptrolle. Ein furchtbarer Film, aber alles paßte somit zusammen. So einen Film in so einem Ambiente sehen zu müssen, das allein hätte eigentlich schon ausgereicht, um besoffen zu werden, aber das war uns nicht sicher genug, daher frönten wir reichlich dem Whisky. Als wir wieder draußen waren, wir hatten den ganzen Film durchgehalten, waren wir ziemlich im Arsch. Wir setzten uns auf die Veranda um zu rauchen, denn das war im Kino verboten, und um den Rest des inzwischen 30° C warmen Whiskys auszutrinken.
„Gut Fritz, so war das also mit dem Cliffhanger."
„Ja, so war das wohl."
„Ganz schön hart im Nehmen, der."
„Kannst du laut sagen, das."
„Willst du noch'n Schluck."
„Hm."
Ich hielt Fritz die Flasche hin, aber Fritz reagierte nicht.
„Da nimm."
Jetzt nahm er, und dann fragte er mich:
„Sag mal, der Cliff, hat der nicht noch einen Bruder?"
„Welcher Cliff?"
„Na der Cliffhanger."
„Der Cliff Hanger?"
„Ja, der Cliff Hänger."
„Ach der. Ja, ich glaub schon. Warte mal. Wie hieß der doch gleich?"
„Hieß der nicht Lkwan Hänger."
„Stimmt", und ich stieß Fritz leicht in die Seite, „du hast Recht, Lkwan hieß der." Ich nahm einen Schluck, zog am Stengel und fragte dann:
„Sag mal, hat der nicht auch so gesoffen."
Fritz winkte resigniert ab:
„Hör auf, du. Hör auf." Fritz schaute plötzlich wie abwesend an mir vorbei:
„Sag mal, hatte der nicht noch einen Bruder? Mensch wie hieß der noch gleich mal?
„Hm, also ich weiß nur was von einem Schwager, der hieß: Ntotaln, aber von noch einem Bruder weiß ich nichts."
„Bloß, der Lkwan, der hatte doch einen Doppelnamen. Hieß der nicht Hänger-Kupplung?"
„Genau, so hieß der."
„Wer so heißt, geht los."
„Genau, schweinisch."
Am nächsten Tag sind wir dann los.

Kumasi liegt ca. 300 km nordwestlich von Accra, und wenn man Accra mit Berlin gleichsetzen würde, dann könnte man Kumasi als Leipzig bezeichnen. Anmerkung für westdeutsche Leser: Leipzig ist eine Stadt, ca. 150 km ziemlich südlich von Westberlin.
Hier hat Thori also seinen eigentlichen Wohnsitz, eine, ich denke mal, so 150 qm große

Wohnung für 1000 DM im Jahr. Ja ich weiß, das ist alles Quatsch, aber man ist diesem dämlichen Umrechnungsgedenke halt immer erlegen. Außerdem will man seine Leser doch auch zum Staunen bringen, und wenn ich jetzt geschrieben hätte, die Wohnung kostet pro Monat 53.950 Cedis, ich meine, wer würde denn da staunen, ist doch normal, würden alle sagen.

Die Wohnung befand sich im zweiten Geschoß eines dreistöckigen Hauses, welches mich stark an die ostdeutsche Plattenbauweise der 70er Jahre erinnerte. Allerdings hätte man auch in der DDR jeden Architekten bei Schlüsselübergabe sofort standrechtlich erschossen, wenn er so ein Haus angeboten hätte. Unterschiedlich hohe Treppenstufen, die Türen hingen mit Nägeln in den Rahmen und schliffen dadurch natürlich sämtlichst auf dem Fußboden, was in einem Haus aus Beton immer ein bedeutendes Geräusch erzeugte, Lichtschalter waren immer dort angebracht, wo man sie garantiert nicht erwartete, und den Hauptsicherungskasten hab ich mir gar nicht erst aus der Nähe angeschaut, aus Angst, er könnte mir was Böses. Ich meine, nicht daß es mich, Thori oder jeglichen Ghanaer etwa gestört hätte, ich wollte es halt bloß mal mit erwähnen, so als Zeichen für die deutsche Bauwirtschaft: alles ist möglich, man muß nur wollen. Um das Haus herum stand eine 3 Meter hohe Mauer, und in dieser Mauer befand sich ein stählernes Eingangstor, bewacht von einem Wachmann aus dem Norden. Aus dem Norden deshalb, weil die Nordghanaer als besonders gute Wachmänner gelten, ähnlich vielleicht, wie bei uns die Sachsen besonders gemütlich, die Kölner besonders närrisch und die Bayern besonders oberfränkisch sind. Ich hab den besonders guten Wachmann immer nur schlafend vor dem Tor angetroffen. Das hat für unsere Sicherheit auch völlig ausgereicht. Die Afrikaner sind eben klug, denn wenn der Wachmann z.B. immer Gewehr bei Fuß gestanden hätte, dann hätte ich auch gesagt, es ist für unsere Sicherheit völlig ausreichend. Bei der Gelegenheit möchte ich erwähnen, daß ich mich selten in einem Land so sicher gefühlt habe wie in Ghana. Nur vom Erzählen her sind mir ein paar Dinge zu Ohren gekommen, und dies waren allesamt Geschichten, wo ein ganz besonders blöder Tourist, an einem ganz besonders einsamen Strand, zu einer ganz besonders ungünstigen Zeit, seines Hab und Gutes entledigt wurde. Kriminalstatistisch gesehen, dürfte Deutschland Ghana und den meisten anderen afrikanischen Länder gegenüber ein ausgeprägtes Entwicklungsland sein.

Die Mauer war innerhalb des Grundstückes begrünt worden, und es sah schön aus, trotz Trockenzeit. Mit ein bißchen Phantasie konnte man sich ausmalen, wie herrlich es wohl erst in der Regenzeit aussehen mußte.

Nach einer knappen Woche in Gbawe und einer ziemlich strapaziösen sechsstündigen Autofahrt in Thoris Zahnarzttochterwagen war ich nun eigentlich ganz guter Dinge, an einem Ort zu sein, der zwar Afrika war, aber trotzdem gewisse europäische Annehmlichkeiten aufzuweisen hatte, und damit meine ich hauptsächlich WC und Dusche. Aber weit gefehlt, das Vorhandensein jeglicher Dinge bedeutete noch lange nicht, daß man selbige auch nutzen konnte, alldieweil das dazu nötige Wasser nur äußerst sporadisch den Weg bis in Thoris Wohnung fand. Jeder wird mir Recht geben, daß WC und Dusche nur in Verbindung mit Wasser einen richtigen Spaß machen. Aber was sollte es, es blieb uns ja immer noch die Eimerarie, und mit der hatten wir ja mittlerweile reichlich Erfahrung.

Als ich die Wohnung das erste Mal betrat, war ich auch noch einer weiteren Täuschung erlegen. Ich nahm nämlich an, daß man hier etwas mehr Ruhe finden würde, weil, wir waren in einem festen Haus und nicht mehr auf dem Dorf. Aber am ersten Morgen in Kumasi wurde ich eines Besseren belehrt. Zunächst gingen in des Wachmanns Familie, die das Erdgeschoß bewohnte, alle 26 Radios an. Zu afrikanischen Radios habe ich mich bereits eingehend geäußert. Dazu gesellte sich dann das abwechslungsreiche Programm der benachbar-

ten Kirche. Chorproben, Teufelsaustreibungen, Jugendweihen, Chorkonzerte (die sich nicht unbedingt zwingend von den Chorproben unterschieden), Predigten, Jahrestage, Weihnachten und Chorproben. Ach ja, und Chorproben. Die afrikanischen Kirchen sehen, wie schon erwähnt, nicht so aus wie die in Europa, und daher ist mir anfänglich gar nicht aufgefallen, daß sich in unmittelbarer Nähe zu Thoris Haus eine solche befand, aber da wurde mir klar, egal wo du dich in Afrika aufhälst, zur nächsten Kirche sind es nur wenige Meter. Das war aber alles nicht so schlimm. Das Schlimmste waren die zwei Truthähne des Wachmannes. Ich meine, hat jemand auch nur eine vage Vorstellung, wie Truthähne so machen? Ich wußte es bis dato auch nicht, aber nun werde ich es nie wieder vergessen. Die Viecher waren auf das Tor fixiert. Immer wenn es bedient wurde, schlugen die Truthähne an. Immer die gleiche Reihenfolge: Erst das furchterregende Quietschen des Tores, dann fiel es mit einem ohrenbetäubenden Knall ins Schloß, und dann machten die Hähne los. Und ich lag in meinem Bett und dachte über den Sinn und den Unsinn der Schöpfung nach, zumindest was Truthähne betraf. Ich kam in etwa zu folgenden Schlüssen: Truthähne sind Quatsch. Außer, daß dieses Getier von manch einem geschmacklosen Menschen zuweilen gern verspeist wird, macht doch ein Truthahn nun wirklich keinen Sinn. Er sieht auch total beknackt aus, so mit roten Kordeln am Hals. Jeder Truthahn ist daher zwangsläufig Kommunist. Deshalb kommt der Vogel auch so oft auf den Tisch der Bourgeois. Und weil er weiß, daß er in jedem Fall im Kochtopf landen wird, selbst auch in Töpfen des gemeinen Volkes, das sich ja, und da kann man froh darüber sein oder nicht, bekanntermaßen zu einem nicht zu unterschätzenden Teil, aus Antikommunisten rekrutiert, deshalb guckt er immer so dämlich zur Seite.
Aber es gab natürlich auch wahrhaft schöne Dinge. Zum Beispiel die Farbe der Zimmer. Jedes Zimmer war in einem anderen Farbton gehalten. Farbtöne allerdings, die es in Deutschland nicht gibt. Das eigentlich Schöne aber war, daß in jedem Raum auch eine Glühbirne in der entsprechenden Farbe angebracht war. Wir schliefen in einem Zimmer, was in einer Art blau gehalten war, und an der Decke thronte eine genau auf die Farbe der Wände abgestimmte Glühbirne. Wenn man, in der trügerischen Hoffnung etwas sehen zu können, des Nachts das Licht angemacht hat, führte dies nicht zum gewünschten Effekt, sondern zur vorzeitigen Erblindung. Daraus haben wir dann immer ein schönes Spiel gemacht. Kurz bevor die Erblindung eintrat, haben wir das Licht wieder ausgeschaltet. Wer am längsten aushielt, der hatte gewonnen. An diesem Spiel haben sich aber nur Fritz und ich beteiligt. Thori und Adu hatten keine Probleme mit dem Licht. Tja, der Mensch gewöhnt sich womöglich an alles.
Und noch einen großen Vorzug hatte diese Wohnung. Es war ein Kühlschrank vorhanden. Und eine Kühltruhe. Der Kühlschrank fürs Bier, die Truhe für den Whisky. Und es war auch nicht so schwül wie in Accra, dafür allerdings etwas staubiger, aber wir hatten ja den Kühlschrank. Das Allergrößte aber war, hier stand ein Fernseher. Ein gar großartiger Freudenstrahl schoß durch mein Hirn, als ich dieses Gerät erblickte. Schön im Design, einfach in der Bedienung, passend zur Einrichtung, da war er: der Fernseher - die Alternative zur Kindererziehung und zum Sex mit der eigenen Frau, die Gewähr für sinnvolle Freizeitgestaltung, das Fenster zur Welt, kurz, der Retter der Menschheit. Man möge sich meine Enttäuschung vorstellen, als ich feststellen mußte, daß mit diesem, doch soviel Optimismus ausströmenden Gerät, nur ein Programm zu empfangen war, nämlich, was für ein Zufall: Ghana TV. Kein Buzz, keine Mini Playback Show, keine Ilona Christen, kein Bube Dame Hörig. Ich war deprimiert und machte mich auf den Weg zur Kühltruhe. Doch es gibt für alle Probleme eine Lösung. Es war nämlich noch ein Videorecorder vorhanden. Aber eigentlich hatten wir ja eh keine Zeit für diese Dinge. Am Abend zum Beispiel stand der Besuch einer Diskothek im Programm.

Der europäische, oder sagen wir besser der amerikanische Einfluß auf das Leben der Menschen in Afrika nimmt von Jahr zu Jahr an Bedeutung zu, und eigentlich ist es nur eine Frage des fehlenden Geldes, daß der afrikanische Lebensstil dem der ersten Welt noch nicht vollends angeglichen ist. Wenn genügend Geld vorhanden wäre, dann gäbe es, was Kleidung, Mode, wahrscheinlich auch was Kultur und Kunst angeht, ja selbst was die allgemeine Lebensart betrifft, wohl keine großartigen Unterschiede mehr zwischen den Kontinenten. Das ist eigentlich verwunderlich, wenn man bedenkt, daß Weiße in Afrika doch Jahrhunderte lang hauptsächlich in den Berufen Ausbeuter und Unterdrücker tätig waren und man auf Grund dieser Erfahrungen, die die Schwarzen gemacht haben, eigentlich davon ausgehen möchte, daß sich die Menschen in Afrika eine eigene Identität bewahren sollten. Aber die Menschen, die diese schlimmen Erfahrungen am eigenen Leibe gespürt haben, sind tot. Neue Generationen sind da, und die sehen die Dinge einfach mal anders, und das ist auch ihr gutes Recht. Aber es ist trotzdem eine äußerst langweilige Vorstellung, wenn man davon ausgeht, daß einst alles eine Soße sein wird. Doch parallel zu jeder Strömung gibt es, in diesem Fall Gott sei Dank, mehr oder weniger bewußt, eine Gegenströmung. Ein schönes Beispiel dafür ist eine Diskothek in Kumasi, im „Hotel de Kingsway", die irreführenderweise als die Oldtimers-Disco bezeichnet wurde, weil, es waren dort durchaus viele junge Leute zugange. Während in den meisten Discos in Ghana sehr auf europäisches Outfit geachtet wird, trafen wir hier zum größten Teil nur Menschen in traditioneller Kleidung an. Die Männer trugen eine kurze Hose und um den Körper wickelten sie sich ein langes Gewand, was eine Schulter freiließ. Sich so ein Teil um den Körper zu wickeln bedarf einer gewissen Übung, das kann ich aus eigener Erfahrung bestätigen, und es war oft lustig anzusehen, wenn die Träger dieser Gewänder, nach einem gewissen Biergenuß, arg mit selbigen zu kämpfen hatten. Die Frauen trugen so eine Art Kostüm. Knielange Röcke, Oberteile mit halblangen Puffärmeln und aus dem gleichen Stoff eine Art Kopftuch oder Turban in unzähligen Variationen. Ich empfand diese Kleider als hochgradig erotisch. Die vorherrschende Farbe der Kleidung war schwarz oder dunkelbraun, oft mit wunderschönen roten oder goldenen Mustern und Zeichen versehen.
Die Musik war ebenfalls alles andere als europäisch einzuordnen. Eine Mischung aus Reggae, anderen lateinamerikanischen Rhythmen und einheimischen, auf Pop getrimmten Volksliedern. Mit anderen Worten, jeder halbwegs, fremdländischen Musikrichtungen gegenüber aufgeschlossene Europäer bekam nach wenigen Minuten das große Zucken in den Beinen. Und da wir das große Zucken auch bekamen, darf ich uns also getrost zu den halbwegs offenen Menschen zählen. Eine wunderbare Erfahrung war auch die, daß wir ausnahmslos mit einem Lächeln begrüßt wurden. Sofort wurde uns, ohne daß wir jemanden darum baten, ein Tisch frei gemacht, wie und warum auch immer, denn es waren alle Tische besetzt. Wir hatten das Gefühl, daß man stolz darauf war, daß Weiße hier waren. Ich meine, daß die Ghanaer gastfreundliche Menschen sind, hatten wir ja zur Genüge erfahren, aber das hier war die Krönung. Vielleicht empfand ich dies alles nur deshalb so großartig, weil ich mir natürlich den umgedrehten Fall vorgestellt habe.
Eine beliebige Diskothek in, sagen wir, ach was weiß ich für einer deutschen Stadt. Der Veranstaltungsraum ist proppevoll, natürlich mit Einheimischen, also Weißen. Und dann betreten drei Schwarze die Szene. Nun, ich will nicht behaupten, daß es an so einem Abend zwangsläufig drei Tote geben würde, aber zumindest würde man jene nicht mit so einer Gastfreundschaft empfangen, wie sie uns zuteil wurde, und mit Sicherheit würden stockfremde Einheimische nicht ihren Tisch räumen. Was soll's, andre Länder, andre Sitten.
Wir waren so ziemlich die einzigen Weißen, und nachdem wir die besagten ersten Zuckungen

in den Beinen verspürten, lenkten wir diese erst mal in Richtung Bar, um die Biere in uns rein zu tun. Und als wir dann eine große Anzahl Biere derart verklappt hatten, daß die Zukkungen in den Beinen unweigerlich dazu führten, die Tanzfläche zu erobern, da sind wir raus in den Rhythmus, und wir haben uns hemmungslos der Musik ergeben. Ich denke, wir haben ein sehr dämliches und fröhliches Bild abgegeben, also ich meine, ich glaube nicht, daß ich mich in Deutschland so auf einer Tanzfläche bewegt hätte, schon aus dem Grund, weil ich dann wahrscheinlich sogar als Weißer aufs Maul gekriegt hätte. Hier war es anders, im Gegenteil, ich hatte das Gefühl, wir waren die Attraktion des Abends. Sicher auch deswegen, weil wir recht ausgelassen auf der Tanzfläche herumtobten und wirklich ziemlich bescheuerte Tanzschritte darboten. Daß sich ein Weißer hier zum Affen macht, so etwas sind die Schwarzen natürlich nicht gewohnt. Der normale Weiße bewegt sich in Afrika mit einer, ihm sicher nicht immer bewußten, gewissen Überlegenheit. Die Afrikaner machen es einem aber auch leicht in dieser Beziehung. Auf Schritt und Tritt bekommt man ja zu verstehen, daß man auf der Sonnenseite des Lebens geboren wurde. Am Ende stimmt dies ja wahrscheinlich sogar, aber ein zum Überlegenheitsdenken neigender Mensch unterliegt da einer gewissen Gefahr. Und dem Europäer im allgemeinen und dem Deutschen im besonderen ist so ein Überlegenheitsgedenke ja so fremd leider nicht.
Ohne jede Hemmungen haben uns an diesem Abend eine Menge schönster Frauen beim Tanzen abgeklatscht und angesprochen. Ich schäme mich fast, es so auszudrücken, aber wir hätten bloß zugreifen zu müssen. Nicht, daß es mich nicht gereizt hätte, im Gegenteil, aber wenn du das Gefühl nicht los wirst, nur auf Grund deiner Hautfarbe, für die du ja nun wirklich nichts kannst, ein Objekt der Begierde zu sein, eben weil diese Hautfarbe für viele afrikanische Frauen eine sichere Zukunft, wie auch immer diese auch aussehen möge, bedeutet, dann gewinnt man dieser Angelegenheit zwangsläufig eine, sagen wir, traurige Komponente ab, die die Hemmschwelle dann in die Höhe schnellen läßt. Und das ist gut so. Aber vielleicht waren unter diesen Frauen auch welche, denen man wirklich gefallen hat, oder die einfach mal nur Lust hatten, einen weißen Schwanz auszuprobieren. Was blieb, war einerseits das Gefühl, richtig entschieden zu haben, indem man sich auf nichts eingelassen hat, und andererseits das Gefühl, etwas verpaßt zu haben. Hab ich eigentlich schon erwähnt, daß ich im Zwilling geboren bin?
Natürlich war nicht alles Friede, Freude, Eierkuchen. Als ich mir von Thoralf einen Tanz mit seiner Frau erbat, wurde ich von einigen Männern angepöbelt. Ich wußte natürlich nicht warum, also lächelte ich vorsichtshalber erst mal zurück. Nachdem ich dies Thori erzählte und er Rücksprache mit Ama genommen hatte, sagte er mir, daß man mir zu verstehen geben wollte, daß sie es blöd fanden, wenn der weiße Mann ihnen hier die Frauen ausspannt und dann wieder nach Hause fährt. Ich sollte dies aber nicht so nehmen, das wäre kein Problem. Ich habe mich auch zu keiner Zeit ernsthaft bedroht gefühlt, und ich hatte ja auch ein reines Gewissen, leider, möchte ich fast hinzufügen.
Und was ich auch nicht vergessen sollte zu erwähnen, war, der Sound der Discoanlage war markerschütternd. Hättet ihr jetzt was anderes erwartet? Ich hoffe nicht. Ich denke, Entwicklungshilfe in der dritten Welt ist völlig falsch eingesetzt. Wenn ich etwas zu sagen hätte, dann würde ich ganz Afrika erst mal mit Sound versorgen. Die Reihenfolge wäre: Lautsprecher, Verstärker, Lötkolben, Reis. Nur so wird ein Schuh draus.
Am nächsten Tag war Funeral.

Aus dem Fernsehen wissen wir, wie die Menschen in Afrika leben, vorausgesetzt, man schaut mehr als Ilona Christen, aber davon gehe ich jetzt mal aus. Weiterhin wissen wir auch, warum die Menschen sterben. Das ist ja eigentlich, neben der Werbung, das Wichtigste im

Fernsehen. Was aber nur Insider wissen, ist, wie wird gefeiert, wenn einer gestorben ist. Ich bin nun ein bißchen ein Insider und ich erachte es als wichtig, darüber zu schreiben.
Wenn in Ghana jemand das Zeitliche gesegnet hat, zieht dies unweigerlich ein Funeral mit sich. Funeral, das ist englisch und bedeutet schlicht und einfach mal Begräbnis. Aber woran denken wir, wenn wir das Wort Begräbnis hören. An eine öde, von Heuchelei und Pflichtgefühl durchdrungene Zeremonie unter Eichen, doch am Ende nur für die Hinterbliebenen gemacht, um noch mal so richtig Öl ins Feuer zu gießen; und wo das Hauptproblem darin besteht, sich, zwischen zwei wichtigen Terminen, schnell einen schwarzen Anzug zu besorgen, um so besser tun zu können als ob. In Deutschland ist es mit dem Sterben wie mit dem Kinderkriegen. Es passiert immer im ungünstigsten Augenblick. Aber das Leben ist zum Glück stärker als deutsche Lebensart: Es wird trotzdem gestorben und geboren. Natürlich gibt es die rühmlichen Ausnahmen, aber das Prinzip steht: in Deutschland gilt Geburt und Sterben in erster Linie als Belastung. In Ghana, und ich nehme mal an, in Afrika im allgemeinen gehören diese Dinge einfach untrennbar zum Leben. Und ich meine, wenn wir mal ganz tief hinter unsere europäische Lebensart schauen, dann werden wir rasch feststellen, ja, die haben Recht, die Afrikaner, der Tod gehört zum Leben. Und nicht nur dies, nein, der Tod ist gut. Ich meine, was ist denn der Hauptgrund, nicht jetzt schon sterben zu wollen? Nun, weil man immer der irrigen Meinung ist, da müßte noch irgendwas kommen. Aber der Tod erlöst uns von allem, auch von diesem Gedenke, denn es kommt eh nichts mehr. Erlösung kann nur gut sein, wovon auch immer. Also ist der Tod gut. Das einzige Problem ist nur, daß er manchmal sehr lange braucht, der gute Tod. Ich denke, man sollte dem Tod etwas Positives abgewinnen, oder dem Verstorbenen zumindest die Erlösung gönnen. Ich glaube, die Ghanaer tun dies, was ja nicht heißt, daß man sich nicht auch dort Gedanken um das Erbe macht, traurig über den Verlust eines lieben Menschen ist und auch bestimmte Rituale einhalten muß, aber der Tod ist gut in Afrika, so wie das Leben. Freilich ist auch für mich Trauer etwas Wichtiges und Natürliches. Ich denke nicht, daß ich den Tod eines mir lieben Menschen einfach so wegstecken könnte. Aber Gott möge mich davor bewahren, an einem deutschen Begräbnis teilnehmen zu müssen. Ich will selbst bestimmen können, wann und wie ich trauern möchte. Und so wie es vorgegeben ist, will ich nicht.
Um in Ghana ein Funeral anzusetzen, das setzt zunächst einmal den Tod eines Menschen voraus. Ziemlich geschmacklose Überleitung das, aber muß ja. Überleiten, meine ich. Die engsten Verwandten sorgen erst mal dafür, daß der Tote in den Kühlschrank kommt. Da wo kein Kühlschrank nicht ist, wird er mit Kräutern eingewickelt, oder er kommt gleich unter die Erde. Wie dann das Funeral abläuft, kann ich nicht sagen. Von dem Funeral, von dem ich berichten will, da war das mit dem Kühlschrank. Eine Woche lang sitzen die engeren Verwandten zusammen und trauern. Wie das konkret von statten geht, weiß ich nicht, weil dies unter Ausschluß der Öffentlichkeit bestimmt ist. Nach dieser Trauerwoche beginnen die Verwandten einen Plan zu entwerfen, wie, wo und wann die eigentlichen Feierlichkeiten ablaufen sollen. Und vor allem, wie sie finanziert werden können. Dies ist äußerst wichtig, wenn man bedenkt, daß für ein mittleres Funeral umgerechnet so 4000 bis 5000 DM eingeplant werden müssen. Bei einem Durchschnittsverdienst von ca. 300 DM eine durchaus schwierige Angelegenheit, dieses Geld aufzutreiben. Ist der Plan gemacht, werden dann so schnell es geht, der Kühlschrank kostet ja auch Geld, die eigentlichen Feierlichkeiten angesetzt. In der Regel so zwei bis drei Wochen nach dem Tod. Von Region zu Region gibt es natürlich Unterschiede, aber im Ashanti-Gebiet, also in Mittelghana, beginnt das Funeral immer an einem Freitag mit dem sogenannten Wakekeeping. Man könnte das, ganz frei, mit Totenwache übersetzen. Der Tote wird aus dem Kühlschrank geholt, gewaschen, fein angezogen und aufgebahrt. Die Frauen sind nun angehalten, ganz laut zu jammern und zu klagen,

und sie müssen immer auf und ab gehen und immer so die Hände vor der Brust zusammenschlagen und dabei Klagelieder singen. Die Männer dürfen dies nicht, sie müssen sich würdevoll geben und versteinerte Gesichter zu machen. Dabei läuft natürlich die obligatorische laute Musik, und die Maßnahme geht dann die ganze Nacht durch, bis früh um sechs. An Schlaf ist für die umliegende Bevölkerung in so einer Nacht also nicht zu denken, aber dies ist normal. Es wird ja aber auch nicht jeden Tag gestorben. Am Wakekeeping kann die Öffentlichkeit teilnehmen, doch es beschränkt sich mehr auf den weitläufigeren Verwandtschaftskreis. Der ist meist schon groß genug. Sonnabendfrüh wird die Leiche dann begraben. Und am Nachmittag ist dann die eigentliche Feier.
Im konkreten Fall war Adu's und Ama's Tante mütterlicherseits gestorben, somit war ihre und natürlich Thoris Anwesenheit Pflicht. Und da Fritz und ich gerade Gäste der Verwandtschaft der Verstorbenen waren, legte uns Thori nahe, daß es zum guten Ton gehören würde, wenn wir da mit hinkämen. Meine anfänglichen Bedenken wurden mit dem Satz, mach dir mal keine Gedanken, aus der Welt geräumt. Außerdem, so machte uns Thori weiter klar, sei dies doch eine gute Gelegenheit, sich im Tragen traditioneller Ashanti-Funeral-Kleidung zu üben. Wie jetzt, frage ich ihn vorsichtig. Na ich denke, erwiderte er, daß es gut kommt, wenn ihr euch dem Anlaß entsprechend kleiden würdet, und das ist in diesem Falle nun einfach mal nicht das übliche T-Shirt und Jeans, sondern der Cloth, jenes togaähnliche Gewand, was wir in der Diskothek schon ausführlich bewundern konnten. Ich glaube, das könnte ich nicht anziehen, ich gehöre doch nicht wirklich dazu, versuchte ich vorsichtig abzublocken. Sieh es doch mal so, sagte daraufhin Thoralf, in Deutschland ist einer gestorben, und ein Verwandter des Toten hat zufällig zu dieser Zeit einen Afrikaner zu Gast. Ich nehme an, unterbrach ich ihn, daß der afrikanische Gast gar nicht erst gefragt wird, ob er mit zur Beerdigung kommt. Gut, gehen wir mal davon aus, er wird doch gefragt, und er sagt auch, daß er mitkommt, dann wird die restliche Verwandtschaft doch sicher keinen Anstoß daran nehmen, wenn sich besagter Gast extra dafür in einen dunklen Anzug gezwängt hat und somit zu verstehen gibt, daß er die hiesigen Regeln zwar nicht unbedingt versteht, sie aber achtet. Und somit auch den Toten. Ja, aber ein Schwarzer im Anzug ist doch mittlerweile eine so große Sensation nicht mehr; ein Weißer im Cloth aber allemal. Nehmen uns das die Leute auch wirklich ab, und denken sie nicht etwa, wir würden uns über sie lustig machen? Nein, beruhigte mich Thoralf, da brauchst du dir auch keine Gedanken machen, im Gegenteil, sie werden stolz auf euch sein, was natürlich nicht heißt, daß ihr nicht eine der Attraktionen bei dieser Festivität sein werdet, die sicher auch den einen oder anderen zum verhaltenen Schmunzeln anregen wird. Was ziehst du eigentlich an, fragte ich ihn erschrocken. Ich gehöre zur Familie, und meine Familie ist eine afrikanische, also muß und will ich dieses Teil anziehen. Und wenn ihr die Sachen anzieht, dann tut ihr auch mir einen Gefallen, denn dann teilt sich die Aufmerksamkeit, die ich sonst allein errege, wenigstens durch drei. Gut, sagte ich, wir kommen mit und wir ziehen das Teil auch an, aber wie weiter? Ich meine, wir kennen uns doch überhaupt nicht aus und wir wissen doch auch gar nicht, wie wir uns zu verhalten hätten. Kein Problem das, beruhigte uns Thori, ihr macht einfach das, was ich mache, und gut. So sei es, sagten wir und nahmen darauf einen Whisky.

Die Feier fand mitten in Kumasi auf einem ziemlich großen Platz statt. Drängt sich die Frage auf, was ist ziemlich groß? Ein halbes Fußballfeld ist ziemlich groß, das sag ich jetzt mal so. Eingegrenzt war das Areal einerseits von einem dreistöckigen Haus, links vom Haus erstreckte sich eine Mauer, gegenüber und rechts standen Baracken und alte Autos. Von hier aus war es nämlich nicht weit bis zur größten Autoreparaturwerkstatt Westafrikas. Ein riesiges Gebiet, wo alles zu haben war, wo alles repariert wurde, und wo aus einem schrottreifen,

20 Jahre alten Mercedes wieder ein nagelneuer Audi 100 gemacht werden konnte. Allerdings mit Wartburggetriebe.
Zu drei Seiten des Platzes standen mehrere Reihen Stühle, die Stuhlreihen am Haus waren mit Sonnenschutz ausgestattet. Links vom Haus hatte sich eine Band aufgebaut, die auch die ganze Zeit Funerallieder zum besten gab. Die Lieder sind alle ellenlang, es muß eine Unmenge davon geben und alle Leute kannten alle Lieder. Das schloß ich daraus, weil ich immer wieder welche sah, die mitsangen. Wenn man es nicht weiß, dann würde man diese Musik für ganz normale ghanaische Tanzmusik halten und ich glaube auch, die Grenze ist fließend. Alle Stühle waren besetzt und ständig kamen neue Leute und genauso beständig trafen immer neue Autoladungen Stühle ein. Ich kann es natürlich nur schätzen, aber ich denke, auf dem Höhepunkt der Feier waren bestimmt 1200 Menschen anwesend. Stellt sich die Frage, wer waren diese Leute. Also, erst mal die Verwandten, klar, und dann alle, die dazugehören und alle, die denken, daß sie dazugehören und natürlich all diejenigen, die dachten, daß sie denken, daß sie dazugehören. Mit anderen Worten, jeder, der in irgendeiner Beziehung zum Toten gestanden hat, der war hier anwesend. Je bekannter und hochgestellter die verstorbene Person war, desto mehr Beziehungen hatte sie. Dies war auch die Erklärung dafür, warum so viele Menschen anwesend waren, denn die Tante war eine Angehörige eines Königsgeschlechtes. Um es, den Westdeutschen wird dies nicht viel nützen, fiktiv auf Deutschland umzurechnen, ein Mitglied der Familie des Bürgermeisters von Pasewalk ist gestorben. In Beziehung zum Verstorbenen zu stehen kann bedeuten, Blutsverwandter oder Onkel des Mannes, der einem Freund eines ehemaligen Arbeitskollegen des Toten vor 15 Jahren mal ein paar Schuhe verkauft hat. Allerdings kannst du da nicht einfach mal so daherkommen, nein du brauchst jemanden, der dich einführt. Wir wurden von einer anderen, noch lebenden Tante von Ama und Adu eingeführt. Das heißt, wir wurden von ihr willkommengeheißen und dann gibt man allen in der ersten Reihe Sitzenden die Hand als Zeichen des Mitgefühls und als Begrüßung. Und dann setzt man sich hin und wenn man in der ersten Reihe sitzt, muß man wieder Hände schütteln. So kam es, daß sich der oben beschriebene Freund mit dem Schuhverkauf und der deutsche Tourist gegenseitig ihre Aufwartung machten, obwohl beide von der Existenz des Toten gar keine Ahnung hatten.
Auf der Seite des Hauses, unter dem Sonnenschutz, wo wahrscheinlich die engeren Verwandten und geladene höhergestellte Gäste saßen, befand sich auch eine Kiste, in die Jedweder, nach seinen Möglichkeiten, Geld verbrachte. Dafür bekam man dann eine Art Quittung und einen Zettel, wo drauf stand, wieviel man sich zu trinken holen kann. Das richtet sich zumeist danach, wieviel man gespendet hat, oder voraussichtlich spenden wird. Die ganze Zeit intonierte die Band dazu Funerallieder, gleichzeitig aber spielte gegenüber selbiger eine traditionelle Trommelgruppe zum Tanz auf. Wenn man günstig stand, war man einer gewissen Polyrhythmik unterlegen, um es mal salopp zu formulieren. Aber die Schwarzen haben damit kein Problem, wie ich wiederholt feststellen konnte.
Ich habe zum Beispiel des öfteren erlebt, daß zu irgendwelchen Feiertagen die Angehörigen der verschiedenen Konfessionen auf engstem Raum lautstark ihre Feste feierten. So konnte es angehen, daß, während der Pastor der Neuapostolischen Kirche gerade ein Gebet sprach, ein paar Meter weiter just der Chor der Methodisten ein Lied schmetterte, ohne sich vom Rhythmus der Trommeln irgend eines Voodoo-Zaubers, gleich daneben, aus dem Takt bringen zu lassen. Über allem schwebte dann noch das weinerliche Gebrüll eines Muezzins.
Sich nicht aus der Ruhe bringen lassen und, zumindest in diesem Fall, ein gut Teil Toleranz, das haben uns die Menschen hier voraus. Doch drängt sich dann unweigerlich die Frage auf: wie entsteht dann so ein Völkermorden unter Schwarzen wie in Ruanda? Aber die gleiche Frage werden sich die Schwarzen in Bezug auf Bosnien stellen. Am Ende bleibt sie sich

eben gleich, diese beschissene Menschheit.
Wir saßen rechts vom Haus, in der ersten Reihe, was den Vorteil hatte, alles gut überblicken zu können; der Tribut für den guten Überblick war allerdings ein nicht enden wollendes Händeschütteln. Am Anfang habe ich auch ein ernstes Gesicht dabei gemacht, weil ich dachte, das muß man so machen, später aber habe ich die Sache ganz locker gesehen, weil, die meisten, die mir die Hand gegeben haben, lächelten mich dabei an, und so wurde mehr und mehr ein Spaß aus der ganzen Sache, wenn auch ein anstrengender. Später erfuhr ich dann von Thori, daß so ein Funeral auch dazu benutzt wird, um zu sehen und um gesehen zu werden. Nicht selten soll es vorkommen, daß man sich gesehen hat und sich daraus eine langwährende Beziehung entwickelt hat.
Es kamen immer mehr Menschen und reihten sich ein, in die lange Kondulenzschlange. Adu hatte inzwischen die Getränke besorgt. Es war auch Bier darunter. Das war gut. Und wie ich da so saß, mich dem Biere widmete und mich von dem bunten Treiben in Bann ziehen ließ, hatte ich plötzlich ein sonderbares Gefühl. Ich kannte dieses Gefühl, aber ich wußte nicht mehr woher. Alles was ich wußte, war, es hatte seinen Ursprung in 50 Meter Entfernung, links von mir. Aber ich wollte nicht dorthin sehen. Das komische war, daß das Gefühl nicht direkt schlecht war, aber irgendwie undefinierbar unangenehm. Ich kannte es, aber ich kam nicht drauf. Aber ich wollte nicht in diese Richtung schauen, ich wollte es nicht, ich hatte Angst davor, aber ich wußte, ich hatte keine Chance, ich würde es tun müssen. Ich wollte es ignorieren und zündete mir eine Zigarette an, und da schoß mir das Blut in den Kopf und ich erstarrte: ER WAR WIEDER HIER. Mit einem Schlag wurde mir klar, wann und wo ich dieses Gefühl schon einmal erlebt hatte: im Flugzeug. Langsam drehte ich mich um, und richtig, da stand er. Das selbe graue, nach hinten gekämmte Haar, das schwarze Hemd, die Jeans und das Amulett. Kein Zweifel, er war hier. Aber warum? Diese Frage beängstigte mich, auch wenn ich nicht sagen konnte warum. Ich schaute ihn an, und er blickte, mit dem gleichem, scheinbar leeren Ausdruck in den Augen, wie damals, an mir vorbei. Aber genauso wie damals, wußte ich auch, daß er wußte, daß ich ihn ansah. Was wollte er hier, wer war er? Und sein Amulett, es hatte den Anschein, daß es alles überstrahlte, daß ich aber der einzigste war, der dieses Strahlen überhaupt bemerkte, ja schlimmer noch, ich hatte das Gefühl, daß es nur mir galt, aber gleichzeitig war mir klar, es könnte auch jedem anderen Menschen gelten, aber nicht zu diesem Zeitpunkt. Hier war etwas nicht in Ordnung. Oder doch? Und genau wie im Flugzeug riß mich Fritz wieder aus diesen Gedanken, indem er mich fragte:
„Was'n los, Bert. Alles O.K.?"
Ich drehte mich langsam zu ihm und sagte nach einer Pause zögernd:
„Ja", ich blies den Rauch meiner Zigarette erleichtert in Richtung Boden, „ja, alles O.K.."
„Du hast grad ein Gesicht gemacht, als hättest du wer weiß was gesehen."
„So, hab ich das?"
Ich trat auf den Rest meiner Zigarette.
„Ja, ich hab was gesehen, und zwar was ganz schlimmes. Eine leere Bierflasche. Meine leere Bierflasche."
„Nun, das ist wirklich schlimm, wenn man sowas sieht, dann macht man so ein Gesicht, völlig klar", gab mir Fritz zu verstehen und reichte mir seine Flasche. Ich nahm sie dankend, aber ich war mir nicht ganz sicher, ob Fritz mit dieser, meiner Erklärung ganz einverstanden war. Aber ich zollte ihm auch Dankbarkeit, daß er mich nicht weiter gefragt hat.
Unter den Besuchern sah man auch einige Würdenträger, sogenannte Chiefs. Man erkannte sie in erster Linie daran, daß neben ihnen immer ein Mann mit einem Schirm lief. Der Schirm war sozusagen das Zeichen für Macht. Je größer und bunter der Schirm, desto

wichtiger der Würdenträger. Vier Schirme habe ich gezählt, drei einfache schwarze und einen riesigen roten. Der gehörte zu einem ziemlich hohen Chief, sagen wir vergleichbar mit einem parlamentarischen Staatssekretär im saarländischen Wirtschaftsministerium. Ich weiß zwar nicht, ob es so einen überhaupt gibt, und wenn ja, was ein solcher etwa für Aufgaben hätte, aber meine westdeutschen Leser wissen es bestimmt. Und wenn sie es nicht wissen, dann werden sie es nicht zugeben. Ab und an unterbrach die Band ihre Musik, und dann trat ein Familienmitglied an das Mikrofon um zu verkünden, wer was geschenkt oder welche Summe von wem gespendet wurde. Auch wir wurden erwähnt. Und dann begann die Band wieder ihre Lieder zu intonieren. Unweigerlich bekam ich wieder das Zucken in den Beinen, allerdings nur solange, bis auch die Trommelgruppe anhub, ihre Trommeln zum Klingen zu bringen. Dann verhedderten sich meine Beine und ich hörte auf mit dem Zucken. Wenn die Trommelgruppe spielte, führten immer einige Verwandte traditionelle Funeraltänze auf, ganz individuell, jeder für sich. Die Sprache ihrer Körper und vor allem ihrer Hände hatte dabei eine große Bedeutung, die mir allerdings auch Adu nicht mehr erklären konnte. Diese Tänze beherrschen nur noch die Alten.

Mittlerweile war der Platz mit allerhand Volk versehen, hauptsächlich Kinder, von denen die meisten mit Sicherheit nichts mit der Toten zu tun hatten. Und diese scharrten sich in der Hauptsache um die Band, um zu tanzen. An den Kindern konnte ich mich gar nicht satt sehen. Es ist etwas total faszinierendes, afrikanischen Kindern beim Tanzen zuzuschauen. Zwar noch etwas unbeholfen; sieht man aber auf den ersten Blick, diese Menschen werden mit dem Rhythmus geboren. Was ja auch kein Wunder ist, denn auch Schwangere habe ich tanzen gesehen und Frauen, die ihre Babys dabei auf dem Rücken trugen. Und auch kleine Kinder, die in den Armen ihrer Mütter schliefen, direkt neben der Lautsprecherbox. Solche Kinder müssen den Rhythmus haben. Und sie werden, ganz nebenbei, auch noch immun gegen Lärm.

Die Menschen hatten sich alle, ihren Möglichkeiten entsprechend, in beste Schale geworfen. Hauptsächlichste Farbe der Kleidung war Schwarz mit roten und goldenen Mustern, woraus ich, nach meinen Beobachtungen in der Diskothek, schloß, daß dies die Festkleidung an sich ist. Die Kleidung, die Farbe der Stoffe und ihrer Muster, haben aber unter den traditionsbewußten Menschen eine große Bedeutung. Mädchen unter 16 Jahren, die zum engeren Verwandtenkreis gehören, müssen zum Beispiel in Blau/Weiß gehen. Es kommt auch vor, daß extra für ein Funeral ein bestimmter Stoff angefertigt wird, aus dem dann die Kleider genäht werden. Dies können sich natürlich nur ganz wohlhabende Familien leisten.

Offiziell ist die Feier bis gegen 18.00 Uhr angesetzt. Und kurz vor Ende machen die Band und die Trommler eine Pause. Dann werden noch einmal alle Geschenke über den Platz geführt und sie somit allen Gästen gezeigt. Goldene Statuen, Ziegen, Stoffe, kunstvolle Gefäße, Schafe, Videorecorder, Reis, Bierkästen, Geschirr, Teppiche, Geld und was weiß ich noch alles. Dazu wird noch einmal über Mikrofon mitgeteilt, von wem die einzelnen Dinge geschenkt wurden. Apropos Videorecorder. Ständig liefen zwei Leute mit Videokamera durch die Massen. Jeder wurde gefilmt, von wegen der Statistik und so. Sicher auch deshalb, damit die Verwandten, wenn sie sich den Mitschnitt dann ansehen werden, fragen können: Sag mal, das ist doch der Müller, wie kommt der denn hier her, der ist doch eigentlich in Ungnade gefallen, oder, sag mal wer ist denn der Weiße dort, ach, das ist der deutsche Freund vom Thoralf, was der Mann von Ama ist, welche die Nichte der Verstorbenen ist. Und wer ist das dort, der Typ mit den großen Ohren? Ach, das wird der Onkel von dem sein, der einen Freund, na ihr wißt schon, der mit den Schuhen vor 15 Jahren. Aber das mit dem Filmen war O.K., denn erstens lassen sich die Ghanaer zumeist gern fotografieren oder filmen und zweitens haben sie keine schlimmen Erfahrungen mit einer Stasi machen müssen, denn deren

Einsatzgebiet beschränkte sich ja bekanntermaßen mehr oder weniger auf die DDR. Nehm' ich jedenfalls an.
Die offizielle Schlußzeit von 18.00 Uhr wurde natürlich vom keinem der Anwesenden zur Kenntnis genommen, geschweige denn akzeptiert. Aus der Begräbnisfeier entwickelte sich eine gigantische Tanz-Trink-und Freudenparty. Und auch wir wurden zum Tanzen aufgefordert und dieser Forderung kamen wir selbstverständlich auch nach. Die Menschen waren ausgelassen und fröhlich. Ich hab mich zwar ständig mit meinem Cloth beschäftigen müssen, aber ich vermute fast, daß die Menschen uns auch deshalb zum Tanzen aufgefordert haben, um zu sehen, wie wir das Teil wieder halbwegs ordentlich am Körper befestigen würden, nachdem es durch die Tanzbewegungen heillos verrutscht war. Je nachdem, wie souverän man das Problem des wieder Umlegens des Gewandes gelöst hatte, wurde man mit Gelächter oder Beifall, meist wohl mit beidem, bedacht. In diesen Momenten hatte ich ein gutes Gefühl. Und dieses Gefühl gaben mir diese Menschen hier. Ich, der ich 7000 km weit weg mein Zuhause und meine Wurzeln hatte; für eine gewisse Zeit gehörte ich einfach dazu. Möchte fast sagen, wir, Fritz und ich, waren sozusagen gar nicht wegzudenken. Ein bißchen Liebe, ein bißchen Achtung voreinander, ein bißchen Toleranz, und man hat das Paradies auf Erden. Im Großen wie im Kleinen. Hach, man könnte fast ein wenig sentimental werden. Und noch etwas hat mich fasziniert: Wir waren in Afrika! Ich meine, man kann sich in ein Flugzeug setzten und nach Afrika fliegen, und trotzdem kann es sein, daß man gar nicht da war. Wir aber waren mittendrin, so wie man es nur aus dem Fernsehen kennt und wie wir es ohne Thori nie hätten kennengelernt. Feine Sache, das.
Wie lange die ganze Angelegenheit angedauert hat, weiß ich nicht, weil wir uns gegen zehn auf den Heimweg begeben haben. Aber da war ein Ende noch lange nicht in Sicht.
40 Tage nach dem Todestag des Verstorbenen kommen die Verwandten noch einmal zusammen, um das Wirtschaftliche des Funerals auszuwerten. Wenn sie Glück hatten, und es ist durch Spenden und Geschenke genügend Geld hereingekommen, dann wird der Überschuß untereinander aufgeteilt. Ist ein Minus aufgetreten, müssen alle eben noch was drauflegen. Und dann geht es natürlich um die Aufteilung des Erbes, weil, ein Testament in unserem Sinne gibt es nicht. Ich bin mal so frei zu behaupten, daß in diesem Fall unter Umständen hart gestritten und gefeilscht werden kann. Aber das gibt es ja hier in Deutschland auch, selbst wenn ein Testament vorhanden ist. Und nach einem Jahr kommt man noch einmal zusammen und gedenkt des Toten. Dann ist es vorbei. Dann herrscht Ruhe, für die Lebenden und den Toten.

9

Wenn man Afrika besucht, dann sollte man die Menschen kennenlernen. Aber damit nicht genug, denke ich. Man sollte sich auch an die Plätze begeben, wo sich die Tiere aufhalten, und es gibt in Afrika Tiere, die gibt es einfach mal in Deutschland nicht. Echt. Also nur im Zoo und so, aber nicht in freier Wildbahn. Und das ist gut so, man stelle sich vor, eine Giraffe im Zittauer Gebirge. Das geht nicht, denn eine Giraffe paßt nicht in die Kleinbahn mit ihrem langen Hals, und kann somit nicht von Jonsdorf nach Oybin fahren. Sie müßte also laufen. Das Gelände dort ist aber ziemlich bergig und trotz ihres langen Halses würde ihr dadurch der Überblick fehlen, sie könnte zu Fall kommen oder von der Kleinbahn erfaßt werden und elendiglich zugrunde gehen. Daher gibt es Giraffen nur in Afrika, weil, dort ist das Gelände übersichtlich. Das hat die Natur clever eingefädelt. Und weil wir die Tiere sehen wollten, beschlossen wir, dem Mole-Game-Resurve, kurz Mole, einen Besuch abzustatten. Dort sind sie nämlich, die Tiere, die es im Zittauer Gebirge nicht gibt. Außerdem, so teilte uns Thoralf mit, wird dort Bier vorhanden sein. Schon aus diesem Grunde wäre es eine falsche Entscheidung gewesen, nicht dort hin zu fahren.

Mole wurde Anfang der 70er Jahre gegründet und liegt etwa 500 km nördlich von Kumasi. Die Landschaft dort bezeichnet man als Trocken-oder Baumsavanne, was soviel heißt wie, es herrscht eine ziemlich dichte Vegetation, auch Bäume, aber nicht mehr allzu riesig so wie im Regenwald, und es ist alles furztrocken, zumindest in der Trockenzeit. Laut verschiedener Reiseführer schwankt die Größe von Mole zwischen 2500 qkm und 520 qkm. Das ist gut. Einigen wir uns also auf: das Gebiet ist ziemliche qkm groß. Und es ist der einzige Nationalpark Ghanas, der an eine gastronomische Einrichtung gekoppelt ist, nebst Hotel.

Ebenfalls laut einiger Reiseführer sollte es möglich sein, neben der Kühltruhe mit dem Bier, in Mole folgende Tiere, frei rumlaufend, beobachten zu können: also zuerst mal Uhus. Dann noch Erdferkel, Raben und die kleinen niedlichen Webervögel. Ja, dann gibt es noch die allseits beliebten Zibet- und Ginsterkatzen. Es gibt aber auch Flußpferde, Warzenschweine, Leoparden, Panther, Büffel, Schimpansen, Stachelschweine, Löwen, Elefanten, Mungos, Hyänen, Mücken, Paviane und die gefleckte Elefantenspitzmaus, ein tagaktiver Insektenfresser, der, das muß man sich mal vorstellen, vermutlich nicht trinkt, aber man weiß es nicht genau. Und dann gibt es noch, neben 33 Reptilienarten, über 300 Vogelarten, darunter eben auch der kleine niedliche Webervogel. Zu erwähnen wäre da vielleicht noch der Weißkehlspint, der in Kolonien brütet und außerhalb der Brutzeit bis Tansania und Angola wandert. Der ist sicher gut zu Fuß. Aber Obacht, lieber Weißkehlspint, in Angola herrscht Bürgerkrieg und viele Wege sind vermint. Das Vögelchen ist im übrigen mit unseren heimischen Bienenfressern verwandt. Bienenfresser, so ein Quatsch.

Die Verfasser der diversen Reiseführer haben ihre Werke entweder vor einigen hundert Jahren geschrieben, oder sie neigen zu maßloser Übertreibung. Ich jedenfalls habe, außer dem schon erwähnten niedlichen kleinen Webervogel, von dem ich ja nicht mal weiß, ob er es auch wirklich war, bei weitem nicht all diese Tiere zu Gesicht bekommen, was ja aber kein Maßstab nicht sein muß. Ich meine, mit ein paar oben erwähnten Tieren hatte ich schon Kontakt, aber wenn ich lese, es gibt Löwen, dann denke ich eben, daß es Löwen gibt, und nicht, daß es noch ca. zehn Löwen gibt. Das bedeutet nämlich in echt, es gibt keine Löwen mehr. Jedenfalls bekommt man sie nicht zu Gesicht. Aber Reiseführerverfasser neigen immer ein wenig zur positiven Übertreibung. Prinzipiell sei ihnen gnädig verziehen, aber so ein Reiseführer kann auch Verdruß anrichten.

Da war zum Beispiel in so einem Führer die Rede vom „Boabeng-Fiema-Affenschutzreservat". Es stand geschrieben, daß die Affen dort, auch aus religiösen Gründen, verehrt werden und somit einem guten Schutz unterliegen. Außerdem dürften sie alles, zum

Beispiel die Spielplätze der Dorfkinder mitbenutzen, Klettergerüste und Schaukel und all das. Sie würden den ganzen Tag im Dorf in der Nähe der Menschen leben und erst am Abend in den Wald zurückkehren. Es wäre also die beste Gelegenheit, Affen zu beobachten. Wir also hin und alles was wir zusehen bekamen, waren ein paar Fotos von Affen auf Klettergerüst und Schaukel, mit dem Angebot, selbige erwerben zu können. Die Einwohner erzählten uns auch das genaue Gegenteil von dem, was im Reiseführer stand, nämlich, daß die Affen nur in der Dämmerung zu beobachten sind. Wir haben eine geraucht und sind dann wieder zurück. An sich ist sowas ja nicht so schlimm, aber von Kumasi, von wo aus wir diesen Affentrip gemacht hatten, waren es ungefähr 150 km, und davon ein Drittel auf Waldwegen, oder solchen, die es mal waren oder noch werden wollten. Der Tag war im Eimer, aber das stand auch im Führer, allerdings etwas anders formuliert. Doch zurück zum Mole.
Die Fahrt gestaltete sich, zumindest was die ersten 300 km betraf, als relativ erträglich. Wir waren ja nun sommerlich gekleidet und hatten auch nicht all unser Gepäck mit. Somit konnte man die Enge von Thoralf's Wagen als ein bißchen weiter bezeichnen. Außerdem starteten wir ziemlich zeitig, was uns anfänglich vor der Tageshitze bewahrte. Die Straße befand sich in einem durchschnittlichen Zustand; ab Techiman aber von 1A Qualität, so daß Geschwindigkeiten von 100 km/h erreicht werden konnten. Viel mehr gab das Auto eh nicht her. Und streckenweise durfte man auch gar nicht schneller fahren. Will damit sagen, auch in Afrika kann es vorkommen, daß sich am Straßenrand gewisse Schilder befinden: weiß, mit rotem Rand und, beispielsweise, einer großen schwarzen 60. Der Grund, warum sie dort stehen, ist, wie auch oft in Deutschland, nicht immer in Gänze nachzuvollziehen. Aber sie stehen halt da. Und kurz hinter so einem Schild bekamen wir, Fritz und ich, eine eindrucksvolle Lehrvorführung geboten, den Umgang mit der hiesigen Staatsgewalt bei Geschwindigkeitsübertretungen betreffend.
Eine lange schnurgerade Strecke guter Qualität, Thori fährt 100. Plötzlich, wie aus dem Nichts, ein Schild mit 60. Ich weiß nicht, ob Thori das Schild überhaupt gesehen hat, aber er reagierte sofort. Er machte das, was ein versierter Autofahrer in so einer vertrackten Situation halt macht, er fährt weiter 100. Doch wenige Meter weiter standen da, ebenso wie aus dem Nichts, plötzlich zwei Polizisten, die durch unmißverständliche Gesten andeuteten, daß wir anhalten sollten. Diese muß Thori allerdings gesehen haben, denn mit einem lauten Schrei, der sich so ähnlich wie „Jauche" anhörte, hub er an, durch entsprechenden Pedalwechsel des rechten Fußes, das Auto heftig zum Stehen zu bringen. Ich sah schon das Leuchten in den Augen der ghanaischen Verkehrspolizei, als Adu plötzlich wie entfesselt von der Rückbank schrie:
„Go, go!"
Dabei schlug er auf Thoralf's Schulter. Und der, ohne viel Nachdenkens, tat wie ihm geheißen und wechselte das Pedal erneut, was dazu führte, daß der Wagen in einer kleinen Zeitspanne eine große Geschwindigkeit und bei uns ein noch größeres Erstaunen erreichte. Wir drehten uns nach den Polizisten um, die wild gestikulierend schnell aus unserem Blickfeld verschwanden. Thori, der über sein Tun offensichtlich genauso erstaunt war wie wir, unterhielt sich erregt mit Adu. Der machte aber eher einen gelassenen Eindruck. Nachdem sich Thori beruhigt hatte, was natürlich nur ging, nachdem er sich eine von mir erbetene Zigarette reingezogen hatte, löste er auf unser Drängen hin die ganze Sache auf. Und die Lösung war denkbar einfach. Als Thoralf die Ordnungshüter bemerkte und zum Bremsen ansetzte, sah Adu, daß die Polizisten nur mit einem alten Landrover ausgerüstet waren, was im Klartext bedeutete, unser Zahnartztochterauto war schneller, dadurch keine Chance für die Bullen. Den Fall, daß die Polizisten damit rechneten, daß einfach jemand weiterfährt, und sie somit die Geistesgegenwart besitzen würden, sich unsere Autonummer zu notieren, konnte

man ausschließen. Bewaffnet waren sie nur mit einer Verkehrskelle, somit erschien uns dann im nachhinein Adu's Entscheidung, einfach weiterzufahren, als die plausibelste. Wir machten uns Biere auf und prosteten uns gegenseitig zu, auf den errungenen Sieg im Konkreten und auf das Leben im Allgemeinen.
„Aber immerhin", sagte ich anerkennend, nachdem sich die Freude etwas gelegt hatte, „das mußt du erst mal draufhaben."
„Also, wenn Adu nicht gesagt hätte, ich solle weiterfahren, ich hätte, blöd wie ich bin, angehalten", sagte Thori.
„Beruhige dich, ich auch", gab ich zur Antwort.
„Ich auch", sagte Fritz.
Ich drehte mich um, weil Fritz saß hinter mir:
„Ich aber auch", sagte ich trotzig und hielt dabei meine Flasche so schräg in Richtung Fritz.
„Ja ja, ich versteh schon, ich aber auch."
Ich drehte mich wieder nach vorn, nahm einen Schluck und sagte, ohne mich wieder umzublicken, laut und deutlich, daß es jeder hören konnte:
„Ich meine, ich weiß nicht genau, ob du mich richtig verstanden hast, aber es ist so wie ich es sage, ich wäre auch nicht weitergefahren. Verstehst du was ich meine?"
Fritz beugte sich etwas zu mir, und sagte:
„Was du auch nicht?"
„Ja ich auch."
„Wie jetzt", fragte Fritz, irgendwie ein bißchen verwirrt, „du auch, oder du auch nicht?"
Ich winkte ab und sagte so mehr vor mich hin, während ich mir eine Zigarette anzündete:
„Ach, leck mich doch am Arsch."
„Ich auch", sagte Thori.
Ich blickte ihn erstaunt an:
„Aber du brauchst mich doch nicht am Arsch lecken."
„Nein danke, aber ich auch Zigarette."
„Ich auch nicht Zigarette", hörte ich von hinten.
Ich tat so, als hätte ich Fritz' letzten Satz gar nicht gehört, setzte eine ernste Miene auf und sagte, mit sturem Blick nach vorn:
„Thori, jetzt ist Schluß."
Dazu muß ich folgendes erklären. Thoralf gehört nicht zu den Menschen, die sich gern gewissenlos durchschlauchen, aber er unterliegt dem großen Irrtum, zu glauben, daß, wenn er sich keine, oder nur sehr wenig Zigaretten kauft, dann raucht er auch nicht, oder eben wenig. Somit kann es des öfteren vorkommen, daß er keine bei sich trägt, wenn es ihm danach verlangt. Ich hingegen gehöre zu den Menschen, die den Glauben an diesen Irrtum längst aufgegeben haben, was zur Folge hat, daß ich immer welche am Mann habe. Das macht es einem Freund, der sich mit diesem Irrglauben noch herumträgt, natürlich einfach. Nachdem die fünf Zigaretten, die sich der Irrgläubige am Morgen für den Tag gekauft hat, nach einer Stunde aufgeraucht sind, dann fragt man den Freund die Frage der Fragen: hast du mal eine? Der Freund, der nicht mehr irrglaubt, hört sich dies hundertmal an und gibt, aber beim 101. Mal setzt er eine ernste Miene auf und sagt mit sturem Blick nach vorn:
„Thori, jetzt ist 101 und somit Schluß. Bei der nächsten Gelegenheit halten wir, und ich kaufe dir eine ganze Tagesration."
„Soviel kannst du gar nicht auf einmal kaufen", kicherte Fritz von hinten.
„Ist egal, ich besorge dir diese Ration, wie auch immer, aber von meinen kriegst du keine mehr."
Mit einem beschwichtigendem Gesichtsausdruck sagte Thoralf:

„O.K., ich meine, ich versteh dich ja, aber wer weiß, wann die nächste Gelegenheit kommt, und ich möchte jetzt rauchen."
„Ist mir egal, rauch' dich selbst."
Resolut verschränkte ich die Arme vor der Brust, um meinen Worten den entsprechenden Ausdruck zu verleihen. Wir schwiegen eine Weile. Dann beugte sich Thoralf leicht zu mir und sagte leise und einschmeichelnd:
„Eine noch."
„Nein."
Er setzte sich wieder gerade hin und sein Blick wurde starr. Die Landschaft flog an uns vorüber und vom Fahrgeräusch mal abgesehen herrschte gespannte Ruhe im Auto.
„Fritz, gibst du mir eine?"
Aber ehe Fritz sich dazu äußern konnte, drehte ich mich rum und sagte drohend:
„Wenn du dem jetzt eine Zigarette gibst, dann zerreiß ich dein Flugticket."
Fritz zog erschrocken den Kopf ein:
„Ist ja gut, ist ja gut."
„Verstehst du denn nicht, was ich meine. Es geht hier nicht um eine Zigarette, es geht um die Beseitigung des Irrglaubens. Dieser Mensch", und dabei zeigte ich auf Thoralf, ohne ihn dabei anzusehen, „dieser Mensch ist krank, dieser Mensch braucht unsere Hilfe. Du darfst ihm jetzt keine Zigarette geben. Damit würdest du ihm nur einen Bärendienst erweisen. Kapiert?"
Fritz steckte den Kopf wieder raus:
„Wieso heißt das eigentlich Bärendienst? Warum eigentlich nicht Iltisdienst, oder so?"
Ich drehte mich wieder nach vorn, um darüber nachzudenken. Ein interessantes Problem, mußte ich feststellen, welches es zu hinterfragen gilt, aber viel weiter kam ich nicht, weil da war noch jemand, der hatte ein scheinbar viel größeres.
„Bitte eine einzige noch und ich verspreche dir, ich werde nie wieder irrglauben."
„Nein."
Pause.
„Wirklich nicht?"
„Nein."
Pause.
Plötzlich sah ich, wie Thori mit aller Kraft seine roten Blutkörperchen in sein Gesicht schickte und sich kurz darauf ein Schrei durch die Halle des Autos entlud:
„Gibt mir einer mal eine Zigarette."
„Nein, Irrglaubensbeseitigung hat Priorität", sagte ich.
„Genau, Dachsdienst", tönte es von hinten.
Thoralf hatte offensichtlich alles versucht. Er ließ wieder einen Gutteil weißer Blutkörperchen in sein Gesicht und sackte ein wenig in sich zusammen. Aber ansonsten hielt er sich wie ein Mann. Plötzlich straffte sich sein Körper, er nahm einen großen Schluck Bier und sagte, mit einem kleinen Unterton Überheblichkeit in der Stimme:
„Ich hoffe Bert, du bist dir im klaren darüber, daß ich nur ein klein wenig zur Seite lenken brauch und schwuppdiwupp, bist du in einen Unfall verwickelt."
Auf diese Drohung hatte ich nur gewartet, darum antwortete ich, ohne zu zögern, schon aus dem Grund, weil ich ihm zeigen wollte, daß ich mich nicht einschüchtern lassen würde:
„Und ich hoffe, mein lieber Thoralf, daß du dir im klaren darüber bist, daß ich dir nur ins Lenkrad greifen muß, und schon bist du in einen kleinen Unfall verwickelt."
Ich betonte das Wörtchen „du", indem ich es sehr lang zog.
Thori schien zu überlegen:

„Wir haben uns also in der Hand."
„So könnte man es ausdrücken."
„Ihr beide bildet sozusagen ein Gleichgewicht des Schreckens", sagte Fritz.
„Genau, wie früher, bei nach dem Kalten Krieg hin, mit Atomschwachsinn und so."
„Und wer ist dann der Russe von euch beiden", fragte Fritz scheinheilig?
„Ich nicht", antworteten Thori und ich wie aus einem Munde.
„Einer aber muß, das war im Kalten Krieg auch so."
„Ich will nicht Russe sein", sagte ich.
„Ich aber auch nicht", versetzte Thoralf.
„Wenn aber keiner von uns beiden Russe sein will, dann würde es ja zwangsläufig bedeuten, wir wären beide Amis", bemerkte ich nach dann einer kleinen Weile.
Fritz beugte sich zu uns vor und resümierte:
„Tja, damit wäre es aus mit dem Gleichgewicht des Schreckens, weil kein Ami erschreckt keinen anderen Ami nicht."
Ich drehte mich zu Fritz und sah ihm ins Gesicht:
„So, wie also jetzt?"
Fritz ließ sich wieder in seine Bank fallen und zuckte nur mit den Schultern. Ich drehte mich wieder nach vorn. Verzwickte Situation, dachte ich so bei mir. Ich nestelte nach meinen Zigaretten und plötzlich durchfuhr es mich:
„Ha", machte ich laut und sah dabei Thori an, „ich hab's."
„Was hast du?"
„Die Lösung: du bist der Russe."
„Das ist die Lösung, aber wo ist der Beweis", ging Fritz wieder dazwischen.
„Na ganz einfach, ich habe Zigaretten, daß heißt, ich habe etwas", dabei zeigte ich auf Thoralf, „und wer etwas hat, der ist ein Ami, weil ein Russe hat nichts."
Ich fühlte mich irgendwie erleichtert. Ich war sehr froh darüber, kein Russe sein zu müssen.
Fritz legte seine Hand auf Thoris Schulter und sagte:
„Tja Russe, da kann man nichts machen, der Ami hat Recht."
Thori hingegen saß zerknirscht hinter seinem Lenkrad, aber er fuhr gerade und gut. Das lag sicher an meiner amerikanischen Abschreckung. Ich machte es mir bequem, so gut es halt in diesem Auto ging, nahm eine Schluck aus der Flasche und zündete mir genüßlich eine neue Zigarette an. Mir kam eine wundervolle und zutiefst menschliche Idee. Jetzt war es an der Zeit, meine amerikanische Art voll auszuspielen:
„Naaa, möchtest du eine?"
Dabei hielt ich Thori meine Zigaretten vors Gesicht. Und der Russe sagte:
„Ja."
Darüber war ich ein wenig erstaunt, aber nun blieb mir ja nichts anderes mehr übrig, als ihm doch eine zu geben. Aber so hatten wir beide gewonnen: Thori hatte seine Zigarette und ich war kein Russe nicht. Auf der Rückbank klatschte Fritz Beifall:
„Genauso war das mit der Wende", rief er begeistert.
Wir hoben die Flaschen und nickten stolz.

Etwa 60 km vor Tamale, kurz vor dem Withe Volta River, mußte man nach links abbiegen. Von hier waren es noch knapp hundert Kilometer, die sich dann doch als recht nervend erwiesen. Ab dem Abzweig gibt es nur noch eine Sandpiste, die sich zwar für eine Sandpiste in einem guten, befahrbaren Zustand befand, aber nach fünf Stunden Fahrt, müde und in der Nachmittagshitze, da wird man dann langsam weich und beginnt, sich das Ende der Reise in schönen Farben auszumalen. Belastend war auch dieser Harmattan, jener Passatwind, welcher eingangs schon erwähnt wurde. Stellenweise war die Luft so voller feinem Staub, daß Sichtweiten von unter 100 Metern oft keine Seltenheit waren. In diesen Situationen hat mich nur die afrikanische Wärme davon abgehalten, mich im deutschen Novembernebel zu wähnen. Aber das Naturschauspiel hatte natürlich auch den Nachteil, daß sich der Staub über kurz oder lang auch in der Lunge der Menschen absetzt. Die einen sind dafür freilich empfänglicher als die anderen. Ich gehörte zu den einen, also zu den Empfänglicheren. Mit anderen Worten, ich bekam es mit einer Krankheit zu tun, mit der ich in Afrika nun wirklich zuletzt gerechnet hätte. Ich bekam Husten. Es gibt doch so geile Krankheiten, die man sich in Afrika holen kann: Ebola, Aids, Flußblindheit, Gelbfieber, Hepatitis A, B und C, Malaria, die Scheißerei und was weiß ich noch alles, aber nein, ich kriege Husten. Gemessen an der Gefährlichkeit der oben genannten Krankheiten ein fast nicht zu erwähnendes Gebrechen, aber von der Warte aus gesehen, daß Husten eigentlich was deutsches ist, hätte ich auch zu Hause bleiben können. Ich meine, sicher hat auch der Zigarettenkonsum sein übriges mit dazu beigetragen, aber mit Rauchen aufhören, das wäre ja nun wirklich eine falsche Entscheidung. Also hab ich mir immer ein Tuch vor Mund und Nase gebunden, welches ich nur zum Rauchen abgemacht habe. Mit dem Tuch sah ich aus wie ein Räuber, das fand ich lustig. Ich hab aber nichts geklaut, das bewahrte uns vor Unannehmlichkeiten. Außerdem hätte ich es sowieso nur von Reichen genommen. Das fand ich ehrenrührig. Aber Reiche gibt es hier nicht. Dies hingegen fand ich traurig, aber auch gut, weil ich ja dann zum Räuber geworden wäre. Ist ja auch alles Quatsch, in Wirklichkeit bin ich sowieso kein Räuber, mit oder ohne Tuch, aber es ist gut, daß wir mal darüber geredet haben.

Mit Einbruch der Dunkelheit erreichten wir den Eingang zum Reservat. Wir entrichteten bei einem freundlichen Wildhüter unsere Eintrittsgebühr, die so lächerlich war, daß ich darüber nicht schreiben möchte. Und dann begann die Suche nach dem Hotel. Geübte Reisende hätten wahrscheinlich keine großen Probleme gehabt, das Hotel zu finden, aber geübte Reisende kommen in Mole ja auch nicht im Dunkeln und halbwegs betrunken an. Wir aber schon. Doch zu unserer Entlastung sei angemerkt, es war auch nicht sooo gut ausgeschildert. Aber damit rechnen die geübten Reisenden ja, deshalb sind sie ja geübt. Ich meine, außer dem Hotel waren da noch andere Gebäude, der Technikpark und die Wohnsiedlung der Wildhüter, eine Krankenstation und was weiß ich noch alles. Und überall brannte Licht, und genau dort, wo Licht brannte, sind wir auch immer hin. Zunächst war es aber nie das Hotel. Nach einer halbstündigen Irrfahrt lief uns ein älterer Mann über den Weg. Lief ist leicht übertrieben, er schwankte mehr, aber da ging es ihm ja ungefähr wie uns, mit dem Unterschied, daß wir nicht über den Weg laufen mußten. Thori erkannte die Gelegenheit und rief Adu zu, er solle dem Alten die Richtung aus dem Kreuz leiern, um kurz darauf direkt neben dem Mann zu halten. Der hatte offenbar schon auf uns gewartet, denn er hielt sich sofort an unserem Auto fest, und zwar so, daß ich den Eindruck hatte, daß er unweigerlich zu Fall gekommen wäre, wenn wir nicht zur Stelle gewesen wären. Adu rief ihm auf Twi, einer mehr im Süden Ghanas üblichen Sprache, etwas zu, worauf der Alte, sich am Auto entlangtastend, an Adu's Fenster begab. Nun entwickelte sich ein nicht enden wollender Dialog; ich meine, Adu war ja auch schon ein wenig zurechtgemacht. Ich hab ja nicht verstanden, worum es ging, ich nahm nur an, worum es gehen sollte, aber unter den gegebenen Umständen hatte ich schon Verständnis dafür, daß man nicht einfach nur fragt: wie geht's zum Hotel, da lang, Danke. Vielleicht war das Gespräch auch so einfach strukturiert, aber, wie gesagt, ich versteh ja kein Twi nicht.

Twi hört sich übrigens äußerst lustig an. Ich hoffe nicht, daß jetzt irgend jemand denkt: Ich möchte nicht wissen, wie sich deutsch in den Ohren eines Ghanaers anhört. Bla, Bla, Bla, für die, die es doch gedacht haben.

Das schönste Wort, was ich in Ghana je gehört habe ist: „Eh—häääääääääää". Frei übersetzen könnte man es, mit: „Ach so." Aber während unser schlichtes, deutsches „Ach so" kaum Gestaltungsmöglichkeiten zuläßt, habe ich dieses „Eh—häääääääääää", in diesen fünf Minuten, in ca. 9000 Varianten zu Gehör bekommen. Sicher, im nüchternen Zustand stehen wahrscheinlich nur 2000 Variationen zur Verfügung, aber Gott sei Dank war der Alte steif. Selten so gelacht, möchte ich fast sagen, wenn wir nur hätten lachen können, denn der Anstand gebot uns, ernst zu bleiben. Das war wirklich nicht einfach. Das mit dem Lachen holten wir nach, als wir, auf ein Zeichen von Adu, losfuhren, ohne daß wir, was den Weg zum Hotel betraf, klüger gewesen wären als zuvor. Adu war der Meinung, daß der Mann überhaupt nicht mitbekommen hat, was wir von ihm wollten, aber er war gut. Höchstwahrscheinlich konnte er gar kein Twi, denn in dieser Gegend wird in der Hauptsache Gonja gesprochen. Überhaupt gibt es unzählige Sprachen in Ghana. Mamprusi, Konkomba, Dagbarti, um nur einige zu nennen. Es kommt vor, daß in zwei 15 km voneinander entfernten Dörfern völlig unterschiedliche Sprachen gesprochen werden. Aber ein Wort ist interghanaisch, und das ist „Eh—häääääääääää". Ich bin der festen Überzeugung, daß der Alte heute noch an unserem Auto lehnt, ab und an mit breitem Grinsen und halboffenen Augen, in unser Auto lallt und dann wieder die Arme in Richtung Himmel hält und dabei mit lallender und fröhlicher Stimme inbrünstig in die Nacht ruft: „Eh—häääääääääää!" Aber nur die Sterne und wir wissen, daß wir gar nicht mehr da stehen.
Die Hotelanlage befand sich, wie sich kurz darauf herausstellte, nur 50 Meter weiter.
Selbige bestand aus vier oder fünf Einzimmerhäusern für die gehobenere Menschheit und zwei langgestreckten, einstöckigen Häusern, in denen sich die Zimmer für die Ungehobeneren befanden. Wir nahmen uns ein Zimmer der niedrigeren Preisklasse, aber ich muß sagen, ich fühlte mich deshalb trotzdem nicht wenig. Es war alles vorhanden: Badewanne, mit Wasser, wenn man wollte, Bett und Ventilator. Auch über diese Preise möchte ich mich nicht auslassen, nur soviel sei angemerkt, ein Besuch bei McDonalds hierzulande würde teurer kommen als eine Nacht in diesem Hotel. Aber wenn ich es mir recht überlege, dann war ich, glaub ich, öfters in Afrika als bei McDonalds.
Natürlich gehört zu einer Hotelanlage auch ein Kulinartrakt. So auch in diesem Fall. Doch damit nicht genug, auch ein Swimmingpool war vorhanden, auch der mit Wasser. Ja aber, was will der Mensch denn mehr, der gerade eine lange und anstrengende Autofahrt hinter sich hatte? Bier, höchstens. Und dieses erwarben wir noch, um den Tag zu einem guten Abschluß zu bringen. Also tranken wir unser Gutenachtbier und begaben uns, im schönen Gefühl der Vorfreude, was da in den nächsten Tagen auf uns zukommen würde, zu Bett. Auf uns zukommen würde in jedem Fall eine Pirsch durch die Savanne, so mit bewaffnetem Wildhüter und all das. Man sagte uns, daß wir an so einer Maßnahme früh um sechs oder/ und nachmittags um vier teilnehmen könnten. Als wir in unseren Betten lagen, sagte ich zu Fritz, als mein letztes Bier verklappt war:
„Hast du das mitbekommen, wir sollen um sechs früh aufstehen, um nach bei die Elefanten hinzugehen. Da frag ich dich in aller Freundschaft, haben die noch alle beisammen?"
„Nicht wirklich", hörte ich aus dem Dunkeln.

Der nächste Tag begann, wie soll ich sagen, mit der dritten Posaune von Jericho. Ich meine, natürlich nicht in echt, aber so ungefähr muß es damals vonstatten gegangen sein, das mit der Posaune. Vorab muß ich sagen, das Dach des Hauses, in dem wir untergebracht waren, bestand nur aus Wellblech. Gut, vielleicht war es kein Blech, aber auf jeden Fall Well. Und darunter lagen wir. Wir lagen da und schliefen, den Schlaf der Friedlichen, der Gerechten und der, die es verdient hatten. Und direkt über uns war da die Luft, dann kam das Dach und

dann war wieder Luft. Eigentlich O.K. alles, könnte man meinen, aber dann kam die Posaune. Die Posaune kam in Form einer gewaltigen Horde Affen, die sich das Dach unseres Hauses als Rennbahn auserkoren hatten. Ich meine, insofern war das verständlich, denn das Haus war so an die 100 Meter lang. Auch ich wäre drauf langgerannt, wenn ich Affe wär. War ich aber nicht. Unser Zimmer lag genau in der Mitte des Hauses und wie ein fernes Donnergrollen kündigte sich die Affenposaune an, um dann über uns in den gräßlichsten Akkorden zu explodieren und sich gleich darauf wieder auf der anderen Seite des Hauses in Donnergrollen zu verwandeln. Und dann wieder retour. Beim ersten Ansturm hatten wir das Grollen nicht bemerkt, weil wir ja schliefen, und somit wurden wir direkt und ohne Vorwarnung mit der Explosion geweckt. In nullkommanichts standen wir in unseren Betten. Thoralf schrie Alarm, zog sich seine Stiefel und seine Uniform an, nahm sein Sturmgewehr, rannte raus, schmiß sich auf den Boden und ballerte was das Zeug hielt. Dabei schrie er wie am Spieß:
„Ich mach euch fertig, ihr Schweine, ich reiß euch den Arsch auf, los kommt raus, ihr Bastarde, ich mach euch fertig", und so fort.
Fritz hatte schlohweißes Haar bekommen und nestelte an seiner Tasche herum. Dabei brummelte er geistesabwesend vor sich hin:
„Ich glaub, ich muß jetzt gehen. Ja echt, ich denke, das wäre das Beste, wenn ich jetzt eben mal gehe. Grüß wiederum meine Kinder von mir."
Und ich stand im Bett, raufte mir die Haare und schrie voller ehrlicher Inbrunst:
„Ich hasse Afrika. Ich hasse Afrika."
Ich muß wirklich sehr laut gerufen haben, denn davon wachte Adu auf. Er legte sich auf die Seite, stützte seinen Kopf in die Hand, lächelte und sah uns an. Nach einer Weile fragte er:
„Was ist denn passiert?"
„Ich muß jetzt los", sagte Fritz.
„Du fragst, was los war?" Ich sah Adu wütend in die Augen. „Du hast also nichts bemerkt?"
Adu schüttelte nur leicht den Kopf, ohne ihn dabei aus der Hand zu nehmen, und lächelte mich weiter an. Ich wußte nicht was ich sagen sollte. Also stammelte ich nur ungläubig vor mich hin:
„Die sind nicht ganz dicht, die Afrikaner, ehrlich, die sind nicht dicht."
Ich war völlig frustriert. Alles, wozu ich noch fähig war, war den Effenbergschen Finger in Richtung Adu zu halten und Fritz anzuschreien:
„Hör auf zu packen, du Eimer, und sag dem Kaputten dort draußen, er soll aufhören, sinnlos durch die Gegend zu ballern."
Langsam kamen wir wieder zu uns. Fritz packte seine Sachen wieder aus, Thori sicherte sein Gewehr und ich begann, im Angesicht der herrlichen, noch nicht so nervenden Morgensonne über meine bösen Worte, den afrikanischen Kontinent betreffend, nachzudenken. Adu schlief aber schon wieder. Wie heißt es doch so schön: der hat ein Gemüt wie ein Pferd. Ab heute könnte man aber auch sagen: der hat ein Gemüt wie ein Neger.
Etwas vorsichtig, wir wußten ja noch nicht, was, außer den Affen, noch für Getier auf uns wartete, gingen wir ins Freie.
Was für ein Ausblick. Wir befanden uns auf einer Anhöhe, und das war schon komisch, denn wir hatten gar nicht bemerkt, daß wir uns auf einer Anhöhe befanden, weil, wir waren nie bergauf gefahren. So stellt sich zunächst zwangsläufig die Frage: wenn einer aber nie bergauf fährt, wie kommt er dann trotzdem auf eine Anhöhe? Tja, da versteh einer die Welt. Aber ich denke nicht, daß man immer versuchen sollte, die Welt zu verstehen. Das gilt auch und besonders für Steigungen im Gelände, die man eigentlich nie hochfuhr.
Die Anhöhe war vergleichbar mit einer langen, überdimensionierten Stufe in der Landschaft,

auf der die Hotelanlage stand, und wenn der feine Herr Harmattan nichts dagegen hatte, konnte man diesen oder jenen Kilometer weit in die Savanne schauen. Die Stufe war an die 80 Meter hoch und ziemlich steil. Unten, sozusagen direkt unter dem Hotel, war da ein kleiner See, durch die Trockenheit mehr zu einem Tümpel verkümmert, mit lehmfarbenen Wasser. Dieser See wurde von den Tieren als Getränkestützpunkt benutzt, woraus sich des öfteren eine gute Gelegenheit ergab, selbige beim Trinkvorgang zu beobachten. Das konnte man praktisch von überall aus tun, die beste Sicht hatte man allerdings von einer, eigens dafür angelegten, kleinen Terrasse aus. Unweit neben der Terrasse, befand sich der Swimmingpool, an welchen sich gleich, nur durch ein Geländer voneinander getrennt, die Hotelgaststätte anschloß. Man hätte also, so man wollte, direkt vom Biertisch aus in den Pool hupfen können, um danach, von Terrasse aus, eine schnittige Tierbeobachtung durchzuführen.
Wir überlegten kurz, was nun angebrachter gewesen wäre, Natur oder Frühstück. Wir entschieden uns für letzteres und bestellten Bier. Wir setzten uns, und während Fritz und Thori die Zeit damit verbrachten, sich gegenseitig „guten Appetit" zu sagen, musterte ich die anwesenden Personen.
Nehmen wir mal an, ein nichtdeutscher Mensch bereist Deutschland mit der Absicht, es kennenzulernen. Was wird er sich anschauen? Das Oktoberfest, die Reeperbahn und die Weltzeituhr. Jeder Deutschlandtourist wurde über kurz oder lang an wenigstens einem der genannten Orte gesehen. Genauso ist es mit dem Mole-Game-Resurve. Kein Ghanabesucher kommt da drum herum. Und das hat seine Gründe. Die Möglichkeit, Tiere beobachten zu können und gleichzeitig auf gewisse Annehmlichkeiten nicht verzichten zu müssen und die Tatsache, daß sich das Reservat unweit der am meisten befahrenen Nord-Süd-Straße befindet, machen Mole zu einem todsicheren Tip, Touristen aller Couleur und Nationalität anzutreffen.
Da waren die zwei blassen Paare, im klassischen Safari-Look, mit vorzüglichen Manieren, ohne Zweifel Engländer, die Männer mit glatten, nach hinten gekämmten Haaren und großen Nasen, die Frauen, etwas sicherer wirkend als ihre Männer, aber mit leichten X-Beinen. Ich nehme an, das jüngere Paar befand sich auf Hochzeitsreise, welche die Schwiegereltern dem jungen Paar geschenkt hatten, ohne sich freilich von dieser Reise selbst auszuschließen. Ob das nun die Schwiegereltern vom Mann oder von der Frau waren, konnte ich nicht einschätzen, irgendwie sahen sie auch alle gleich aus. Eines war aber sicher, alle vier würden am Abend gegen 21.00 Uhr im Bett liegen, um dann in der Frühe, ohne vorher in der Nacht Geschlechtsverkehr ausgeübt zu haben, Tiere zu fotografieren. Wie sagte schon Asterix: die spinnen, die Briten.
Dann waren da die zwei durchaus hübschen, aber völlig nur mit sich beschäftigten Holländerinnen, um die Mitte zwanzig. Die saßen immer da und tranken Wasser und lasen sich gegenseitig aus irgendwelchen, sicher hochgeistigen, Büchern vor. Trotzdem lachten sie oft. Der einzige Kontakt zwischen ihnen und uns bestand darin, daß sie sich von uns Skatkarten geborgt haben. Was sie allerdings für ein Spiel gemacht hatten, konnte ich nicht erkennen, aber Skat konnte es nicht sein, denn erstens waren sie nur zu zweit, und außerdem waren es ja Frauen. Das mit dem Skat ist sowas ähnliches wie mit dem Autofahren oder Fußball, das können Männer eben einfach besser. So steht's in der Schrift. Beim Wäschewaschen oder Kochen ist das genau umgedreht. Obwohl, ich mußte oft genug von Frauen gekochte Dinge in mich reintun, wo es mich fast gespien hätte; auch saß ich schon in von Männern gelenkten Autos wo ich mich, ob ihrer Fahrkünste, im Handschuhfach verkrampft habe. Na gut, sei es wie es sei, ich hab die Schrift nicht geschrieben. Die beiden Holländerinnen jedenfalls gehörten zu der Sorte Frauen, bei denen man das Gefühl nicht los wurde, daß die das Gefühl hatten, man würde eh nur Sex haben wollen, wenn man nur Hallo sagt. Hiermit möchte ich

betonen, daß das Wörtchen Hallo, aus männlichem Mund, unter Umständen nichts mit Sex zu tun haben muß. Ich weiß, daß es Frauen gibt, die dies bedauern, aber es ist so.

Des weiteren war da ein überaus sympathisches Pärchen aus der französischen Schweiz. Urs, so hieß der Mann; und ich halte es für wichtig diesen Namen hier zu erwähnen, Urs also sprach fließend deutsch, obwohl seine Muttersprache französisch war, und er, der sich, nebenbei bemerkt, mit seiner Frau nur spanisch unterhielt, weil ihnen englisch zu langweilig geworden war, erzählte uns, daß sie in der Schweiz bei irgendeinem Wanderzirkus gearbeitet haben, er als Musiker, sie als Schauspielerin, und daß sie trotz oder gerade wegen des guten Erfolges des Zirkus beschlossen hatten, die Zelte abzubrechen, zu heiraten und eine Hochzeitsreise in Form einer dreimonatigen Radtour durch Burkina Faso durchzuführen. Übrigens, Burkina Faso, das frühere Obervolta, heißt übersetzt: Land der Unbestechlichen. Also Humor haben die ja, die Burkinafasen. Auf meine Frage hin, warum sie nun in Ghana und ohne Rad sind, bekam ich zur Antwort, daß man in Burkina Faso zwar Fahrräder käuflich erwerben kann, aber keines, welches man seinem Hintern drei Monate zumuten hätte können. Also ist man nach Ghana, um hier ordentliche Fahrräder zu kaufen. Für die Menschen, die Zeit und Geld haben, um nach Ghana zu fahren, aber nicht genau wissen warum sie dies tun sollten: Ein Fahrradkauf ist, wie man sieht, ein nahezu klassischer Grund für eine Ghanareise. Ja und wie ich oben schon erwähnte, wer nach Ghana kommt, aus welchen Gründen auch immer, der kommt in Mole vorbei.

Und dann waren da, die Welt ist ein Dorf, Manfred und Angela aus Nordhausen, einem beliebigen Provinznest in Thüringen, allenfalls bekannt durch den dort hergestellten „Nordhäuser Doppelkorn". Aber jetzt spinnt er, der feine Herr, wird man nun behaupten, bis jetzt war alles glaubhaft, was er geschrieben hat, aber nun... Doch der Leser möge glauben was er will, aber sie waren wirklich dort. Manfred und Angela aus Nordhausen. Ein Paar unserer Zeit, aber meiner Meinung nach kein unbedingt typisches. Sie, Architektin und solide gewordene, aber immer noch überzeugte 68erin, kräftige Gestalt, nicht unhübsch, aufgeschlossen, unternehmungslustig und immer guter Dinge, so mit Bier und so, er hingegen, Lehrer an irgendeiner Berufsschule, mit mehr spießigen Sichtweisen auf das Leben, hager, mit spitzer Nase und daher mit einem kleinen Hang zur Hysterie, eher zurückhaltend und ein bißchen wehmütig und weinerlich, aber alles in allem nicht unsympathisch. Sie waren beide um die vierzig, und das war auf den ersten Blick das einzig Gemeinsame, was die beiden hatten. Aber irgendwie hatte man immer den Eindruck, daß das schon alles so in Ordnung geht.

Stellt sich automatisch die Frage, wie kommen die beiden denn nun nach Afrika? Die Frage stand im Raum, und ich nahm sie in den Mund, um sie zu stellen. Und sie wurde beantwortet, an einem der Abende, als wir in Verbindung mit dem Biere gute Gespräche führten. Wir kamen nämlich ziemlich schnell in Kontakt, was sicher auf die zweite deutsche Tugend, dem Hang nach Geselligkeit, die wahrscheinlich aus der deutschen Tugend Nr. 1, dem Hang nach Einparteiensystemen, resultiert, zurückzuführen war. In einer Situation also, als Manfred sich mit Thori über kulturhistorische Themen unterhielt, die man sich eigentlich nicht mal nüchtern unter den Nagel schieben konnte, stellte ich besagte Frage an Angela und sie erklärte Fritz und mir, daß sie ihrem Mann diese Reise inoffiziell zur Hebung seiner Laune und damit zur Auffrischung der Ehe geschenkt hatte. Offiziell sei es ein Geburtstagsgeschenk. Wer jetzt spektakuläreres erwartet hat, dem sei verziehen. Außerdem, so Angela weiter, bin ich Afrikafan und schlage damit zwei Fliegen mit einer Klappe. Und was hat Manfred dazu gesagt, als er vor vollendete Tatsachen gestellt wurde, fragte ich. Naja, bekam ich zur Antwort, bis auf kleine Probleme, das Essen und die Hygiene betreffend, war es bis jetzt ein voller Erfolg, denke ich. Sie wird wohl recht haben, sagte ich mir, mit einem Blick

auf Manfred, der sich trotz seiner Spitznasigkeit im Bier und im tiefen Gespräch mit Thori wälzte. Hut ab, vor den beiden.
Keinen Hut ab, aber trotzdem anfängliche Bewunderung, vor dem nächsten und gleichzeitig letzten Parkbesucher, über den ich hier berichten möchte: John aus Australien. Ich meine, er hieß aber wirklich so. John kündigte sich mit dem ohrenbetäubenden Krach seiner 500er Honda an. Vielleicht war es auch eine 5000er, damit kenne ich mich nicht so aus, aber auf jeden Fall war er nicht zu überhören. John war ein überaus geselliger Mensch, aus diesem Grund saß er kurz nach seiner Ankunft auch schon an unserem Tisch und wir erfuhren somit alles, was wir schon immer über John wissen wollten. Und dies war zunächst deprimierend. Der Leser möge sich bitte in Fritz' und meine Lage versetzten. Da ist man nun der Meinung, man macht etwas ganz schön Abgefahrenes, wenn man sich einen Monat im Jahr in Afrika herumdrückt und man ist auch wirklich ein bißchen stolz darauf, da kommt plötzlich so ein Australier und erzählt dir, mit dem breitesten und selbstverständlichsten Lächeln, was es gibt auf der Welt, ja also, ich heiße John, komme aus Australien und befinde mich seit vier Jahren mit meinem Motorrad auf Weltreise. Ich habe meinen Kontakt nach der Heimat hin so gut wie abgebrochen, lebe von Gelegenheitsjobs, und mir geht es gut, ich vermisse nichts. Tja, da stehst du da mit deinem Monat Ghana, auf den du so stolz warst. Auch wenn sich dann, als John, was seine Weltreise betraf, etwas konkreter wurde, alles wieder ein bißchen relativierte, ich war erst mal ganz schön beeindruckt und fühlte mich wenig.
Nebenbei bemerkt, was ich hier auf ein paar Zeilen reduziert habe, ist nur die Quintessenz eines langen und durchaus unterhaltsamen Gespräches, und je mehr John erzählte, um so besser fühlte ich mich dann auch wieder. Stellte sich doch am Ende heraus, daß er von den vier Jahren anderthalb in Deutschland gelebt, gearbeitet und, darauf legte er großen Wert es zu erwähnen, gefickt hatte. Außerdem ein Jahr in England, mit dem Luxus einer festen Freundin, und er sei erst vor zwei Monaten aus England in Richtung Südafrika aufgebrochen. Zwar immer noch beeindruckend, aber nicht mehr ganz so sehr zum Wenigfühlen. Was mir auffiel, war, daß er immer so ganz nebenbei mit anfragte, ob er mal einen Schluck Bier abhaben könne, er hat grad eben mal kein Geld bei. Er sagte es immer lustig und unterschwellig, ungefähr so wie: In Singapur was es schön, in Birma hatte ich Schwierigkeiten, hast du mal ein Bier, aber in Indien ist es am schönsten. Ja, und da hängt man an seinen Lippen und bringt es fertig, bei seiner nächsten Bierbestellung automatisch mit an John aus Australien zu denken.
Globetrotter sind Spinner und Geizhälse, will ich damit sagen. Sie erzählen dir das Blaue vom Himmel. Aber dies ist gar nicht so schlimm, weil sie erzählen originell. Schlimm ist nur, daß sie berichten, man könne in der dritten Welt mit fünf Mark am Tag auskommen und trotzdem jeden Tag besoffen sein. Mit fünf Mark kommt man unter Umständen wirklich aus, aber jeden Tag besoffen sein geht nur, wenn man täglich solche wie Fritz oder mich trifft, die dem Gequatsche erliegen und ausgeben. Gern übrigens, aber dann, wenn der feine Herr Globetrotter, braungebrannt, mit landesüblichem Kettchen am Handgelenk, immer ein Buch über Mahatma Ghandi mit sich führend, seine Videokamera, zum Zwecke der Tierfilmung, aus dem Handschuhfach seiner 50000er Honda holt, und dabei erwähnt, daß er in Afrika grundsätzlich kein Trinkgeld gibt, dann, glaube ich, sollte man der ganzen Globetrotterscheiße eine Spur von Verachtung abgewinnen. Was ich auch tat, aber unterhaltsam war es allemal.
Mit solcherlei Gesprächen und Beobachtungen, in Verbindung mit kurzen Poolbesuchen, verbrachten wir den Vormittag und 16 Uhr ging es dann, beobachtungsmäßig, den Tieren an den Kragen. Der gemeine Globetrotter hätte jetzt geschrieben: bei unheimlich gutem Wetter, mit großer Anspannung im Bauch, schickte ich mich an, mit guten Freunden, die ich

kurz vorher kennengelernt hatte, in der Abenddämmerung, eine durchaus nicht ungefährliche Safari anzugehen.

Vielleicht sollte man zunächst den Begriff Safari relativieren. Der unwissende und vom Fernsehen verwöhnte Deutsche verbindet damit sicher immer majestätische Giraffen, große Zebraherden, schwarze Krieger in ursprünglicher Kleidung, jagende Leoparden und schlafende Löwen, einbeinige Flamingos und riesige Gnu-Herden, kreisende Geier und trompetende Elefanten und fröhliche, mit Fotoapparaten bewaffnete weiße Menschen in sicheren Jeeps. Dies alles in immergrüner Grassavanne vor der Kulisse des Kilimandscharo mit Sonnenuntergang. Mit dem nötigen Kleingeld im Rücken ist so etwas sicher auch noch in Ostafrika zu erleben, nicht aber in Ghana. Hier ist alles etwas unromantischer. Und es ist eintöniger, was Landschaft und Artenreichtum betrifft. Dadurch ist es aber billiger und vor allem auch ruhiger, denn der Durchschnittssafarist will die Giraffe, die es hier eben nicht gibt. Hier bucht man nicht schon in Europa eine zweiwöchige Zelt- Auto- Ballon- oder Flugsafari (Flugsafari gibt es übrigens wirklich, für dynamische Jungunternehmer, weil die es immer eilig haben: einmal kurz drüber geflogen und man war dabei), nein, hier kommt ein ziemlich junger, sympathischer, mit einem Gewehr bewaffneter, uniformierter Wildhüter an den Biertisch und fragt, ob wir Safari wollen. Wenn man ja sagt, bedeutet das dann, ca. anderthalb Stunden Fußmarsch über, von Buschbränden geschwärzte trockene Erde, oder durch mannshohes, noch nicht verbranntes dichtes Gras, alles in drückender staubiger Hitze und wuchtiger Sonne. Und die Ausbeute an Tierbeobachtungen ist, wie sich später herausstellte, ziemlich gering. Das ganze kostete übrigens 2 DM pro Mann.
Wir gingen also in unsere Zimmer, um uns umzuziehen. Thori, der so eine Tour auch noch nicht mitgemacht hatte, sagte uns nämlich, wir sollten festes Schuhwerk und lange Klamotten anziehen, was der ganzen Geschichte, in Anbetracht der Temperaturen, noch die Krone aufsetzte. Ich hatte aber nur eine rote lange Hose mit, was mir einen unglaubwürdigen bis mitleidig-spöttischen Blick unseres Führers einbrachte. Der Blick entging mir nicht, aber ich dachte so bei mir, was kann ich denn dafür, ich hab nun mal nur die Hose mit, und spanische Stiere wird es ja hier wohl nicht geben.
Gegen 16.00 Uhr ging's also los dann. Mit von der Partie waren, außer dem Wildhüter, wir drei und Angela und Manfred aus Nordhausen. Manfred erschien bewaffnet mit einem Fotoapparat und einer Videokamera. Fehlten eigentlich nur noch die Schlitzaugen.
Wir gingen los, zunächst an der Kante der Anhöhe, an unserem Schlafhaus vorbei, und unmittelbar hinter selbigen zeigte uns unser Führer einen frisch umgestürzten Baum. Der Elefant muß ganz in der Nähe sein, gab er uns zu verstehen. Mit anderen Worten, die Safari begann. Ich muß gestehen, auch wenn sich meine Angst vor dem Elefant mehr auf das Alter 3-6 beschränkte, aber die Vorstellung, man verläßt des Morgens ahnungslos sein Hotelzimmer und steht plötzlich dem Elefant, der gerade dabei ist, einen Baum zu entwurzeln, Aug in Aug gegenüber, also ich muß sagen, sowas könnte sich zu einer delikaten Situation entwikkeln. Und in der Tat, keine 100 m vom Hotel entfernt und vielleicht 20 m vor uns, da stand er, der feine Herr Elefant. Machte sich an den Bäumen zu schaffen, steckte alles, was noch einen Hang zum Grün hatte, in sein Maul und schiß es dabei in riesigen Bergen wieder aus. Da mußte ich an meine Kindheit denken. Meine Mutter hatte mir immer verboten, beim Kacken zu essen. Sie wollte sicher nur mein Bestes, aber verstanden hab ich das damals nicht. Daher hab ich einmal heimlich eine Mettwurstschnitte beim Kacken gegessen, und siehe da, es ging.
Wir standen also eine Weile so da und schauten dem Elefant beim Fressen und Scheißen zu. Nur Manfred konnte das Schauspiel nicht richtig genießen. Einmal Dia, und einmal Video.

Und das alles mit nur zwei Händen und einem Auge. Da braucht man viel Zeit, aber die hatten wir ja. Als der Elefant sich in Bewegung setzte, wollten wir es ihm gleichtun, aber Manfred mußte ja jetzt filmen, wie sich der Elefant bewegt.
„Komm aus dem Knick, Japaner!" rief ich. „Du hast zu Hause eh keine Zeit, dir das alles anzugucken."
„Ja, ja", ertönte es nur, und kurz darauf, „Scheiße, die Batterie ist alle, ich hab's doch geahnt, ich geh noch mal zurück und hole eine neue."
Aber da schritt Angela ein und nach einem kurzen Wortwechsel, der leise geführt wurde, schloß sich uns Manfred wieder an. Thoris Blick traf sich mit meinem. Wir wußten schon, wie so ein Wortwechsel ungefähr abging, und wir wollten nie mehr direkt an einem solchen beteiligt sein.
Wir stiegen die Anhöhe langsam schräg hinab und als wir unten ankamen, war alles irgendwie anders. Es war kein Hotel mehr zu sehen, man hatte überhaupt nur noch Sicht bis zum nächsten Baum und es herrschte absolute Stille, die nur unterbrochen wurde von unseren Laufgeräuschen oder von einem vereinzelten Vogelschrei. Von oben gesehen war alles weit und überschaubar, aber hier unten hatte man, obwohl die Bäume nicht sehr dicht standen, einen Blickradius von vielleicht 50 m. Und dann die Stille, also das war schon ein wenig unheimlich. Da konnte es schon vorkommen, daß man sich heftig erschrecken mußte, wenn es unmittelbar neben einem plötzlich völlig unmotiviert im Unterholz knackte. Für einen kurzen Moment schließt man dann die Möglichkeit mit ein, jetzt kommt der Elefant doch noch und scheißt dich zu. Das wäre aber nun aber wirklich, im wahrsten Sinne des Wortes, ein beschissener Tod.
Wir fühlten uns alle ein bißchen kleiner, ob der Natur um uns herum. Ich meine, in einer solchen Situation wird einem dann so richtig bewußt, wie es den Entdeckern von damals zu Mute gewesen sein muß. Rein in die Savanne und dann auf sich allein gestellt. Da liest man so Bücher und denkt sich, naja, wird schon irgendwie klargegangen sein, aber wenn man dann hier steht, sozusagen vor Ort, bekommt man schon eine gewisse Ehrfurcht vor diesen Leuten, mal ganz abgesehen davon, ob die Taten dieser Leute zum Ruhme der gesamten, also auch der einheimischen Menschheit beigetragen haben oder nicht.
Der einzige, außer unserem Führer natürlich, der von diesen Eindrücken unbeeindruckt schien, war Manfred. Entweder man hörte ihn fluchen ob der leeren Batterien, oder er war damit beschäftigt, mehr oder weniger sinnlose Objekte der Savanne zu fotografieren. Ich meine, jeder hat so seins, aber als er ein von unserem Führer als Wohnung eines Erdferkels identifiziertes Erdloch mindestens fünfmal ablichtete, mußte er dann doch einige Witzeleien über sich ergehen lassen. Ich stellte mir vor, wenn der Typ nach Hause kommt und seinen Arbeitskollegen fünf Fotos von einem bescheuerten Erdloch zeigt, mit der Bemerkung, ich war in Afrika. Naja, aber die Strafe folgte auf den Fuß. Kurz danach entlud sich ein Schrei in der Savanne. Wir blieben erschrocken stehen. Ich mußte sofort an das Lied von den zehn kleinen Negerlein denken. In unserem Fall wären es dann nur noch Fünf gewesen. Aber Manfred war noch da. Er schloß zu uns auf und entschuldigte sich, nicht zuletzt, als er sah, daß unser Führer sein Gewehr schon entsichert hatte.
„Es tut mir leid, aber mein Film klemmt, er geht weder vor noch zurück."
„Das kommt von das", sagte Fritz.
„Das kommt von das", äffte Manfred ihn nach. „Das ist ja alles nicht so schlimm, ich kann ja morgen noch mal gehen, aber ich habe eine dumme Vermutung. Bis jetzt sind wir mit Tieren nicht gerade verwöhnt worden, aber ab jetzt", er machte eine bedeutungsvolle Pause, „ab jetzt, wo ich nicht mehr filmen kann, werden sie kommen."
Wir schauten uns vorsichtig um.

„Alle?", fragte ich.
„Alle", nickte Manfred.
„Auch Posaune spielende Zebras?", fragte ich weiter.
„Ja, und eine Herde Gnus in Petticoats."
„Und masturbierende Pinguine?"
„Ja, auch Ilona Christen."
„Und Krokodile beim 110 m Hürdenlauf?"
„Und Kitekat."
„Und der kleine niedliche Webervogel, stimmt's?"
„Ja, auch der."
Manfred schaute deprimiert zu Boden. Angela nahm ihn an die Hand und tröstete ihn.
„Laß nur, manche von denen, kommen ja auch im Fernsehen."
Manfred wollte noch etwas sagen, aber unser Führer gebot uns mit einer energischen Geste Ruhe. Ich blinzelte Manfred zu, was soviel heißen sollte, du solltest recht behalten, jetzt kommen sie alle. Unser Führer schaute angespannt in eine Richtung. Wir taten es ihm nach, sahen aber zunächst nichts. Dann streckte er die Hand aus und sagte nur:
„Elefant."
Manfred entspannte sich, den hatte er ja schon. Und dann sahen wir ihn. Direkt vor uns stand er da. Ein Prachtexemplar. Völlig regungslos schien er uns zu beobachten. Nur seine Ohren bewegten sich ab und an.
„Ziemlich nah", orakelte Thori leise.
„Was guckt der denn so blöd, will der was von uns?" fragte ich ebenso leise.
„Das weißt du doch nicht", erwiderte Fritz.
„Hm."
Uns umgab absolute Stille. Ich spürte meinen Puls und hörte mein Herz schlagen. Wir bewegten uns nicht von der Stelle. Trotzdem sich die Sonne langsam aber sicher gen Westen neigte, hatte sie noch kaum was von ihrer Kraft eingebüßt. Zur Hitze und zur Stille kam nun noch die Anspannung. Und die löste sich nicht, als ich sah, wie unser Führer seine Hand langsam Richtung Abzug bewegte, so, als hätte er Angst, der Elefant könnte es sehen.
„Was sind denn das für Vögel dort", flüsterte ich.
Direkt vor dem Elefant standen, ebenso reglos wie wir, zwei ziemlich große, weiße Vögel. Keiner antwortete mir.
„Ja, ja, der Elefant mit seinen Vögeln", seufzte ich.
„Der Elefant ist eben gut - zu *vögeln*", bemerkte Fritz.
Ich drehte mich langsam zu ihm, und als sich unsere Blicke trafen, gackerten wir los. Wir schrien und quiekten vor Lachen, wälzten uns auf dem Boden und schlugen uns die Schenkel, und die anderen, einschließlich des Führers, taten es uns nach. Auf diese Art bekamen wir den Angriff des Elefanten gar nicht richtig mit. Erst kurz vor knapp, sahen wir das Ungetüm auf uns zurasen. Wir sprangen auf und rannten, was das Zeug hielt, in Richtung Hotel.

Völlig ausgelaugt von der hammerharten Safari, aber trotzdem glücklich über deren glimpflichen Ausgang, saßen wir kurze Zeit später wieder dort, wo wir eigentlich auch hingehörten. Und immer wenn ich in einer Kneipe sitze, muß ich mich fragen, warum man manchmal das Bestreben hat, wo anders hinzugehen. Aber vielleicht muß man ab und an woanders hin, um zu begreifen, was eigentlich wichtig ist im Leben. Die drei klassischen Beispiele dafür sind: Ist man fremdgegangen, will man zur Ehefrau zurück, war man längere Zeit in einem Luftkurort, überkommt einen das Bedürfnis zu rauchen und war man im Busch, will man in

die Kneipe. Will damit sagen, die eigene Frau, die Zigaretten und die Gastwirtschaft gewinnen noch an Bedeutung, wenn man ab und zu in einem Luftkurort mit einer fremden Frau in den Busch geht. Aber genug mit der hohen Philosophie.
Beim Bier erfuhren wir von einem Wildhüter, daß es in Mole noch über 20 Zeltplätze geben soll, die so abgelegen wären, daß die Chance, dort einen von den zehn in Westafrika noch lebenden Löwen beobachten zu können, durchaus gegeben wäre. Man müsse allerdings mit dem Auto hin, bis zum nächsten Camp wären es so 30 km, er würde uns auch begleiten und kosten würde es soviel wie eine Fußsafari. Obwohl mir die Vorstellung, mit Thoris Auto 60 km durch den Busch zu fahren, einen gewissen Kopfschmerz bereitete und die Aussicht auf Löwen trotzdem äußerst gering war, waren wir uns einig, die Maßnahme durchzuführen, schon wegen der mageren Tierausbeute am heutigen Nachmittag. Allerdings war das schon alles ein bißchen merkwürdig, denn Konkretes, z. B. wie weit und wo genau, konnten wir von dem Wildhüter nicht erfahren. Nur wann es losgehen sollte, darauf konnten wir uns einigen. Um uns der Hitze nicht so gnadenlos auszusetzen, legten wir 9.00 Uhr am folgenden Tag fest. Und da man in Thoris Auto nun wirklich nicht zu fünft fahren konnte, überredeten wir Adu, auf die Löwen zu verzichten. Was auch kein Problem war, ich meine, umgedreht, wenn ein Afrikaner in Deutschland zu Besuch ist, und er das Bedürfnis äußert, in Mecklenburg Wildkaninchen zu beobachten, da würde ich ja auch verzichten.
Wir also am nächsten Tag los und meine schlimmsten Befürchtungen wurden wahr. Über Wege, die nun wirklich keine mehr waren und demzufolge immer Tempo 10. So kam es, daß wir nach zwei Stunden keine 30 km hinter uns hatten und von einem Camp, geschweige denn von Löwen, keine Spur. Ob der Wildhüter sich ganz sicher war, uns den richtigen Weg gewiesen zu haben, weiß ich auch nicht, er tat aber zumindest so. Ich hatte schon lange damit begonnen, mich damit zu beschäftigen, eventuell einen Fehler gemacht zu haben, da sah ich in Fahrtrichtung eine tiefschwarze Wolke. Und sofort keimte in mir wieder Hoffnung. Wenn diese Wolke das ist, was ich annahm, und wenn sie sich gleichzeitig auch dort befindet, wo ich hoffte, dann wird unsere Löwensafari bald ein glückliches Ende nehmen, dachte ich so bei mir. Ich meine, ich hätt' schon gern Löwen gesehen, aber die Vorstellung, die Fahrt dauert noch 5 Stunden an, und als Belohnung für unsere Ausdauer gibt es keine Löwen, schnürte mir fast die Luft ab. Und siehe da, 2-3 Kilometer weiter war die Wolke genau über uns, und zwar als Resultat eines beachtlichen Buschfeuers. Und Buschfeuer haben nun mal die Angewohnheit, auf Wege keine Rücksicht zu nehmen. In sicherem Abstand zum Feuer, stoppte Thori seinen Wagen mit den Worten:
„Also hier fahr ich nicht durch."
Ich wußte nicht genau, ob er darüber froh war oder nicht, aber wie ich Thori kannte, denke ich wohl eher, ersteres. Wir stiegen aus und gingen langsam auf das Feuer zu. Links und rechts war kein Ende abzusehen. Es brannte ziemlich niedrig und es war auch höchstens zwei Meter breit. Man konnte bis ran gehen. In der Luft lag zwar der Geruch von verbranntem Gras und die verkohlten Flächen hinter dem Feuer schauten sich auch nicht besonders optimistisch an, aber alles in allem schien mir die ganze Sache recht harmlos. Erst in unmittelbarer Nähe spürte man die Hitze auch. Ich wollte Thori schon zurufen, daß er eigentlich hier durchfahren könne, als plötzlich der Wind aufkam und genauso plötzlich hatten wir es, im wahrsten Sinne des Wortes, mit einer gewaltigen Feuerwalze zu tun. Die Flammen wuchsen in Sekundenschnelle auf vier Meter und ich, der ich direkt davor stand, glaubte in der Luft zu ersticken. Und mit einer Affengeschwindigkeit bewegte sie sich in unsere, und was noch viel schlimmer war, in die Richtung des Autos. So schnell es ging, rannten wir zurück. Noch nie habe ich übrigens jemanden so schnell sein Auto rückwärts fahren gesehen, wie es in diesem Moment Thori tat. Aber so plötzlich wie der Wind aufkam, legte er sich auch

wieder, und das Feuermonster verwandelte sich wieder in ein langes harmloses Lagerfeuer. Jetzt war mir auch klar, warum so ein Feuer im Normalfall keinen großen Schaden anrichten kann. Tiere haben genug Zeit davonzulaufen und da es sich, bedingt durch den Wind, schnell fortbewegt, frißt es nur Gras und Laub. Das Feuer hatte gewissermaßen keine Zeit und war somit als typisch europäisch einzustufen. Nur das Kleingetier bis hin zum Wurm, das hat natürlich keine Chance, und da stellt sich automatisch die Frage, die schon ein großer Düsseldorfer Philosoph der Neuzeit in den Raum gestellt hat: Ist der Mensch mehr wert als der Wurm?

In einem Augenblick, als sich das Feuer grad wieder beruhigt hatte, nahmen Fritz und ich all unseren Mut zusammen und sprangen in der Mitte des Weges, wo es eh kaum brannte, auf die andere Seite der Medaille. Am Anfang blieben wir nicht lange auf einer Stelle stehen, weil wir ja nicht wußten, wie heiß der Boden war und wir wollten keine Löcher in den Schuhen riskieren. Aber dann berührte ich mal den Boden und stellte fest: nur leicht erhöhte Temperatur. Ich teilte dies Fritz mit.

„Naja", meinte er, „und wie jetzt?"

„Eigentlich könnten wir auch hier durchfahren."

„Also ich meine, erstens sind wir keine Stuntmänner, und zweitens, daß uns hier ein Feuer den Weg versperrt, sehe ich als gottgegeben an, mit dem Nachteil, daß wir keine Löwen sehen werden, und dem Vorteil, daß die Strapazen nun beendet werden können."

„Wo du recht hast, hast du recht", sagte ich anerkennend.

Ich blickte mich um. Hinter uns das Feuer, vor uns die Savanne, unter uns verkohlte Erde, über uns der Himmel. Plötzlich kam mir ein unangenehmer Gedanke:

„Sag mal Fritz, ich meine, wir sind ja nun hierher gefahren, um Löwen anzugucken, stimmt's?"

„Wohl", nickte er, ohne mich anzusehen.

Ich schaute zu Boden und stocherte mit der rechten Fußspitze in der Asche herum. Ich blickte wieder hoch und sagte leise:

„Naja, ich meine, was wäre denn, wenn ein paar von denen jetzt da hinten auftauchen würden?"

Wir sahen uns an und blickten dann beide besorgt in die Richtung, die ich mit „da hinten" bezeichnet hatte. Dann drehten wir uns langsam um, in Richtung Feuerwalze, die grad in diesem Moment auch wieder wirklich eine war.

„Also ich meine", fuhr ich noch etwas leiser fort, „die Wahrscheinlichkeit ist wohl eher gering, aber das haben sich die Passagiere der PanAm-Maschine über Lockerby auch gesagt."

„War'n da Löwen im Cockpit?"

„Im übertragenen Sinne schon."

„Und, was haben die gemacht?"

„Da gibt es keine Aufzeichnungen."

„Hm", machte Fritz, und nach einer kleinen Pause, „und der Flugschreiber?"

„Also, soweit ich weiß, nichts konkretes über Löwen und so."

„Wozu haben die denn dann diese Teile, frag ich mich."

„Frag ich mich auch, aber das soll ja unser Problem jetzt nicht sein, unser Problem ist, was also tun, wenn hier und jetzt."

„Das mit den Löwen, meinst du?"

„Ja, das mit den Löwen meine ich."

Fritz hob einen Stein auf und warf ihn Richtung eventueller Löwen. Dann kam er zu mir, faßte mich an der Schulter und sagte:

„Weißt du Bert, ich glaube das ist alles nur eine Frage des Messers."

Ich sah ihn ungläubig an.
„Spinnst du? Denkst du, ich geh mit einem Messer auf den Kumpel los?"
„Nein", Fritz schüttelte seinen Kopf und drehte dabei seine rechte, erhobene Hand mehrmals hin und her, „das denke ich nicht, und doch ist es so."
„Wie soll ich mit einem Messer auf den Löwen losgehen, ohne auf den Löwen loszugehen, mit ohne ein Messer?" fragte ich besorgt.
Fritz hakelte sich bei mir ein:
„Paß auf, ich erklär's dir. Ich meine, ich weiß auch nicht, ob es die beste Variante ist, aber ich denke, es ist die beste Möglichkeit, ohne Verletzungsmalheur aus der ganzen Sache rauszukommen."
„Nun spann mich nicht weiter auf die Folter", rief ich ungeduldig, nicht zuletzt deshalb, weil die Löwengefahr ja immer noch bestand.
„Nun gut, wie ich eingangs schon erwähnte, ist das alles nur eine Frage des Messers. Das heißt aber nicht, daß die Schneide besonders lang oder scharf sein muß, nein, darauf kommt es gar nicht an. Wichtig ist nur, daß du ein Messer besitzt, welches multifunktional ist, sprich, daß auch ein Korkenzieher dran ist."
„Es kommt also mehr darauf an, daß man bei Löwenüberfällen einen Korkenzieher mit sich führt."
„Ja."
„Warum sagst du das nicht gleich?"
„Ja gottverdammich, wer geht denn schon mit einem Korkenzieher auf Safari", entrüstete sich Fritz, „mit einem multifunktionalen Messer aber schon einige, denke ich."
„Hm, klar. Einleuchtend. Wie aber nun weiter?"
„Also gut, hinter dir das Feuer, vor dir der Löwe. Du nimmst also das Multimesser aus der Tasche, während du auf den Löwen zugehst. Du klappst den Korkenzieher aus und gewinnst zunächst mit einem lustigen Klaps auf des Löwen Schulterblatt sein Vertrauen. Schon im Biologieunterricht haben wir gelernt, daß der Löwe mit sowas nicht rechnet. Die Verwirrung mußt du ausnutzen, indem du, mit einer hohen Geschwindigkeit, dem Löwen mit dem Korkenzieher die Augen herausdrehst."
Ich beugte mich leicht zurück:
„Also Fritz, dann kann der doch aber nichts mehr sehen."
„Genau, darum geht es ja. Denn wenn er dich nicht mehr sehen kann, dann kann er dir auch nichts böses mehr, weil er ja nicht weiß, wo du bist."
„Na gut, aber wenn ich dann wieder in Dresden bin, dann hockt der arme Löwe immer noch da unten rum, und verharrt in Blindheit."
„Ja, da hast du recht, aber nun tritt eine alte Safariweisheit in Kraft, gehe nie ohne Blindenbinde und Blindenhund. Nachdem du also dem Löwen die Augen herausgezogen hast, legst du ihm die Binde an und erklärst ihm, auf welche Kommandos der Blindenhund hört. Dann mußt du nur noch alle halben Jahre nach dem Löwen sehen."
„Warum", fragte ich.
„Nun, es liegt ja im Bereich des Möglichen, daß der Löwe seinen Hund mittlerweile aufgefressen hat. In diesem Fall sollte man für Nachschub sorgen."
„Na gut", sagte ich nach einer Weile, „aber ist es da nicht besser, wenn man sich selbst eine Blindenbinde ummacht? Was wir auch in der Schule gelernt haben, ist ja, daß der gemeine Löwe keine blinden Weißen frißt."
„Das ist im Prinzip richtig, aber was willst du machen, wenn du an einen schon blinden Löwen gerätst. Der kann ja nun dann schwerlich erkennen, ob du weiß bist und eine Blindenbinde um den Arm trägst."

Ich griff mir ans Kinn:
„Ja, ich glaube, du hast recht, die Korkenziehermethode ist sicher die beste."
Doch dann erschrak ich mich heftig:
„Sag mal Fritz, hast du so ein Messer mit?"
Doch ehe Fritz mir antworten konnte, hörten wir Thori jenseits der Feuerwand rufen:
„Was ist denn nun los, ihr Brote, woll'n wir hier ewig bleiben, oder was ist?"
„Laß uns gehen", sagte ich zu Fritz.
„Genau, Safari fetzt."

Etwa fünf Stunden später waren wir besoffen. Zumindest waren wir auf dem Weg dahin. Besoffen zu werden, meine ich. Auf welchem Weg sollte man auch sonst sein? Will damit sagen, es ist auf jeden Fall ein angenehmer, weil auch ohne große Schwierigkeiten. Was bleibt einem auch anderes übrig, nach zwei so anstrengenden Begegnungen mit der Wildnis. Außerdem, das Trinken ist dem Menschen aus dem gleichen Grund gegeben wie das Schlafen. Wenn der Mensch trinkt oder schläft, muß er nicht darüber nachdenken, wie er seine Zeit rumkriegt, weil, sie kriegt sich von ganz allein, und außerdem macht er in dieser Zeit keine Dummheiten, von wegen nach Frauen gieren, Mord oder Techno hören.
Frisch gewaschen, in sauberen Klamotten und gesättigt, saßen wir also nun in der Hotelwirtschaft, um uns von den Strapazen des Tages zu erholen. Die Sonne war grad am Untergehen, und ich muß sagen, sie ging in einer Art und Weise unter, also meine Herren, da konnte man schon auf sentimentale Gedanken kommen. Das Wetter war so, wie man es hier gewohnt war: drückende, schwüle Hitze und diesige Luft. Aber ab und an war so eine Art Grollen zu hören, was man hätte als Gewitter bezeichnen können, doch es war Trockenzeit, und somit alles Quatsch, das mit dem Gewitter.
Wir redeten über dies und das. Das ist ein beschissener Satz. Aber es stimmte halt, wir redeten wirklich über sowas. Es gab allerdings auch ein ganz konkretes Thema.
„Sag mal Thori", begann ich selbiges, „dieses Grollen, das dürfte doch das Ergebnis einiger Blitze sein, sprich, es handelt sich doch sicher um Donner?"
Thori setzte sein Glas ab, strich sich über den Mund, schaute in die Dunkelheit, spitzte die Ohren und sagte:
„Von der Sache her würde ich dir recht geben, normalerweise würde ich sagen, es handelt sich um Donner. Aber wir befinden uns in einer Gegend, zu einer Zeit, wo kein Donner nicht stattfinden kann. Daher also", er machte eine kleine Pause und ein nachdenkliches Gesicht, „Ja, worum handelt es sich dann aber nun?"
„Das ist gar nicht so mein Problem, ob nun jetzt und hier ein Donner ist oder nicht."
„Willst du sprechen?", fragte Fritz.
„Ja."
„Was ist dann dein Problem", fragte Thori.
„Also gehen wir mal davon aus, es handelt sich um Donner. Folglich muß es doch auch Blitze geben, oder?"
Ich machte eine Pause.
„Und weiter?"
„Naja, ich hab in ganz Afrika noch keinen einzigen Blitzableiter gesehen."
„Hm."
„Da haben wir den Salat", sagte Fritz in der kurzen Pause, in der seine Hand seine Bierflasche zum Mund führte.
„Ich nehme an", gab Thori zu verstehen, „daß die Schweden eine größere Angst vor Blitzen haben als Afrikaner."

„Wieso grad die Schweden?"
„Naja, ich war mal in Schweden, und ich kann mich erinnern, dort Blitzableiter gesehen zu haben."
„Überhaupt, in allen anderen Ländern hab ich Blitzableiter gesehen", sagte Fritz.
„Du Eimer, in welchen Ländern warst du denn schon", fragte ich spöttisch.
„In Magdeburg."
„Also in allen Ländern, glaub ich nicht", warf Thori ein, „die Russen haben sowas bestimmt nicht."
„Ja, denk ich auch nicht", rief Fritz, „die haben zwar damals wie's Schwein elektrifiziert, aber an sowas haben die bestimmt nicht gedacht."
„Naja, Russen eben."
„Trotzdem muß ich da die Russen aber mal in Schutz nehmen...."
„Was", riefen Thori und Fritz, wie aus einem Munde.
Ich zog den Kopf ein und beugte mich etwas zurück. „Ist ja gut, meine Fresse, ich meine ja nur. Wenn einer elektrifiziert, zieht das doch nicht automatisch die Installierung von Blitzableitern nach sich."
„Da hast du zwar Recht, aber deswegen mußt du die Russen ja nicht gleich in Schutz nehmen."
„Ist ja gut, ich war verwirrt."
„Wer ist nun der Eimer?" fragte Fritz mit überheblicher Mine.
„Trotzdem du."
„Hört auf zu streiten", ging Thori zwischen uns, „das Leben ist schön, laßt es uns noch schöner saufen."
„So sei es." Fritz erhob mit diesem Satz seine Flasche, obwohl er schon ganz schöne Schwierigkeiten hatte, sie grade hoch zu heben.
„Ja ja, so sei es, ich muß aber erst mal schiffen", sagte ich und stand auf, um mein Vorhaben in die Tat umzusetzen.
Ich ging aber nicht auf die Toilette, sondern runter zur Terrasse, weil da standen auch Bäume. Da ich allein war, wählte ich mir einen Baum aus und verrichtete mein Geschäft. Bei dieser Gelegenheit fiel mir auf, daß in der Entwicklungsgeschichte der Menschheit zumindest der Mann was vom Hund mitbekommen haben muß. Und die Frau? Die steht wieder so da, hat nicht mal was vom Hund. Tja, dumm gelaufen.
Ich ging auf die Terrasse und setzte mich auf die Treppe. Irgendwie fühlte ich mich plötzlich Scheiße. Die Sonne war längst untergegangen, es herrschte mondlose Nacht. Nur ein ganz kleiner, kaum noch merklicher Streif am Ende des Himmels erinnerte noch an den vergangenen Tag. Aber nur rechts von mir. Nach links, etwa ab der Mitte des Horizonts, war es stockdunkel. Ich hätte ja gesagt, es handelt sich da um Gewitterwolken, aber die durften ja hier und jetzt nicht sein. Bis auf das ominöse Grollen, was mich beständig aus dieser Richtung erreichte, herrschte Stille. Nur ab und an fuhr ein vereinzelter Windstoß in die Bäume und regte die Blätter zum Rascheln an.
Da saß ich nun, weit weg vom heimatlichen Winter und dem alltäglichen Schwachsinn, auf einer Treppe mitten in Afrika, vor mir die unendliche Weite der Savanne, hinter mir die betrunkenen Freunde. Es war der Frieden. Ich zündete mir eine Zigarette an. So mancher, so er mich jetzt sehen könnte, würde mich wohl möglich beneiden ob der Freiheit, die ich zu diesem Zeitpunkt genießen konnte. Und trotzdem, ich fühlte mich Scheiße, Gott weiß warum. Der treueste und unberechenbarste Begleiter des Menschen ist die Unzufriedenheit. Ehe du dich versiehst, ist sie da. Ohne Voranmeldung und ohne vermeintlichen Grund. Und wenn du dann jemandem sagst, daß du unzufrieden bist, dann bekommst du zur Antwort:

Also das versteh ich nicht, du hast doch alles. Du hast gute Kinder, du hast Freunde, ab und zu eine Frau, du hast ausreichend Geld, was du mit der Musik, also mit deinem Hobby verdienst, du bist gesund, du hast Wohnung, Auto, Fernseher, Frieden, du hast relativen Erfolg mit der Musik, die du machst, und du kannst es dir in jeder Hinsicht leisten, einen Monat im Jahr in einen Urlaub zu fahren, wovon andere nur träumen. Da kann ich nur sagen, ja, das stimmt schon, aber ich bin trotzdem unzufrieden. Vielleicht ist es ja so, daß manche Menschen der Meinung sind, ich würde ein gutes Leben führen. Ich meine, ich will um Gottes Willen nicht klagen, ich bin mir schon bewußt, daß ich in der „wir führen ein beschissenes Leben - Skala", mit Sicherheit nicht ganz oben liege. Das ist ja aber auch alles Quatsch, weil relativ. Wer führt ein besseres Leben? Michael Jackson oder Mutter Teresa, Claudia Schiffer oder der Leuchtturmwärter von Hiddensee, der Philosophieprofessor oder der Trinker am Bahnhof, Michael Schumacher oder Damon Hill, VW oder Opel, Mann oder Frau?

Die Unzufriedenheit hat natürlich auch was Gutes, sie zwingt einen nach etwas imaginär Höherem, sie zwingt einen weiterzumachen. Aber warum und vor allem, wohin? Was ist das Höhere? Was ist das Erstrebenswerte? Wofür, oder für wen, macht man das alles? In meinem konkreten Fall: warum verbringe ich ungezählte schlaflose Nächte damit, neue Lieder zu komponieren, neue Show's auszudenken, neue Gags zu erfinden, die ich dann auch noch vor den eigenen Kollegen verteidigen muß, weil, jeder Musiker hat ja das Monopol auf die einzig wahre Musik. Wozu sitze ich ungezählte Stunden am Telefon, wo ich bei bescheuerten Veranstaltern Klinken putze, nur damit sie einen spielen lassen? Gut, ich mache das alles, damit ich auf der Bühne stehen kann, meinen Job machen kann, um Erfolg zu haben und Geld zu verdienen. Aber was soll das alles? Im Normalfall sitze ich nach der Show, völlig ausgelaugt und allein, in der Umkleidekabine und betrinke mich, und mit dem verdienten Geld bezahle ich Telefonrechnungen, Werbung, neue Instrumente, Computer und Autos, damit es beim nächsten Mal schneller und besser geht. Am Ende sitze ich aber wieder allein in der Kabine und kotze ab. Gut, am Ende bleibt soviel Geld übrig, um meinen Kindern genügend Überraschungseier zu kaufen und nach Afrika fahren zu können. Aber, Überraschungseier sind weniger eine Frage des Geldes, mehr eine Frage der Liebe, und einen Monat nach Afrika zu fahren, hat eigentlich auch weniger mit Geld zu tun, sondern mehr mit Mut. Mut, einen Monat auf Alltag zu verzichten. Nun hatte ich also diesen Mut, und nun saß ich hier in dieser gottverdammten Savanne, aber so richtig glücklich fühlte ich mich in diesem Moment trotzdem nicht. Ich hatte etwas gemacht, worauf ich mich ewig gefreut habe, was ich als etwas Erstrebenswertes angesehen habe, wovon ich mir erhoffte, wenn ich es tue, von allen Scheißgedanken und Grübeleien verschont zu bleiben, und dann stellt man plötzlich fest, alles bleibt wie es ist. Wenn du an der Oberfläche kratzt, ist darunter nichts, oder besser, es ist wie immer. Will damit sagen, im Normalfall geht es allen Menschen gleich gut, oder gleich beschissen, wie man es nimmt. Nur auf einem unterschiedlichen Niveau, aber welches Niveau höher oder niedriger ist, kann jeder nur für sich selbst bestimmen. Das macht aber niemand. Jeder bestimmt für die anderen mit. Jeder nimmt sein Niveau als den Ausgangspunkt. Daher kommt es zu solchen Äußerungen wie, dem geht es besser, oder dem geht es schlechter als mir. Ich meine, das ist ja eigentlich auch nicht weiter schlimm. Gesegnet sind eben die, die einfach nur sagen, mir geht es Scheiße, oder mir geht es gut. Schlimm sind die dran, denen es beschissen geht, die aber gleichzeitig im Innersten das Gefühl haben, daß sie sich eigentlich auf der Sonnenseite des Lebens befinden. Und zu denen gehöre ich. Ich kann nichts dagegen tun. Es überkommt einen einfach so. Ist das nachzuvollziehen? Nun, ich versteh's ja auch nicht so richtig. Aber es ist so.

„Na, Bertelsmann, was ist denn los?"
Thori, ich hatte sein Kommen nicht bemerkt, setzte sich neben mich.
„Ach, ich weiß doch auch nicht. Ich hab wohl meinen Moralischen."
Thori klopfe mir zart auf den Rücken:
„Na komm, durchhalten. Trink erst mal einen."
Er reichte mir seine Flasche und ich nahm einen kräftigen Schluck. Es gibt Momente, dachte ich so bei mir, da ist es schon wirklich gut, daß es solche Thoralf's gibt.
„Wo is'n Fritz?"
„Der hat sich verabschiedet."
„Wer das Glück hat."
Wir saßen eine Zeit so da, rauchten und schwiegen. In meinem Kopf kreisten plötzlich alle Gedanken dieser Welt, oder zumindest meiner Welt. Aber Thori hatte Geduld und wartete ab. Und mir war es egal, ob er nur deshalb neben mir saß, weil nur noch ich zum Reden da war, oder weil es ihm ein Bedürfnis war, sich mir als Seelenmülleimer anzubieten, vielleicht auch beides, wichtig war nur, er saß neben mir.
„Weißt du, was mir ständig durch den Kopf geht", fragte ich, ohne Thori anzusehen, „ich war letzten Sommer mit meinem Sohn zwei Wochen im Zittauer Gebirge im Urlaub. Nein, sag nichts, echt geile Gegend, das. Und wir haben ab und an kleine Touren mit dem Fahrrad unternommen. Ich meine, er war ja erst fünf und so, da kann man ja nicht gleich so hart ran. Und ich hab immer gedacht bei mir, wenn es den Berg hoch geht, da wird der Sohn rumkotzen, aber da fahr ich halt vor, und warte dann. Aber das war überhaupt kein Problem. Der Typ hat sich gehalten wie ein Mann und sein Fahrrad geschoben, ohne zu murren. Und da waren wir halt mal oben auf so einem Hügel und da ging es einen ordentlichen Weg wieder runter. Nicht zu steil, eigentlich fast eben, aber doch leicht abschüssig. Ich fahr also los und denke so bei mir, jetzt wird er sich aber freuen, daß er nicht mehr zu schieben braucht. Ich fahr ein Stück und dreh' mich um und was seh' ich, Marc schiebt weiter. Ich zurück und frage ihn, he Mann, was ist denn los, hier kannst du doch fahren. Doch er sagt, nein Papa, ich hab Angst. Warum denn, frag ich, hier kann doch nichts passieren. Ich meine, aus meiner Sichtweise war es wirklich völlig ungefährlich. Er aber sagt, er traut sich nicht bergab zu fahren."
Ich nahm einen Schluck und fuhr fort: „Und weißt du was ich da gemacht habe? Ich hab auf ihn eingeredet, hab ihm irgendwelchen Scheiß erzählt, von wegen, daß alle Kinder in seinem Alter bergab fahren, und er solle nicht so einen Schiß haben. Und da hat er es probiert, aber nach wenigen Metern ist er wieder abgestiegen. Und ich sage, das kotzt mich an und bin losgefahren."
Thori sah mich an: „Und was dann?"
„Na ich bin wieder zurück und", jetzt sah auch ich zu Thori, „und was seh' ich? Da liegt mein Sohn am Wegesrand im Gras, hat seinen Kopf in seinen Armen und weint bitterlich. Ich meine, es liegen ab und zu Söhne am Wegesrand und heulen, aber Marc lag da wegen mir und er hat geweint, weil ich, sein Vater, ihm Unrecht tat. Und er hat geweint, weil er sich nicht mehr anders hätte wehren können. Ich hab mich selten so Scheiße gefühlt, kann ich dir sagen. Ich meine, statt froh zu sein, daß er Angst hat, weil da die Hemmschwelle für irgendwelchen Schwachsinn einfach mal ziemlich hoch ist, hab ich gedacht, ich muß aus meinem Sohn einen Mann machen. Anstatt ihn schieben zu lassen, wenn er der Meinung ist, schieben zu müssen, will ich ihn dazu bringen, zu fahren, und nur weil ich, mit meinen scheiß 30 Jahren, sicher war, daß nichts passieren kann. Ich bin überhaupt nicht auf die Idee gekommen, daß Marc größte seelische Not gelitten haben muß, als ich losgefahren bin. Ich meine, in so einer Situation weiß doch so ein Kind nicht, was es falsch gemacht haben könnte, ob ich wiederkomme und überhaupt wie es weitergehen soll."

„Und wie ging's weiter?" fragte Thoralf.
„Naja, ich stand erst mal völlig ratlos da, und dann hab ich ihn in den Arm genommen, ihn geküßt und gestreichelt und gesagt, daß er alle Wege dieser Welt schieben könne, ich schiebe mit."
„Naja, ist doch O.K."
„Ich hoffe, daß es noch O.K. war, aber keiner weiß, was in den Kindern zurückbleibt, wenn man solche Scheiße baut."
„Du bewertest das, glaub ich, ein bißchen über. Kein Mensch ist vollkommen und kein Mensch hat sich immer voll unter Kontrolle. Und die Kinder können, denk ich, einiges wegstecken, wenn sie nur spüren, daß du sie lieb hast, und das hast du doch am Ende gezeigt."
Er machte ein neues Bier auf.
Klar hab ich ihn lieb, dachte ich bei mir. Ich war mir nicht sicher, ob Thori die ganze Geschichte in der Tragweite, die ich ihr beimaß, so verstanden hatte, aber das war wohl auch nicht so wichtig. Wahrscheinlich kann er sie auch gar nicht richtig verstehen, weil, sowas ist viel zu persönlich, aber er hat zugehört und was dazu gesagt und das ist am Ende ausreichend.
„Weißt du", fing Thori nach einer Weile wieder an, „ich fühl' mich auch manchmal komisch. Und ich weiß auch nicht warum. Ich wollte nun hierher nach Afrika, und, Gott ist mein Zeuge, ich fühl' mich wirklich wohl hier, aber trotzdem, manchmal sitz ich so zu Hause rum, und dann, was weiß ich warum, krieg' ich plötzlich die Grundfrage, und dann muß ich in die Wirtschaft, und dann sitz ich dort rum, mit dem Unterschied, daß ich mir dort den Hals vollschütten kann. Und dann schütte ich eben und dann geh ich steif nach Hause, meine verständnisvolle Frau empfängt mich liebevoll, bettet mich gut, wenn ich noch in der Lage bin, stellt sie sich noch zu einem Geschlechtsverkehr zur Verfügung, und dann schlafe ich ein. Und die morgendliche Sonne weckt mich dann mit einem derartigem Lächeln, daß ich sofort wieder die Grundfrage darüber kriegen könnte, wieso ich am Vorabend die Grundfrage hatte."
„Und was meinst du?"
„Ich weiß es nicht. Ich denke, daß der Mensch ständig versucht, es sich hübsch zu machen auf dieser Welt. Es sich hübsch zu machen, verlangt aber die totale Übersicht, will damit sagen, keinem ist es möglich, alles zu bedenken, es gibt immer wieder Dinge, an die man nicht gedacht hat, oder die einen einholen, und plötzlich, wie aus heiterem Himmel, sind diese Dinge da, und es ist Essig mit dem Hübschmachen. Das geht dann meist so schnell, daß man gar nicht dahintersteigen kann, warum plötzlich Essig über einen gekommen ist. Der kluge Mensch läßt dies dann mit sich geschehen und geht trinken, in Hoffnung auf die morgendliche Sonne..."
„...die ja im Normalfall dann auch immer kommt."
„Fünf Milliarden Jahre noch, hab ich gehört."
„Und vier Milliarden Jahre schon."
„Feine Sonne, das."
„Und wir mittendrin."
„Feine Menschen, wir."
Thori drückte seine Zigarette aus, nahm einen Schluck und reichte mir die Flasche. Ich stand auf und ging vor an das Geländer. Der helle Streif am Horizont war mittlerweile völlig verschwunden und der Wind hatte, so schien mir, ein wenig zugenommen. Aber es war immer noch angenehm warm. Nach wie vor war ab und an dieses Grollen zu hören, was ja eigentlich jetzt und hier nicht sein durfte. Und dann sah ich ihn, den Blitz.

„Thori, ich hab grad einen Blitz gesehen."
Thoralf kam zu mir und sagte: „Naja, ich auch, aber...."
„...das dürfte gar nicht sein", vollendete ich seinen Satz.
„Ja."
„Tja."
„Wie es so ist, im Leben."
„Voller Überraschungen."
„Immer wenn du denkst, es kann nicht sein..."
„...dann passiert es."
„Gib mal'n Schluck."
Ich gab ihm die Flasche und hielt ihm auch meine Zigaretten hin. Thoralf schaute mich ungläubig an, langte dann aber zu.
„Am Ende doch ein Gewitter", sagte ich.
„Am Ende ist mir das scheißegal." Thori winkte ab.
Recht hat er, dachte ich so bei mir. Trotzdem lehnten wir beide auf dem Geländer und blickten in die stockdunkle Nacht, in der Hoffnung, einen weiteren Blitz zu sehen. Aber die Hoffnung erfüllte sich nicht. Nur das Grollen war immer wieder zu hören. In diesem Moment wurde der Generator ausgeschaltet, was zur Folge hatte, daß nun nicht mehr nur noch vor uns, sondern auch um uns herum, tiefe Nacht zu herrschen begann. Außerdem wurde durch das Abschalten der Neonröhre, die in einem Baum befestigt über der Terrasse hing, unzähligen Insekten der Sinn des Lebens, oder zumindest das Ziel der Nacht genommen.
„Ob ich mit Moni wieder zusammenkomme?"
Thori sah mich erschrocken an. Ich meine, ich war ja selbst ein wenig überrascht.
„Was soll denn das jetzt?" fragte er.
„Naja, ich mein ja nur. Es gab während dieses Urlaubs so einige Situationen, wo ich mich echt wohl gefühlt habe. Aber dann wurde dieses Gefühl immer wieder getrübt, weil ich mir vorgestellt habe, daß es wohl noch schöner wäre, wenn du diese schönen Erlebnisse mit jemanden teilen könntest."
„Teil mit mir."
„Nein, ich meine..."
„...ja, ja, ich weiß, mit einer Frau, die du liebst, und die dich natürlich liebt. So Hand in Hand über Märkte laufen und bedruckte Tücher kaufen. Ich weiß schon, aber wie sagte schon ein begnadeter Zeitgenosse: Alles Käse das, Genossen."
„Was regst du dich denn da so auf?" fragte ich.
„Ich reg' mich doch nicht auf, das ist halt alles Quatsch, meine ich. Entweder du hast die große Liebe, oder du fährst nach Afrika. Basta! Beides zusammen gibt es nur im Kino."
„Ich denke, das gibt es auch in Echt."
„Im Kino werden ja auch manchmal Filme über Echt gezeigt."
Thori nahm einen Schluck und zog an seiner Zigarette. Dann sprach er weiter, wobei er mit der Hand, in der er seine Zigarette hielt, auf mich zeigte:
„Ich meine, ich versteh ja was du meinst, aber du solltest ab und an mal die Ruhe reinbringen und die Dinge so nehmen wie sie sind. Man kann nicht alles haben, zumindest nicht alles auf einmal. Freu dich doch darüber, daß du hier bist und laß Weiber Weiber sein. Kannst du dich zu Hause wieder drum kümmern. Es hat doch auch Vorteile ohne, oder? Stell dir nur mal vor, du hättest deine Freundin mitgebracht. Weißt du wie eng es zu fünft in meinem Wagen geworden wäre." Und ehe ich was sagen konnte. „Was hat das eigentlich alles mit deiner Exfrau zu tun?"
„Naja, immer wenn ich solche Gedanken habe, und mir vorstelle, wer jetzt an meiner Seite

sein müßte, dann fällt mir immer zuerst Moni ein."
„Hm. Wie lange wart ihr zusammen?"
„Über zehn Jahre."
„Und seit wann seid ihr auseinander?"
„Naja, ich bin vor einem halben Jahr ausgezogen."
Was nicht heißt, daß wir deswegen auch richtig auseinander waren, wollte ich noch hinzufügen, aber Thori hielt mir die Flasche hin, und sagte:
„Trink, mein Freund, ein Jahr noch, dann hat sich die Sache. Gut Ding bracht Weile. So oder so."
Ich trank und schwieg. Die Ehe mit meiner Frau war schön. Freilich, wir hatten unseren Zoff, aber am Ende mußte alles so sein. Keiner von uns beiden hatte Schuld, daß wir auseinandergegangen sind, wie auch keiner von uns beiden Schuld hatte, daß wir zusammengekommen sind. Und wenn Thori meint, in einem Jahr ist alles vorbei, dann hat er am Ende recht. Aber wir waren zehn Jahre doch recht glücklich, und wir waren überheblich genug, von uns zu behaupten, daß wir alles besser gemacht haben als all die anderen Paare. Selbst unsere Trennung gab uns dieses Gefühl. Und dann kommt so ein Thoralf, und sagt, so und so wird es werden, weil es immer so ist. Wenn er recht hat, dann bedeutet dies, daß sich unsere Beziehung, in der Sache, nicht von anderen unterschieden hat. Und wenn man jahrelang denkt, man führt eine Beziehung, die einmalig ist und dann aber irgendwann plötzlich feststellt, daß der Werdegang, im Prinzip, immer wieder der gleiche ist, dann schmerzt das schon ein wenig.
„Ja, ist O.K. Thori, wird wohl alles so sein, ich bin halt noch nicht richtig weg von ihr und da kommt man eben manchmal auf solche Gedanken."
Ich machte eine kleine Pause.
„Weißt du woran ich manchmal noch denken muß? An ein nettes kleines Zitat in einem Woody Allen Film: Da kommt ein Mann zum Psychiater und sagt, Herr Doktor, mein Freund ist verrückt, er denkt, er wär ein Huhn. Sagt der Arzt, dann bringen sie ihn doch ins Irrenhaus, sagt der Mann, das geht nicht, ich brauch die Eier."
Thori schnipste seine Kippe in die Nacht, drehte sich zu mir und sagte:
„Gut, bei dir dauert es noch zwei Jahre. Laß uns schlafen gehen, da gehen die Jahre schneller rum."

Auch als ich im Bett lag, hatte ich immer noch dieses unselige Gefühl der Unzufriedenheit in mir. Ich meine, Thori hatte ja recht, was wollte ich mehr. Und was will man groß über diese Dinge reden. Aber in solchen Zusammenhängen ist der Verstand dem Gefühl einfach mal unterlegen. Und was sollte man da tun? Man sollte sich hinlegen und still vor sich hin leiden. Man sollte einen Feuersturm von Selbstmitleid in sich entfachen. Man muß alles zu schier unüberwindlichen Problemen aufbauschen, man muß sich zur größtmöglichen Leidensfähigkeit emporgrübeln. Und dies alles möglichst in Verbindung mit Alkohol und trauriger Musik. Auch sollte man in solchen Situationen mit Menschen in Kontakt treten, von denen man mit großer Wahrscheinlichkeit erwarten kann, daß sie einen nicht verstehen und dich mit ihren Äußerungen noch weniger machen. Das alles hält auch der stärkste Grübler und Zweifler nur eine gewisse Zeit aus. Somit wird es dann, über kurz oder lang, plötzlich einen großen Knall geben und man fühlt sich wieder gut. Je intensiver und schneller man sich weniggemacht hat, desto schneller ist alles vorbei.
Dies waren meine Gedanken, kurz bevor ich einschlief. Allerdings konnte ich nicht mehr klären, wo ich nun traurige Musik und einen Menschen, der mich wenigmachen könnte, herbekommen sollte, denn darüber war ich eingeschlafen.

Ich hatte einen merkwürdigen Traum. Ich stand allein, in einem langen, schmucklosen und hell beleuchteten Gang. Ich konnte nur das eine Ende des Ganges sehen, ein großes schwarzes Loch, aber ich hatte trotzdem das Gefühl, in der Mitte zu stehen. Auch war ich der Meinung, daß ich dieses eine Gangende noch gar nicht hätte sehen dürfen. Ich war darüber sehr verwirrt. Dann sah ich jemanden auf mich zukommen. Ich empfand diese Person als Bedrohung, komischerweise aber als eine Art angenehme. Ich floh in Richtung Gangende, aber je schneller ich mich ihm näherte, desto näher kam die Bedrohung. Ich spürte, daß Weglaufen keinen Sinn macht, also blieb ich stehen und schaute mich um. Ich kannte diesen Mann. Ich hatte ihn schon zweimal gesehen. Im Flugzeug und beim Funeral. Ich wollte mit ihm reden und hatte doch gleichzeitig das Gefühl, daß er mir nicht zuhören würde. Sein Gesicht strahlte diese Gelassenheit und Wärme aus, die ich schon von meinen ersten Begegnungen mit ihm kannte. In mir regte sich das Verlangen, Vertrauen zu diesem Mann zu haben, und doch sträubte sich etwas in mir. Er kam langsam auf mich zu. Ich konnte mich nicht mehr bewegen, und ich wollte es auch nicht. Aus dem Verlangen, Vertrauen zu diesem Mann zu haben, erwuchs das Verlangen nach grenzenloser Hingabe. Er stand jetzt ganz dicht vor mir.
„He Bert, wach auf, Mensch, komm, schlafen kannst du im nächsten Leben."
Ich brauchte eine Weile, um festzustellen, daß es sich um die Stimme Thoris handelte, und dem wollte ich mich nun wirklich nicht hingeben. Etwas wütig murrte ich:
„Was ist denn los, Mann?"
„Na hör doch mal. Hör - doch - mal!"
Ich hörte. Und was hörte ich da? War da nicht so ein vertrautes Prasseln auf dem Wellblechdach. Ja, es war da. Ich blickte Thori in die Augen, und fragte vorsichtig:
„Es regnet, stimmt's?"
„Ja Mann", er packte mich an den Schultern, „du hast recht, es regnet, los raus mit dir, und weißt du warum?" schrie er mich an.
„Ich nehme an, weil es regnet", antwortete ich leise.
„Genau Rindvieh, deshalb mußt du raus."
Ich setzte mich, packte nun auch Thoralf mit beiden Armen und schrie ihm ins Gesicht:
„Weißt du, warum ich raus muß, Arschloch?"
„Weil es regnet, Eimer!"
„Genau! Weil es regnet!"
Ich sprang aus dem Bett und wir raus auf die Veranda. Dort standen schon Fritz und Adu. Der Regen machte einen Höllenlärm auf dem Dach. Ich rief zu Fritz:
„He Fritz, weißt du warum ich raus mußte?"
„Ich nehme an, weil es regnet", rief Fritz zurück.
„Genau, es regnet nämlich!"
Und dann, wie auf Befehl, die Klamotten runter und rein in den Regen. Oder raus? Na egal. Wie die kleinen Kinder sprangen wir, laut schreiend und völlig aufgekratzt, durch die angenehm warmen Tropfen, gar viel an der Zahl. Es war ein wirklich erhebendes Gefühl und ich war irgendwie richtig stolz, dies erleben zu dürfen. Ich meine, ich war dabei. Ich habe einen Regen erlebt, der gar nicht hätte sein dürfen.
Wir hatten uns am nächsten Tag erkundigt. Laut Aussage eines alten Mannes hat es im Januar 1942 in Mole das letzte Mal geregnet.

Am nächsten Tag sind wir weiter. Mental gesehen, fühlte ich mich immer noch ein bißchen neben der Mütze, aber ich war zu schwach, weiter darüber nachzudenken. Am Ende lag es ja gar nicht am Weltschmerz oder an der Einsamkeit, am Ende lag es an den Strapazen der

Reise oder am Saufen. Na, ich denke, es war eine gelungene Mischung aus allem, was mich zu der Annahme verleitet, daß ich ein guter Mischer bin.
Unsere Reise führte uns über Tamale, einer Stadt, die ihre Bedeutung nur der Lage an der Nord-Süd Verbindung zu verdanken hatte, bis hoch nach Bolgatanga, von wo es nur noch knapp 50 km bis Burkina Faso sind.
Von Bolgatanga sind wir wieder zurück nach Kumasi, und von dort wieder nach Accra. Es gibt über den Rest dieser Tour nicht allzuviel zu berichten. Also, ich meine, wenn ich den Anspruch hätte, einen Reisebericht zu schreiben, dann schon, aber eigentlich auch nicht. Es soll ja Leute geben, die sehen ein afrikanisches Dorf und drehen durch, weil es so herrlich und so anders ist. Das ist ja auch erst mal O.K., aber dann sehen sie ein zweites Dorf und drehen wieder durch. Manche sehen bis zu 300 Dörfern und drehen demzufolge auch 300 Mal durch. Dies kann ich nicht ganz nachvollziehen, weil, auch die exotischste Landschaft erschöpft sich irgendwann einmal. Umgedreht, nur um es zu veranschaulichen, wenn der Schwarze das erste Mal in die Lüneburger Heide kommt, staunt er sicher auch zunächst, aber spätestens wenn er zweimal von Unterlüß nach Schneverdingen und zurück gefahren ist, hat sich das dann wohl schnell relativiert. Vielleicht lag es auch an den Umständen unserer Reise, die sicher nicht dazu angetan waren, unsere Sinne für Land und Leute zu schärfen. Also nicht daß wir dies alles ignoriert hätten, aber wir waren irgendwie träge, und wenn wir ganz ehrlich waren, eigentlich wollten wir keine stundenlangen Fahrten mehr, im engen Jeep, über staubige, schlechte, unendliche Straßen. Uns stand auch kein Sinn mehr nach billigen, lauten Hotels ohne Wasser und all das. Sein wir doch mal ehrlich, „Afrika, das sind doch nicht nur „primitive Stämme", Schlangen, wilde Tiere, Safaris, Armut, Hunger, Krankheit, Hitze und ein junger aufstrebender Kontinent, der sich anschickt, sich von jahrhundertelanger Unterdrückung, Unterentwicklung und Vorurteilen zu befreien" (Cobbinah, Jojo: Ghana, Praktisches Reisehandbuch für die „Goldküste„ Westafrikas. 3. Auflage, Frankfurt am Main 1995, S.9) , nein, Afrika, das ist doch auch, mit der Flasche Bier am Strand sitzen, sich das Buddel von der Sonne braun machen lassen und nach den Frauen hinschauen. Und wir waren ehrlich.
Aber eine kleine Episode möchte ich doch noch erwähnen. Amerika ist der Kontinent der unbegrenzten Möglichkeiten. Das klingt gut. Afrika hingegen ist der Kontinent, wo nichts verloren geht. Das klingt nicht ganz so gut, ist aber dafür zuverlässiger. Und nun der Beweis. Nachdem wir Mole verlassen hatten, schwelgte ich also, wie schon erwähnt, immer noch in düsteren Gedanken. Um mich etwas aufzulockern und um von eben diesen Gedanken wegzukommen, versuchte ich an etwas schönes zu denken, z.B. an die Sächsische Schweiz, wie ich mit einer guten Freundin am Lagerfeuer sitze und nur mit dem Gedanken beschäftigt bin, wie bring' ich sie dazu, daß sie nach dem Geschlechtsverkehr nicht mit in meinem Schlafsack schläft, ...plötzlich durchfuhr es mich heiß. Mein Schlafsack. Ich sagte, Thori halt mal an, ich glaub, ich habe meinen Schlafsack vergessen. Und so war es dann auch. Ich war sauer und meine Freunde erst recht. In ihren Augen stand die pure Angst, ich würde sie jetzt bitten, noch mal zurück zu fahren. Ich sah diese Angst und verzichtete. Immerhin hatten wir schon über 60 km zurückgelegt, und wenn ich ganz ehrlich war, dann war auch ich der Meinung, daß 120 zusätzliche Kilometer nicht mit einem eventuell wiedergefundenen Schlafsack für 160 DM, aufzuwiegen waren. Wir fuhren also weiter und ich ergab mich schweigend meinem Schicksal. Thori hingegen unterhielt sich mit Adu über das Problem und nach längerer Diskussion gab mir Thori zu verstehen, daß ich mir keinen Kopf machen solle, Adu sagte, wir kriegen das Teil wieder, und somit würde es auch so sein. Und ich habe ihn wirklich wiederbekommen, und zwar folgendermaßen. In Tamale angekommen, dirigierte uns Adu auf den hiesigen Busbahnhof. Ein riesiges, unüberschaubares, staubiges Areal mit

unheimlich vielen und völlig verquer und durcheinander stehenden Fahrzeugen, von denen mit Sicherheit nicht alle das Prädikat Bus verdienten. Und zwischen diesen Fahrzeugen eine Unmenge Menschen, die man in vier Kategorien unterteilen konnte. Die, die gerade angekommen waren, das waren die Geschäftigsten, die, die auf ihre Abfahrt warteten, das waren die Trägsten, die, die diesen beiden etwas verkaufen wollten, das waren die Schnellsten, und schließlich die, die allen dreien irgend eine Fahrt nach irgend wohin überhelfen wollten, das waren die Lautesten.
In diesem, für uns Europäer, völligen Chaos, verschwand Adu plötzlich, um eine halbe Stunde später mit einem wildfremden Mann aufzutauchen, der am selben Tag noch nach Mole fahren wollte. Dieser Mann war bereit, für eine gewisse Summe Geldes, am nächsten Tag wieder nach Tamale zurück zu kommen, um mir meinen Schlafsack zu bringen, und dies, obwohl er eigentlich erst später wieder zurück fahren wollte. Adu setzte einen Brief an den Hotelmanager in Mole auf, in dem er den Mann autorisierte, meinen Schlafsack in Empfang nehmen zu dürfen, und in dem er auch erwähnte, daß wir in ein paar Monaten wieder in Mole auftauchen würden, und wenn er dem Mann den Schlafsack nicht aushändigen würde, oder wenn der Schlafsack gar nicht mehr auffindbar wäre, dann würden schreckliche Sachen mit ihm passieren, weil, der weiße Mann wäre dann verärgert. Selten habe ich einen Menschen mit soviel Ehrlichkeit einen so verlogenen Brief schreiben gesehen. Adu erhielt von dem Mann das Versprechen, am nächsten Tag, Punkt 12, mit meinem Schlafsack, vor dem Hotel zu stehen, in dem wir übernachten wollten, und der Mann erhielt von Adu den Brief und das Versprechen, daß ich ihm etwas geben würde. Die Verhandlungsdauer, zwischen Adu und dem Mann, belief sich auf ungefähr zwei Stunden.
Am nächsten Tag um 12 Uhr stand der Mann mit meinem Schlafsack vor dem Hotel. Ich war hocherfreut und bedankte mich herzlich und überreichte ihm, im Gegenzug, 10.000 Cedis, etwa 15 Mark, woraufhin er sich hocherfreut zeigte und sich bei mir herzlich bedankte. Ich hatte dieses Summe vorher mit Thori und Adu beraten und gegen den entschiedenen Widerstand von Adu durchsetzen können; er war der Meinung, daß die Hälfte vollauf genügt hätte. Aber da hätte ich mich wenig gefühlt. Ich meine, das hab ich ja so schon, aber es ist, glaub ich, Quatsch, groß über solche Dinge nachzudenken. Es ist halt alles eine Frage des Standpunktes und der Sichtweise. Ich meinen Schlafsack, er 15 Mark; wir hatten beide das Geschäft des Jahres gemacht.

10

„Grün", sagte Fritz, nach längerem Überlegen.
„Ha", war meine prompte und laute Reaktion.
Thori blickte erschrocken auf. Wahrscheinlich war mein „Ha" etwas zu laut und zu prompt.
„Was ist denn los", fragte er mich.
Ich antwortete ihm nicht; statt dessen fragte ich Fritz:
„Grün? Bist du dir da ganz sicher?"
Fritz zog die Mundwinkel etwas nach unten, und sagte, während er sich eine Zigarette nahm, ohne mich anzusehen:
„Willst du zweifeln?"
„Ich mein' ja nur. Ich denke halt, daß du kein frecher Mensch bist, aber soweit ich das beurteilen kann, ist es einfach mal eine Frechheit, wenn du Grün sagst."
„Ist das mein Problem?"
„Nein, aber...."
„....Schnauze jetzt." Thori hatte sein Bier abgesetzt, daher hatte er Zeit, sowas zu sagen. Aber er hatte ja Recht, es hatte keinen Sinn, darüber zu streiten. Ich lenkte also ein.
„O.K., Grün sagst du also."
Ich machte eine kleine Pause um dann plötzlich aufzusehen und mich nochmals zu versichern:
„Bleibt dabei, ja?"
„Ja doch, du Heizer."
„Gut, gut. Thori, wo waren wir?"
Thori zog die Augenbrauen zusammen. Es fiel ihm offensichtlich schwer, mir diese Frage zu beantworten. Zögernd sagte er: „23, glaub ich."
„23, Fritz?"
„Hm", nickte Fritz.
Ich zündete mir eine Zigarette an und nahm einen tiefen Schluck Bier. Diese Vorbereitungszeit tat not, denn es stand eine wichtige Entscheidung an. Die Freunde warteten geduldig ab, denn sie spürten, da lag was in der Luft.
„O.K." sagte ich endlich, „Kontra!"
Thori sah mich mit aufgerissenen Augen an: „Bist du verrückt, das mußt du alleine gewinnen."
„Wird schon."
„Wird nicht", sagte Fritz, „Re!"
Ich legte etwas Mitleid in mein Gesicht:
„Quatsch, was?"
„Wieso Quatsch, könnt ihr nie gewinnen."
„Moment", ich hob beschwichtigend meine rechte Hand, „Moment."
Pause.
„Also wir waren bei 23, ich sag Kontra und du sagst Re."
Pause. Ich blies geräuschvoll meinen Rauch aus.
„Nee, also so nicht. Bock!"
Thoralf fing an zu zittern: „Hast du's Wasser?"
„Laß nur, das geht schon in Ordnung."
Ich blickte Fritz in die Augen.
„Naa?"
„Was naa, könnt ihr nie gewinnen!"
„Also Hirsch?"

Fritz überlegte: „Ach weißt du, Bert, Bock reicht mir."
Ich rempelte Thori an der Schulter:
„Siehst du, jetzt geht ihm der Arsch auf Grundeis."
Thori zeigte mir einen Vogel: „In Afrika, was?"
„Selbst bei 30° im Schatten, ich sag dir das."
„Ich hab da so meine Zweifel."
Ich wollte die zerstreuen, aber Fritz ging dazwischen: „Also los, wer kommt?"
„Wer gab?"
„Ich."
„Nö, ich."
„Wartet mal", ich sah auf die Rechnung, „Thori hat gegeben, also komme ich."
„Na dann los, Karte oder'n Stück Holz."
„Geb' ich lieber 'ne Karte."

Der im Leben stehende und mit den wichtigen Dingen desselben vertraute Mann und die mit ihm sympathisierende Frau werden natürlich schon lange gemerkt haben, worum es bei diesem Gespräch ging. Wir spielten Skat. Skat steht an fünfter Stelle, was die wichtigen Dinge betrifft. Vorher kommt nur noch Geld verdienen, Ficken, Fressen und Saufen. Und Skat gewinnt natürlich noch an Bedeutung, wenn man mit guten Menschen und in gediegener Atmosphäre spielt. Wir waren gute Menschen, und was die Atmosphäre betraf, so konnte sie nicht besser sein. Wir saßen wieder am Strand von Accra. Über uns ein Sonnenschirm, darüber die Sonne, vor uns Bier, unter uns der warme Sand und um uns herum die schönen Frauen. Aber damit wollte ich ja nichts mehr zu tun haben, sagte der Fuchs und ließ die Trauben Trauben sein. Aber muß man sich da nicht zwei Fragen stellen? Bin ich ein Fuchs, und sind Frauen Trauben? Nein, beides ist nicht der Fall. Also nutzte ich jede Gelegenheit, von den Karten aufzusehen, um unauffällig nach den Frauen hinzuschielen. Dabei sagte ich mir immer, Stephan, bring' die Ruhe rein, jetzt hast du drei Wochen ausgehalten, jetzt wirst du doch die letzten vier Tage, die du noch hier bist, nicht weichwerden. So der Kopf. Ganz anders aber der Schwanz: Mensch Stephan, jetzt hast du dich so lange zurückgehalten, jetzt nutze, um Gotteswillen, die letzten Tage, oder willst du, daß ich durchdrehe? Nein das wollte ich nicht, aber ich sagte zum Schwanz: Schwanz, ich würde dich ja gern entlasten, aber ich kann doch kein Englisch. Ätsch, sagte der Kopf. Schwanz und Kopf, sagte ich, könnt ihr euch nicht mal vertragen. Nö, sagen beide. Bin ich Bosnien, oder was?
Aber wie es sich so zuträgt im Leben, es trägt sich ja bekanntlich meist ganz anders als man annimmt, wie es auf einen zugetragen wird, nachdem man sich ganz sicher war, daß es so niemals, durch äußerliche Umstände und innerliche Zwänge, nach einem hingetragen werden kann, weil man nie mit der Tragfähigkeit des Lebens gerechnet hätte. Mit anderen Worten: es kommt immer anders als man denkt.
Als wir gegen Abend unser Spiel beendeten, welches, nebenbei bemerkt, für mich ganz gut ausging, womit ich sagen will, daß ich ein guter Skatspieler bin, hingegen Thori, welcher letzter wurde, ein ziemlich erbärmlicher Spieler ist, was er auch zugibt und ihn aber nicht weiter anhebt, saßen wir beim Restbier und überlegten, wie wir die letzten Stunden gestalten würden. Fritz hatte übrigens oben erwähntes Spiel mit 60 verloren, woraufhin wir Wodka trinken mußten. So hat alles seinen Sinn. Wir kamen überein, den heutigen, vorletzten Abend mit einem umfangreichen Abendmahl im Africico abzuschließen und den morgigen, letzten Tag, für eine Fischerbootpartie zu nutzen. Den letzten Abend wollten wir in Gbawe verbringen. Und wie wir also so mit der Planung beschäftigt sind, kommen da zwei junge, durchaus hübsche (wenn auch nicht so hübsch, daß man unbedingt hätte durchdrehen

müssen), Mädchen an unseren Tisch, setzten sich neben Thori und begannen mit ihm eine Unterhaltung, die sehr lustig gewesen sein muß, denn sie kicherten andauernd. Dabei schauten sie immer, mehr oder weniger direkt, zu Fritz oder mir. Wir versuchten dann immer zurückzukichern, was sich als ziemlich schwierig erwies, weil, der Mann ist nicht albern. Wenn die Mädchen Jungs, und wir, Mädchen gewesen wären, dann hätte ich jetzt geschrieben, das war einfach nur Anmache. Da dem aber nicht so war, würde ich sagen, Fritz und ich waren Gegenstand einer, sagen wir, Musterung. Thori bestellte ihnen eine Cola, Fritz gab ihnen Zigaretten, ich das dazugehörige Feuer und die Mädchen kicherten weiter. Nach etwa zehn Minuten lustig, ich war schon ein bißchen ungeduldig, fragte uns Thori plötzlich:
„Männer, es bleibt doch dabei, wir gehen heute ins Africico?"
Ich sah zu Fritz, zuckte leicht mit den Schultern und sagte zögernd:
„Naja klar doch, oder nicht?"
„Gut, die Mädels wollen nämlich auch hinkommen, habt ihr was dagegen?"
Fritz sah mich an, tat es mir gleich, was das Schulterzucken in Verbindung mit Zögern betraf und erwiderte:
„Nö, ist O.K.. Klar, warum nicht."
Während Thori den beiden erklärte, daß wir uns freuen würden, heute abend mit ihnen zu dinieren, kicherten sie nicht. Sie wechselten vielsagende Blicke miteinander, und ab und an schauten sie zu uns, wie als wollten sie sagen, eine weise Entscheidung, Jungs. Sie verabschiedeten sich und entschwanden, genauso plötzlich wie sie gekommen waren. Thori zündete sich eine Zigarette an, nahm eine tiefen Zug und lehnte sich zufrieden zurück. Dabei lächelte er verschmitzt an uns vorbei. Wir hingegen saßen etwas steifer da, denn wir mußten erst mal verarbeiten.
„Was war denn das?" brach Fritz das Schweigen.
„Was war denn das", äffte Thori ihn nach, „bist du blöd, oder was."
„Das weißt du doch nicht."
Thoralf zuckte nur mit den Schultern.
„Kennst du die?" fragte ich.
„Die eine, ja, flüchtig."
„Wie, flüchtig."
„Ich hab sie nicht gefickt, wenn du das wissen willst."
„Will ich ja gar nicht", log ich.
„Hm", machte Fritz, „und wie jetzt?"
„Wie jetzt, wie jetzt?" Thori aschte in den Sand, „Wir gehen heute dort hin, und alles andere wird sich ergeben."
„Also ich will Bier trinken", sagte Fritz.
„O.K., trinkst du Bier, es ist kein Muß. Willst du auch Bier trinken?" wandte er sich an mich.
„In erster Linie schon."
„Und in zweiter Linie?"
„Naja, die zweite Linie ist schon zu überdenken, aber ich muß gestehen, so richtig haben mir die beiden dann doch nicht gefallen."
„Einem geschenkten Gaul guckt man nicht ins Maul."
Ich feixte. „Sowas Beschissenes hab ich ja noch nie gehört."
„Irgendwann hört man alles zum ersten Mal, aber mal Spaß beiseite, die Sachlage ist folgende, die Mädels haben Interesse an euch angemeldet, was ihr aus dem Interesse nun am Ende macht, ist ganz allein euer Problem. Ich würde vorschlagen, wir sind um neun im Africico, und alles andere wird sich zeigen."
„So sei es", nickte ich, obwohl, so richtig wohl war mir nicht bei der ganzen Sache. Ich

meine, es ist schon komisch, da liegt man nächtelang wach, weil man vor erotischen Phantasien nicht einschlafen kann. Da träumt man zum Beispiel davon, daß man an einem x-beliebigen Strand mit seinen Freunden Skat spielt, und dann plötzlich zwei Frauen an den Tisch kommen und vom Prinzip her alles klarmachen, und im Traum geht dann auch alles klar. Aber auf einmal wird so ein Traum auch wirklich wahr, ich meine, wann kommt sowas schon mal vor, und plötzlich fühlt man sich Scheiße, und mit einer unglaublichen Geschwindigkeit fliegen einem plötzlich tausend Gründe zu, daß man eigentlich nichts mit diesen Frauen zu tun haben will. Der Mann ist zwar nicht albern, aber er ist feige, unentschlossen, dumm, voller Skrupel, und vor allem, äußerst komplexbeladen. Aber macht ihn das nicht auch liebenswert? Ach ja, der Mann, das ist schon was.

Wir verließen den Strand in Richtung Parkplatz. Dort angekommen hatte Thori zunächst erst mal einen intensiven Disput mit dem selbsternannten Parkplatzwächter. Afrika ist das Eldorado selbsternannter Parkplatzwächter. Diese Leute sitzen zunächst zu Hause rum. Dies geht eine Weile gut. Dann beginnen sie, das Gefühl zu haben, daß da noch was fehlt. Wenn was fehlt im Leben, muß man Parkplatzwächter werden. Das ist einleuchtend, das verstehe ich. Ergo wird ein Parkplatz gesucht und sich hingestellt. Wenn da aber schon einer steht, kommt es zum Kampf. Der Stärkere siegt, wie beim Damhirsch. Der Wächter hat zwei Aufgaben. Zum einen weist er die ankommenden Autos ein. Das sieht dann so aus, daß, wenn ein Auto auftaucht, betreffender Wächter in einer Ecke des Parkplatzes steht und wild gestikuliert, was heißen soll, daß man seinen Wagen an betreffender Stelle parken soll. Der ankommende Fahrzeugführer hat aber ganz andere Pläne, folglich stellt er sein Auto auch an einer anderen Stelle ab. Der beflissene Wächter eilt dann zum Fahrer und beglückwünscht ihn zu seinem neuen Stellplatz, weil, diese Stelle wäre sowieso die beste, denn hier hätte er eh den besseren Überblick. Die zweite Aufgabe des Wächters besteht darin die Hand aufzuhalten, wenn man den Parkplatz verlassen will. Soweit so gut, wäre da nicht das Problem zwischen der Höhe des geforderten Obolus, und der Bereitschaft, auf diese Forderung einzugehen. In solchen Situationen trifft man sich dann meist in der Mitte. In Afrika wird sich oft in der Mitte getroffen, eine zwischenmenschliche Errungenschaft, die vor allem dem Umstand zu schulden ist, daß es in Afrika einfach nicht so viele Gerichtsgebäude gibt wie in der ersten Welt.
Auch Thoralf gelangte mit dem Wächter zu einer außergerichtlichen Einigung, und gerade als wir einsteigen wollten, hörten wir es rufen und sahen wir es winken. Es waren besagte Mädchen, die plötzlich wieder aufgetaucht waren und auf Thori zuliefen, offensichtlich um noch etwas wichtiges mit ihm zu besprechen. Thoralf hörte sich alles an und wandte sich dann an uns:
„Tja Männer, es gibt da ein Problem, die Mädels haben mir gerade klargemacht, daß sie beide auf Fritz scharf sind."
Er sagte dies mit einem sehr breiten Lächeln, schaute aber keinen von uns beiden an.
Ob er es nun wollte oder nicht, aber Fritz stieg eine leichte Röte ins Gesicht. Ich hingegen bekam es mit Gedanken zu tun, die sehr konträr zueinander verliefen. Einerseits war ich froh, weil ich nun alle Sorgen los war, andererseits fühlte ich mich natürlich nicht unbedingt geschmeichelt, um nicht zu sagen, ich war sogar ein wenig enttäuscht, also, ich hätte doch zumindest erwartet, daß man von mir denkt, daß ich ein toller Hecht bin. Frauen wollen nämlich tolle Hechte. Sei's drum, dachte ich mir, tat aber trotzdem so cool wie möglich. Fritz war die ganze Sache total unangenehm. Mit Sicherheit war er den Dingen, was mit Frau und so zu tun hat, nicht abgeneigt, aber auf diese Art, das war nicht so sein Ding. Er wollte weder mit der einen noch mit allen beiden was Intimes zu tun haben, er wollte Bier

trinken. Eine an sich weise, aber auch orgasmuslose Entscheidung. Fritz mußte jetzt also was klären:
„Also Thori, ich muß dir sagen, also ich meine, du mußt ihnen klarmachen, daß ich mich zwar sehr geehrt fühle, aber ich will nicht, also ich würde schon so, von der Sache her, aber..."
„...ist ja gut, brich dir keinen ab, ich sag's ihnen."
In Fritz' Augen machte sich Erleichterung breit. Ich rauchte und tat weiterhin cool. Thori wandte sich wieder an die Mädchen und erklärte ihnen den neuen Sachverhalt. Während sie Thoralf zuhörten, kicherten sie wieder. Also, ich hätte ja erwartet, daß sie nun irgendwie enttäuscht sein würden, schließlich war da einer, den sie nicht wollten, und einer, der sie nicht begehrte. Was soll's, was weiß ich denn, wann und warum Frauen kichern. Frauen sind eben albern.
Als wir im Auto saßen, fragte ich:
„Und Thoralf, wie hast du die Sache nun geklärt?"
„Naja, ich hab ihnen gesagt, wir treffen uns um neun im Africico und alles wird gut."
Jetzt war mir auch klar, warum die Frauen weiter kicherten, als Thori die schlimme Sache mit Fritz erklärte: Er hatte es gar nicht erwähnt.
„Spinnst du?" erboste sich Fritz.
„Was heißt hier, spinnst du", gab Thori zur Antwort. „Was soll ich denen denn sagen. Ich bin doch kein Kuppler, und erst recht kein Entkuppler."
„Naja, aber..."
„...Ich würde vorschlagen, ihr macht euch mal keinen Gedanken. Wir sind hier nicht auf der Fritz Heckert, wir sind hier in Afrika, und das bedeutet, alles wird gut, alles findet sich. Glaubt mir, es wird alles gut. Die Mädels sind doch nicht dumm und wir doch auch nicht, oder?"
„Naja", ich sah zu Fritz.
„Nö, dumm sind wir nicht, denk ich."
„Na also", sagte Thoralf, während er geräuschvoll in den vierten Gang schaltete.

Gegen neun trafen wir im Africico ein. Besagte Wirtschaft ist keine Gaststätte im herkömmlichen Sinne, mehr ein großer, recht idyllischer Garten, vergleichbar vielleicht mit dem Dresdner Elbehotelgarten, nur mit etwas mehr Niveau, was bedeutet, man wurde bedient, auf den Tischen befand sich eine saubere Tischdecke und es war ein reichhaltiges Speiseangebot vorhanden. Die Tische standen großräumig verteilt, auf Kies, unter weit ausladenden Bäumen. Diffuses Licht und Windlichter auf den Tischen sorgten für gediegene Atmosphäre. Das Publikum bestand zum überwiegenden Teil aus schönen schwarzen Frauen und reichen weißen Männern; keine für deutsche Freiluftgärten so typischen grölenden Proleten, keine tiefquatschenden Möchtegernkünstler, keine pseuydolinken Studenten und vor allem, keine Hunde.
Wir wählten uns einen der reichlich vorhandenen freien Tische und bestellten Bier. Wir fühlten uns irgendwie ziemlich wohl, und wir verstrickten uns in allerlei angenehme Gespräche über Gott und die Welt, über den langsam aber sicher zu Ende gehenden Urlaub, wie es war, wie es zu Hause weitergehen würde, wie Thori seinen afrikanischen Alltag gestalten wird, wenn wir wieder zu Hause sein werden. Ich fühlte mich schon ein bißchen traurig, oder besser, ich war ein wenig sentimental. Irgendwie schade, daß nun bald alles vorbei sein würde, aber ich war auch in gewisser Vorfreude auf Deutschland. Zwischendurch labten wir uns an Gesottenem und Gebratenem, und zur Feier des Tages genehmigte ich mir auch ein paar Whisky, die sich hier im Africico auch preislich nicht von den in deutschen Gaststätten

verklappten unterschieden. Kurz, wir bildeten zu diesem Zeitpunkt eine durchaus angenehme Männerrunde, die vollauf mit sich zufrieden war.
Doch dann hörten wir es plötzlich kichern. Was Thori in diesem Moment dachte, weiß ich nicht, ich jedenfalls dachte, Scheiße, und Fritz sagte dieses Wort auch leise vor sich hin. Ich meine, ein Abenteuer mit fremden Frauen, egal, was man sich davon verspricht, oder was am Ende dabei herauskommt, hat ja eigentlich immer seinen Reiz, und vor ein paar Stunden hatten wir uns ja, mehr oder minder freiwillig, auf so ein Abenteuer eingelassen, indem wir die Mädels eingeladen hatten. Und nun stand das Abenteuer sozusagen vor der Tür, aber wir waren eben jetzt anders drauf als wir es am Nachmittag am Strand waren. Ich denke, daß wir, unabhängig voneinander, dasselbe dachten: Nun ist es halt so, machen wir also das Beste daraus. Dies bedeutete zunächst für uns alle, sich herzlich zu begrüßen und Getränke zu bestellen.
Jetzt ist es an der Zeit, einen wichtigen Umstand zu erwähnen. Es saßen jetzt zwar zwei Mädchen an unserem Tisch, aber nur eine von den beiden war auch schon am Strand zugegen. Die andere war sozusagen neu. Ich dachte mir allerdings nichts weiter dabei. Im Prinzip lief es nun ähnlich wie am Nachmittag ab. Thori unterhielt sich mit den Mädels, diese kicherten, und ich wechselte sporadisch mit Fritz ein paar Worte. Natürlich wurden wir beständig und ziemlich unverhohlen gemustert. Ab und an übersetzte uns Thori eine Frage, die die Mädels an uns richteten, wir antworteten und fügten den Antworten meist noch irgendwelchen Schwachsinn hinzu. Thori filterte dann das heraus, was für die Mädchen relevant schien und übersetzte retour. Eigentlich war dieses Spiel ganz lustig, zum Beispiel fragte Thoralf Fritz, daß die Mädchen wissen wollen, was er von Beruf wäre. Fritz antwortete, daß er als Zerspaner, bei VEB Nagema im Dreischichtsystem, an der NC-Maschine Geschwindeflansche stanzt, daß sein Meister zwei Kinder hat, daß er ab 1999 35% des Westlohnes bekommen wird und daß sich seit der Wende viel für ihn verändert hat, zum Beispiel die neuen Fahrkartenautomaten. Die Mädchen hörten sehr interessiert zu, als Fritz sprach und während Thoralf, nicht ganz wörtlich freilich, übersetzte, machten sie ahh und ohh. Ich hab mir fast eingeschissen vor Lachen, aber ich hab mich beherrscht, denn es galt ja Etikette zu wahren. Ich meine, langsam zeitigte der Alkohol ja auch seine Wirkung, will sagen, es schien, so wie Thori es ja angedeutet hatte, ein lustiger Abend zu werden.
Irgendwann bat ich Thori, nur so interessehalber, mal zu eroieren, wo denn die andere Frau vom Strand abgeblieben war. Thori eroierte also, um mir dann folgendes mitzuteilen:
„Ja Bertelsmann, folgendes. Du kannst dich doch sicher erinnern, daß mir die Mädchen auf dem Parkplatz erklärten, daß sie beide auf Fritz scharf sind."
Er lächelte Fritz zu, welcher finster zurücklächelte.
„Ja und als ich ihnen klargemacht habe, daß dies nicht unser Problem ist, haben sie sich einen Kopf gemacht. Ich nehme an, sie haben gewürfelt, welche Fritz abbekommt und du siehst ja, welche übriggeblieben ist."
Fritz versteckte sein Gesicht hinter seinem Bierglas. Mir schwante Schlimmes.
„Laß mich mal raten", sagte ich, „die andere ist jetzt der Ersatz, sozusagen auf mich angesetzt."
„Ich sehe, du hast Afrika begriffen", grinste Thoralf.
„Ich bin ja auch schon drei Wochen hier", sagte ich.
Das ist ein schlechter Film, dachte ich so bei mir. Ich meine, die mir zugeteilte Frau war nun wirklich nicht die Häßlichkeit in Person, aber, ich will nicht groß drumherum reden: Ihr fehlte ein Zahn. Und nicht irgendein Zahn, nein, ein Schneidezahn war nicht vorhanden. So, und da muß ich nun aber folgendes sagen: Wenn es darum geht, mir die Frau fürs Leben auszusuchen, dann bin ich sicher sehr wählerisch, so wählerisch, daß es wohl kaum noch

einmal passieren wird, eine Frau fürs Leben zu finden. Nicht ganz so wählerisch bin ich, wenn es darum geht, mit einer Frau eine oder maximal vier Nächte zu verbringen. Das wäre ja auch eine falsche Entscheidung, da wählerisch zu sein. Was aber überhaupt nicht geht, ist, mit einer Frau zu schlafen, der ein Zahn fehlt. Ich meine, wenn es irgend ein x-beliebiger Backenzahn wäre; was ist ein Backenzahn unter Freunden; dann würde es kein Problem nicht sein. Aber so? Nein! Damit man mich nicht falsch versteht, es macht mich sexuell nicht an, wenn eine Frau alle ihre Zähne noch beieinander hat, also, es handelt sich da nicht um einen Fetisch, so wie Latex, hochhackige Schuhe oder Anpullern. Nein, ich bin einfach nur der Meinung, daß ein vollständiges Gebiß genauso zur Grundausstattung einer Frau gehört wie Busen oder Augen. Diese Frau also nicht, dachte ich folglich und ließ, während dieses Denkvorganges, einen Gutteil Bier in meine Kehle fließen.
Ob Thori die Mädchen mittlerweile davon in Kenntnis gesetzt hatte, daß wir kein Interesse an ihnen hatten, oder ob sie es einfach spürten, oder ob sie noch in froher Erwartung waren, weiß ich nicht, war mir mittlerweile auch egal.
Ich muß jetzt noch einen zweiten Umstand erwähnen, der sich für den weiteren Verlauf der Nacht als wichtig erwies. Im Laufe des Abends hatte sich die Lokalität nämlich recht ansehnlich gefüllt, unter anderem mit einer Vielzahl von schönen Frauen. Ich hatte das Gefühl, daß sie immer schöner wurden, je später sie kamen. Das kann aber auch am Alkohol gelegen haben. Ich meine, sicher hat das am Alkohol gelegen, woran denn sonst, frage ich. Frauen werden doch nicht einfach schöner, nur weil es später wird. So ein Quatsch, das. Aber naja, jedenfalls saßen ein paar Tische weiter zwei Frauen, die man, rein optisch gesehen, auf jeden Fall in die Kategorie „Begierde entfachen" einordnen durfte. Ich weiß gar nicht, wie lange die beiden da schon saßen, irgendwann, in einer Gesprächspause an unserem Tisch, blickte ich mal so in die Runde, und da sah ich sie. Und da hab ich etwas länger als gewöhnlich hingesehen, weil der Anblick war gar wunderbar und da passierte etwas Ungewöhnliches. Als die Frauen gesehen haben, daß ich sie sehe, winkten sie mir einfach so zu. Und nicht genug damit, sie lächelten auch dabei. Ich erschrak mich heftig und wendete mich wieder ab und meinen Freunden zu. Ich nahm einen großen Schluck und versuchte zu analysieren. Die können doch unmöglich mich gemeint haben. Vorsichtig drehte ich mich in die andere Richtung, in Erwartung, dort ein Bild von einem Mann vorzufinden, oder irgendwas anderes. Aber hinter mir war es nur dunkel, kein Tisch, kein Mann, kein Bild. Was aber, wenn die nun wirklich mich gemeint haben? Ich spürte, wie etwas ganz langsam in mir hochkroch. Damals wußte ich noch nicht, was es war, aber heute weiß ich es: Es war das, für die Evolution der Menschheit und die Erhaltung selbiger, so wichtige Verlangen des Mannes, das Verlangen nach Frau. Man kann es auch etwas unprosaischer ausdrücken: Ich wurde geil. Zunächst aber war ich noch mehr ängstlich. Ich versuchte daher, nicht mehr zu den beiden hinzuschauen, aber ich hielt nicht lange durch. Und als ich wieder hinsah, winkten sie wieder. Immerhin war ich mir nun sicher, daß sie mich meinten. Zwar konnte ich damit noch nichts anfangen, aber ich konnte beginnen, mir einen Schlachtplan auszuarbeiten. Den braucht man nämlich, wenn man geil ist. Nachdem ich das Spiel von Hinschauen und Zurückwinken ungefähr fünf mal gespielt hatte, reifte in mir der Entschluß, den Tisch zu wechseln, egal, was dann passieren würde. Ich setzte meine Freunde von meinem, noch gar nicht festen, Entschluß in Kenntnis. Fritz war's egal, er wollte eh nur trinken und Thoralf lachte nur. Mach nur los, gab er mir zu verstehen.
Doch dann passierte etwas Sonderbares. Die beiden Mädchen, die an unserem Tisch saßen, bekamen natürlich mit, worum es ging. Auch sie blickten nun in die Richtung, die ich mittlerweile zu meiner Lieblingsrichtung auserkoren hatte. Es wurde plötzlich still, weil die Mädchen an unserem Tisch schlagartig mit Kichern aufhörten, denn die beiden Mädchen an

dem anderen Tisch hatten auch ihnen zugewunken. Sie lächelten auch diesmal, nur nicht ganz genauso, wie sie mich angelächelt hatten. Ein Gutteil Schadenfreude war schon in ihren Augen zu erkennen. Die Mädchen an unserem Tisch fingen zu schimpfen an, aber Thori lachte wiederum, woraus ich schloß, daß es so schlimm nicht sein konnte. Weiber, ich sag's ja. Aber ich hab das schon verstanden, daß sie sauer waren. Nicht nur, daß wir sie eingeladen hatten und ich mich dann nach anderen Frauen umsehe, obwohl ich da eigentlich kein schlechtes Gewissen zu haben brauchte, weil ich ja von vornherein ein gewisses Desinteresse an den Mädels an den Tag gelegt hatte, nein, jetzt mußten sie auch noch mit ansehen, wie einer von den Fischen, den sie schon sicher im Netz glaubten, an die Konkurrenz abzugehen schien. Und er ging ab, und zwar in dem Moment, als ich wieder hinsah und sie mir nicht mehr nur zuwinkten, sondern mich regelrecht heranwinkten. Dieses Heranwinken war dann letztendlich der Katalysator auf meine Entschlußkraft. Ich frage mich noch heute, wo ich den Mut hernahm, mein Bier zu nehmen, aufzustehen und, ohne meine Freunde dabei anzusehen, zu sagen:
„Ich geh dann mal jetzt."
Wie in Trance schwebte ich auf ihn zu, dem, wonach alles trachtet, dem einzig Wahrem; voller duftender Magie, voll unwiderstehlicher Anziehungskraft, reichlich gedeckt mit süßen Verlockungen und herben Enttäuschungen. Ich schwebte, im wahrsten Sinn des Wortes, ohne nur einen Gedanken daran zu verschwenden, warum und was danach. Er zog mich einfach mit seiner unsichtbaren Kraft in seinen Bann und erledigte alles Nötige. Ich brauchte nicht zu denken, und ich wollte es auch gar nicht, ich wollte nur schweben, zu ihm, dem Endziel, dem plötzlich aufgetauchten Sinn des Lebens, der anderen wunderbaren Dimension. Ihn zu erreichen, gilt alles Denken, alles Streben, alles Trachten, alles Tun. Ich hatte es geschafft, ich stand jetzt direkt vor ihm: dem Tisch der Frauen.
Im Unterbewußtsein hörte ich noch ganz leise, wie die Mädels an unserem Tisch schimpften, Thoralf feixte und Fritz trank. Aber das war mir alles scheißegal, ich war im Hafen.

11

Ich trat an den Tisch und sagte:
„Hello, my name is Bert."
Ich meine, das klingt jetzt vielleicht ein bißchen unglaubwürdig, aber ich habe das wirklich gesagt: Hello, my name is Bert. Aber ich bekam gebührende Antworten.
„I'm Susan", lächelte die eine.
„I'm Ann", säuselte die andere.
Susan und Ann. Irgendwie hatte ich erwartet, daß sie so heißen würden, ich war echt nicht überrascht, allerdings kam mir kurz der Gedanke, daß eine bestimmte Art von Frauen wohl an einer gewissen Namensarmut leiden muß. Aber das ging schon in Ordnung, man stelle sich vor, sie hätten gesagt, sie wären Erdmute und Ruth. Immerhin, und das beruhigte mich ein wenig: Susan und Ann hießen nicht Mary und Jane. Was soll's, alles Quatsch das, fest stand, ich saß zwei vollendeten Geschöpfen gegenüber. Rein äußerlich zumindest, von etwas anderem konnte ich zunächst ja nicht ausgehen.
Ja, und nun begann etwas, was man als Apokalypse der englischen Sprache bezeichnen könnte. Ich war bis dato eigentlich immer der Meinung, daß ich des Englischen nur im Notfall mächtig war, also wenn es darum ging, in Erfahrung zu bringen, wo es was zu essen gibt, oder wie man zum Flughafen kommt. Das hatte ich schon drauf, aber in so einer Situation wäre ich normalerweise ausgestiegen. Daß ich hier plötzlich Englisch reden konnte, läßt dann letztendlich nur den Schluß zu, daß es sich auch um einen Notfall gehandelt haben muß.
Ich habe alles erzählt. Daß es jetzt in Deutschland kalt ist, daß ich Musiker bin, daß ich schon mal in Angola war und daß mir Ghana selbstverständlich besser gefällt, daß ich in drei Tagen wieder nach Hause fliegen werde, daß ich aber wiederkommen wöllte, daß ich 34 Jahre alt und geschieden bin, daß ich zwei Kinder habe und mich mit meiner Exe trotzdem gut verstehe, daß ich die Mädels an unserem Tisch nicht kenne, was wohlwollend zur Kenntnis genommen wurde, daß wir in Mole Elefanten gesehen haben, daß Thori und Fritz meine Freunde sind und daß Thori zur Zeit hier wohnt, und zwar in Gbawe, ein Umstand, den ich besser unerwähnt gelassen haben sollte, daß das Bier in Ghana mindestens genauso gut wie in Deutschland schmeckt, daß es am Strand schön war, daß Mieten um die 20 Mark pro qm in Deutschland keine Seltenheit sind, daß wir anschließend noch in eine Disco gehen könnten und daß die allgemeine Weltlage schlechter als 1937 einzuschätzen ist. Ich weiß nicht mehr genau, ob ich auch wirklich 1937 gesagt habe, vielleicht war es auch 1922 oder 1204. Schlechter aber allemal.
Und ich habe meine Gesprächspartnerinnen auch alles gefragt. Wie alt sie sind, was von Beruf, ob sie eine Stadt in Deutschland kennen, ob sie schon mal Schnee gesehen haben und wie sie die derzeitige Lage an der Grenze zu Togo einschätzen. Wie sie die Grenzsituation beurteilten, kann ich leider nicht mehr sagen, was ich noch weiß, ist, daß sie ihr Alter auf 21 festlegten, daß sie nichts gegen einen Discothekenbesuch einzuwenden hätten und angaben, beide in der Modebranche beschäftigt zu sein. Als sie mir dies erzählten, mußte ich mich kurzzeitig mit der Frage beschäftigen, wie es denn möglich sein konnte, so dreist auf englisch zu lügen. Aber das mit den Lügen ist Quatsch, denn es handelte sich hier sozusagen um ein Verkaufsgespräch und bei Verkaufsgesprächen wird bekanntlich nur Gutes über das Produkt berichtet, bzw. die Hälfte weggelassen oder vereinfacht dargestellt.
Sie gefielen mir wirklich beide ausgesprochen gut. Die eine aber mehr als die andere. Ich konnte aber, beim besten Willen, nicht feststellen, ob die hübschere mich wollte, oder die andere, oder ob sie am Ende sogar beide wollten. Auf die Idee, daß alle beide nur auf Reden mit mir auswaren, kam ich natürlich überhaupt nicht. Aber dieses Problem, was nun passieren

würde, klärte sich, wie so oft, von ganz allein. In einer Gesprächspause gaben mir Susan und Ann zu verstehen, daß sie mal auf die Toilette müßten. Auf englisch, versteht sich, aber mittlerweile verstand ich alles, auch daß sie zusammen aufs Klo mußten. Klar Mann, logisch.
Als ich allein war, hatte ich Zeit nach dem Tisch mit den Freunden zu sehen. Thori, der mich wohl die ganze Zeit im Auge hatte, erhob sein Glas und prostete mir lächelnd zu. Fritz versuchte dies auch, doch er konnte sein Glas nicht mehr so hochheben wie er es wollte. Aber ich anerkannte seine Geste. Die beiden Frauen am Freundestisch sahen auch mal kurz zu mir, aber bei weitem nicht so freundlich, und sie erhoben freilich auch ihre Gläser nicht. Ich prostete trotzdem zurück. Sei's drum, ich war in froher Erwartung, auf Susan und Ann, die grad austreten waren. Und ich war auch sehr gespannt, was sie nun aushecken würden, denn eines war klar, sie würden was aushecken. Immer wenn zwei Frauen zusammen aufs Klo gehen, wird ein Plan gemacht. Und wie einfach so ein Plan aussehen kann, wurde mir anschaulich demonstriert, als die beiden wieder auftauchten und sich Susan mit einem honigsüßen Lächeln wieder an meinen Tisch setze, während Ann mit einem ähnlichen Lächeln an mir vorüberging und sich an einen anderen Tisch setzte. Überflüssig, zu erwähnen, daß an diesem Tisch ein Herr mit überwiegend weißer Hautfarbe saß. Unsere Blicke trafen sich nur kurz, aber wir wußten Bescheid, wir waren Verbündete. Ich war's zufrieden, wie jeder Mann zufrieden ist, wenn die Frau, oder im konkreten Fall, die Frauen, dem Mann die Entscheidung abnehmen, die Sache hatte allerdings einen kleinen Haken, weil ich nämlich Susan, die jetzt an meinem Tisch saß und also folglich die für mich Bestimmte war, nicht ausgewählt hätte. Aber man hatte mich ja nicht gefragt. Doch Susan gefiel mir ja auch, und außerdem war ich viel zu betrunken und viel zu weit gegangen und ich hatte auch viel zu viele englische Sätze gesprochen, um jetzt noch einen auf wählerisch zu machen.
Also wie jetzt, dachte ich und sprach es auch aus, gehen wir also erst mal tanzen und so. Susan stimmte mir zu und ich gab ihr zu verstehen, daß ich mich eben mal noch von meinen Freunden verabschieden möchte. Dafür hatte sie Verständnis. Frauen sind Klasse, dachte ich so bei mir, als ich zum anderen Tisch ging.
„Na", empfing mich Thori, „was wird sein?"
„Was fragst du so blöd. Weißt doch genau."
Thori zog nur die Augenbrauen hoch und spitze seinen Mund.
„Also paß auf, ich geh jetzt mit der mit."
„Ich weiß."
„Also, wie jetzt?"
„Nee, ist doch O.K.."
„Naja, was soll's auch, muß ja."
„Ist ja gut, ich mach mir ja nur Sorgen um deine Sicherheit", und ehe ich etwas erwidern konnte: „Wie kommst du zurück?"
„Na mit dem Taxi, denk ich, oder?"
„Na bloß...."
„.....mach dir mal keinen Gedanken, mittlerweile kenne ich Accra besser als München."
„Das ist keine Kunst, darauf würde ich mir nichts einbilden."
Ich war ein bißchen gerührt, daß sich Thori Gedanken um mein Wohlbefinden machte, ich wollte ihn daher beruhigen, obwohl mir, wenn ich ehrlich war, schon ein bißchen schummrig war, bei dem Gedanken, jetzt allein, mit dem Mädchen Susan in das Nachtleben von Accra einzutauchen. Aber zunächst hatte ich erst mal ganz andere Sorgen:
„Paß auf, mein Freund, ich komm schon irgendwie wieder nach Hause, viel wichtiger ist, würdest du mich wohl freundlicherweise mal eben über die hier üblichen Preise informieren?"

„10000."
„Danke."
„Du solltest noch etwas fürs Hotel einstecken und", Thori erhob leicht seinen Zeigefinger, „denk ans Taxi!"
„Wieviel?"
„4000."
„Du lebst wohl schon länger hier?" fragte ich, während ich mich über den Tisch beugte, um meine Zigarette auszudrücken.
„Geht so."
Ich zählte 20000 von meinem Geld ab und gab Thori den Rest und meinen Paß. Der steckte alles ein und sagte:
„Viel Spaß dann", er beugte sich etwas zu mir, „wird schon alles klargehen."
„Ich bitte darum."
Beim Gehen gab ich Fritz einen Klaps auf den Rücken und sagte:
„Na alter Mann, alles klar?"
Fritz ging in Habachtstellung und hatte große Schwierigkeiten, dabei sein Bierglas nicht umzustoßen:
„Aber Hallo", sang er, „und use ein Kondom, sonst kriegst du Schnupfen."
„Arschgeige."
Ich versuchte zwar besonders cool zu tun, aber in meinem Innersten sah es alles andere als cool aus. Ich war tierisch aufgedreht, aber ich hatte keinen Schiß in dem Sinne. Ich fühlte mich wie man sich fühlt, wenn eine wichtige und große Entscheidung gefallen ist, an der es nun kein Vorbei mehr gab. Also, ich hatte zwar meine Vorstellungen, wie der Rest des Abends verlaufen könnte, aber ob das nun auch alles so stattfinden würde, das konnte ich ja nun wirklich nicht einschätzen. Alles sehr reizvoll und spannend; nicht nur die Frau, sondern die ganze Situation. Ich wußte, egal was jetzt passieren würde, es passiert nur jetzt und hier, und sonst nie mehr. Es sind die seltenen Situationen, vor denen man Angst hat, die man aber trotzdem will und in die man aber auch mit einer Art Gottvertrauen geht, wie z.B. einkaufen ohne Geld, Formel 1 fahren, oder heiraten.
Nachdem ich also die Verabschiedungsformalitäten mit den Freunden erledigt hatte, begab ich mich wieder zu Susan, bot ihr meinen Arm an, welchen sie auch mit einem Lächeln annahm, und wir verließen die Wirtschaft, zunächst in Richtung eines noch nicht vorhandenen Taxis. Doch dies ließ nicht lange auf sich warten. Das Taxi tauchte auf, in Form eines, na wie soll ich sagen, es fuhr halt noch, so eine Form hatte es. Aber es fuhr nicht lange. Nach ca. 500 Metern blieb es, unter unsäglichen Geräuschen, plötzlich stehen. Der Fahrer stieg aus und rannte mehrmals, wild gestikulierend, um sein Gefährt. Dabei machte er ähnlich Geräusche wie das Auto. Was er damit sagen wollte, entzog sich meiner Kenntnis, aber was das Auto zum Ausdruck bringen wollte, war mir schon klar: „Bin müde" und „Nach Hause". Selten habe ich ein Auto so gut verstanden wie dieses. Der Fahrer bat uns dann, doch bitte auszusteigen und beim Schieben zu helfen, was Susan aber kategorisch, wohl hauptsächlich aus Rücksicht auf mich, ablehnte. Mir war's Recht, obwohl ich auch geschoben hätte, zumindest eine gewisse Strecke.
Mit dem nächsten Wagen hatten wir dann aber etwas mehr Glück. Mit selbigem gelangten wir ohne Zwischenfälle zur, von Susan ausgewählten, Discothek. Ich hatte keine Ahnung, wo wir uns befanden, aber es war, und dies beruhigte mich ein wenig, eine äußerst belebte Gegend. Warum ich diesen Umstand als beruhigend empfand, weiß ich allerdings auch nicht mehr so richtig, vielleicht war ich der Meinung, daß mir bei so vielen geschäftigen, fröhlichen und lauten Menschen, umrahmt von soviel Lichterketten und Reklamen, nicht

allzuviel passieren konnte. Dabei wäre es, einfach so, auch ohne direktem Anlaß, sicher kein Problem gewesen, mich in irgendein Haus zu zerren, mir die Kehle durchzuschneiden, und mich dann in einen der niedlichen Abwasserkanäle zu werfen, die hier in Accra die meisten Straßen säumten.

Trotz solcher immer wieder auftauchenden Gedanken ließ ich mich willenlos von Susan in die Disco führen, welche zunächst gar nicht als solche zu erkennen war. Zuerst traten wir in eine ganz normale Kneipe, dann durch einen Vorhang aus bunten Plastebändern in einen langen dunklen Flur, von dem eine offene Tür auf einen kleinen Innenhof führte. Wir überquerten diesen und gelangten, wieder durch eine offene Tür, auf den nächsten langen dunklen Flur, an dessen Ende diffuses Licht durch einen Perlenvorhang schien. Aus dieser Richtung konnte man auch schon die Musik hören, sprich, da war wohl die Discothek. Ich war angenehm überrascht. Rechts und links der nur ca. 5 x 5 Meter großen und mit blanken Metallplatten ausgelegten Tanzfläche standen große bequeme, mit rotem Kunstleder bezogene Sessel und Bänke, um kleine Tische herum. Jede Sitzgruppe war durch eine halbhohe Holzwand getrennt. Die Wände waren in der unteren Hälfte mit rot/weiß gestreifter Tapete beklebt und oben herum voll verspiegelt. Beleuchtet war der Raum nur spärlich, was soviel heißt, daß von Beleuchtung in dem Sinne nicht wirklich die Rede sein konnte. Zwei Schwarzlichtbirnen und etwa 10000 durch den Raum wandernde kleine Lichtpunkte waren die einzigen Lichtquellen. Letztere stammten von einer einen feinen Lichtstrahl absorbierenden Spiegelkugel, deren Licht wiederum von den Wänden und dem Fußboden reflektiert wurde. Das war schon irre anzusehen. Und wenn der, gar nicht vorhandene, Discjockey (ich konnte nämlich keinen, mit Kopfhörern und aufgesetzter wichtiger Miene, erhöht, hinter einem Tisch oder ähnlichem stehenden, zappelnden und mit allerhand verschiedenen Geräten und Knöpfen hantierenden und immer wieder rufenden: nein, diesen Wunsch kann ich dir leider nicht erfüllen, Menschen entdecken), dann auch noch den vier an der Decke angebrachten und, meiner Meinung nach, ziemlich teuren Effektstrahlern Zunder gab, dann war dies schon gar prächtig anzuschau'n. Am meisten aber beeindruckte mich die, für afrikanische Verhältnisse völlig atypische, gute Qualität der Musik. Will damit sagen, es klang wirklich geil. Alles in allem also, ein auf die durchzuführende Maßnahme, durchaus abgestimmtes Ambiente. Ich war mittlerweile schön steif und somit willenlos; auch hatte ich durch den Alkohol ein unbelastetes Verhältnis zu Spiegelkugeln bekommen. Neben mir saß eine hübsche schwarze Frau, die Musik, obschon an sich ziemlich beschissen, klang gut und ging in die Beine und überhaupt, alles wird gut.

Allerdings, etwas beunruhigte mich dann doch ein wenig. Wir waren nämlich sozusagen fast allein. Also, ich meine, eigentlich waren wir nicht wirklich allein, denn wir wurden beobachtet. Ab und an betrat ein gut gekleideter Schwarzer den Raum und stellte sich rauchend an die Wand oder in eine Ecke und tat so, als wenn er nicht zu uns schauen würde, was aber nicht stimmte, ich kenn' doch meine Pappenheimer. Wenn da so einer stand, dann sah man eigentlich nur das Weiße in seinen Augen. Das wiederum ist aber normal, denn wenn dich ein schwarzer Mensch, bekleidet mit einem dunklen Anzug, in einem dunklen Raum, ansieht, dann kann man nur das Weiße in seinen Augen sehen, klarer Fall, das. Ich spürte keine Feindschaft in dem Sinne, aber ein wenig Unbehaglichkeit war da schon, zumal ich gerade allein an einem der Tische saß, weil Susan unterwegs war, Getränke zu besorgen; für sie Cola, für mich Cola, aber auch Whisky.

Als sie wieder auftauchte und sich mit den Erfrischungen zu mir setzte, wich alle Unbehaglichkeit von mir, sie war wirklich eine schöne Frau und eine Sünde wert. Ich aber auch. Ich meine, ob ich schön bin und so, weiß ich nicht, ist auch, glaub ich, nicht relevant, aber auch ich bin eine Sünde wert, jedenfalls war ich zu diesem Zeitpunkt der Meinung. Das ist gut,

wenn man ab und an mal so denkt von sich, dies hebt das Selbstvertrauen.
Wir saßen da, lächelten uns an, hielten uns an der Hand und tranken und rauchten und redeten, weil ich konnte immer noch englisch. Das lag sicher daran, daß wir noch nicht gefickt hatten. Aber der Gedanke, daß ich nach dem Geschlechtsverkehr nur noch deutsche Konversation betreiben konnte, ließ mich wirklich kalt, ich mußte ja eh bald wieder nach Deutschland, und da wird dann doch zumeist deutsch gesprochen, egal warum.
Irgendwann stand Susan plötzlich auf und ging auf die Tanzfläche, offensichtlich um zu tanzen. Wahrscheinlich lief auch gerade eine Musik, die ihr besonders gut gefiel. Da konnte ich aber nicht mitreden, weil es mir wirklich schwerfällt, bei den in Discos laufenden Musiken, zwischen gut und böse zu unterscheiden. Sie tanzte gut, was Wunder als Schwarze und sie lächelte mir dabei zu, was ich als „mach doch einfach mit" deutete.
Ja, nun aber, da muß ich sagen, das mit dem Tanzen ist so eine Sache bei mir. Obwohl ich mich beruflich, also auf der Bühne, des öfteren mit diversen Tanz- oder zumindest Bewegungseinlagen zum Kasper gemacht habe, ohne irgendwelche Hemmungen an den Tag zu legen, habe ich da im richtigen Leben eine weitaus höhere Hemmschwelle. Vielleicht liegt das daran, daß man so ein blödes Künstlergedenke in sich hat, was einem denken macht, daß man ständig beobachtet wird, sprich, man fühlt sich wichtiger als man ist. Weil, ich werde gar nicht so oft beobachtet, wie ich manchmal annehme und mir sicher auch heimlich wünsche. Ich könnte also in jedem x-beliebigen Club zur Disco tanzen, aber ich tu's nicht, weil ich mir da irgendwie blöd vorkomme. Manchmal denke ich auch, daß einer, der ab und an in der Öffentlichkeit steht, sich nicht auf die Ebene seines Publikums begeben sollte, von wegens, weil dann die Faszination verblaßt. Aber genau die Leute, die jetzt sagen, das ist aber ein überheblicher Fatzke, sagen, wenn sie einen beim Tanzen, beim Kellnern oder beim Urinieren erwischen, ei Gott, das ist doch der und der, wieso ist der denn hier und dort und warum macht denn der nicht dies und das. Na wie auch immer, hier waren solche Leute nicht und außerdem war ich bis hier hin so mutig, daß es nun wirklich eine falsche Entscheidung gewesen wäre, jetzt aufzugeben, sprich, nicht zu tanzen.
Also stand ich auf und begab mich auf die Tanzfläche. Da angekommen wichen alle Beklemmungen von mir und ich gab mich dem Tanze hin und natürlich meiner Partnerin. Selbige machte es mir aber auch wirklich leicht. Sie tanzte immer wieder um mich herum, ohne es zu unterlassen, mich ab und an flüchtig, aber merklich zu berühren. Mit ihren Bewegungen sorgte sie auch dafür, daß ich ununterbrochen mit ihrem Duft konfrontiert wurde und dieser Duft war äußerst betörend, so eine feine Mischung aus teurem Parfüm und leichtem Mädchenschweiß. Und sie lächelte mich fortwährend an. Und ich wurde zusehends erregter und auch mutiger. Auch ich begann Susan beim Tanzen zu berühren und sie ließ es geschehen. Von Minute zu Minute kamen wir uns näher. Wir waren beide völlig durchgeschwitzt. Aber dies war keineswegs unangenehm, im Gegenteil. Wenn ich ihren Arm berührte, konnte ich förmlich auf ihrer weichen, heißen, feuchten Haut zu ihren Schultern hinaufrutschen. Wir berührten und küßten uns, ohne uns dem Rhythmus der Musik zu entziehen, und wir ließen immer wieder ab voneinander, aber nur, um gleich darauf wieder auf uns zuzuschweben. Zwischendurch ging ich ab und zu an den Tisch, um einen Schluck zu trinken oder um mir eine Zigarette anzuzünden, die wir dann beim Tanzen zusammen rauchten. Alles war hochgradig erotisch, so erotisch, daß der Umstand, daß Susan ja am Ende doch mehr oder weniger unter die Kategorie „Frau der käufliche Liebe" zu zählen war, kaum noch ins Gewicht fiel. Entweder sie fand an der ganzen Geschichte wirklich so etwas wie Gefallen, oder sie besaß eine gewisse Art von positiver Professionalität, durch die es ihr möglich wurde, einem Mann, im konkreten Fall mir, das Gefühl zu geben, hier ist Zuneigung, mindestens jedoch Sympathie mit im Spiel. Es war einfach geil, im wahrsten Sinne des Wortes. Ich fühlte mich

absolut wohl und alle verbliebenen Ängste und Beklemmungen wichen langsam aber sicher, von mir.
So schön und erregend dieses Spiel auch war, irgendwann zeigten sich, auf Grund der hohen Temperaturen, meines Alkoholspiegels und der fortgeschrittenen Zeit, dann aber doch gewisse Ermüdungserscheinungen. Schließlich war ich keine neunzehn mehr, aber Hallo! Meine immer mehr in den Vordergrund rückende Unlust am Bewegen auf der Tanzfläche resultierte aber natürlich auch aus einer gewissen, sich langsam einschleichenden Ungeduld heraus, denn die Vorstellung, jetzt mit dieser Frau schlafen zu können, nahm immer plastischere Züge an. Und als hätte dies Susan gespürt, oder vielleicht weil auch sie ein wenig müde geworden war, oder vielleicht auch nur rein zufällig, gab sie mir dann zu verstehen, daß wir nun gehen könnten. Klar, kein Ding das, lächelte ich ihr zu, und wir gingen.
Die Luft auf der Straße war keineswegs dazu angetan, eine großartige Abkühlung über uns zu bringen, aber ein kleines Lüftchen sorgte doch wenigstens dafür, daß einem der Schweiß nicht mehr in Bächen, sondern nur noch in kleinen niedlichen Rinnsalen die Haut hinunter lief. Und genau solch ein in den Lichtern der Straße schimmernder Streif bahnte sich gerade seinen Weg über Susan's Hals. So ich also nicht drumherum kam, sie an den Händen zu nehmen, ihren Hals zu küssen und dabei das wohlschmeckende Wasser der Frau mit Genuß von ihrer Haut zu lecken. Und sie ließ es geschehen.
Aber dann betrat plötzlich, für mich wie aus dem Nichts, eine dritte Person die Bühne.

Ich meine, das ist ja auch logisch, wenn ich sage, wie aus dem Nichts. Denn während ich Susan küßte, stand er nämlich plötzlich hinter mir, klopfte mir auf die Schulter und sagte den hassenswertesten Satz, den ein Schwarzafrikaner auch nur zu einem Deutschen sagen kann:
„Na Kollega, wie geht's?"
Alle Räder steh'n nun still, dachte ich, so heftig mußte ich mich erschrecken. Susan allerdings erschrak sich offensichtlich nicht, was mich im Unterbewußtsein erst mal beruhigte. Ich drehte mich langsam um und vor mir stand ein ordentlich gekleideter, ziemlich kleiner, aber doch kräftig gebauter und ein wenig schelmisch dreinblickender junger Mann, um die Zwanzig, der mir die Hand zum Gruß hinhielt. Ich tat es ihm erst mal gleich. Das folgende Gespräch wurde in deutscher Sprache geführt.
„Hallo, nun es geht so", antwortete ich vorsichtig.
„Susan is gutt", dabei machte er große Augen und nickte mir aufmunternd zu. Ich sollte dies durchaus als Frage verstehen.
Auch ich nickte, weiterhin vorsichtig, und murmelte etwas wie:
„Nüjanunfffff."
„Ich heißen Roberto, ich bin Bruder von Susan."
Nuu nuu, dachte ich so bei mir, der Bruder, was blöderes fällt dir wohl nicht ein, und sagte:
„Aha, der Bruder, angenehm, ich heiße Bert."
Wir musterten uns eine kleine Weile und dann fragte er:
„Wo wohnst du in Deutschland? Ich haben ein paar Jahre in Deutschland gelebt, in Düsseldorf. Deutschland, gutes Land. Hast du einen Zigarette?"
Während ich ihm zu verstehen gab, daß ich in Dresden wohne, entnahm ich meiner Hosentasche die Schachtel, und hielt sie ihm geöffnet hin, auf daß er sich eine nehmen sollte. Er nestelte an der Schachtel herum und als er schließlich eine herauszog, rutschten zwei mit nach, die er, ehe ich die Schachtel zurückziehen konnte, blitzschnell auch noch an sich nahm. Spesen, schoß mir kurz durch den Kopf. Ich gab ihm Feuer und während er den Rauch ausblies, sagte er:

„Ah Dresden, kenn' ich nicht, wo liegt das denn."
„Na, so südlich von Berlin."
„Ah, kenne ich. Und Bert, wirst du Susan heiraten?"
Diese Frage traf mich etwas unvorbereitet. Er sagte das mit einem ganz leichten fordernden Unterton, aber er lächelte dabei, als hätte er mich gefragt, ob ich mit Fußball spielen komme. Ich blickte ihm kurz tief in die Augen, wobei ich unmerklich, nur wenige Millimeter, auf ihn zuschwankte. Ich meine, mir war schon klar, was er wollte. Wenn ich sie heiraten würde, wäre er natürlich aus dem Schneider, weil, ich bin weiß, also reich. Dabei spielte es gar keine Rolle, ob er nun der Zuhälter oder ihr Bruder war, ober vielleicht sogar beides. Du Arschloch, dachte ich aber bei mir, ich bin doch nicht dein Weihnachtsmann. Folgendes Problem stand nun zur Klärung: wie konnte ich mit Susan schlafen, ohne sie zu heiraten und trotzdem keine Unannehmlichkeiten mit Roberto zu kriegen, geschweige denn, ihm Geld zu geben. Ich kam zu dem Schluß, erst mal das Ding mit der Heirat zu klären.
„Also paß auf. Ich kann Susan nicht heiraten und sie kann auch nicht nach Deutschland kommen, weil, ich hab viel zu viel zu tun und so." Tief in meinem Inneren kam ich mir ganz schön Scheiße vor, aber ich mußte ja irgendwas erzählen. Also sagte ich weiter: „Ich würde trotzdem gern heute mit Susan zusammensein, verstehst du was ich meine? Doch wenn der Preis für eine Nacht mit Susan eine Heirat ist, dann muß ich mich jetzt verabschieden."
Ich machte dabei ein sehr ernstes Gesicht. Roberto aber auch. Daraus schloß ich, daß ich noch mehr erzählen sollte und ehrlich gesagt, ich hatte natürlich auch ein bißchen Schiß, was wußte ich denn, wie ernst dieses Theater zu nehmen war:
„Ich meine, ich kann Susan wirklich gut leiden", fuhr ich fort, „aber ich fahr in ein paar Tagen wieder nach Hause und eigentlich ist mit Susan alles abgesprochen, aber wenn du ein Problem hast..."
„...Ich haben kein Problem", unterbrach mich Roberto, nun wieder mit dem Schelm in den Mundwinkeln, „komm, ich bringen euch zu Hotel."
Also ich muß sagen, als Roberto dies sagte, hatte ich für einen kurzen Moment das Gefühl, daß das Leben im Grunde doch manchmal ziemlich einfach sein kann.
Während unseres Disputes hielt ich Susan die ganze Zeit fest im Arm. Ich hatte nicht den Eindruck, daß sie dies nicht wollte. Sie schwieg und rauchte und blickte dabei an Roberto vorbei, in die Nacht. Ich wurde das Gefühl nicht los, daß ihr die ganze Sache irgendwie peinlich war, oder daß sie sie zumindest als eine Art notwendiges Übel ansah.
Das Hotel befand sich nur wenige Querstraßen von der Disco entfernt. Obwohl nur wenige hundert Meter bis dahin, herrschte hier Ruhe auf den Straßen und es war auch sparsamer beleuchtet. Aber ich machte mir keine Gedanken mehr. Ich war zwar, durch die Begegnung mit Roberto, etwas ernüchtert, aber immer noch voller Vorfreude und eine freundliche Stimme in mir beruhigte mich ständig mit den Worten: bis jetzt ging alles gut, warum soll es nicht so weitergehen. Ja, antwortete ich der Stimme, warum eigentlich nicht.
Roberto ging zielstrebig voran und wir folgten ihm widerspruchslos. Was sollte ich auch widersprechen; es war ja nun auch spät und ich hatte auch genug geredet und überhaupt.
Im Hotel angekommen, wurden wir an der Rezeption empfangen, als hätte man uns erwartet. Dies möchte ich heute auch nicht ausschließen. Hinter dem Tisch saßen zwei junge, müde wirkende Fräuleins, in Badelatschen, die eine mit Lockenwicklern in den Haaren und beide mit Zigaretten in den Mundwinkeln. Es hätte mich nicht gewundert, wenn jetzt Mr. Marlow aufgetaucht wäre. Als wir zur Tür herein kamen, gab es ein mäßiges Hallo von den beiden Damen, welches von uns genauso mäßig erwidert wurde. Einzig Roberto machte einen auf lustig und fing an, mit den Mädchen zu schäkern. Diese kicherten ein wenig; Kichern aber, war mir ja nun nicht ganz unbekannt.

An der Rezeption war ein Schild mit den Preisen der Zimmer angebracht. Selbige erstreckten sich zwischen umgerechnet 5 und 20 DM. Wäre ich allein gewesen, hätt' ich schon gewußt, in welche Preisklasse ich mich eingekauft hätte, aber ich war ja nicht allein, ich hatte ja mittlerweile einen Manager. Und Roberto machte alles klar für mich. Mit einem Ausdruck im Gesicht, in dem ich grenzenlose Güte zu entdecken glaubte und das Gefühl, einem guten Freund einen großen Gefallen getan zu haben, hielt mir Roberto nach einer gewissen Zeit triumphierend einen Zimmerschlüssel der teuersten Kategorie vor die Nase. Überflüssig zu erwähnen, daß ich freilich auch ein Zimmer für 5 Mark hätte kriegen können. Aber wozu hat man Freunde. Ich denke mal, daß Roberto einen Deal mit dem Hotel hatte; er wird seine Prozente schon bekommen haben.
Ich bezahlte und wir gingen zum Zimmer. Roberto ging voran. Wir brauchten ja jemanden, der uns den Weg zeigte. Langsam überkamen mich dumme Gedanken dergestalt, daß Roberto womöglich in Betracht zog, mir beim Ausziehen behilflich zu sein. Diese Vorstellung war mir unangenehm. Roberto schloß die Tür auf und bat uns, mit einladender Geste, herein. Wir folgten seiner Einladung.
Die Einrichtung bestand aus einem Bett, einem Schrank, einem Tisch und zwei Sesseln. Es gab ein Bad mit Toilette. Das einzige Fenster, klein und vergittert, bestehend aus angestrichenen Glasstreifen, ging auf den Flur hinaus. Die ehemals hellgrüne Farbe an Wänden und Decke war an einigen Stellen am Abblättern und gab da die alte Farbe preis, die man allerdings nicht mehr definieren konnte. Die Sessel waren durchgesessen und speckig; das Bett aber war sauber bezogen. Allerdings war das Laken mit Sicherheit nicht mit Ariel Futur gewaschen. Einzige Abwechslung im ganzen Zimmer war der klobige Glasaschenbecher auf dem Tisch. An der Decke hing, neben dem üblichen Miefquirl, eine 15 Watt-Glühbirne, die das Zimmer in das einzig passende Licht tauchte. Alles in allem also ein Hotel der gehobeneren Mittelklasse. Aber ich muß gestehen, daß mich dieses Ambiente gar nicht so sehr störte, ich hatte eh mit so etwas ähnlichem gerechnet. Was ich hingegen mit Schrecken zur Kenntnis nahm, war die Tatsache, daß es sich Roberto, mit einer Zigarette in der Hand, in einem der Sessel bequem machte, anstatt sich zu verabschieden. Ich setzte mich in den anderen Sessel und zündete mir auch eine Zigarette an. Susan ließ sich auf der Bettkante nieder und fing an, in ihrer Tasche zu kramen. Heraus holte sie einen kleinen Spiegel und einen Lippenstift, und sie begann das Rot ihrer Lippen zu erneuern. Das war genauso unnötig, wie, daß ich in diesem gottverdammten Sessel saß und rauchte. Aber irgendwas mußte man ja tun. Es war wirklich eine bescheuerte Situation. Aber den Mut, Roberto einfach rauszuschmeißen, den konnte ich beim besten Willen nicht aufbringen. Roberto war ein Schlitzohr, soviel war klar, wahrscheinlich sogar ein harmloses, doch woher sollte ich das wissen. Der alte Schlawiner schien mein Unruhe und Unsicherheit sogar zu genießen. Er lächelte beim Rauchen vor sich hin und machte ab und an ein paar wichtige Bemerkungen, wie „schönes Zimmer", oder „schon spät, was." Als ich aufgeraucht hatte, und somit auch mit meinen Händen nicht mehr wußte wohin, ergriff ich höflich die Initiative:
„Also gut Roberto, ist es möglich, uns jetzt allein zu lassen?"
„Ja, natürlich", antwortete er mit erstauntem Gesichtsausdruck, ohne freilich Anstalten zu machen, sich zu erheben.
„Naja und, wo ist das Problem?"
„Ich haben kein Problem."
Mir wurde schlecht. In meiner Not sah ich hilfesuchend zu Susan, welche, obwohl ich auf deutsch versucht hatte, Roberto loszuwerden, offensichtlich verstand, worum es ging. Was folgte, war ein kurzer, aber durchaus intensiver Disput zwischen Susan und Roberto auf einheimisch, dessen Resultat war, daß Roberto langsam aufstand und mich fragte:

„Kannst du mir noch Geld fürs Taxi geben?"
Ich Rindvieh, war mein erster Gedanke, das war's also, Geld will er haben, darauf hätte ich aber auch selbst kommen können. Und mein zweiter Gedanke war, fürs Taxi, na klar. Genauso gut hätte er auch sagen können, für sein Physikstudium oder seine kranke Oma, das wäre zumindest noch ehrlicher gewesen.
„O.K, wieviel?"
„10000."
Die Nennung dieser Zahl hatte bei mir zur Folge, daß sich meine Brauen nach unten bewegten, meine Wangen leicht aufbliesen und mein Kopf ein Stück zurück ging. Für 10000 kommt man fast bis Togo, schoß es mir durch den Kopf. Roberto verstand wohl meine Körpersprache und sagte beschwichtigend:
„Gut, gut, gib mir 5000, oder wieviel hast du?"
Daß er zum Handeln bereit war, beruhigte mich und gab mir Mut.
„Paß auf, ich geb' dir 1000." Ich war stolz auf mich. Doch nun waren plötzlich ähnliche Bewegungen in Robertos Gesicht erkennbar, auf die ich nun eingehen mußte:
„Also gut, 2000."
„3000."
„2500."
„Das ist nicht viel", gab mir Roberto zu verstehen, „aber gut, gib mir noch eine Zigarette dazu."
„Karl May, es sei", sagte ich erleichtert, mehr so zu mir, und kramte nach dem Geld.
„Was sagst du", fragte er mich.
„Nee nee, geht schon klar alles", lächelte ich vor mich hin.
Ich reichte ihm das Geld und gab ihm eine Zigarette, wobei ich diesmal acht gab, daß nur eine aus der Schachtel lugte, als ich sie ihm hinhielt.
Als ich sah, wie sich Roberto lange und umständlich von Susan verabschiedete, kam mir ein, in gewisser Hinsicht, unangenehmer Gedanke: am Ende war es ja so, daß Roberto wirklich der Freund oder Mann von Susan war, und daß ihm diese Tatsache, unter diesen Umständen, gleichzeitig ihr Zuhälter sein zu wollen, einfach mal gewisse Probleme bereitete. Ich hab's nicht herausbekommen, ich habe Susan auch nicht danach gefragt, und am Ende war es mir eigentlich auch egal. Susan hat mich herangewunken, ich war unschuldig und außerdem kann man die Probleme der dritten Welt, so dies überhaupt eines war, nicht dadurch lösen, indem man solch ein wunderbares Heranwinken ignoriert. Und letztlich war das, was dann kam, viel zu schön, als daß man nach irgendwelchen Warum's oder Weshalb's hätte fragen sollen.
Um es vorwegzunehmen, es war wie bei Jungverliebten, die sich eine Ewigkeit nicht gesehen hatten, oder besser, die sich eine sehr große Ewigkeit nicht gesehen hatten. Ich setzte mich zu ihr und wir küßten uns lange. Ich küßte ihr ganzes Gesicht und dann berührte ich zum ersten Mal ihre Brüste. Susan war anschmiegsam wie ein Kätzchen und zärtlich wie ein Schmetterling. Also gut, ich weiß nicht, ob Schmetterlinge zärtlich sind, aber ich hoffe doch. Und sie war wild und ungestüm. Ich aber auch. Wir zogen uns gegenseitig aus. Sie roch gut. Überall. Und ich liebkoste und küßte dieses Überall. Es gibt ja die Behauptung, das Paradies wäre in Afrika. Ja, jetzt konnte ich diese Behauptung nachvollziehen. Ich lag über ihr und küßte sie. Langsam glitt ich an ihrem Körper herunter, nicht ohne auch nur einen Quadratzentimeter ihrer Haut meiner Zunge vorzuenthalten. Langsam kam ich ihm näher, diesem Teil der Frau, vor dem es kein Entrinnen gibt, dem alles Trachten dieser Welt gilt, in das alles Leben geht, aus dem alles Leben kommt. Ich liebkoste ihre Scham, zog mit meinen Lippen leicht an ihren Haaren. Ich leckte die Innenseiten ihrer Schenkel ab, bis hinunter zu den

Knien. Langsam kam ich wieder hoch. Meine Zunge umkreiste ihre Muschi, aber ich berührte sie noch nicht. Ich war geil und kurz vor dem Zerspringen und trotzdem vollkommen beherrscht. Mach langsam, mach langsam, es muß noch lange dauern, es darf nicht zu Ende gehen. Dann richtete ich mich auf, faßte sie in den Kniekehlen und winkelte ihre Beine an. Dann drang ich, ohne sie loszulassen, mit dem Gesicht in ihre Muschi ein. Ich machte mein ganzes Gesicht mit ihren Säften naß. Sie roch nicht nur gut, sie schmeckte auch herrlich. Ich trank sie aus. Ich ließ ihre Beine los und ohne mein Gesicht von diesem Hort der Begierde zu wenden, drehte ich mich um 180°, bis sich mein Gemächt über ihrem Gesicht befand. Sie nahm ihn in die Hände und in den Mund. Das ich in diesem Moment noch nicht kam, war nur einer großen unmännlichen Anstrengung zu verdanken, die ich in diesem Augenblick an den Tag legte. Sie machte es gut. Ich meine, ich finde es ja doof, wenn jemand sagt: die oder der war gut, oder Scheiße im Bett. Das gibt es eigentlich nicht. Alle Menschen machen es gut im Bett. Das Dumme ist nur, daß es oft vorkommt, daß Menschen miteinander ins Bett gehen, die gar nicht zusammen passen. Dann heißt es natürlich schnell, der oder die war schlecht im Bett. Ich aber denke, zu jedem Topf paßt ein Deckel. Susan war mein Deckel. Insofern darf ich also nicht sagen, Susan war gut, sondern Susan war gut für mich. Wir leckten uns die Lippen wund. Wir stöhnten und quiekten vor Lust und Geilheit. Und dann, nach einer Ewigkeit, drehte ich mich wieder um und langsam, ganz langsam, drang ich in sie ein. Ich verharrte ein lange Zeit in ihr. Dann begannen wir uns zu bewegen, erst ganz langsam, dann immer schneller. Wir fickten was das Zeug hielt, in allen möglichen und unmöglichen Stellungen. Wir fickten, fickten, fickten. Irgendwann bekam ich Seitenstechen. Bin ich auf der Aschenbahn? Wir machten eine Pause, ohne daß ich aus ihr ging. Ich stützte mich auf und wir sahen uns an. Ich strich ihr übers Haar und küßte ihre Stirn. Mit den Muskeln ihrer Muschi massierte sie meinen Schwanz. Dann fickte ich sie wieder. Und wir küßten uns, wir streichelten uns, wir gaben uns all unsere Liebe, wir gaben uns unsere Körper. Es gibt nichts schöneres, als mit aller Liebe zu ficken, den anderen mit Ehrfurcht zu benutzen. Dem anderen alles abverlangen und alles geben, was er braucht. Mit Liebe benutzen, zärtlich mit aller Gewalt ficken. Und wir taten dies alles. Ohne Scham, ohne Hemmungen und ohne Rücksicht. Natürlich weiß ich nicht, wie Susan wirklich empfand, aber wenn sie mir etwas vorgespielt hat, dann war sie eine verdammt gute Schauspielerin. Es gab nur wenige Frauen in meinem Leben, mit denen ich ähnliche Erlebnisse hatte.

Alles hat ein Ende, nur die Wurst hat zwei. Oh, ich weiß, aber diese schöne Volksweisheit ging mir wirklich durch den Kopf, als wir rauchend, uns an den Händen haltend, nebeneinander lagen. Alles war getan, alles gesagt, alles gegeben, alles genommen. Natürlich mußten wir rauchen, als wir fertig waren. Alle rauchen wenn sie fertig sind. Ich lag auf dem Rücken und starrte an die Decke, als sich Susan an mich kuschelte, mir ihre Hand auf meine Brust legte und mich fragte, ob wir uns wiedersehen werden. Und da kam sie hoch in mir, ganz langsam, unmerklich zunächst, aber dann ergriff sie vollends Besitz von mir: die Unruhe. Ich wollte mich nicht wieder mit ihr treffen, es gibt in so einem Fall kein zweites Mal, doch ich hatte nicht den Mut, ihr dies zu sagen. Aber dann erinnerte ich mich an Thoralf's Worte, die da waren: Man sagt in Ghana in so einem Fall nicht nein, es wäre höflicher, freundlich zu lügen, der andere wird schon verstehen. Thoralf's Worte in Gottes Ohren. Also machte ich mit Susan einen Termin für den nächsten Tag aus, obwohl ich genau wußte, daß ich nicht hingehen würde. Ich gab ihr einen Kuß und sie schlief sofort ein. Sie schnarchte sogar ein wenig. Man lernt nie aus, ich wußte bis dato nicht, daß junge Frauen schnarchen können. Ich dachte immer, dies sei ein Privileg alter Männer. Ich lag da und fing an, mich Scheiße zu fühlen. Am liebsten wäre ich aufgestanden und gegangen. Aber ich traute mich nicht, obwohl es, glaub ich, kein Problem gewesen wäre. Ich fühlte mich völlig ausgelaugt, wie, wenn man eine lange schwere Arbeit vollendet hat, auf die man sich lange und intensiv vorbereitet hatte. Und jetzt, sozusagen als die Arbeit beendet war, fühlte ich eine große Leere in mir. Es war plötzlich nichts mehr zu tun. Ich meine, ich hatte hier nichts mehr zu suchen. Ich begann über die Mechanismen dieser Welt nachzudenken und darüber, ob und wenn ja, wie man diese Mechanismen ändern könnte. Doch ich kam zu keinem Schluß, außer: es hat mich hingezogen und keiner weiß warum, und nun treibt mich die selbe Kraft wieder weiter, und wieder weiß keiner, weshalb. Scheißspiel, aber ist halt so. Kannst du nichts machen. Ich war auch wieder absolut nüchtern, jedenfalls fühlte ich mich so, und plötzlich mußte ich auch feststellen, daß es in diesen gottverdammten Hotel total laut war, ich hatte dies gar nicht bemerkt. Ständig krachten irgendwelche Türen, rannte jemand über den Flur, oder drangen Gesprächsfetzen an mein Ohr. Der Ventilator schob unangenehm kühle Luft über meinen verschwitzten Körper, aber als ich aufstand um ihn abzuschalten, wurde es sofort wieder unerträglich heiß und stickig. An Schlaf war also nicht zu denken und so quälte ich mich bis gegen Sieben, dann endlich bereitete ich meinen Qualen ein Ende, indem ich aufstand und mich anzog. Susan schlief noch immer tief und fest. Ich legte ihr das Geld auf den Tisch und ging zur Tür. Bevor ich sie öffnete sah ich noch einmal zu ihr. Das fahle Licht aus dem Flurfenster spiegelte sich matt auf ihrem Körper. Nur unscheinbar konnte ich die Konturen ihres Gesichtes sehen. Ich verharrte noch einmal kurz und wünschte ihr schöne Träume, bevor ich leis' die Tür hinter mir schloß.

12

Es gibt eine Zeit in Afrika, da sind die Temperaturen durchaus erträglich, nämlich genau um die Zeit, als ich das Hotel verließ, also am frühen Morgen. Dummerweise gehört unsereins, als Musiker, nun leider mal zu den Menschen, die von dieser Zeit nur äußerst selten etwas mitbekommen, es sei denn, es liegt eine besondere Situation vor, wie im konkreten Fall. Als ich auf die Straße trat, hatte ich das Gefühl, einen großen Befreiungsschlag getätigt zu haben. Ich fühlte mich erleichtert, als wenn eine große Last von mir gefallen wäre. Ein durchaus als frisch zu bezeichnendes Lüftchen wehte mir entgegen und die Sonne, die schon ziemlich hoch stand, tauchte die Stadt in ein angenehm warmes, etwas diffuses Licht. Ein leichter Morgendunst machte sich daran, sich langsam aber sicher zu verflüchtigen. Ich blieb kurz stehen, um mir eine Zigarette anzuzünden und nach einem kurzen Blick in die Sonne machte ich mich rein gefühlsmäßig auf den Weg, um ein Taxi zu finden. Rein gefühlsmäßig deshalb, weil ich überhaupt keine Ahnung hatte, wo ich mich befand. Aber wie es der Zufall so wollte, stand ich plötzlich vor der North-Post und da wußte ich, wo ich war. Jetzt galt es nur noch, ein Taxi zu orten, was sich aber auch nicht als Problem darstellte. Schwieriger war da schon, dem Taxifahrer klarzumachen, wo ich hinwollte. Gbawe kannte überhaupt keiner und erst unter großer Mithilfe herbeigeeilter Bevölkerung gelang es mir, einen Fahrer zu gewinnen, der Malam als Reiseziel akzeptierte. Erst mal nach Malam gekommen, würde es kein Problem sein, nach Gbawe zu finden. Die 4000 Cedis, die ich noch am Mann hatte, war genau die Summe, die bei den zähen Verhandlungen mit dem Taxifahrer herauskam. Mir war's Recht, ihm wohl am Ende auch.

Als ich dann im Auto saß und das morgendliche Accra an mir vorbeizog, begann ich mich langsam wieder auf ein normales Level einzupegeln. Will sagen, ich fühlte mich wieder halbwegs gut. Ich sah die vielen unzähligen Menschen, die sich anschickten, ihrem Tagewerk nachzugehen. Sie standen in langen Schlangen und warteten geduldig auf irgendwelche Busse, bauten Stände auf, öffneten ihre Läden, machten Geschäfte, wuschen ihre Autos, schoben auf klapprigen Wagen riesige Berge von allen möglichen Waren, von einem Ort zum andern, feilschten und schrien, Bettler stritten sich um die besten Plätze, Polizisten gestikulierten wild auf den Kreuzungen herum, ohne freilich große Wirkung damit zu erzielen, Fußwege wurden gekehrt, Busfahrer boten lautstark noch freie Plätze an und Bauchladenhändler nutzten den Stau am Kaneshi Market, um gestreßten, müden, im Taxi vor sich hindösenden Weißen ihre blöden Kaugummis und Klopapier anzudrehen. Irgendwie war es ein geiles Gefühl, mittendrin zu sein und trotzdem völlig daneben zu stehen.

In Malam angekommen, hatte ich noch einen kleinen Streit mit dem Taxifahrer. Ich wollte nun noch nach Gbawe, ca. so 2 km, für ihn war aber in Malam Schluß für 4000. Ich setzte eine leidvolle Mine auf, welche ihn aber nicht sonderlich beeindruckte. Erst als ich ihm meine restlichen Zigaretten anbot, ließ er sich erweichen und fuhr mich bis zum Ortseingang. Ich meine, ich hätt' ihm ja mehr gegeben, aber ich war ja blank. Dumm kalkuliert, eben. Als ich durch den Ort lief, erregte ich kaum noch Aufmerksamkeit, man hatte sich mittlerweile an unsere Anwesenheit gewöhnt, einige freundlich-neugierige „Good Mornings" erntete ich aber allemal, die ich ebenso freundlich erwiderte.

Als mir dann endlich das Kackrosa von Thoralf's Haus entgegenstrahlte, verspürte ich eine gewisse Erleichterung. Ich war zu Hause und zu Hause herrschte noch tiefer Frieden. Aus dem einen Zimmer hörte ich Adu schnarchen, in dem anderen schlief Fritz. Thoralf lag auf einer Matte auf der Veranda, in einer ziemlich unmöglichen Stellung. Wahrscheinlich hatte er sich am Abend noch den Rest gegeben und es nicht mehr bis ins Bett geschafft. Vielleicht war es ihm auch bloß zu warm im Haus. Ich war zwar müde, doch irgendwie zu aufgekratzt um zu schlafen. Drum bereitete ich mir mittels Tauchsieder einen Tee und setzte mich neben

Thoralf in den Sessel. Ich bemühte mich leise zu sein, ich wollte ihn nicht wecken, aber ich war wohl nicht leise genug. Thoralf schlug die Augen auf und begab sich ganz langsam in Sitzposition. Er sah mich an und lächelte dabei ein wenig. Es kommt nicht oft vor, daß Thoralf am Morgen lächelt, was ich im übrigen nachvollziehen kann. Der Morgen ist weiß Gott keine Tageszeit zum Lächeln.
„Na Bertelsmann, schon zurück", fragte er leise, ohne mich anzusehen, weil er nach der neben ihm stehenden halbvollen Bierflasche griff. Er setzte sie an und leerte sie in einem Zug. Mich überkam ein gewisser Ekel, aber auch eine gewisse Ehrfurcht.
„Bist du vollkommen Scheiße?" fragte ich.
„Ahhhh", stellte er die Flasche ab, „wieso?"
„Na, das du die abgestandene Plempe säufst."
Thori zuckte nur mit den Schultern:
„Muß ja, gib mir mal eine Zigarette."
„Du bist nicht dicht", zeigte ich ihm lächelnd den Vogel, „keine Rauchware mehr am Mann, hab' meine letzten dem Taxifahrer gegeben. Aber im Haus hab' ich noch welche."
„Hol ma."
Ich holte also eine neue Schachtel und reichte sie Thori.
„Und wie war's", fragte er, während er die Schachtel öffnete.
„Naja, wie soll's gewesen sein, ging alles sein Gang so."
„Klingt ja nicht gerade euphorisch."
„Nee, war alles prima. Gut gefickt, gut gesoffen, gut gelebt. Besser kriegst du's nicht hin."
Und dann schilderte ich Thori in Kurzfassung die erlebte Nacht. Mit allen Höhen und Tiefen. Thoralf hörte mir interessiert zu und lächelte ab und an vor sich hin. Als ich fertig war, sagte er:
„Naja, ist doch alles O.K., so ist das Leben."
„Klar Mann, so ist das Leben."
„Tust du mir mal einen Gefallen?"
„Nein."
„Geh mal bitte in mein Zimmer, da muß noch ein Bier rumliegen, ich kann mich noch nicht bewegen."
„Du bist nicht dicht", wiederholte ich, während ich aufstand, um die Flasche zu holen.
„Es wurde bereits erwähnt", rief er mir nach.
„Thoralf", sagte ich, als ich wieder saß, „ ich hab da noch ein kleines Problem, also ich hoffe daß es klein ist."
„Und das wäre?"
„Naja, ich hab doch mit Susan einen Treff ausgemacht, obwohl ich wußte, daß ich nicht hingehen werde."
„Und wo ist da das Problem?"
„Naja, ich hab ihr erzählt, wo ich in Accra wohne."
Thori, der seine Flasche grad angesetzt hatte, unterbrach abrupt seinen Trinkvorgang:
„Meine Fresse, jetzt bist du aber Scheiße."
„Naja, ich weiß", gab ich reumütig zu.
„Ich denk du bist Profi."
Ich fühlte mich nicht geschmeichelt.
„Also, eins steht fest, wenn die dich suchen, dann finden sie dich auch, ich bin hier bekannt wie ein bunter Hund." Er schüttelte mit dem Kopf. „Du bist vielleicht bescheuert", hub er wieder an, „wie kannst du denn erzählen, wo du wohnst? Willst du denn, daß die dich am Arsch kriegen? Das kann dumm ausgehen, da kann schnell mal ein Messer durch die Kante

fliegen, von wegens leerer Versprechungen. An deiner Stelle würde ich deine Verabredung lieber wahrnehmen..."
Thoralf sagte dies mit sehr ernster Mine. Mir wurde leicht schlecht. Vor meinem geistigen Auge spielten sich allerhand Horrorszenario ab. Dann fragte ich vorsichtig:
„Mal ehrlich, tauchen die hier am Ende wirklich auf?"
„Quatsch, wollt dich nur bißchen ärgern", feixte Thori breit.
„Also jetzt bist du aber wieder Scheiße", rief ich empört.
„Naja, ich meine, hättest es ja wirklich stecken lassen können, bei die Nutten sollte man nicht immer bei der Wahrheit bleiben, die lügen dir doch schließlich auch das Blaue vom Himmel."
„Ja ich weiß, ich bin mehr Scheiße", gab ich mit gesengtem Kopf, aber innerlich erleichtert, zu.
„Na Schwamm drüber jetzt, heut ist euer letzter Tag und soweit ich mich erinnern kann, wollten wir heute raus aufs Meer. Ist dem noch so?"
„Von mir aus gern."
„Dann sollten wir jetzt die anderen wecken", sagte Thoralf und erhob sich munter.
Was zwei Zigaretten und anderthalb Flaschen lauwarmes Bier doch so für Wirkung zeigen können, dachte ich bei mir.
Fritz brauchten wir nicht zu wecken, aus dem ganz einfachen Grunde, weil er gerade zur Tür heraustrat.
„Morgen", sagte er allgemein in den Tag, und konkret zu mir, „Na Bert, schon da? Wie war's?"
Ich gab nun eine Kurzfassung der Kurzfassung zum besten und war froh nur mit zwei Freunden zusammen zu sein. Aber Fritz war's zufrieden. Wir weckten Adu, was sich als ziemlich schwierig herausstellte, widmeten uns der Morgentoilette und eine halbe Stunde später saßen wir im Auto und fuhren unserem letzten Abenteuer in Afrika entgegen.

Für unser Unternehmen hatten wir uns einen Strand ca. 40 km westlich von Accra ausgesucht. Von diesen 40 km waren etwa zwei Drittel furchtbare Feldwege, daher hatten wir schon anderthalb Stunden Fahrzeit eingeplant. Dann mußten wir Fischer suchen, sie für unser Vorhaben gewinnen, dann würde es raus aufs Meer gehen, und schließlich mußten wir ja wieder zurück. So erklärte sich unser relativ zeitiges Aufbrechen am Vormittag, denn es war ja, wie gesagt, der letzte Abend, und da muß man bekanntlich packen und all der Scheiß.
Die Gegend war wunderschön, mit europäischen Worten, sie war paradiesisch. Ein unendlicher, fast weißer, 20 Meter breiter Strand, landwärts gesäumt von Kokospalmen und seewärts warmes, blaues, sauberes Meer mit allerhand Wellen. Und keine Menschen, sprich Touristen, außer Fischer, aber das waren in diesem Fall ja keine Touristen. Will damit sagen, ghanaische Fischer können ja prinzipiell auch Touristen sein, aber nicht an diesem Strand, da waren sie ja zu Hause, und wo man zu Hause ist, kann man kein Tourist nicht sein. Soviel zur Philosophie des Tourismus.
Wir waren an diesem Strand schon ein paar mal baden, und wir hatten dort die Fischer bei ihrer Arbeit beobachten können. Wir waren uns zwar nicht sicher, ob sie uns mit rausnehmen würden, aber wir waren optimistisch. Unser Optimismus wurde allerdings zunächst gedämpft, weil die Fischer, die gerade an ihren Booten arbeiteten, weder Englisch noch Twi sprachen. So wurde es selbst für Adu ein Problem, sich mit den Leuten zu verständigen. Welchen Dialekt sie sprachen, kann ich leider nicht mehr sagen. Aber wie so oft in Afrika erlebt, mit einer gewissen Beharrlichkeit gibt es immer eine Lösung. Von irgendwo her tauchte plötzlich ein uralter Mann auf, welcher mit Händen und Füßen als Übersetzer

fungierte. Nebenbei bemerkt, es tauchte nicht nur dieser alte Mann auf, nein, wie aus dem Nichts war plötzlich das halbe Dorf (oder die halben Dörfer) um uns herum versammelt. Unsere Anwesenheit begann sich zur Attraktion des Monats zu entwickeln.
Nach einer gewissen Zeit war klar, was wir wollten, und es wurde nach dem Besitzer der Boote geschickt. Selbiger kam auch prompt und nun begann das Feilschen um den Preis. Am Ende kamen 10000 Cedis für eine Stunde heraus. Ich meine, wir hätten wirklich gern mehr gegeben, aber mit Adu als unserem Verhandlungsführer war wirklich nicht mehr drin. Ich glaube, wenn es nach ihm gegangen wäre, hätten die Fischer uns noch was geben müssen.
Bei dem Boot, was uns zugedacht war, handelte es sich um einen etwa ca. 8 Meter langen Einbaum. Ich meine, die Boote waren alle gleicher Bauart. Ein ausgehöhlter Baumstamm, mit drei Sitzbrettern, ansonsten aber ohne Ruder, ohne Schwert, ohne Ausleger. Daß sowas schwimmt, war mir schon klar, schließlich handelte es sich ja um Holz. Wie so ein Boot aber nicht kentern soll, war mir nicht ganz klar, schon angesichts der fast 2 Meter hohen Brandungswellen. Naja dachten wir uns, tausende Jahre hat es funktioniert, warum soll es grad heute nicht klappen.
Nachdem alle Formalitäten erledigt waren, wurde das Boot von so zwanzig Leuten zum Wasser geschoben und man hieß uns einsteigen. Jeder von uns bekam einen Sitz zugewiesen. Adu blieb am Strand zurück, zum einen deshalb, weil er sich offensichtlich nichts aus einer Seefahrtdieistlustig machte, zum anderen, weil es ihm sicherer erschien, auf unsere Sachen aufzupassen. Ich erwähnte ja bereits des öfteren, daß Adu in unseren Augen manchmal zur Übertreibung neigte, wenn es um seine Landsleute ging, aber wir hatten uns mittlerweile daran gewöhnt. Als das Boot im Wasser lag, setzte sich ein Fischer an die Bugspitze und zwei nebeneinander ans Heck, mit je einem Bein im Wasser. Alle drei waren mit einem Paddel bewaffnet.
„Sag mal, Fritz", rief ich, mit einem Blick auf die im Wasser hängenden Beine der Fischer, „gibt's hier eigentlich Haie, oder so?"
Fritz folgte meinem Blick und lächelte süß:
„Das werden wir ja merken, wenn einer Au ruft, liegt die Wahrscheinlichkeit im roten Bereich."
„Dumm gelaufen, in dem Fall dann."
„Gibt keine Haie hier", gab uns Thori zu verstehen.
Danke, dachte ich, nicht nur wegen der Fischerbeine.
Unsere Helfer schoben das Boot ein Stück weit raus und solange sie noch festen Boden unter den Füßen hatten, hielten sie das Boot auch in der erforderlichen Lage, aber als es zu tief wurde, ließen sie plötzlich los und wir waren auf uns alleingestellt. Unsere Begleiter fingen an, wie wild in Richtung offene See zu paddeln. Im Boot lagen noch drei Paddel, die wir ohne Aufforderung in unsere hochseefischereigeübten Hände nahmen und es ihnen gleichtaten. Ich meine, das stellte sich wirklich als Knochenarbeit heraus, denn die Brandung tat ihr möglichstes, uns in Strandnähe zu belassen. Soweit so gut, aber dann tauchte sie auf. Direkt auf uns zu, rollte da eine Brandungswelle, ich meine, Hut ab, so wie wir sie aus „Baywatch" kennen, ungelogen. Und da wollen wir nun durch, schoß es mir durch den Kopf. Und laut war's, je, je, je. Also mir war schon bange. Schließlich waren es bis zum Ufer so an die hundert Meter, was ja in der Schwimmhalle an sich kein Problem wäre, aber hier?
„Woll'n wir da durch?" schrie ich, ohne jemanden im Boot direkt anzusprechen.
„Jetzt müssen wir ja wohl, wir haben ja schließlich bezahlt", hörte ich Fritz.
„Wir hätten das Geld auch in Bier umsetzten können."
„Zu spät."

Die Welle kam immer näher. Die Fischer ruderten was das Zeug hielt, dabei hielten sie den Kurs genau 90° zur Welle. Auch wir erhöhten unsere Schlagfrequenz, aber kurz bevor die Welle über uns zusammenkrachte, hörte ich auf mit Paddeln und verkrampfte mich am Sitz. Und dann, mit einem ohrenbetäubenden Getöse, schlug das Meer über uns zusammen. Für ein paar Sekunden bestand die Welt nur aus wild gewordenem Wasser. Ich muß gestehen, in diesem Moment dachte ich kurz an Gott, oder sowas ähnliches. Wer nun hilfreicher war, Gott, was ähnliches, oder die Fischer, kann ich wirklich nicht einschätzen, aber wir sind unbeschadet da durch. Wir schrien Jee oder Juchhe und fühlten uns groß. Bis auf den Umstand, daß das Boot jetzt halbvoll Wasser war und sich die nächste Welle schon in bedenklicher Nähe ankündigte, war die Welt wieder in Ordnung. Jetzt hieß es schöpfen. Die klugen Leute hatten glücklicherweise zwei Eimer an Bord. Thori und Fritz fingen an, das Wasser aus dem Boot zu schöpfen, als wenn es um Leben und Tod gehen würde, während die Fischer streng den Kurs hielten. Auch ich nahm mein Paddel wieder in die Hand, der nächsten Welle mit festem Seemannsblick ins Auge schauend. Und welch Wunder, auch diese Welle überstanden wir, ohne zu kentern. Allerdings war jetzt, obwohl meine Freunde wie's Tier schöpften, mehr Wasser im Boot als im Ozean. Trotzdem machte sich Optimismus breit, was zweimal gut ging, klappt auch ein drittes Mal. Und dieses dritte Mal folgte auf den Fuß. Wauh, dachte ich bei mir, wie machen die denn das, wenn die das Boot voller Fische haben? Aber nach den Gesichtern unserer Begleiter zu urteilen, die einer gewissen Anstrengung nicht entbehrten, schloß ich, daß es nicht schwieriger war, eine Portion Weißer durch die Brandung zu transportieren, als eine Fuhre Fische.
Als wir die dritte Welle hinter uns hatten, zeigte sich die Natur plötzlich von ihrer anderen Seite. Und diese Seite war erhebend schön. Die Wellen glitten jetzt majestätisch unter unserem Boot dahin und es herrschte eine wundervolle Ruhe. Keine Stille, der Wind pfiff schon ganz schön, aber trotzdem Ruhe. Wir waren vielleicht so 500 Meter vom Strand entfernt; selbiger zeigte sich nur noch als schmaler Streif. Das Meer hatte hier eine herrliche Farbe, ein ins Grünliche gehendes, tiefes Blau. Und es war glasklar. Gigantisch, einfach gigantisch. Es klingt jetzt vielleicht bißchen blöd, aber ich mußte in diesem Moment an Kolumbus denken und an Robinson und an Piraten und all sowas, also ich meine, das hatte schon was. Dies zu sehen, dies zu erleben, ließ irgendwelche Gedanken ans Kentern, mit dem anschließenden Versuch, zurückzuschwimmen, was sinnlos gewesen wäre, weil man es eh nicht geschafft hätte, völlig in den Hintergrund treten.
Das Boot war mittlerweile wieder leergeschöpft, und wir konnten unsere Paddel aus der Hand legen und uns auf unsere Begleiter verlassen, um zu genießen.
„Feine Sache, das", sagte Fritz.
„Mein Reden", antwortete ich, „sind die Beine noch dran?"
„Hat jemand „Au" gesagt?"
„Nein."
„Also...?"
„...sind sie noch dran."
„Bingo."
„Wenn ihr nicht sauer quatschen könnt, ist euch nicht wohl, was?" feixte Thori.
„Du erst noch", murmelte ich.
„Der erst noch", unterstützte mich Fritz.
„Ja, ja, ich erst noch", gab Thori zu.
Wir fuhren ein Stück parallel zur Küste, bis, eine Stunde kann kurz sein, unsere Begleiter das Zeichen zum Wenden gaben. Und da passierte es, keiner weiß warum, ich glaube die Fischer waren selbst überrascht, aber plötzlich kippten wir um. Da war keine große Welle

oder so, vielleicht hat sich einer von uns blöd bewegt, wie auch immer, wir kippten einfach um. Mir nichts, dir nichts, befand ich mich plötzlich im Wasser. Nicht, daß ich jetzt die große Panik bekommen hätte, nein, aber bißchen komisch war mir schon. Als ich zwei Meter vom Boot wieder auftauchte und mich schon mit dem Gedanken anzufreunden versuchte, neben einem kieloben treibenden Einbaum, zurückzuschwimmen, sah ich dieses gottverdammte Boot wieder ganz normal auf den Wellen tanzen, als wäre nichts gewesen. Allerdings saßen nur noch zwei unserer Begleiter darin. Neben mir tauchte prustend Fritz auf, was mich erst mal beruhigte, dann sah ich Thori und den dritten Fischer, der, der am Bug gesessen hatte, im Wasser planschen. Also das ist kein Mist jetzt, aber das Boot ist umgekippt und wir sind rausgeflogen. Soweit, so gut. Doch die beiden Fischer am Heck sind, als wären sie angewachsen, sitzengeblieben und haben das Boot mittels ihrer Paddel wieder in die erforderliche Lage gebracht. Wie auch immer, aber so ist es gewesen. Es befand sich auch weitaus weniger Wasser im Boot, als es nach meinem Dafürhalten beinhalten hätte müssen. Daß sich der Bugmann auch im Wasser befand, war nur der Tatsache zu schulden, daß er uns hinterhergesprungen ist, um uns gegebenenfalls beim Schwimmen unter die Arme zu greifen. Tja, steckst du nicht drinnen. Irgendwie sind wir auch alle wieder ins Boot hineingekommen, doch es hat ganz schön lange gedauert, muß ich zugeben. Als wir alle wieder im Boot saßen, stellte ich auch erleichtert fest, daß nach wie vor keiner Au gesagt hatte.
Durchnäßt und guter Dinge und ohne weitere Zwischenfälle ging es nun also wieder gen Festland. Doch waren da wieder diese Brandungswellen, nur jetzt eben von der anderen Seite. Die berühmten drei Wellen, wie Roland Kaiser einst sang. Bei den ersten beiden ging auch alles gut. Die Fischer ruderten und hielten uns auf Kurs, Fritz und Thori schöpften. Doch bei der dritten Welle gab es plötzlich einen gewaltigen Hieb, und augenblicklich ward es dunkel um mich. Diesmal hatte ich echt Schiß. Es hat mich herumgewirbelt, wie ein welkes Blatt im Wind und es muß ziemlich lange gedauert haben, bis ich die Orientierung wieder hatte und sich oben auch wirklich als oben entpuppte. Die Luft wurde mir echt knapp, weil alles so schnell ging, daß gar keine rechte Zeit zum Luftholen geblieben war. Außerdem hatte ich panische Angst davor, mit dem Kopf an das Boot zu stoßen. Ich hätte in jedem Fall verloren. Aber alle tauchten unbeschadet wieder auf, nur war der Radius, in dem wir jetzt im Meer herumschwammen, entschieden größer als beim ersten Kentern. Das Boot war zwar nun voller Wasser, aber es schwamm immer noch kielunten, worauf ich mir keinen andern Reim drauf machen konnte, als daß man beim Bau der Titanic doch einen kleinen Fehler gemacht haben mußte. Was mich hingegen beruhigte, war die Tatsache, daß die beiden Heckfischer nun auch ausgestiegen waren. Wenn die bei diesem Aufprall immer noch da gesessen hätten, wären wohl drei Stunden Nachdenklichkeit in der Gaststätte angesagt gewesen. Ich meine, Gaststätte war später sowieso angesagt, aber nun eben ohne Nachdenken.
Immerhin hatte uns die Welle soweit in Richtung Strand getrieben, daß wir fast schon wieder festen Boden unter den Füßen fühlten. Etwas erschöpft, doch zufrieden erreichten wir das rettende Ufer, auf dem, neben allerhand Dorfjugend, Adu stand, der ein Gesicht machte, als wöllte er die Fischer wegen gefährlicher Körperverletzung vor den Kadi zerren, mit der Vorgabe, die Todesstrafe oder wenigstens das Geld zurückzufordern. Wir beruhigten ihn und bedankten uns bei den Fischern, als mich plötzlich der Schlag traf. Diesmal war es eine Welle der Wut und Traurigkeit, die über mich kam. Ich mußte nämlich den Verlust meiner Sonnenbrille verbuchen. Das Bändchen für die Brille hing noch um meinen Hals, so als hätte ich es gerade umgelegt, nur die Brille war beim Angriff des Meeres herausgerutscht. Also wer denkt denn an sowas, fluchte ich. Das gibt's doch in keinem Russenfilm. Rutscht einfach diese Brille aus diesem blöden Band und das hängt mir dann noch, wie zum Hohn,

um den Hals. Ich meine, es handelte sich schließlich um eine echte Ray Ban, damit haben die Amis den Zweiten Weltkrieg gewonnen, und ich verliere meine, durch sinnloses Kentern eines schnöden Einbaumes.
„Scheiße, meine Brille ist weg", schrie ich in die Brandung.
„Ist deine auch weg", fragte mich Fritz.
„Was, deine auch?"
„Meine auch, aber du hast ja wenigstens noch dein Band."
„Soll ich jetzt lachen", fragte ich.
„Besser wär's."
„Mensch, ehrlich mal", ich war wirklich sauer, „das war 'ne Ray Ban."
„Na und, meine war von Fielmann."
„Ach, leck mich doch", winkte ich ab, um gleich darauf, mehr aus Verzweiflung, Adu zuzurufen:
„5000 für den, der meine Brille findet. Dreck verdammter." Letzteres sagte ich mehr so vor mich hin.
Ich weiß nicht, ob Adu mein Angebot übersetzt hat und wenn ja, wie er das so schnell geschafft hatte, wie auch immer. Ich hatte es kaum ausgesprochen, da stürzten sich mindestens 50 Kinder und Jugendliche in die offene See, mit einer Inbrunst, als ginge es um Leben und Tod. Aber es ging nur um meine Brille, bzw. um 5000 Cedis.
Ich meine, ich will nicht weiter drumherum reden, aber die haben sie wirklich gefunden. In echter Wahrheit. Die haben wirklich aus diesem aufgewühlten Scheißmeer meine Scheißbrille rausgeholt. Nach Scheißzehnminuten hielt mir so ein zehnjähriger Bengel, mit ziemlich selbstverständlicher Miene, meine Brille vor meine Scheißnase.
Was soll ich groß dazu sagen. Wir alle kennen das Spiel: Werfe die Brille ins Meer und finde sie. Wir alle haben es oft gespielt, aber haben wir die Brille jemals gefunden? Nein, haben wir nicht. Es gibt nur eine Erklärung: Weiße können das nicht.

13

Weiße haben aber auch Vorteile. Zum Beispiel finden sie immer einen Anlaß zum Saufen. Und wir waren, was das betrifft, sehr weiß. Und das ist gut so. Aber an diesem Abend war es nicht unbedingt ein lustiger Grund, das Glas zu erheben, schließlich ging es darum, Abschied zu nehmen. Gut, so traurig war es nun auch wieder nicht, schließlich erwartete mich zu Hause kühle klare Winterluft, Telefon und Käse auf Schwarzbrot mit viel Butter und Kräutersalz. Mancher wird jetzt sagen, so ein Quatsch aber auch, doch die Dinge gewinnen an Bedeutung, wenn man sie längere Zeit entbehren mußte, auch Käseschnitten. Grade die. Am zeitigen Abend in Gbawe angekommen, widmeten wir uns zunächst unseren Abreisevorbereitungen. Packen, worunter auch das Aussortieren von Dingen fiel, die man vor Ort lassen würde, T-Shirts, Zahnpasta, Rasierklingen, Taschenmesser, die übriggebliebenen Cedis und ähnliches. Nach ausgiebigen Säuberungsaktionen in Thoralf's herrlichem Freiluftbadezimmer, saßen wir dann endlich auf der Veranda, bei Whisky, den wir vorher kaltstellen lassen hatten, Bier und Rauchwaren.

„Also gut", sagte ich, „laßt uns anstoßen, auf einen durchaus gelungenen Urlaub."

Wir hielten unsere Gläser in die Höhe, selbst Thoralf benutzte zur Feier des Tages ein Glas und ließen sie klingen.

„Tja", machte Fritz, „irgendwie Scheiße jetzt, was?"

„Was soll's, ihr hättet ja länger bleiben können", sagte Thori.

„Ich wollte deinen Alkohol- und Nikotintod nicht live miterleben", erwiderte ich.

„Quatsch, wenn ihr weg seid, hör ich auf zu trinken und mit Rauchen sowieso."

„Nuu, nuu", winkte ich ab.

„Kein Mist, sag ich."

„Klar Mist, sag ich."

„Sag doch was du willst."

„Sag ich auch."

„Ich könnte mir vorstellen, nächstes Jahr wiederzukommen", wechselte Fritz das Thema.

„Dann ist doch Thori zertrunken", warf ich ein.

„Doofkopp", zischte Thoralf und nahm einen kräftigen Schluck.

„Wir werden schon noch mal auftauchen, schließlich ist es unsere heilige Pflicht, in der dritten Welt ab und an nach dem Rechten zu sehen."

„Genau, Afrika braucht Menschen wie uns."

„Genau, darauf trinken wir einen", und es machte wiederholt Kling. Ein überaus schönes Geräusch, im richtigen Moment.

„Es gibt etwas", sagte ich, „worüber ich unendlich froh bin, und etwas was mich sehr beunruhigt."

Meine Freunde sagten nichts, woraus ich schloß, daß sie wissen wollten, worum es ging.

„Also froh bin ich, daß die meine Sonnenbrille wiedergefunden haben, aber nicht nur, daß sie gefunden wurde, sondern, daß sie meine gefunden haben."

Ich betonte das meine, indem ich es bedeutungsvoll langzog.

„Was will der Künstler uns damit sagen", fragte Fritz.

„Na stell dir doch bloß mal vor, die hätten deine beschissene Fielmannbrille gefunden. Dann wäre ich 5000 für Quatsch losgeworden und hätte trotzdem keine Brille gehabt. Und wie ich dich kenne, hättest du mir das Geld nicht mal wiedergegeben."

„Klar", feixte Fritz, „ich hab doch kein Geld ausgesetzt."

„Pfui Fritz, aber wollt ihr wissen was mir Sorgen bereitet?"

„Wenn's nicht zu lange dauert", sagte Thori.

„Mich kotzt das Fliegen an."

„Oh Gott", riefen Fritz und Thori, fast wie aus einem Munde, „jetzt geht das wieder los, laß uns trinken."
„Ich hab nun mal Schiß, was kann ich denn dafür."
„Ist ja gut", Fritz klopfte mir leicht auf die Schulter, „ich bin ja bei dir."
Ich glaube er zwinkerte mir sogar zu.
Ich mußte in diesem Moment an den alten Mann mit dem Amulett denken, ich weiß auch nicht warum, aber es kam so über mich. Es beunruhigte mich diesmal nicht, aber etwas verwunderlich fand ich das schon. Scheiß drauf, dachte ich, es wird schon alles klargehen, gestorben wird nur über meine Leiche.

An diesem unseren letzten Abend passierten keine aufregenden Dinge mehr. Wir saßen und tranken und schwiegen mehr, als daß wir redeten. Thori trug uns auf, wen wir alles grüßen sollten, er bat mich, bei seinen Eltern vorbeizugehen und ein Geschenk abzugeben, und wir sollten schreiben, worum auch wir ihn baten. Wir unterhielten uns, was wir so anstellen werden, wenn wir wieder zu Hause sind und was Thori so in nächster Zeit vorhatte. Zwischendurch kamen allerhand Dorfbewohner, um sich von uns zu verabschieden und natürlich um einen kleinen Schluck Whisky abzufassen. Woher die alle wußten, daß wir am nächsten Tag abreisen würden, entzog sich meiner Kenntnis, aber mittlerweile hatte ich mich daran gewöhnt, daß in Afrika manches anders läuft, als man es erwartet. Es klingt jetzt vielleicht ein bißchen kitschig, aber sie waren alle ganz lieb und herzlich, manche umarmten uns sogar und wünschten uns Glück auf den Weg, ganz wie bei guten Freunden. Dabei waren wir doch nichts anderes als zwei poplige deutsche Touristen. Nichts was mir in diesem Moment angenehmer war, als mit diesen liebe Leuten anzustoßen. Eine nicht zu verleugnende Sentimentalität machte sich in mir breit. Aber dieses Gefühl war angenehm, sehr angenehm sogar. Wohlige Wärme war in mir, nicht nur durch den Whisky und die herrschenden Temperaturen. Ach, das Leben kann manchmal schön sein. Echt, manchmal kann es das.
Warum auch immer, aber ganz entgegen unseren Gewohnheiten, vielleicht weil uns unsere Bootspartie mehr zu schaffen gemacht hatte, als wir annahmen, gingen wir relativ zeitig zu Bett und was mich noch viel mehr in Verwunderung versetzte, ich schlief auch gleich ein. Ich schlief tief und fest, kein Laut drang an mein Ohr, kein schlimmer Traum quälte mich und am nächsten Morgen weckte mich die liebliche Stimme Thoralf's:
„Komm Großer, wir müssen jetzt los."
Und ich stand auf und sah das letzte Mal in die morgendliche afrikanische Sonne und ich fand sie schön. Ich hatte sie fast an die dreißig Mal gesehen, aber an diesem Morgen war sie besonders schön. Offensichtlich hatte ich meine abendliche Sentimentalität mit über die Nacht gerettet. Ein letztes Mal am Abwasserrinsal Zähne putzen, Sachen fassen, ein letzter Händedruck, ein letztes Lebewohl, ein letzter Blick auf die Kirche, auf den staubigen Baum mit der verfluchten Glocke, den Wasserwächter, der schon wieder in seiner typischen Haltung auf seiner Wurzel lag, ein letzter Blick auf die Frauen und Kinder an der Kochstelle, die in gewohnter Lautstärke ihrem Tagwerk nachgingen, ein letzter Blick auf Thoralf's Haus, auf die Veranda, auf das Kino, die Badeanstalt. Nein, dachte ich, hier mußt du wieder her. Deutschland mit all seinen Käseschnitten, das ist das eine, aber einmal im Jahr, nur einen knappen Monat im Jahr, sollte der Deutsche Kenkey essen. Ja, das sollte er. Was der Deutsche sollte, war mir eigentlich schnurzegal, aber ich wollte es, das wußte ich nun. Ja, so sollte es sein.

Ein paar Stunden später, es ließ sich ja nun mal nicht vermeiden, saß ich wieder in so einem gottverfluchten Flugzeug, tausende Meter über der Erde, sozusagen mitten in der Luft. Fritz saß hinter mir, wie so oft war auch dieser Flug nicht ausgelastet, so daß Fritz sich die Freiheit nahm, einen Fensterplatz zu belegen, der ihm laut Bordkarte gar nicht zustand. Auch ich saß am Fenster, aber ich schaute nicht hinaus. Ich hielt eine Zigarette zwischen den Fingern und starrte gedankenversunken auf das dreckige Blau des Sitzes vor mir. Auf meinem heruntergeklappten Tablett stand der obligatorische Scotch und eine Cola. Dann wagte ich doch einen Blick aus dem Fenster. Unendlich weit unter mir erstreckte sich eine gelblich schimmernde Wüstenlandschaft. Das ist schon ein irres Gefühl. Da fliegst du hier so durch die Luft, als wäre es das Normalste von der Welt. Ist ja auch normal, trotzdem komisch.

Am meisten freute ich mich auf meinen Sohn. Eine göttliche Vorstellung, ihn wieder in meinen Armen zu halten. Ich werde ihn drücken und herzen und ich werde sagen: hallo Marc, ich bin wieder da, ich war lange fort, ich habe dich vermißt und er wird mich fragen, ob ich ihm was mitgebracht habe. Dann werde ich Maja umarmen und sie wird sich meiner Umarmung entziehen, schließlich ist sie fast dreizehn und sie wird sagen: na wie war's. Dann werd' ich meine Exe begrüßen und ich werde sagen, Mensch du, langer Flug das und sie wird sagen, ganz schön braun bist du geworden und ich werde antworten, das bringt es so mit sich. Und dann werde ich in die WG fahren und werde sagen: hallo, ich bin wieder da und Toto wird mich fragen, na wie war'n die Frauen, und eh ich es vergesse, Energiegeld ist fällig. Und ich werde lächeln und werde sagen, kein Problem, kriegst du dann gleich. Und dann werde ich meine Zimmer aufschließen und werde sagen: hallo Wohnung, na, alles klar? Ich werde den Ölradiator anschmeißen und den Anrufbeantworter abhören. Dabei werde ich meine Post durchgehen, mich über die ganzen Scheißrechnungen aufregen und über unterschriebene Verträge freuen. Und dann werde ich die Kollegen anrufen und ich werde sagen, Freunde ich bin wieder da, alles war schön, viele Grüße von Thori, wir treffen uns am Dienstag zur Probe. Und sie werden sagen: schön, in alter Frische. Und ich werde wieder arbeiten und anrufen, um Auftritte betteln und um Gagen feilschen, Käse kaufen, neue Lieder schreiben und mir den Kopf zermartern, was wir bei der nächsten Show anziehen werden. Und einmal die Woche werde ich meine Kinder zu mir holen. Wir werden auf den Rummel gehen und in die Schwimmhalle, wir werden Bravo TV und Power Ranger zusammen angucken, ich werde fragen: na wie war's in der Schule und im Kindergarten und sie werden antworten: naja, ganz gut, und ich werde sagen, na da bin ich aber froh, daß wir mal über alles geredet haben.

Alles wird gut. Ich nahm einen letzten Zug von meiner Zigarette und drückte sie aus. Ich sah wieder aus dem Fenster. Unter mir die Wüste, über mir die Unendlichkeit, in mir.... Ja was war in mir? Liebe? Vorfreude? Erwartung? Angst? Unsicherheit? Zuversicht? Zufriedenheit? Anspannung? Gelassenheit? Alles. Alles war in mir. Und alles wird gut. Klarer Fall, es geht gar nicht anders, es kann nur alles gut werden. Wie sonst?

Vielen Dank:
Manfred Borgwaldt, Thoralf Hannemann, Michael Haubold, Kerstin Lippert, Hansi Noack, Jürgen „Toto" Nehrkorn, Torsten Rasch, Petra Rudloff, Manuela Schreiber, Harald Schroth-Cornelie, Fritz Seidlitz, Frank „Jaschko" Stein, Marc Maja und Ramona Stephan, Bärbel Weigel.

In Gedenken an den kleinen Theo.